btb
Aus Freude am Lesen

btb

Buch

Die Psychologin Igi Heitmann fühlt sich verfolgt. Eigentlich wollte sie mit ihrem Mann nur zu einer harmlosen Ausstellungseröffnung gehen, doch was als nette Abendunterhaltung geplant war, endet im schieren Chaos: Vor der stillgelegten Fabrik, in der einer der bedeutendsten zeitgenössischen Künstler des Landes seine Bilder und Videoinstallationen vorstellen will, wird demonstriert – die entlassenen Arbeiter protestieren gegen den Verlust ihrer Arbeitsplätze, andere sind dagegen, dass seine »pornografischen Bilder« so gelobt werden. Ein Video, das zwei Männer beim Sex zeigt, macht auch Igi frösteln: nicht nur, weil darin nackte Gewalt herrscht, sondern auch, weil Jhaved, einer ihrer Patienten, vor der Kamera agiert. Und es kommt noch schlimmer: Wenig später wird Jhaveds Partner aus dem Video tot in einem abgelegenen Teil der Fabrik gefunden und er selbst wegen Mordes verhaftet. Natürlich greifen die Zeitungen den Fall begierig auf und sparen nicht mit Seitenhieben gegen die vermeintlich unfähige Therapeutin. Igis Vorgesetzte reagieren umgehend und beurlauben sie bis zur Klärung des Falles. Der Psychologin bleibt nichts anderes übrig, als selbst Ermittlungen anzustellen, um sich von den Vorwürfen reinzuwaschen …

Autorin

Pernille Rygg, geboren 1963, studierte Geschichte und Ethnologie und arbeitete lange Zeit als Kulissenmalerin für Filmproduktionsgesellschaften und für den norwegischen Rundfunk. Ihr erster Roman »Der Schmetterlingseffekt« begeisterte sowohl Kritiker wie Leser in zahlreichen Ländern. »Der goldene Schnitt« knüpft an diesen Erfolg an und stellt wiederum die unkonventionelle Psychologin Igi Heitmann in den Mittelpunkt der Geschichte.

Pernille Rygg bei btb

Der Schmetterlingseffekt. Roman (72486)

Pernille Rygg

Der goldene Schnitt

Roman

Aus dem Norwegischen
von Gabriele Haefs

btb

Die norwegische Originalausgabe
erschien im Jahre 2000 unter dem Titel »Det gyldne snytt«
bei Gyldendal Norsk Forlag, Oslo

Umwelthinweis:
Alle bedruckten Materialien dieses Taschenbuches
sind chlorfrei und umweltschonend.

btb Taschenbücher erscheinen im Goldmann Verlag,
einem Unternehmen der Verlagsgruppe Random House

1. Auflage
Deutsche Erstveröffentlichung April 2002

Umschlaggestaltung: Design Team München
Umschlagfoto: Heinz Wohner
Satz: Uhl + Massopust, Aalen
RK · Herstellung: Augustin Wiesbeck
Made in Germany
ISBN 3-442-72815-0
www.btb-verlag.de

FÜR CHRISTINE

Sterben ist eine Kunst
wie alles andere

SYLVIA PLATH

1

Es ist eine Liebeserklärung von der aufdringlichen, brutalen Sorte, die niemand braucht oder sich wünscht. *Sieh mich,* ruft sie, *liebe mich, auch wenn ich scheußlich bin!* Sehen muss ich sie. Aber ich weiß nicht, ob es mir gelingen wird, sie zu lieben, wie ich hier so im Markvei vor dem Torweg stehe. Es ist Herbst, es ist Morgen, die Welt liegt kühl und vom Regen gewaschen unter einem Himmel aus glasklarem Kobalt. Ein schlechter Zeitpunkt für heftige, kodierte Erklärungen.

Diese Erklärung ist auf der anderen Straßenseite quer über die Fassade geschmiert, sie zieht sich mit ihren aufwärts strebenden, schrägen Buchstaben über die ganze Mauerlänge hin. Fordert Aufmerksamkeit. Und Deutung. Diese Liebe sagt Nein, wenn sie Ja meint, schreit, wenn sie flüstern möchte. Und sie verlangt, dass ich das verstehe, dass ich sie deute.

Meine Tochter deutet anders als ich. Sie streckt ihre Hand nach meiner aus und zittert ein ganz klein wenig.

»Oi«, sagt sie und starrt die Mauer gegenüber unserer Haustür an.

»Da hat schon wieder wer an die Wand geschrieben.«

»Ja«, antworte ich.

Wer ist schon einmal in der Nacht hergekommen; als die Straßen leer und der Asphalt nass waren, als die sparsame Straßenbeleuchtung die Hausfassaden schwarz und sepiabraun färbte, ist Wer durch das Echo der leeren Straßen hergekommen; hat gehört, wie die eigenen Schritte an diesen Häusern widerhallen, in denen alle schlafen, oder fast alle, in denen nur einzelne Fenster Rechtecke aus goldenen Geheimnissen bilden, die für die draußen funkeln. Flächen aus Gold, mit Sprossen wie den Linien auf einer Karte, Geschenke in Goldpapier, mit schwarzem Band. Wer hat nachts seine Geräte hergebracht: Pinsel, Farbeimer, den Drang, sich zu äußern.

Und das aufdringlich, ungebärdig, vielleicht unwiderstehlich. Heftig genug, um jemanden nachts auf die Straße zu jagen. Leere Straßen, Fenster, hinter denen sich Träume verbergen. Ein leiser Wind, vielleicht, der zwischen den Häusern dahinschwebt, das Geräusch eines Taxis, das die Thorvald Meyers gate hochfährt. Und dann diese gewaltigen verbissenen Pinselstriche, meterlange Linien, einige mehrmals wiederholt, um die Botschaft noch deutlicher werden zu lassen.

»Darf wer denn an Mauern schreiben?«, fragt Ida und runzelt die Stirn, düster und, wie ich weiß, heuchlerisch.

»Nein«, sage ich. Bei Vierjährigen gilt noch immer die ansonsten reichlich zweifelhafte Regel: Gesetz und Ordnung, ohne Einschränkungen oder mildernde Umstände. *Niemand* darf an Wände schreiben. *Das tut man nicht.* Wenn meine Tochter ein wenig zittert, dann, weil sie in ihrem Herzen die böse Lust verspürt. Ida, Moralistin und Heuchlerin, würde selber gern Wände beschreiben.

»*Was* hat denn da wer an die Wand geschrieben?«

Auch lügen darf man nicht, aber bis auf weiteres habe ich die Kontrolle über diese Art von Zeichen, und Wissen ist bekanntlich Macht.

»Ma-ma hat dich ganz doll lieb«, lese ich mit Stakkatostimme und mit einem Lächeln vor. Diesen Code beherrscht Ida, obwohl ich doppelt kommuniziere und gleichzeitig juxe und eben doch nicht juxe. Meine Tochter ist nicht dumm, sie weiß genau, dass etwas ganz anderes an der Wand steht, aber sie weiß auch, dass ich die Wahrheit sage. Sie kann mich gefahrlos so deuten, wie sie möchte. Danach schwenken wir im Takt die Arme, gehen über den Bürgersteig, bleiben an der Ecke stehen, schauen erst nach links – kein Auto zu sehen – und dann nach rechts – auch dort kein Auto zu sehen, dann überqueren wir die Straße. Gesetz und Ordnung von der lebensbewahrenden Sorte, ein strenger Kodex, um Chaos, Auflösung und plötzlichen Tod zu verhindern.

Die Botschaft bleibt an der Mauer hinter uns zurück, meterhohe, leicht schräg stehende Buchstaben mit weißen Farbtropfen, ausgeformt unter einem gewissen Druck. »PSYCHOLOGIN HEITMANN BRINGT KINDER UM«, steht dort. Aber das stimmt nicht. Diese Aussage fällt mit ihrer eigenen Unbilligkeit. Ist unbillig. Wie die Liebe. Und der Hass. Ich bringe keine Kinder um. Aber manche glauben mir nicht, wenn ich behaupte, dass sie mir wichtig sind, obwohl es lange, lange her ist, dass sie klein waren. Dazu gehört Training. Und Untersuchungen, solche, wie Ida sie anstellt, während sie ihren erhobenen Arm im Takt mit meinem schwenkt.

»Ma-ma«, psalmodiert sie, »hat MICH ganz doll lieb, MICH, MICH, MICH.« Ein kleines Ego tänzelt über den Bürgersteig und lernt, unter Zwang, notwendige Überlebensstrategien. Erst nach links und dann nach rechts. MAMA. MICH.

Ich kann ja hoffen, dass ihr nichts passiert. Ich kann dafür sorgen, kann die Autoräder daran hindern, sie zu treffen, kann die Schrift an der Wand falsch vorlesen. Aber irgendwann, bald, wird auch sie das Alphabet lernen und ihre eigenen Deutungen vornehmen.

Fünf Minuten später, vorm Kindergarten, hoffe ich, dass sie verschont bleiben wird, hoffe ich, dass sie von ihrem Nicht-auf-den-Strich-treten-Projekt so in Anspruch genommen ist, dass sie nicht aufblickt, so wie ich. Aber nein. Sie bleibt stehen, ein kleiner Fuß landet mitten auf einem Strich.

»Auch hier hat wer an die Wand geschrieben«, sagt sie empört. Quer über der hohen, halb verfallenen Mauer, die das Kindergartengelände von der Straße trennt, hat Wer sich ausgedrückt. Dort und an der Mauer zum Nachbargarten, dort muss Wer unsicher, schwankend auf dem Schrägdach des Kindergartens gestanden haben. Die Farbe hat vom Dach auf den Bürgersteig getropft, bogenförmige Jackson-Pollock-Schlingen erzählen von der Kraft des Armes, der die Botschaft ausgeformt hat.

Unaufmerksam, denke ich, und verspüre einen scharfen Stich im Bauch. Ich war unaufmerksam, und das dürfen Erwachsene nicht sein. Ich kann niemanden daran hindern, meine Adresse in Erfahrung zu bringen, ich stehe im Telefonbuch wie alle anderen, die nicht verfolgt werden oder schreckliche Angst haben. Aber das hier. Wo hat Wer gestanden und uns beobachtet, an einer Ecke, vor einem Laden? Ist uns an einem Morgen oder einem Nachmittag gefolgt, hat uns auf irgendeinem Hin- oder Rückweg entdeckt, ist zufällig auf uns gestoßen?

Oder mit Absicht. Wer ist nicht einfach auf uns gestoßen. Wer hat gesucht und gefunden. »HEITMANN – KINDERMÖRDERIN«, hat Wer geschrieben.

»Wände bemalen ist verboten«, erklärt meine Tochter mit Nachdruck.

»Genau«, sage ich.

»Aber trotzdem hat das wer getan!« Ida zittert. Zerrt an meiner Hand, bebt am ganzen Leib. Ach, hier wüten Lust und Aufruhr und Verbot und allerlei widersprüchliches Teufelszeug. Sie steht mitten auf einem Strich, stampft mit ihrem Füßchen auf, springt auf und ab, angetrieben von widersprüchlichem Teufelszeug jeglicher Art. Lust. Hüpf. Angst. Hüpf. Ich hüpfe nicht. Aber ich habe auch viel größere Angst als sie.

Und sicher laufe ich deshalb danach so schnell. Aber vielleicht will ich auch nur rechtzeitig im Krankenhaus sein.

In diesem Raum entsteht die Vorstellung, ich brächte Kinder um. Die ganze kommunale Nüchternheit, die mein Sprechzimmer ausstrahlt, kann das nicht ändern: Zwischen zwei Sesseln mit blauem Wollstoff, am Schreibtisch aus öder Birke, vor den bleichen Regalen werde ich zeitweise in eine unerreichbare Herrscherin, in eine stumme Eisjungfrau, in eine brutale, blutheiße Kindermörderin verwandelt, auch wenn ich das alles überhaupt nicht will. Es ist eine Art Magie. Oder vielleicht nur eine Methode, die in dieser wie in anderen psychiatrischen Abteilungen mit wechselndem Erfolg angewandt wird.

Die kommunale Tristesse ist ein feiner Trick. Sie trägt bei zu der wirklich anspruchsvollen magischen Übung, mich wieder ich selber werden zu lassen.

Wer denkt immer wieder an mein Sprechzimmer. Wer kennt meine Adresse und die des Kindergartens. Aber ziemlich sicher kennt das namenlose malende Wer dieses Zimmer sehr viel besser, denn warum sollte er oder sie die Öffentlichkeit sonst darauf aufmerksam machen, dass ich Psychologin bin? Und obwohl es hier keine weich abgerundeten Bögen oder messerscharfen Pinselstriche gibt, ist auch mein Büro heute Morgen einer Invasion zum Opfer gefallen.

Über das leicht azurblaue, wasserfrische Licht, das vom beginnenden Tag ins Zimmer gespült wird, legt sich die Anwesenheit von Wer, diese Wut, die Liebe, Hass, Verzweiflung ist. Und so muss es ja auch sein. Hier muss ich in eine verwandelt werden, die in kleinen Kindern die Geborgenheit umbringt. Aber wirklich nur hier. Nicht an Hausmauern.

Ich glaube an die seltsame, träge Magie der Worte und der Wortdeutungen. Sie klingen ganz anders, auf jeden Fall die meisten, wenn sie laut ausgesprochen werden und sich nicht in einem Kopf oder an einer Hausmauer befinden. Das ist die Methode, aber sie ist langsam, umständlich und verletzlich. Sie wird nicht von diesen Garantien begleitet, auch wenn wir in dieser Abteilung, in den Zimmern, die an dem endlosen, irrenhausmäßigen Flur liegen, Tests machen und Statistiken führen, wenn wir Prognosen ausarbeiten, die einen erträglichen Grad an Erfolgen zeigen.

Erfolg: morgens aufstehen. Das Studium beenden, ohne akute Angstanfälle den Bus nehmen, Arbeit suchen. Arbeit finden. Hingehen. Einen Tag. Zwei Tage. Ein Jahr. Erfolg: nachts schlafen. Mit Papa sprechen, ohne für den Rest des Abends zu weinen. Nicht mit Papa sprechen. Den Fußboden putzen, wenn er schmutzig ist.

Kein sehr ehrgeiziges Programm, vielleicht nicht sonderlich exklusiv oder originell. Es dreht sich um Geschichten und deren Deutung, ihre Bedeutung damals und heute. Vor allem heute. Es ist nicht sehr ehrgeizig, aber es ist *etwas*. Es ist die

Methode. Manchmal erweist sie sich als vollständiger Fehlschlag, zum Beispiel dann, wenn die Geschichte nicht zu Ende erzählt wird.

Vielleicht hat Wer eine solche Geschichte. So lange Wer sich nachts zu Wort meldet, handelt es sich um eine nicht zu Ende geführte Geschichte, um einen Abort. Mit folgender Wirkung: Der Hausmeister wird informiert, ebenso wie die Polizei. Der Ordnung halber. Gesetz und Ordnung halber. Des scharfen Stiches in meinem Bauch halber.

Der Hausmeister verspricht, zu übermalen, die Polizei wird in den folgenden Nächten ihre Streifenwagen langsam am Haus vorüberfahren lassen.

Und dann muss der Arbeitstag beginnen. Erfolg: ein kleines Messer im Bauch haben und trotzdem die nötige Arbeit verrichten.

2

»Organisch«, sagt Bella, und bläst eine Wolke aus Mentholrauch über den Tisch. »Das ist natürlich ein verdammter Quatsch, aber so nennt er es eben. *Organisch*, piss mir doch in den Nacken. Ich meine, ich *liebe* diesen Mann, aber ab und zu treibt er es einfach zu toll. Eine unfertige Ausstellung ist eine unfertige Ausstellung, egal, ob sie von Herrn Teufelsgenie und Todesengel Aske eingerichtet wird oder nicht.

Gott«, fügt sie hinzu, als der Kellner die Speisekarte bringt. »Wir wollen nichts essen, ich meine, nicht einmal ein Salatblatt. Ja, Rita könnte vielleicht irgendein Stück *Tier* bekommen.«

Rita ist Bellas seltsamer, lang gestreckter Hund, der schlapp zu ihren Füßen liegt und munter vor sich hinsabbert.

»Eigentlich«, sagt der Kellner, »haben Hunde hier keinen Zutritt ...«

»Lebe wild«, sagt Bella. »Und gefährlich. Lass es doch mal drauf ankommen und gib Rita ein Stück Fleisch. Wir verraten deinem Chef auch nichts. Wir wollen nur trinken, und zwar Champagner.«

»Und Mineralwasser«, sage ich. »Aber ich habe eigentlich Hunger, und ich ...«

»Igi«, sagt Bella, und schickt den Kellner fort. »Das darfst du nicht. Da hinten in diesem Teufelschaos, aus dem du mich glücklicherweise gerettet hast, ist zufällig der absolut beste Koch im ganzen Land am Werk – er ist prachtvoll, prachtvoll, blauschwarz, wenn du verstehst, was ich meine, er kommt aus

Trinidad oder Port-au-Prince oder so, ich versteh kein Wort von dem, was er sagt, und zugedröhnt ist er auch die ganze Zeit, aber, Igi – er macht so eine Kammmuschelgeschichte, die du bisher für unerreichbar gehalten hättest – jedenfalls auf dieser Seite des Orgasmus.«

Es ist sieben Uhr und wir sitzen in einem hübschen, ein wenig langweiligen und fast leeren Restaurant in Nydalen. Wir waren schwimmen. Wir haben kleine, damenmäßige Gewichte gestemmt. Wir haben uns massieren lassen. Das heißt, ich bin geschwommen und habe Gewichte gestemmt. Bella hat im Becken herumgeplanscht, hat interessiert in den Trimmraum gestarrt und sich danach erleichtert den kundigen Händen eines Masseurs überlassen. Bella schätzt Atemlosigkeit nur im Bett, und sie hat natürlich den perfekten, seltsam muskulös aussehenden Körper, den manche Frauen sich mithilfe einer strengen Diät aus Alkohol, schwarzem Kaffee und Zigaretten zulegen.

Dieses Teufelschaos ist die Eröffnung einer retrospektiven Ausstellung von Bellas wichtigstem und umstrittenstem Klienten, Aske. Irgendwann hat er vermutlich einen Vornamen gehabt, aber der ist schon lange und sehr bewusst in einem Nebel der Vergangenheit verschwunden.

»Aber was soll das Ganze«, frage ich, »mit dem Organischen?«

»*Shit*«, sagt Bella, »das ist so ein Work-in-progress-Gefasel. Du weißt schon, Bilder herzustellen ist ein *Prozess*, sie nett und ordentlich hintereinander aufzuhängen bedeutet, den Prozess abzubrechen, ihn *umzubringen*, und deshalb weigert er sich, eine fix und fertige Ausstellung zu liefern. Ich kann es ja verstehen, eine Retrospektive ist natürlich auch so eine Art Todeserklärung.«

»Und konkret bedeutet das?«

»Dass nichts fertig ist. Dass da haufenweise Kunststudis herumwuseln und hier ein bisschen demontieren und dort ein bisschen zusammenbauen. Im Grunde hat niemand auch nur eine Ahnung, was in der Halle gezeigt werden wird. Ich war letzte Nacht da, und ich habe nur lose herumhängende Leitungen gesehen und Menschen, die die Decke anstrichen und in den Wänden bohrten, und, wie soll ich sagen, ein wenig *herumgebastelt* haben. Und dieser egozentrische Heini wandelte mit seiner leeren Miene umher und war vermutlich absolut zufrieden.«

Wir trinken zwei Sekunden schweigend unseren Champagner. Rita schmatzt über ihrem Fleischstück, als müsse auch das flüssig eingenommen werden.

»Und Roll kommt extra aus London«, sagt Bella. »Ich meine, das hier ist nicht allein Askes Kiste.«

Das stimmt natürlich. Fast die Hälfte der erregten Diskussionen im Vorfeld dieses Ereignisses, zu dem ich jetzt als Bellas Begleiterin und Bennys Frau auf dem Weg bin, hat sich um Joakim Roll gedreht. Was ja auch kein Wunder ist, schließlich führt alles, was diesen einwandfrei wildesten Spekulanten des Landes auf irgendeine Weise berührt, zu heftiger Aufregung.

»Dieser Schwanz«, sagt Bella und zündet sich eine weitere fadendünne Minizigarette an.

»Meinst du Aske?«, frage ich.

»Nein«, sagt sie. »Ich meine Joakim. Was ist das denn für ein Benehmen?! Sich in irgendeinem Scheißglasturm in London unsichtbar machen und mich hier mit lauter Drecksdemonstranten und *Wirtschaftsjournalisten* sitzen lassen! Du hast keine Ahnung, was die für Fragen stellen, Igi, die rufen mitten in der Nacht an und fragen, ob ich das *Aktiengesetz* kenne. Himmel, ich kenne ja nicht mal die Verkehrsregeln. Aber versuch mal, das einem Wirtschaftsjournalisten zu erzählen, Igi, du wirst schon sehen, was dann passiert.«

»Dann wird es gedruckt«, rate ich.

»Genau«, sagt Bella. »Diese Möwenficker.«

Bella verfügt über ein breit gefächertes und exquisites Repertoire an Schimpfwörtern und den festen Willen, es auch zu nutzen. Aber ich glaube nicht eine Sekunde, dass sie das Aktiengesetz nicht kennt. Bella führt seit mindestens zehn Jahren ihre eigene, höchst lukrative Galerie, und soeben hat sie die sensationellste Verbindung zwischen Kultur und Kapital in die

Wege geleitet, die dieses Land seit der Übernahme des Munchmuseums durch die Japaner gesehen hat, wenn wir ein paar hysterischen Kommentatoren glauben dürfen.

Aber es ist natürlich schwer. Der reichste und umstrittenste Finanzmann des Landes zusammen mit dem skandalösesten bildenden Künstler – voilà, eine gediegene, hundert Jahre alte Fabrikhalle umfunktioniert zu einem permanenten Ausstellungsraum für Aske; seine ein bisschen weniger erfolgreichen Altersgenossen und Jünger dürfen den Raum für wechselnde Präsentationen nutzen. Das alles ist das Ergebnis des geheimnisvollen und viel diskutierten Verkaufs der Firma von Bellas Vater, dem Mäzen und Industriemagnaten Otto Troels-Jacobsen, dem die Fabrik vor kurzem noch gehört hat.

Ich habe Bella nie über ihn sprechen hören. Eigentlich hatte ich, wie so viele andere, ihn bereits für tot gehalten. Aber in der Artikelserie, die Verkauf und Stilllegung der Fabrik behandelt hat, war zu lesen, dass er noch lebt, wenn auch über achtzig und ziemlich zurückgezogen.

»Dieses Weichei«, sagt Bella. »Ich mag nicht über ihn reden. Er ist überzeugt, dass die bildende Kunst irgendwann in den Fünfzigerjahren aufgehört hat, als alles rein und abstrakt war und – leck mich doch sonst wo – *wissenschaftlich,* und das ist so ungefähr das Interessanteste, was sich über ihn sagen lässt. Was meinst du, sind wir bereit für eine Prise *Show,* oder was?«

Sie springt auf und schwenkt ein wenig vage ihre goldene Kreditkarte. Rita rappelt sich mühsam auf und steht steif neben ihrer Herrscherin: Aus ihrem Mundwinkel hängt noch immer ein aufgeweichtes Stück Fleisch. Rita ist sehr alt und sehr unhübsch. Sie ist entstanden, sagt Bella, als eine dänische Dogge einen Dackel vergewaltigt hat. Oder umgekehrt. Ich habe keine Lust, mir dieses Geschehnis vorzustellen, aber Rita macht es fast unmöglich, das nicht zu tun. Sie sieht nämlich genauso aus.

»Sag mal, Igi«, fragt Bella, als der Kellner die Rechnung bringt. »Hast du einen Liebhaber?«

»Nein«, erwidere ich.

»Vorhin hat ein Typ wie besessen geglotzt, und ich dachte, er meint dich.«

Der Typ verlässt gerade das Lokal, er ist hoch gewachsen und dunkel gekleidet und korpulent. Ich sehe nur seinen Rücken und erkenne ihn nicht. Aber von wie vielen Menschen kenne ich schon den Rücken? *Psychologin Heitmann bringt Kinder um*, flüstert mein kleines Messer und sticht zu.

Die PorNo-Fraktion ist in der Herbstkälte angetreten. Rote Nasen und blaue Wangen, klamme Finger und ein zerfetztes Transparent am Ufer des Akerselv, hochgezogene Schultern in viel zu dünnen Kleidern. Das knackende Megafon hört sich einsam an, und einsam klingt auch der dumpfe Applaus der wenigen behandschuhten Hände. Zwischen mir und ihnen wogt eine Menschenmenge, die die Ausstellung aufsuchen will, wir sind viel mehr als sie und wissen das auch. Außerdem frieren wir nicht so. Außerdem grinsen wir breiter. Heuchlerin Heitmann gönnt den Demonstrierenden die Fernsehtruppe, die sie seltsamerweise angelockt haben, großzügig, wie die, die Temperatur und Gegenwart auf ihrer Seite wissen, das gern sind.

»Da sind auch einige *Arbeiter* dabei«, sagt Bella und verdreht die Augen. »Aus der Fabrik, kannst du dir das vorstellen?«

Und wieder meldet mein kleines Messer sich zu Wort. Bringt mich dazu, einen langen Hals zu machen und zu glotzen. Dort hinten, hinter der Welle aus feixenden Gesichtern, hinter den Demonstrierenden, sehe ich für eine halbe Sekunde im flimmernden Wirrwarr ein Gesicht. Der dünne Pony, die Rundung der Wangen, die roten Flecken an Hals und Kinn? – Anlaug, sagt Messerchen in mir, sticht mir in den Magen.

»Siehst du irgendwelche Bekannten?«, keucht Bella mir ins Ohr, Mentholzigaretten- und champagnerheiß. Jemanden, den *wir* kennen müssten, meint sie, den wir bemerken, dem wir zuwinken, den wir mit hineinbitten könnten.

»Nein«, sage ich. »Das war wohl ein Irrtum.«

Anlaug ist ohnehin keine, die Bella kennt oder kennen lernen möchte. Bella glaubt, dass alle meine Patientinnen und Patienten, die von heute und die früherer Jahre, mit Lederriemen gefesselt und schreiend in kleinen, gepolsterten Zellen liegen, und es ist ermüdend, ihr zu erklären, dass das nicht stimmt.

Und Anlaug ist unter den Demonstrierenden auch nicht mehr zu sehen. Dort, wo ich sie gesehen zu haben glaubte, befindet sich jetzt nur eine Schulter, eine grün gekleidete Schulter, vielleicht die von Anlaug, vielleicht nicht, daneben sehe ich ein anderes Gesicht, klein wie das eines Eichhörnchens, spitz, großäugig und wütend.

Wir befinden uns auf einer schmalen Brücke, die zu einer Werbeagentur führen könnte, und die sich kokett und weiß lackiert vom Ostufer des Akerselv zum Westufer schwingt und für einen Moment eine übertriebene und parodistische Grenze bildet, eine kleine Klassengrenze, vielleicht, zwischen denen, die drinnen sind, und denen draußen, denen, die sich vorwärts drängen, vorwärts, wie Bella und ich, und denen, die traurig oder wütend zurückbleiben, und das auf dem, o weh, auf dem *Ostufer*!

Das ist alles natürlich keine Absicht, keine Werbeagentur würde auf die Idee kommen, über diesen symbolisch beladenen Fluss eine Brücke zu bauen, um etwas zu markieren, das mit *innen* und *außen* zu tun hat. Diese Brücke, die durchaus nicht zu einer Werbeagentur führt, sondern nur so aussieht, soll sicher eher der Vereinigung dienen als der Trennung, und deshalb ist es so unerwünscht, so altmodisch, dieses *drinnen* und *draußen*, an dem wir hier beteiligt sind.

Aber Unterhaltungswert hat es immerhin.

»Niemand«, faucht Bella, »und ich meine niemand hat seit den Zeiten von Kjartan Slettemark anno Tobak gegen eine Kunstausstellung demonstriert.«

Vielleicht sind sie gemietet, überlege ich, von einer frechen Firma namens »Rent-a-demo«, zum Beispiel? Vielleicht haben die auch das Fernsehteam geliefert? Im Grunde sind Fernsehteams bei Ausstellungseröffnungen doch ebenso selten anzutreffen wie Demonstrierende, obwohl Aske der einzige Künstler im ganzen Land sein dürfte, der beide anlocken kann.

Der Druck hinter uns steigert sich. Bella wird in der Fabrik dringender erwartet als alle anderen hier, worauf sie deutlich aufmerksam macht. Sie wird drinnen erwartet, verdammte Axt, und hat keine Zeit für diesen Quatsch, und sie macht Gebrauch von Ellbogen und Nägeln und ab und zu einem blendenden Bella-Lächeln. Ellbogen für die Damen, Lächeln für die Herren. Bella operiert mit ihren eigenen Grenzen und Trennlinien.

Außerdem habe sie ein *Tier* bei sich, das leide, behauptet sie, obwohl Rita das Gedränge überhaupt nicht zu bemerken scheint; sie sieht ebenso gelassen und übergewichtig aus wie sonst. Rita hat in ihren und Bellas jüngeren Tagen zu viel Haschrauch abbekommen und deshalb eine eigentümliche Psyche entwickelt.

»Du hättest dein kleines Wesen mitbringen sollen, dann wären wir als Erste reingekommen, genau wie im Flugzeug.«

Ich glaube, damit habe ich Bella zum ersten Mal andeuten hören, dass Kinder auch ihre positiven Seiten haben.

»Wo hast du sie denn bloß gelassen?«, fragt sie, als ob ich Ida auf irgendeine Weise verlegt haben könnte.

»Benny hat für einen Babysitter gesorgt«, sage ich. Als Antwort wird mir eine sehr hochgezogene Bella-Augenbraue zuteil, dann dreht Bella sich um und macht sich über das Paar vor uns her. Sie tut immer so, als hätte ich Ida ganz allein produziert und dürfe ihren geliebten Benny deshalb nicht mit ihr belasten. Benny ist der eigentliche Grund, aus dem ich Bella kenne, er macht regelmäßig Bilder für ihre Kataloge.

Bella geht jetzt reichlich frenetisch ans Werk, hackt mit ihren Nägeln wütender auf die dicht aneinander gepressten magersüchtigen Mädels ein, bedrängt die Männer energischer mit ihren Leopardenbrüsten. Es ist schwer, sich von der Taktik nicht beeindrucken zu lassen, vor allem für mich, wo ich doch nur als ihr Anhang auf dem Weg voran bin, und wenn auch nicht gerade nach oben, so doch immerhin in die Halle.

Wir hören Rufe vom Westufer her, aus der dort versammelten Menschenmenge, die in einem Halbkreis den gepflasterten Platz umsteht. Auch dort gibt es Kameras, die klüger planenden Fernsehteams gehören, sie ruhen auf den Schultern der Fotografen wie kleine klumpige Bazookas und zeigen nach oben. Durchtrainierte junge Männer in schwarzen T-Shirts und mit korrekt von vorn nach hinten gedrehten Baseballmützen schieben die Zuschauer an die Wand und halten den Platz mit ausgebreiteten Armen menschenleer.

Es ist überwältigend. In einem Winkel von neunzig Grad geht es los, jählings und hart und umwerfend schön, wie eine Offenbarung, Tausendwatt-Lichtkegel, wosch!, auf dem richtigen, dem westlichen Ufer des Flusses, auf dem pietätvoll angelegten, quasiantiken gepflasterten Platz, der zu diesem Zweck freigehalten wird: wosch! Das Licht flutet von oben herab, und Bella nimmt es mit den Geschlechtern nicht mehr so genau; ein wirklich hübscher junger Mann bekommt einen Leopardenellbogen in den Bauch, ich bekomme nur Ritas Halsband, dann stürmt Bella in den Lichtkreis hinein. Da ist sie zu Hause, die Leopardenfrau, das fünfzig Jahre alte Babe mit gebleichten Haaren und Whiskystimme und eigener Galerie; das Helikopterlicht ergießt sich über sie wie über eine neue Anita Ekberg in ihrem Springbrunnen, und die beiden Männer, die aus dem Hubschrauber springen, leichtfüßig und mit eingezogenem Kopf unter dem Wind der Rotoren, lassen sie darin baden, lassen sie im Licht und in dem Applaus baden, die ihr oder einfach ihrer Wirkung zukommen.

Ich stehe am Rand des blendend weißen Kreises und schaue zu, von dieser Landung ebenso überwältigt wie das übrige Publikum. Joakim Roll ist auf die Erde herniedergestiegen, vielleicht nicht zusammen mit seinem Propheten, aber immerhin zusammen mit Aske.

Im weißen Hubschrauberlicht: ein Ballett. Bella wird zuerst von einem überaus selbstbewussten und berühmten Mann umarmt, dann von einem weiteren, und obwohl sie ein wenig zu grillgebräunt und leopardengekleidet und gebleicht ist, kann es doch keinen Zweifel daran geben, dass sie sich mit ihnen messen kann. Mit einem Mann an jedem Arm trabt sie hochhackig auf den Eingang zu, Welten begegnen einander an ihrer Seite, wie einst an den Ufern des Flusses, zwar nicht Ost und West, und auch nicht oben und unten oder drinnen und draußen; an Bellas Seite gehen Kunst und Geld, und sie haben hier und heute sicher nicht zum ersten Mal miteinander zu tun.

Unterwegs zu der fünf Meter hohen, offenen Tür in der Klinkermauer vor uns werde ich gegen eine Kunstkritikerin und ihren dekorativen Ehemann gequetscht. Hinter ihrer scharf rechteckigen Brille besitzt die Kunstkritikerin einen scharfen Kunstkritikerinnenblick, hinter dem feuerroten Lippenstift eine scharfe Kunstkritikerinnenzunge. Mit dieser zieht sie über die Demonstrierenden her, wozu der dekorative Ehemann eifrig nickt. Pornogegnerinnen, Industriearbeiter, egal was, es handelt sich um demonstrierenden Pöbel, wie mir hier aufgeht. Askes Verwendung von Pornografie, das stellt die Kunstkritikerinnenzunge klar, ist subversiv, dekonstruktionistisch und – aber an dieser Stelle habe ich micht vielleicht verhört – anthropomorph, was die Demonstrierenden, wenn sie sich die Mühe gemacht hätten, die Artikel der Kunstkritikerin zu lesen, durchaus wissen könnten.

Der dekorative Ehemann wird an den Kunstkritikerinnenleib gedrückt und sicher spricht sie nicht so laut, um von ihm gehört zu werden. Möglicherweise will sie mir über einen möglichen Erkenntnismangel hinweghelfen, was Askes subversive Anthropomorphität angeht, aber natürlich kann es auch sein, dass das Fernsehteam, das sich an meiner anderen Schulter reibt, sie ganz und gar kalt lässt. Sie hat eine Botschaft und eine klare Erkenntnis ihrer Verantwortung als Volksaufklärerin. Und, das weiß ich, weil Benny die Bilder dazu liefern soll, sie arbeitet an einem Buch über Aske.

Außerdem ist sie hübsch geschminkt. Das Fernsehteam nimmt diese Gelegenheit leider nicht wahr und stellt damit sein mangelndes Interesse an Volksaufklärung unter Beweis, aber trotz energischer Versuche kann es sich nicht vor der Kunstkritikerin und deren dekorativem Ehemann durch die Türen pressen. Ich mache den erfolglosen Versuch, sie zu grüßen, doch die Kunstkritikerin interessiert sich für Ehefrauen ebenso wenig wie für Demonstrierende.

Zum Ausgleich nickt sie flüchtig einem Mann von Mitte fünfzig im Strickjanker zu, der alles andere als dekorativ aussieht. Er wirkt ein wenig nervös und gewinnt sofort meine Sympathie, wie alle, die sich in großen Menschenmengen oder auf Ausstellungen nicht so ganz wohl fühlen.

Er und Rita und ich segeln durch die Tür, wie Gratismitsurfende auf der dekonstruktionistischen Welle der Kunstkritikerin.

3

Hinter den hohen Schiebetüren betreten wir eine längst verstorbene Industrielandschaft. Schwere, verstaubte, gusseiserne Maschinen von rätselhafter Funktion umgeben uns, ölglänzende Fließbänder stehen in beredtem Schweigen dazwischen, zwei Reihen kahler Glühbirnen verbreiten trübes, grünliches Licht, verrostete Rohre von beeindruckendem Umfang streben zur Decke. Die einstmals weiß gekalkten Mauern sind bedeckt von gelblichen Flecken und von etwas, bei dem es sich vielleicht um Ruß handelt, Farbeimer und mit Fett eingeschmiertes Werkzeug liegen scheinbar vergessen in den Ecken.

Zwischen den Maschinen: Menschen, mit kleinen Gläsern in den Händen; es wird häufig und jovial umarmt, wobei die Gesichter ganz unberührt signalisieren, dass sie sich in die tote Industrie als Dekoration durchaus einbringen. Denn so ist es nun einmal: So hat diese Fabrik nicht ausgesehen, als sie vor kurzer Zeit stillgelegt worden ist. So ist sie für diese Gelegenheit neu erschaffen worden, sorgfältig und sicher auch ironisch. Wir brauchen nicht an die Illusion zu glauben, wir können sie einfach nur betrachten. Sie genießen, wenn wir das wollen, oder es lassen.

Der Mann im Strickjanker hat sich an mich geheftet.

»Ich kenne ihn«, sagt er. »Aske, meine ich.«

Er ist Mitte fünfzig und sehr grau, was seine Kleidung und seine Haare angeht, und außerdem schwitzt er unter seinem Strickjanker.

»Seit wir jung waren«, fügt er hinzu.

Das überrascht mich nicht. Er ist, wie ich, hier eindeutig ein

Anhang, und mir kommt die Ahnung, dass wir in einer Gruppe ganz am Rand des Geschehens enden werden. Rita beschnüffelt seine Schuhe.

»Wir sind zusammen zur See gefahren«, sagt er. »Ja, ein Seemann war er nun nicht gerade.«

Er möchte sich auch vorstellen. Rune Skjalgson. Igi Heitmann. Rita.

»Hast du die Demonstration da draußen gesehen?«

»Sicher«, sage ich.

»Einer davon ist sein *Bruder.*«

Das flüstert er.

»Ach was«, sage ich.

»Ganz schön hart, gegen den eigenen Bruder zu demonstrieren.«

Da hat er natürlich Recht. Das ist wirklich ganz schön hart.

»Warum tut er das eigentlich?«, frage ich.

»Ich habe gehört, dass er mit den *Medien* gesprochen hat«, sagt mein neuer Freund. »Angeblich wegen der Stilllegung, aber ich weiß nicht so recht.«

Ich auch nicht. Und es interessiert mich auch nicht so sehr.

»Wir sehen uns noch«, sage ich heuchlerisch und flüchte tiefer in die Halle hinein.

Eine ganz besonders klobige und geheimnisvoll aussehende Maschine ist zur Bar umfunktioniert worden. Eine junge Frau und ein junger Mann, beide mit entblößten Bäuchen und silberberingten Nabeln, servieren auf den staubigen Flächen der Maschine Schnaps. Ein Fließband ist von kleinen Glasplatten bedeckt, auf denen bunte Schnittchen liegen, ein feiner Kontrast zur industriellen Monochromie dieses Ortes. Scharfes Orange: Kaviar oder in Cognac marinierter Lachs. Gelb: Lodderogen? Grün: Pesto, nehme ich an.

Über und durch alles hallt schwerer Industrierock, vor einigen Jahrzehnten gestorben, aber ebenfalls mit aufgesetztem Ernst wieder belebt, eine Kulisse, ebenso wie die toten Maschinen. Derzeit wird der Rock von einem Podium zwischen zwei hohen Bogenfenstern geliefert; eine Band bearbeitet Eisenplatten und Bohrmaschinen mit einer Ausdruckslosigkeit, die beim Publikum, das auf dem Weg zu den Schnittchen stehen bleibt, das erwünschte Lachen auslöst. Besondere Begeisterung erwecken die Flammen der Lötkolben, der goldene Funkenregen eines Winkelschleifers erringt sogar einen kurzfristigen Applaus: Industrielles Feuerwerk wird für einige Momente gegen die hohe Klinkerdecke geschleudert.

Askes assistierende Kunststudenten wuseln in ihren schwarzen T-Shirts mit Bohrmaschinen und Vorschlaghämmern umher und scheinen die Maschinen vorführen zu wollen, die sie vermutlich im Laufe der Nacht montiert haben.

»Verzeihung?«

Vor mir steht ein Taucher. Er sieht zumindest so aus in seinem Anzug, einem schwarzen, engen Froschmanndress. Oben auf der strammen Kapuze ist eine kleine, ebenfalls schwarze Dose montiert; darin blinkt eine Linse, munter wie ein Auge. Das Gesicht unter der Kapuze ist zerknautscht und verzogen von diesem dicht sitzenden Gummistoff, aber ich habe ihn natürlich erkannt. Jhaved Prasad freut sich durchaus nicht über dieses Wiedersehen.

Was ja auch kein Wunder ist. Die meisten finden es so peinlich, in der Wirklichkeit auf ihre Therapeutin zu stoßen, wie ich es schrecklich fand, wenn mir außerhalb des Schulhofs ein Lehrer über den Weg lief. Und wenn ich draußen wirklich Anlaug gesehen habe, dann sind mir in weniger als dreißig Minuten zwei von meinen Leuten begegnet, eine ist allerdings nur meine Expatientin. Und der Patient trägt einen Taucheranzug. *Kindermörderin!*, schreit mein Messerchen.

»Ich hab dich nicht gesehen«, murmelte Jhaved und sein zerknautschtes Gesicht wirft immer neue Falten. »Ich hab nur den da gesehen. Hunde dürfen nicht ...«

»Die Ausstellung betreten? Das ist Rita, sie arbeitet sozusagen hier.«

Mein Mund ist auf einem der großen Videoschirme unter der Decke ein halbmeterhoher Schlund. Ein kurzes, nervöses Lachen löst sich von Jhaveds strammen Lippen.

»Das ist eine Kamera«, sagt er und fummelt an der kleinen Dose auf seinem Kopf herum. »Live, verstehst du.«

Auf dem Bildschirm über uns schaue ich mit entsetzter Miene schräg nach oben, fahlgrün in der feindseligen Beleuchtung. Die Kamera starrt mich an, schwarz und glänzend, und unter diesem dritten Auge sehe ich die seinen. Dunkel und nervös.

»Und der Taucheranzug?«

»Ich weiß nicht so recht«, antwortet Jhaved. »Ich glaube, der soll irgendwie virtuell aussehen.«

Und das tut er auch, irgendwie. Nachdem Jhaved erleichtert andere gefunden hat, die er *live* wiedergeben kann, folge ich den flackernden Bildern auf dem Schirm unter der Decke. Im Saal befinden sich noch weitere Kameramänner in Tauchertracht, und auf den Schirmen wird ihr Fang direkt und zeitgleich gezeigt, abwechselnd mit einigen von Askes berühmten Videos und Szenen aus den Nachrichtenbildern, die die Fernsehteams draußen produzieren.

Ein Demonstrant öffnet auf einem Schirm stumm seinen Mund, es ist offenbar wirklich Askes Bruder, auf jeden Fall steht unten, unter dem mageren, wütenden Gesicht »Sjur Aske, Gewerkschaftsvertreter«. Er hat dunkle Locken und große Ähnlichkeit mit seinem Bruder, als er den Mund aufmacht, ehe sein Bild Askes düster starrenden Augen weicht.

Auf einem anderen Bildschirm stirbt ein Vogel mit zuckenden Flügeln. Der Vogel gehört zu »InNoSense«, einem ziemlich frühen Aske in Schwarzweiß, mit sorgfältig ungeschickter Kameraführung und einer Anzeige des Tierschutzvereins auf seiner Meritenliste, ansonsten ist es nicht so leicht zu entscheiden, was hier abläuft und was eine frühere Aufnahme ist.

Über mir nickt die Kunstkritikerin gnädig, endlich eingefangen von einer Kamera. Aske taucht wieder auf, jetzt mit dem Mann im Janker ins Gespräch vertieft. Er scheint sich ebenso zu langweilen wie ich.

Ich betrachte auf einem Bildschirm den knackigen Hintern meines Ehemanns, bis ich ahne, wo er sich ungefähr befindet. Dann suche ich mir vorsichtig zwischen rostigen Eisenplatten und Champagnergläsern den Weg.

Sein Pferdeschwanz ruht dekorativ auf seiner Schulter, seine Stirn ist leicht gerunzelt, und auf seinem schönen Mittelfinger klebt ein Rest blassrosa Nagellack.

»Huch«, sage ich und hebe vorsichtig den Finger vor seinem Gesicht. »Papa hat gekleckert!«

Seit Idas Geburt neigt Benny dazu, meine Schminksachen auszuborgen und sich nur sehr sporadisch – ich benutze niemals blassrosa Nagellack –, und meist erst auf meine energische Aufforderung hin eigene zu kaufen. Nicht, weil ich finde, dass ihm das gut steht, obwohl er sich geschickter schminkt als ich, sondern weil er so düster wird, wenn er sich zu selten in seinen geliebten, leicht trutschigen Kleidern ausleben kann.

Eigentlich hat er erst während des vergangenen Jahres eingesehen, dass er – Papa oder nicht – ein sehr viel umgänglicherer Mitbewohner ist, wenn er sich ab und zu und am besten ohne weitere Grübeleien ausreichend Schminke, leicht madamige Damenkleidung und einen Flirt unter Jungs gönnt. Von einem Benny, der mit deprimiertem Heldenmut auf Push-up-BHs und Lidschatten verzichtet, haben Ida und ich beide nichts, obwohl ich bis auf weiteres die Einzige bin, die mit *Bente* Bekanntschaft geschlossen hat.

Bente ist total in Ordnung, und sie wird Ida bestimmt gefallen, aber Benny steckt, was seine Tochter angeht, noch immer in einem langwierigen Coming-out-Prozess, und obwohl ich es ziemlich öde finde, muss ich sein Tempo respektieren. Ich kann ihn unserer Vierjährigen gegenüber ja schließlich nicht outen. Allerdings finde ich, dass er sich da selber schon alle Mühe gibt, denn er teilt Idas Begeisterung für Spitzen und Glitzerzeug und diesem Kitschkram namens »My little Pony«.

Deshalb zeige ich ihm den Finger mit den Nagellackresten.

»Hm«, sagt Benny. »Tja. Ich hatte es heute Morgen eilig. Der Hausmeister von gegenüber war stocksauer. Ich weiß nicht, vielleicht müssen wir ihm ein bisschen Geld geben, er muss das doch jetzt schon zum siebten Mal übermalen und …«

Da hat er mir tüchtig was vor den Latz geknallt. Seinen Nagellack, meine Untaten. Aber ich will das nicht, will nicht, dass wir diese Art von ehelichem Pingpong spielen, und da ich offenbar damit angefangen habe, nehme ich seine andere Hand, um sie ebenfalls zu küssen. In dieser Hand hält er das rosa Plastikteil, ein vertrautes Ding, obwohl wir es lange nicht mehr benutzt haben. Das Babyfon. Ida ist kein Baby mehr.

»Kein Babysitter aufzutreiben«, sagt Benny, und offenbar hat er deshalb so besorgt ausgesehen.

»Wie meinst du das?«, frage ich, Mutter, Ehefrau, misstrauische, aber ruhige Kinderexpertin.

»Unsere Babysitterin musste absagen«, sagt er. »Ihr Team ist bei irgendeinem blödsinnigen Fußballturnier in die nächste Runde gelangt, und ...«

»Aber Mutter und Karsten«, wende ich ein. »Könnten die nicht ...?«

»Oper«, sagt Benny.

»Aber Herrgott, Benny, wo steckt sie denn?«

»Hier«, sagt er und blickt in meine sicher hysterisch aufgerissenen Augen. »Ganz ruhig. Beim Üben ist sie zusammen mit der Industrieband Amok gelaufen, danach hat sie sich mit Schnitten voll gestopft und ist dann auf irgendeinem Schoß eingeschlafen. Jetzt liegt sie ruhig und sicher in einem Zimmer dort hinten.«

»Benny, ich hätte doch«, fange ich an. »Ich muss doch nicht hier sein, und es besteht kein Grund, warum sie ...«

Aber dann halte ich den Mund. Ich brauche keine traurigen Benny-Augen, damit mir einfällt, dass ich diesen kinderlosen Tag mitten in der Woche eingeführt habe; ich habe ihn mit elendem Kryptofeminismus heilig gesprochen. Ich weiß genau, dass Benny um nichts in der Welt meinen Besuch in Schwimmbad und Sauna, meine durch Mutterschaft verdiente Massage und die beiden Gläser mit Bella hätten unterbrechen können. Er hat das schon ein paarmal probiert, und immer ohne Erfolg.

»Du weißt«, sagt er.

»Ja«, sage ich. »Aber du bist hier gewissermaßen im Dienst, und das bin ich nicht.«

»Ich glaube nicht, dass wir sie jetzt wecken sollten«, sagt er. »Du weißt, wie sauer sie dann ist.«

»Es ist sicher alles in Ordnung«, sage ich. Er macht ein erleichtertes Gesicht, denn die Dosis Ehefrauengezänk, vor der ihm gegraust hat, ist ihm erspart geblieben. Benny ist ein wunderbarer Vater und ein etwas zu wohlerzogener Ehemann. Er verfügt über ungeheuer große Fähigkeiten, aber manchmal ist es schwer, ihn davon zu überzeugen. Das liegt an der verdammten Schminke, und ich darf nicht vergessen, denke ich, mit Bente darüber zu reden. Benny steht nicht in meiner Schuld, weil er sich pudert, und Bente tut das auch nicht.

Ich pflocke Rita an der Bar an, und dann gehen wir.

Ida befindet sich hinter einer Tür eine Treppe höher, und sie schläft so, wie wir alle schrecklich gern schlafen würden, tief und ruhig und hinter federleichten, ein wenig wogenden Vorhängen. Dieser Raum soll zu einem der Büros werden, und es steht bereits ein elegantes Sofa mit Leinenbezug hier, auf dem auch drei Stück Ida unter ihren Kinderdecken Platz hätten. Es riecht ein wenig nach Milch und warmem Kinderkörper. Ein offenes Fenster schaut auf den Schatten einer halb abgerissenen Fabrikruine; über der geschwungenen, schwarzen Silhouette wölbt sich eine tiefblaue Dämmerung, an der bereits ein früher Zeichentrickfilmstern angezündet worden ist.

Welcher mag das sein, der Abendstern oder die Venus, oder ist das dasselbe? Wir wissen so etwas nicht, Benny und ich, und sind deshalb immer ein wenig schuldbewusst und zugleich zum Kichern aufgelegt. Da ist er, der Zeichentrickfilmstern, und er ist schön. Vielleicht spielt er eine Rolle in den Träumen unserer Tochter, die seltsam und unzugänglich sind und süß duften.

Die Kinderexpertin unterwirft insgeheim die Umgebung einer kritischen Musterung und kann sie gutheißen: Das Fenster sitzt so hoch oben in der Wand, dass Ida es nicht erreichen kann, ihr zerschmustes Mausetier liegt neben ihrer Nasenspitze, das Sofa ist so niedrig, dass sie sich auch nicht verletzen kann, falls sie hinunterrutschen sollte.

Das Babyfon liegt rosa und blöd und stumm in Bennys Hand, als wir vorsichtig hinter uns die Tür schließen. Ich ignoriere mein Messerchen. Frauen sollen ihren Männern vertrauen. Außerdem ist die Tür abgeschlossen.

Bella heult, aber vielleicht war das auch die Winkelschleifmaschine.

»Himmel«, sagt sie. »Ich hab dich schon überall gesucht. Du musst doch Joakim kennen lernen!«

Und dann, für ein oder zwei Sekunden, erleben meine Finger den kostbarsten Händedruck des Landes, ruhen in der trockenen, goldbraunen Faust Joakim Rolls, erleben den leichten Druck eines *handshakes*, der normalerweise Milliardenverträge besiegelt. In dieser Hand haben während des vergangenen Jahrzehnts die Hände von Ministerpräsidenten und Ölministern geruht, so wie jetzt meine; diese gepflegten Finger haben die ausgestreckten Hände von Gewerkschaftsführern, Gesundheitspolitikern, Reedern und Medienmoguln umschlossen. Gerüchte behaupten, dass Bella bisweilen an ihnen *lutsche*.

»Joakim«, sagt sie. »Das ist Igi. Igi ist mit Benny verheiratet und außerdem Psychologin.«

»Psychologin«, wiederholt Roll. Seine berühmten Brillengläser funkeln fröhlich, aber der Blick, der für eine Zehntelsekunde meinem begegnet, ist vollständig tot. »Gibt's dabei etwas zu verdienen?«

»Kommt drauf an, was du unter *etwas* verstehst«, sage ich.

»Joakim, du bist ein verdammtes Schwein«, sagt Bella mit ihrer Marianne-Faithfull-Stimme. Aber Rolls kleiner Hofstaat amüsiert sich aufs Köstlichste. Ihre Gesichter glänzen vor Schweiß und sie haben dickere Bäuche als er und außerdem farbenfrohere Schlipse. Der Hofstaat liebt amüsante Dinge. Es ist amüsant, zum Frühstück Aktien zu kaufen, sie zum Mittagessen abzustoßen, zum Kaffee eine Gesellschaft zu verzehren und sie zum Abendbrot in kleinen Bissen wieder auszuspucken. Der Hofstaat amüsiert sich köstlich.

Auf Bellas anderer Seite: Aske, den ich ebenfalls unbedingt

kennen lernen muss, der aber keine Hand ausstreckt. Das ist keine Überraschung, alle wissen, dass er andere Menschen nur ungern anrührt. Umso besser, denke ich, denn das grünliche Licht, das Joakim Rolls Brillengläser so fröhlich aufblinken lässt, bringt auch Askes silberfarbenen kleinen Finger zum Glänzen, die Prothese, die fast so berühmt ist wie die Brillengläser.

Es fällt mir schwer, meinen Blick davon abzuwenden. Wenn überhaupt irgendwer wegen Aske gekommen ist, dann hat der kleine Finger dafür gesorgt. Er befindet sich, wie das bei kleinen Fingern nun mal Sitte ist, in Privatbesitz, in diesem Fall jedoch nicht in Askes, sondern in dem von Roll.

Die Amputation seines kleinen Fingers war Askes bisher skandalöseste Manifestation, und außerdem die einzige, die wirklich diese Bezeichnung verdient, denn *mani* leitet sich – was während der Amputation niemand übersehen konnte – vom Wort *manus* ab, was »Hand« bedeutet. Die Amputation ist auf Videos zu sehen, die zu einer Serie von exklusiven Sammlungen gehören; Auszüge aus diesen Videos sind außerdem von Fernsehsendern mehr oder weniger auf der ganzen Welt gezeigt worden, was sich durchaus als lukrativ erwiesen hat, aber niemand – *niemand,* wie Bella betont – hat den kleinen Finger *live* gesehen.

Er wurde auf, vermutlich, perfekte Weise einbalsamiert, falls das zu Askes vielfältigen Fähigkeiten gehört, wurde in Glas eingegossen oder in Formalin versenkt oder schwimmt in der Wodkasorte, die vor einiger Zeit für eine schamlose Summe Askes Konservierungsprojekten einverleibt worden ist. Genaueres weiß niemand, da der kleine Finger *live* eben nur durch Rolls Brillengläser zu sehen gewesen ist. Bis heute Abend.

Bella und Rolls Hofstaat vertiefen sich in etwas, bei dem es sich um die Kammmuschelgeschichte des blauschwarzen Kochs handeln muss. Ansonsten haben große Teile der Versammlung sich in den hintersten Teil des Lokals verzogen, wo die organisch wachsende Ausstellung am weitesten gediehen ist. Ich beobachte den schwachen Strom aus Zuschauern, der an einem riesigen, rußschwarzen Eisenofen mit einem bis zur

Decke reichenden Klinkerschornstein vorüberzieht. Dahinter ist alles weiß gestrichen. Boden, Wände, die Decke hoch über uns, alles ist im selben matten, kreideweißen Ton gehalten.

Spinnwebdünne Drähte mit mikroskopischen, intensiv leuchtenden Birnen sind auf unterschiedlichen Ebenen in ausgefeilten geometrischen Mustern über und neben uns aufgespannt worden; nicht eine Ecke, nicht ein Zentimeter des Raums ist der Dunkelheit der Industriehalle überlassen worden.

Es erinnert ein wenig an ein wissenschaftliches Labor, oder an einen Operationssaal, zumindest insofern, als wir offenbar eine neue, beleuchtete Welt betreten haben, eine Welt für klare Gedanken und saubere, möglicherweise mentale Produktion. Hier befinden sich einzelne von Askes Arbeiten, manche fertig montiert, andere noch mitten im Prozess.

Es handelt sich um die unmöglichen Körper, Askes berühmteste und umstrittenste Arbeiten abgesehen vom kleinen Finger und der Pornografie; diese noch immer unvollendete Serie von Objekten, die teilweise Abscheu erregen, teilweise Belustigung, und teilweise seriöse kritische Aufmerksamkeit.

Die »Impossible Bodies« bestehen aus Knochen, aus Skeletten, aus Skeletteilen, aus penibel gereinigten und geputzten Resten unterschiedlicher Tierkörper, auseinander genommen und mit der Akkuratesse eines Uhrmachers zu Tieren zusammengesetzt: die sich nicht bewegen können, sich nicht vermehren, keine Nahrung zu sich nehmen, Tieren, die nicht existiert haben und die auch nur in einer grenzenlosen, etwas grotesken Fantasie existieren können. Obwohl sie nicht so aussehen; sie sehen aus, als könnten sie mit ihren missgestalteten Körpern seltsame, schmerzhafte Leben leben, und deshalb ist es so schwer, den Blick von ihnen abzuwenden.

»Impossible Bodies V« lässt den riesigen, viel zu schweren Stierkopf auf zarten, gespreizten Vorderpfoten ruhen; hinter dem Kopf wellt sich das schmale Rückgrat über die nadeldünnen, langen und vielgliedrigen Knochen. Aus den Wirbeln in Rückgratmitte bersten – so sieht es aus – mehrere winzige, spitzschnäblige Vogelschädel hervor.

»Impossible Bodies III« erhebt sich langsam, wie protestierend, auf zwei kräftige Hinterbeine und lässt seinen langen, kopflosen Nacken wild auf eine Schulter hängen; der Schädel dieses Tieres zeigt gewaltige geschwungene Hörner und schreit aus dem Hohlraum heraus, in dem der Magen sitzen müsste.

»Impossible Bodies IX–X« ist, wie der Titel schon andeutet, zusammengewachsen, zwei ziemlich ähnliche, monströs überdimensionale Oberkörper enden in einem jämmerlichen, schwammigen und kraftlosen Becken ohne hintere Knochen. Nummer XII lässt seine acht Meter langen Beine aus zwei Körpern hervorwachsen, der eine Körper liegt verzerrt unter dem anderen, hebt seinen schön polierten Schafsschädel einige Dezimeter über den Boden zum Schlangenhaupt und dem restlichen Leib, der sich wie zu einem Befreiungsschlag anspannt.

Nummer VI reißt seinen zahnreichen Schlund auf, nicht zum Angriff, sondern zu einem Angstschrei; er besteht aus einem eng verflochtenen, ungeheuer komplizierten Geschlinge aus Knochen, in dem es alles gibt, Schädel und Klauen und Hüftschalen und Flügel, aber nichts an seinem richtigen Platz; alles hängt miteinander zusammen und kann nur mit großer Anstrengung betrachtet werden.

Die Miezekatze des Lokals ist Nr. II, auch sie habe ich schon früher gesehen, und sie ist ein Trost. Ein kleiner, wenn auch viel zu dicht zusammengepackter Knochenhaufen. Aus irgendeinem Grund scheint sie immerhin zu schlafen, nichts von ihrer Missbildung zu wissen, im Gegensatz zu den anderen, die diese wild und unübersehbar *leben*. Sie gelebt haben.

So sieht das Labor aus, das wir hinter dem rußschwarzen Ofen finden. Rein gescheuert, geprägt von einer unbestreitbaren handwerklichen Fähigkeit, weiß, offen für Betrachtung und zeitlose Bewertung. Und nicht ein Einziges, denke ich, dieser Bauwerke, die zu Körpern hätten werden können, ist seltsamer, weniger glaubwürdig, zerbrechlicher als das, was sich auf zwei leicht abgewinkelten Beinen in mir befindet.

Ich kann spüren, wie meine Knochen sich unter meiner Haut begegnen, wie Beinschienen aneinander oder auseinander gepresst werden, wie Wirbel sich glatt und lautlos übereinander legen, wenn ich mich bewege. Ich glaube, dass es mir nicht allein so geht.

Obwohl wir es gelassen hinnehmen. Wir haben schon häufiger Kunst betrachtet, und mustern sie ruhig und ohne dass sich eine Andeutung von Gefühlen in unseren Gesichtern zeigt; niemand unter uns lässt Abscheu, Verwunderung oder Angst, die diese Objekte in uns auslösen, von den Muskeln, den Gesten, die uns zur Verfügung stehen, zum Ausdruck bringen.

Unsere Körper, die durchaus nicht so rudimentäre Versuche sind wie die, die wir hier betrachten, sind allesamt sehr viel ausdrucksloser als diese. Alle Ausdruckskraft in diesem weiß gestrichenen Labor ist den Dingen überlassen, diesen Objekten, die wir bewerten sollen. Obwohl wir nicht im Stande sind, überhaupt irgendetwas auszudrücken. Nur ein Kind oder ein Tier würde sich hier anders verhalten, ungeschickt, würde einen Skandal machen, schreien. Obwohl ja kein Zweifel daran bestehen kann, dass hier, wenn auch lautlos, sehr viel geschrien wird.

In der Menschenmenge öffnet sich ein Korridor und lässt eine kleine Gruppe an den Knochenhaufen vorüberziehen, auf die hinterste Wand zu, wo sich das Altarbild dieser Halle befindet, Askes kleiner Finger. Bisher war kein Durchkommen möglich, denn das Gedränge dort drüben lässt sich mit dem vergleichen, das sich in der Hochsaison vor der Mona Lisa abspielt. Deshalb schließe ich mich der Menschengruppe geschickt an, trotte wie irgendeine kamerageile Tussi hinter den Majestäten her: Aske, Roll, dem Fernsehteam und der bekanntlich *großzügigen* Kulturjournalistin, die sie interviewen soll.

Über unseren Köpfen flimmert jetzt Askes mageres Wolfsgesicht, angespannt vor der Amputation. Über die Lautsprecher hören wir die beruhigenden und trockenen Erklärungen des Arztes auf gebrochenem Französisch, und vermutlich schaut niemand mehr hin, denn die meisten unter uns kennen das Video sicher schon.

Die Abschlussmauer badet in Neonlicht, und ein gestresster

Produktionsassistent hebt für den Kameramann den Daumen. Zwischen Aske und der Kamera befindet sich ein fünf Zentimeter breiter, meterhoher, grau lackierter Stab, der hochkant in einer Vitrine steht. Ganz oben ist ein mit Glas bedeckter Schlitz in den Stab eingepasst, in dem wir eine Art bleichen, grünlichen Wurm erkennen können. Den kleinen Finger.

Der Countdown hat begonnen. Wir sind hineingelangt.

»Hallo«, sagt die Großzügige ruhig in die Kamera. »Ich besuche, wie Sie schon gehört haben, das absolute Kulturereignis des Tages hier in der Hauptstadt, und ich möchte Sie bitten, sich das neben mir ausgestellte Kunstwerk ganz genau anzusehen. Aske, Sie haben dieses Werk, um das sich so viele Geheimnisse und Mythen ranken, doch geschaffen. Was sehen wir hier?«

»Es heißt ›Reliquium‹«, sagt Aske, seine Stimme ist ebenso tot wie sein Gesicht.

»Relik – wie?«, fragt die Großzügige.

»Nein, nicht wie«, sagt Aske müde, »sondern …«

»Aber was wir hier sehen«, fällt die Großzügige ihm ins Wort und hebt ein wenig ihre Lockenpracht. »Was wir hier sehen, ist Ihr amputierter kleiner Finger. Das muss doch entsetzlich wehgetan haben?«

»Jede künstlerische Tätigkeit«, erwidert Aske, und hält sein bleiches, teigiges Gesicht ins grelle Licht, »bringt einen gewissen Grad an Schmerz mit sich. Keine meiner Arbeiten wäre …«

»Zusammen mit uns hier in Nydalen in Oslo«, unterbricht ihn die Großzügige, »sehen Sie nicht nur den skandalumwitterten Künstler hinter dem kleinen Finger, sondern auch den *Besitzer* dieses Werkes. Willkommen bei uns, Joakim Roll. Warum haben Sie sich erst jetzt dazu entschieden, dieses Werk öffentlich zugänglich zu machen?«

»Ein jeglich Ding hat seine Zeit, wie es in der Bibel heißt«, sagt Roll lächelnd. »Und jetzt ist der absolut richtige Moment gekommen. Jetzt haben die TroJa-Fabriken endlich einen neuen Besitzer, der die kulturellen Verpflichtungen, die mit einem im norwegischen Kulturleben so gewichtigen Namen wie Otto

Troels-Jacobsen verbunden sind, übernehmen und ausbauen wird, und wir haben für dieses traditionsreiche Anwesen eine Lösung gefunden: Hier, an einem der reichsten und ältesten Industrieschauplätze Oslos, wollen wir von RollOn ein zukunftsgerichtetes, innovatives Kulturzentrum eröffnen, das sich zum Teil unserem bedeutendsten zeitgenössischen Künstler, Aske, widmet, zum Teil gleichaltrigen und jüngeren Kolleginnen und Kollegen.«

»Aber der kleine Finger«, fragt die Großzügige. »Der kleine Finger?«

»Was soll mit dem sein?«, fragt Roll gleichgültig.

»Dann lassen Sie mich meine Frage anders formulieren«, sagt die Großzügige. »Warum geben Sie Ihr Geld für Kunst aus, und nicht – zum Beispiel – für eine Fußballmannschaft?«

»Es macht keinen Spaß, eine Fußballmannschaft zu besitzen«, erwidert Roll gelassen. »Alle haben Fußballmannschaften.«

»Und deswegen möchten Sie lieber Aske besitzen?«

»Was heißt schon besitzen«, sagt Roll, und seine berühmten Brillengläser funkeln munter. »Zumindest besitze ich seinen kleinen Finger.«

Gelächter. Ansteckendes Gelächter. Sogar die Großzügige muss für den Bruchteil einer Sekunde, den sie sich das auf dem Bildschirm leisten kann, lachen, dann fällt ihr ein, dass sie doch eigentlich eine Revolverjournalistin ist.

»Aber ganz ohne Widerspruch läuft das ja nicht ab«, sagt sie dann zu Roll. »Hier verschwinden einige der letzten industriellen Arbeitsplätze Oslos, und das kann einem Mann, der so abhängig von seiner Zusammenarbeit mit den Gewerkschaften ist wie Sie, doch nicht ganz gleichgültig sein?«

»Keine Innovation geht ohne Widerspruch vor sich«, sagt Roll ruhig. »Hier verschwinden circa dreißig Arbeitsplätze, und – entschuldigen Sie, dass ich darauf hinweise – allein das Kulturzentrum wird viele davon ersetzen. Außerdem eröffnen wir ein Restaurant. Zu allem anderen, was die Übernahme durch RollOn für TroJa bedeuten wird.«

»Aber wir haben doch vorhin die Demonstration gesehen«, sagt die Großzügige und wendet sich an Aske. »Einer der Demonstranten war Ihr eigener Bruder. Lässt es Sie denn kalt, dass Ihr Bruder so heftig gegen den Besitzerwechsel und die Ausstellung Ihrer Arbeiten protestiert?«

»Ach, hören Sie«, sagt Aske, sein Gesicht ist verspannt und schaut bleich und ungeheuer konzentriert aus den Bildschirmen über uns. In einigen Sekunden wird das Messer fallen. »Ich kann Ihnen etwas über meinen Bruder erzählen. Er hat sein Leben lang in dieser Fabrik malocht.«

»Ja, das meine ich ja gerade«, sagt die Großzügige.

»Genau wie zuvor mein Vater«, erzählt Aske tonlos. »Ich habe auch hier gearbeitet, einige Sommer lang, vor vielen, vielen Jahren. Und genau hier, wo wir jetzt stehen, weit hinten in dem Raum, der damals als Lager gedient hat, stand mein Bruder und hat zugesehen, wie einer seiner Arbeitskollegen mich vergewaltigt hat, und er hat keinen Finger gerührt, um das zu verhindern. Ich glaube, es hat ihm gefallen. Mehr habe ich über meinen Bruder nicht zu sagen.«

Die Augen der Großzügigen quellen wie Klicker aus ihrem Gesicht hervor.

»Schnitt«, faucht sie. »Schnitt, zum Henker!«

Über ihr verzerrt sich Askes Gesicht, als sein Mund sich zu einem Schrei öffnet, Schweißperlen treten ihm auf die Stirn, jetzt wird in der Tat geschnitten.

Aber nur auf dem Video. Entweder hören die Fernsehtechniker nicht auf die Bitte der Großzügigen, oder sie haben sie falsch verstanden, das rote Lämpchen an der Kamera jedenfalls hört nicht auf zu blinken. Im panischen Versuch, einen Skandal zu verhindern, zeigt die Großzügige auf einen der drei Bildschirme über uns.

»Sie sind doch auch für Ihre Videoarbeiten bekannt«, stammelt sie. »Über uns wird jetzt die berühmteste gezeigt. Können Sie uns sagen, was dort vor sich geht?«

Aber die Amputation ist vorüber. Auf dem Schirm sehen wir das vergilbte Bild eines jungen Mannes, der ausgestreckt auf einem Bett liegt. Die Kamera wandert langsam und liebevoll über seinen Körper, über die schweißnassen Oberschenkel, den erigierten Penis, den Bauch, unter dem die Muskeln arbeiten. Eine Hand streicht über seinen Brustkasten. Diesmal beachten die Fernsehfotografen die Grenzen der Schicklichkeit und wechseln rasch vom Bildschirm an der Decke zu der großzügigen Reporterin über. Über uns jedoch sind noch immer die Bilder des Mannes auf dem Bett zu sehen.

»Herrgott«, flüstert die Großzügige.

»Das ist *live*«, ruft irgendwer.

»Das ist *Porno*.«

Gelächter. Die Großaufnahme des Gesichts. Der junge Mann hat die Augen geschlossen, er öffnet ganz leicht die Lippen. Ein schwarzer Riemen liegt um seinen Hals. Großaufnahme der Hand, die seinen Bauch liebkost, es ist eine schöne, maskuline Hand mit einer kleinen Tätowierung an der weichen Stelle, wo Daumen und Handfläche einander begegnen.

»Aske«, wimmert die Großzügige, »darf ich um einen Kommentar …«

Der Riemen um den Hals des ruhenden Jungen wirkt auf einmal entsetzlich stramm, der Junge hat wütende Flecken im Gesicht, und ihn durchjagen Zuckungen. Wieder die Hand: Die Tätowierung ist jetzt sehr deutlich, sie zeigt eine kleine, zarte und ungeheuer elegant gezeichnete Orchidee. Ich habe sie schon häufiger gesehen. Auf der Großaufnahme hat sich das Gesicht des Jungen jetzt violett verfärbt, und seine Augen quellen hervor.

»Nein«, sagt Aske ruhig. »Das stammt nicht von mir. Das ist keine meiner Arbeiten. Aber er ist gut geschminkt, finden Sie nicht?«

Ich habe mich schon umgedreht und auf der anderen Seite des Raumes neben dem Ofen eine schwarze Silhouette entdeckt. Als diese verschwindet, versuche ich, mir einen Weg freizukämpfen und die Verfolgung aufzunehmen.

4

Der Platz vor der Fabrik liegt leer in der sich vertiefenden Dämmerung. Die Fernsehteams sind noch drinnen, auf der anderen Seite der Brücke frösteln noch einige wenige Demonstrierende. Ich höre zwei Geräusche. Irgendwo wird ein Auto angelassen. Und irgendwo – hinter der Ecke, in Richtung Fluss – läuft jemand.

Ich rufe seinen Namen, als ich um die Ecke biege, rufe, obwohl ich ihn auf dem schmalen Weg, der sich an der Längswand des Fabrikgebäudes hinzieht, nicht sehen kann, rufe ihn, obwohl ich jetzt nur das Geräusch meiner eigenen Schritte höre. Zwischen Fluss und Mauer, vorbei an den Bogenfenstern, die schmutzig braun, dunkel leuchten, zwischen zwei niedrigen Klinkerbauten hindurch, wo alle Geräusche verstärkt und von den Fassaden zurückgeschleudert werden. In dem von den beiden langen, rotbraunen Mauern gebildeten Tunnel ist kein Mensch zu sehen, ich sehe keinen schwarzen Schatten weit vorne um die Ecke verschwinden, aber trotzdem renne ich weiter, stumm und hart und verbissen.

An der Ecke des Lagerhauses bleibe ich stehen und hole Atem. Vor mir, an die zweihundert Meter weiter, liegt die Quermauer der alten Fabrikruine, ein offener, schwarzer Schlund, wo einst die Mauer gestanden hat, eine zerfetzte Wunde in Mauer und Klinkern, verursacht durch eine begonnene und niemals vollendete Abbruchaktion.

Langsam gehe ich darauf zu, auf dieses gezackte, nachtschwarze Riesenmaul. Mit energisch beherrschten Schritten, während ich lausche. Kein Automotor in der Nähe, nur das Rauschen des Ringvei, das ferne Glucksen des Flusses, und irgendwo, vor mir in der Dunkelheit, etwas anderes. Keine hämmernden Füße, nicht einmal so vorsichtige Schritte wie meine. Aber etwas ist da.

Das trippelt?

Ich werde geblendet, als ich die Schwelle überquere, die von dem inneren Schatten des Gebäudes gebildet wird, doch obwohl ich geblendet bin, nehme ich die gewaltigen Dimensionen in diesem leeren Raum wahr. Meine adretten Mädchenschritte werfen zwischen diesen Wänden, die ich noch nicht sehen kann, und der Decke, die sich irgendwo hoch über mir befindet, ein klangvolles Echo. Es riecht nach feuchtem Stein und nach Schimmel, weit hinten in der Dunkelheit tropft etwas, ein klarer, gleichmäßiger Trommellaut aus kleinen Wassermengen, die auf Metall treffen.

Ich rufe seinen Namen, während meine Augen sich langsam an die Dunkelheit gewöhnen. Der Raum wird für mich deutlich wie ein Foto, das langsam entwickelt wird, hier eine Mauer, rechts von mir einige Ölfässer, an der Wand ein Metallschrank, in einer Wasserlache auf dem Boden ein feuchter, zerrissener Pappkarton, der sich langsam in seine Bestandteile auflöst. Sein Name rollt zusammen mit meiner streng unter Kontrolle gehaltenen Stimme über die Wände und zur Decke hoch, und in der tiefen Stille, die jedes Mal auf das Echo folgt, bleibe ich stehen, damit meine Schritte nicht seine Antwort ersticken. Aber es kommt keine Antwort.

Die Klinker bilden in der Dunkelheit unter dem Deckengewölbe feine Muster. Die Rohre mit ihren zentimeterdicken Staubschichten verschwinden in einer noch tieferen Dunkelheit, denn das Ende des Raums kann ich nicht sehen. Während ich mich vorsichtig weiterbewege, spüre ich, wie sich die Muskeln in meinem Rücken anspannen, als müsse der Angriff, wenn denn einer erfolgt, aus dem Hinterhalt kommen.

Mitten im Raum höre ich auf, ihn zu rufen. Mitten im Raum bleibe ich stehen, weil meine Augen sich abermals an die Dunkelheit gewöhnen müssen. Das schwache Licht der gewaltigen Öffnung hinter mir reicht nicht bis hierher.

Er ist nicht hier, denke ich, sage ich mir. Geh ihn anderswo suchen. Mein Fuß stößt gegen einen Stein. Ich bücke mich und hebe ihn auf, werfe ihn in die Dunkelheit.

Der Stein trifft etwas, produziert ein dumpfes, lächerlich kleines Geräusch, wie zerbrechendes Glas vielleicht, oder wie Metall, das über Metall schrappt. Es sind nicht die leisen Wassertropfen, denn die fallen jetzt auf meiner linken Seite, irgendwo bei der Mauer. Ich bleibe stehen und horche. Das klirrende Geräusch wiederholt sich nicht. Habe ich es denn überhaupt gehört?

Über mir ahne ich eine Änderung in der Dunkelheit, als näherte ich mich einem Schatten, und das Geräusch meiner Schritte klingt jetzt anders. Ich befinde mich unter einem Halbdach, das zwei Stockwerke trennt, und die Tatsache, dass sich über mir vielleicht ein Fußboden befindet, eine getrennte Einheit, eine andere Welt der Dunkelheit über der, durch die ich mich bewege, macht mir zum ersten Mal meine Angst bewusst. Ich strecke die Arme aus und murmele unzusammenhängendes Zeug.

»Bist du da«, frage ich. »Bist du da?«

Meine Hände schließen sich um schmale Röhren. Eine Treppe. Eine Wendeltreppe. Über mir, wo sie endet, befindet sich eine graue, kreisrunde Fläche. Irgendeine Form von Licht dringt dort ein. Wenn ich an seiner Stelle wäre, wo würde ich mich verstecken? Irgendwo in einer Ecke? Vielleicht dort oben, vielleicht nicht. Und es steht nicht fest, dass ich einen Ruf beantworten würde, selbst, wenn ich gefunden werden wollte. Also muss ich ihn finden, ich klettere ungeschickt die Treppe hoch, stolpere und verursache Geräusche.

Irgendwo in einer Ecke. Ich kenne ihn. Aber wirklich gut kenne ich ihn nicht. Ich weiß nicht, welche Sorte von Versteck er vorzieht. Diese Galerie ist jedenfalls keine Ecke. Hier gibt es eine Mauer und eine geschlossene Tür. Aber von einer meterlangen Öffnung neben der Tür kann ich in die tiefere Dunkelheit weiter hinten hineinschauen. Aber auch dort kann ich nichts sehen, nichts hören.

Immerhin lässt die Tür sich öffnen. Meine Finger, flink plötzlich, geschäftig, fahren langsam über den Rand der Türöffnung und finden einen Lichtschalter, und wenn ich für einen Moment von dem grellen Licht geblendet bin, so ist er zum Ausgleich darin gefangen, erstarrt.

Er liegt auf der Seite und ist nackt. Er ruht nicht auf einem Bett, sondern auf einer Matratze, auf dem nackten Boden, und er ist mit einem zerknüllten Laken zugedeckt. Obwohl sein rechter Handrücken versteckt ist, weiß ich doch, dass sich dort an der Daumenwurzel keine kleine Orchidee befindet. Nicht diesen jungen Mann habe ich gerufen oder verfolgt, ich habe kein Opfer gesucht. Ich habe ihn neulich noch gesehen, habe aber keinen Namen für ihn, kein Mantra, das aus ihm etwas anderes machen könnte als Körper und Fleisch.

Der schmale schwarze Riemen liegt noch immer um seinen Hals, sein Gesicht ist noch immer geschwollen, tief rotblau in dem schreienden, kalten Licht der nackten Birne über ihm. Es ist kein Film, trotz des Kamerastativs am Fußende der Matratze. Und obwohl mir alle meine Sinne sagen, es sei sinnlos, er sei keine geschminkte Fiktion, muss ich ihn berühren.

Es fühlt sich widernatürlich an, wie gefrorene Sonne oder heißes Eis, Haut ist nicht so, soll nicht so sein, nicht so kalt, nicht so hart. Ich will ihn nur noch verlassen, aber das kann ich nicht. Der Riemen hält mich zurück. Er darf nicht um seinen Hals liegen bleiben. Ich taste daran herum. Ich quetsche meine Finger zwischen Hals und Riemen, kann ihn jedoch nicht lösen. Als ich meine Hände zurückziehe, streife ich seinen Adamsapfel. Der bewegt sich, obwohl der Mann doch tot ist. Und jetzt breche ich in Tränen aus.

Ich habe dumme, ungeschickte Hände, aber ich finde das Schlüsselbund und kappe den Riemen mit einem der Schlüssel.

Weit hinter mir, bei dem gezackten Schlund, der das Gebäude für die Abenddämmerung aufbricht, ist wieder ein trockenes, knirschendes Geräusch zu hören, wie Zähne, die einen Knochen zermalmen, oder Füße, die über Kies schleifen. Es dauert nur einen Moment und ruft kein Echo hervor. Es ist das seltsam bescheidene Geräusch von draußen, von Abschied. Und es reißt mich los.

Aus dem blendenden Licht, hinunter in den engen Schacht, während meine Füße über die Stufen rutschen, ins Leere treten, unbarmherzig auf den Stahlrohren und den scharfen Kanten der Wendeltreppe herumtrampeln. Ich schlage auf allen vieren auf den feuchten Boden auf und taumele unsicher auf das Dämmerungsmaul zu.

Und die ganze Zeit spüre ich meine Hände brennen, den Körperteil, der ihn berührt hat, wie eine Brandmarkung, wie ein zitterndes, vereistes Feld. Meine Hände versuchen zu verstehen, was sie angefasst haben, ich strecke sie aus, als seien sie verletzt oder hätten etwas Wichtiges gesehen, etwas, das ich nicht vergessen darf.

In der Ausstellungshalle strecke ich sie noch immer aus, zeige sie vor, als könnten sie etwas erklären. Und dann berichte ich, was sie angefasst haben.

5

Die Treppe

Auf der Treppe brennt Licht, ich biege oben um die Ecke und finde mit der rechten Hand den Lichtschalter. In der linken halte ich das Babyfon. Die Lampe, die über meinem Kopf aufleuchtet, enthält nur eine bescheidene Birne, fünfundzwanzig Watt. Diese Birne wirft ein goldenes, unzulängliches Licht über die Stufen vor mir. Obwohl es für meinen Zweck reicht, ich bin nur unterwegs zu Ida, will mich davon überzeugen, dass sie so ruhig schläft, wie der stumme Apparat es annehmen lässt. Hinter mir liegt die Ausstellungshalle mit ihren Menschen und ihrer Unruhe, mit den Bewegungen, die ich ausgelöst habe, als ich dort eintraf, nachdem ich aus dem halb zerbrochenen Maul des Lagerhauses und über die Pflastersteine gelaufen war.

Dort, hinter mir, wird in Mobiltelefone gesprochen. Dort werden Ordnung und Behörden und Systeme angerufen, dort lösen sich Gruppen auf, dort werden halb verstandene Gerüchte und wütende Kommandos ausgetauscht.

Ich lege das alles auf dem Weg durch den Flur, auf der Treppe, ab, die Geräusche hinter mir verschwimmen miteinander und werden zu Gemurmel, zu gleichmäßigem, ununterbrochenem Gemurmel, dann verschwinden sie, wie die Schatten der Bewegungen draußen, in der gedämpften, warmgelben Eintönigkeit des Korridors und des Treppenhauses.

Der Apparat ist stumm. Das kleine rote Auge, das pulsiert, wenn sie ein Geräusch macht, ist tot. Das bedeutet, dass sie schläft, dass sie gleichmäßig und ungestört atmet. Wenn sie schläft, braucht sie mich nicht. Aber jetzt brauche ich sie. Brauche ihren Atem und einen schwachen Luftzug vom Fenster und die Ruhe meines Kindes.

»Igi«, flüstert meine Hand. Es blinkt wild, flammend rot, dieses Äuglein auf dem Apparat. Ich erstarre zu Eis. Vor mir ragt die Tür auf, dahinter liegt sie. Von draußen, von unten, dringt das ferne Geräusch von Polizeisirenen zu mir durch. Sie kommen näher. »Bist du's?«, fragt meine Hand, fragt dieses dumme, rosa Ding in meiner Hand. »Igi, bist du's?«

»Ja«, sage ich.

Schweigen. Und die näher kommenden Sirenen.

»Hörst du sie?«, fragt er.

»Ja«, flüstere ich.

»Hörst du sie? Sprich lauter!«

Er kann mich nur durch die Tür hören. Das rosa Plastikdings in meiner Hand wirkt nur in einer Richtung. Von ihr zu mir, so soll es sein. Von ihm zu mir.

»Ja«, sage ich. »Ich höre sie, Jhaved. Kannst du jetzt die Tür aufmachen? Lass mich rein, bitte. Ich bin's doch nur. Ich bin allein. Ich will nur nach Ida sehen. Will wissen, dass sie schläft. Dass es ihr gut geht.«

Ich kann jetzt seine Atemzüge hören. Er hält sich das Babyfon offenbar an den Mund, es blinkt fieberhaft in meiner Hand, blinkt entzündet, wie eine Wunde, wie eine offene Schwäre in meiner Hand. Die Sirenen werden vor dem Haus zu einem Schrei, heulen wild auf der anderen Seite der Mauern, pressen sich näher, füllen den Gang, füllen mein Bewusstsein, so, wie ich weiß, dass sie sein Bewusstsein füllen. Wenn sie sie nur nicht wecken, denke ich, bete ich, blödsinnig, sinnlos, als hätte ich telepathische Fähigkeiten. Schlaf!, schreit mein ehrgeiziges Bewusstsein. Schlaf! Aber obwohl mein Mund sich öffnet, kommt kein Laut heraus.

Und dann verstummen die Sirenen, fallen mit lang gedehntem, dunkler werdendem Heulen auf Null zurück; das Geräusch wird träge, zähflüssig und sehnsüchtig, wird zu einer pathetischen Klage, zu einer hoffnungslosen Kapitulation, dann schwindet es dahin und wird zu nichts, kein Geheul mehr, kein Weinen, nur ein letztes, abruptes, gekapptes Wimmern, wie von einem großen, sterbenden Tier.

»Pst«, flüsterte Jhaved, »pst!« Und damit bin nicht ich gemeint. Ich bin ja schon zu Eis erstarrt. Ich kann den Mund nicht öffnen, denn dann wecke ich sie vielleicht. Ich kann mich nicht bewegen, denn dann …«

»Igi«, flüstert Jhaved.

»Ja. Ich bin hier. Bitte, sag mir, ob sie schläft.«

»Sie schläft. Sie hätten sie fast geweckt, Igi. Dieser ganze Lärm. Du willst doch auch nicht, dass sie sie wecken, oder?«

»Nein«, sage ich.

»Was hast du gesagt?«

»Ich habe Nein gesagt, Jhaved. Ich will auch nicht, dass sie sie wecken. Aber ich möchte sie gern sehen. Ich möchte zu ihr. Zu euch.«

Hinter mir wird der Flur von Licht durchdrungen. Ich bin ein schwarzer Block vor diesem Messer aus Licht, das mich in den Rücken trifft. Jemand ruft. Hinter mir ruft jemand, nicht wild, nicht hysterisch wie das Licht. Aber jemand ruft meinen Namen. Das Geräusch von Absätzen auf Beton schallt durch das kurze Treppenhaus.

»Igi«, keucht Jhaved an meinem Ohr. »Igi, nicht. Schick sie weg!«

Und hinter seiner Stimme höre ich ein dumpfes, undeutliches Geräusch, von dem ich weiß, dass es von ihr stammt. Ich fahre herum und laufe ins Licht hinein.

Wir werden belagert, Jhaved und Ida und ich. Sie hinter der Tür, ich jetzt zwischen ihnen und diesem anderen, diesem großen Draußen, gefesselt, wie ich es durch die Nabelschnur des Apparates an sie bin, abgetrennt von ihnen, wie ich es durch die verschlossene Tür bin. Auf dem halbkreisförmigen Platz draußen flackert blaues Licht zwischen den Fassaden, zerhackt alle Bewegungen in kleine Einzelteile, ohne sichtbaren inneren

Zusammenhang, als träten wir in einem verwirrten Stummfilm auf. Auf dem Platz gibt es jetzt ein breites Niemandsland, wo keine Bewegung mehr stattfindet, einen Leerraum zwischen der fortgedrängten Menschenmenge und den Streifenwagen vor dem Gebäude.

»Ist die Tür abgeschlossen?«, bin ich gefragt worden.

Ich habe geantwortet, dass ich das nicht weiß.

»Ist er bewaffnet?«

Ich weiß nicht.

»Was will er?«

Weiß nicht.

»Hat er ihr etwas getan?«

Ich weiß nicht. Weiß nicht. Weiß nicht.

Er will mich nicht hineinlassen. Er will, dass sie verschwinden. Er will nur seine Ruhe haben. Er sagt, dass sie schläft. Dass er ein wenig nachdenken muss. Es blinkt rot, rot im Apparat, in einem anderen, drängenderen Rhythmus als dem, der draußen den Platz in Blau zerhackt.

Sie schläft, flüstert er noch einmal. Aber hinter ihm gibt es noch andere Geräusche. Und dann blinkt der Apparat nicht mehr. Das ovale Äuglein ist tot, schwarz, zehn Sekunden lang, zwanzig, dreißig, und hinter mir wird geflüstert, wird sich atemlos bewegt, rasch, werden solche raschelnden, knisternden Geräusche gemacht, die entstehen, wenn jegliches Geräusch untersagt ist.

Ich kann sie durch die Tür nicht hören. Also ruft sie nicht. Aber diese Gewissheit hat nichts Beruhigendes. Traut sie sich nicht? Kann sie nicht? Liegt etwas auf ihrem Mund, das sie am Schreien hindert? Eine Hand mit einer elegant geschwungenen Orchidee an der Daumenwurzel?

Hinter mir raschelt es. Es knistert. Jemand legt mir eine Hand auf die Schulter. Es ist einer der Polizisten.

»Igi«, flüstert er. »Wir müssen …«

Und dann blinkt es. Es blinkt in meiner Hand, rot, schwarz, rot.

»Igi«, flüstert meine Hand.
»Ja«, sage ich.
»Kannst du sie wegschicken?«
»Ja«, sage ich. »Wenn du mich reinlässt.«
»Ich habe sie auf dem Arm«, sagt er.
»Ich komme ganz allein.«
Nichts raschelt. Nichts knistert. Ich weiß nicht, wie viele es sind, die hinter mir stehen. Aber ich höre sie nicht einmal atmen.
»Kann ich die Tür jetzt aufmachen?«
Stille.
»Warte«, sagt er. Sekunden danach: ein Klicken, als von innen das Schloss geöffnet wird. Ich stürze nicht los, um zu meiner Tochter zu gelangen, meine Füße sind mit irgendeinem Leim an den Boden geklebt, bis er mir erlaubt, mich zu bewegen. Die Angst ist stärker als die Wut, und sie ist auch klüger und disziplinierter.

Sie steht auf dem Sofa und schaut mich aus großen, weit aufgerissenen Augen an. Er hat sie nicht auf dem Arm. Er sitzt auf dem Boden, krümmt sich an einer Sofaecke zusammen, kehrt ihr den Rücken zu. Er sieht mich an, er auch.
»Hallo«, sage ich. »Hallo, Ida. Hallo, Jhaved.«
Ida ist stumm. Ihre Händchen haben weiße Fingerknöchel, so fest hat sie sich an der Sofalehne angeklammert. Ich muss ihre Hände lösen. Ich lege einen Arm um ihren erstarrten Körper und lockere langsam ihren Griff. Ich sehe ihn dabei nicht an, obwohl alle Nervenzellen in meinem Rücken seinen Blick spüren. Dann hebe ich sie vom Sofa. Ihr Körper liegt an meinem wie ein Rohr, wie ein strammer Block, unbeweglich in meinen Armen, an meiner Brust, meinem Bauch. Dann bewegt sie ganz leicht den Nacken, senkt ihre Stirn an meinen Hals. Ihre Augenlider zittern an meiner Haut, ihre Nase bohrt sich in meine Halsgrube. Dort gibt es eine Schlagader, an meinem Hals. Die Schlagader pocht vor ihrem Gesicht. Und dann spüre ich, wie ihr Körper sich lockert. Nicht vollständig, aber ein wenig.
»Vielleicht kann Ida raus?«, frage ich. Wieder erstarrt sie.

Ich streichele ihre Haare. »Und ich bleibe ein bisschen hier bei Jhaved. Papa wartet draußen, verstehst du.«

»Du darfst nicht gehen«, sagt Jhaved.

»Nein«, sage ich. »Ich gehe ja auch nicht. Nur Ida geht.«

»Du darfst sie nicht zur Tür bringen«, sagt er. »Das geht nicht, du musst hier sitzen bleiben.«

»Ja«, sage ich. »Aber Ida kann doch allein zur Tür gehen. Ist das in Ordnung?«

Jhaved gibt keine Antwort. Ida bewegt ihren Kopf hin und her, an meinem Hals, und jetzt hängt sie nicht mehr tot in meinen Armen, jetzt packt sie mich, wie sie vorhin die Sofalehne gepackt hat, jetzt packt sie mich mit ihrem ganzen Körper.

»Sie kann gehen«, sagt Jhaved.

»Wir können zuerst noch ein wenig hier sitzen«, sage ich.

»Sie kann gehen.«

Ida drückt sich enger, verzweifelter an mich. Aber kein Laut ist von ihr zu hören.

»Darf ich mich setzen?«, frage ich. Er sieht nervös aus, nickt aber. Ich mache zwei vorsichtige Schritte in Richtung Tür und sehe, wie seine Augen größer werden, wie seine Fäuste sich ballen. Er hält etwas in seiner linken Hand, aber ich kann nicht erkennen, was. Ich lasse mich langsam zu Boden sinken und murmele in Idas Haare.

»Was sagst du?«, fragt er. »Rede so, dass ich dich hören kann.«

»Ida kann zur Tür gehen«, wiederhole ich. »Ida kann die Füße auf den Boden setzen, so. Und Mama loslassen und zur Tür gehen und sie aufmachen. Papa wartet schon.«

Aber wieder muss ich ihre Finger lösen. Vorsichtig, während ich die ganze Zeit auf sie einrede. Einen Fuß auf den Boden. Noch einen. Und die ganze Zeit hoffe ich, dass etwas davon von dem Babyfon oder dem Mobiltelefon an meinem Gürtel aufgefangen wird. Dass ich draußen zu hören bin.

Sie steht jetzt auf dem Boden, zwischen meinen Beinen. Sie starrt mich an. Ich habe ihr die Hände auf die Hüften gelegt, um sie umzudrehen. Steif schüttelt sie den Kopf.

»Willst du hören, ob Papa draußen ist?«, frage ich. Sie antwortet nicht.

Widerwillig hält Jhaved mir das Babyfon hin, und ich frage nach Benny.

Er antwortet durch die Tür, ruhig. Er wartet auf sie, sagt er. Sie schüttelt den Kopf. Und ich drücke langsam mit den Händen gegen ihre Hüften. Und dann geht sie, halb mir und halb der Tür zugewandt, rückwärts, seitwärts geht sie weiter. Dann wendet sie sich jählings von mir ab, stürzt zur Tür, wirft sich dagegen und ruft. Jhaved packt meinen Arm und zieht mich an sich; ich höre, wie Benny Ida ruft, und Ida hämmert mit ihren Fäustchen gegen die Tür und ruft nach Papa.

»Die Türklinke«, sage ich mit einer Stimme, die nicht meine ist. »Pack die Türklinke, Ida, und zieh die Tür zu dir. Die geht nach innen auf, Herzchen. Die Tür geht nach innen auf.«

Sie schlägt. Jhaved hebt seine linke Hand, die, die das hält, was ich nicht sehen kann, und ich lasse mich gegen ihn fallen.

»Nimm die Türklinke, Ida!«, ruft diese seltsame Stimme, die vielleicht meine ist. Und dann gehorcht Ida. Zieht die Tür zu sich und verschwindet in dem kleinen, goldenen Winkel, der sich für sie öffnet. Und der gleich wieder verschwunden ist.

Wir atmen. Ich liege halb über ihm in dieser neuen, weichen Dunkelheit, und ich kann seinen Atem und meinen Atem hören. Und Idas Weinen, das draußen verschwindet, Bennys Stimme, die zum Gemurmel wird, als er sie die Treppe hinunterträgt. Jhaved und ich wickeln uns auseinander.

»Verzeihung«, sagt er. »Ich wollte nicht …«

Was er meint, sind meine Haare. Irgendwann hat er sie gepackt und meinen Kopf nach hinten gezogen. Ich habe es nicht gemerkt. Ich merkte es auch jetzt nicht, als er seine Hand öffnet und mich loslässt.

Wir atmen unregelmäßig, unsynchron, aber hektisch, in diesem dunklen Raum, der jetzt uns gehört. Irgendwo tief in mir fragt etwas, ob ich Angst habe. Zu spät, denke ich, als habe eine andere diese Frage gestellt. Warum fragst du erst jetzt? Wo es keine Bedeutung mehr hat? Der milde Duft von Idas

Schlaf hängt noch vage in der Luft, muss aber dem Geruch von Jhaveds und meiner Furcht weichen. Ich weiß nicht, wie ihre Furcht riecht.

Er fragt, ob ich eine Zigarette habe. Eine lilienförmige Flamme lässt sein Gesicht für einen Moment aufleuchten. Er sieht jung aus.

»Was machen wir jetzt?«, fragt er.

»Was willst du denn machen?«, frage ich.

»Nichts«, sagt er. »Sterben, vielleicht.«

Und das ist ja verständlich. Es ergäbe einen Sinn, obwohl er nicht beides zugleich erreichen könnte. Ich kann noch immer nicht erkennen, was er in der Hand hält, aber er muss auf jeden Fall mehr wollen als nichts, um es zu benutzen, falls es sich um eine Waffe handelt. Sterben ist nichts, was wir *vielleicht* tun. Denke ich. Muss ich denken.

»Es gibt keinen anderen Weg, der aus dem Haus führt«, sagt er und erhebt sich halbwegs. »Nur durch das Fenster. Aber das hilft jetzt nicht mehr. Sie sind auch da unten. Ich habe nachgesehen.«

»Bist du durch das Fenster hereingeklettert?«, frage ich.

Er nickt, nachdenklich, gleichgültig.

»Ich hätte sie nicht gehen lassen dürfen«, sagt er. »Das war blöd von mir. Genauso blöd, wie herzukommen. Ich will nicht hier sein.«

»Aber hier sind wir«, sage ich. »Gerade jetzt.«

Ein leises, tiefes Brummen strömt aus seiner Kehle. Sein einer Fuß zuckt.

»Ich will nicht hier sein«, murmelt er. »Ich hätte nicht herkommen dürfen. Aber *so* konnte ich doch nirgendwohin.«

Er redet von seinem Gummianzug. Der klebt noch immer fest an seinem Leib und sieht wirklich reichlich auffällig aus. Er hat die Kapuze abgestreift und seine Haare sind schweißnass, blank und schwarz und haben Zacken, wie Hörner oder Dornen.

»Hinten bei der Brücke waren Leute«, sagt er. »Ich konnte da nicht hinlaufen. Ich konnte nirgendwohin, verstehst du?«

Eine Ecke, irgendwo, denke ich. Ein Fenster. Der beruhigende Duft eines schlafenden Kindes.

»Ich wollte das nicht«, murmelt er und meint damit vermutlich nicht Ida. »Ich will nicht darüber reden. Ich will auch nicht daran denken. *Ich will nicht darüber reden!*«

Er ist hier mit seiner Therapeutin zusammen. Mit der, die Leute zum Reden zwingen will.

»Du brauchst nicht darüber zu reden«, sage ich. »Wenn du nicht willst.«

»Es war seine Idee«, sagt er. »Das mit ...«

Das Fenster zum Hinterhof lässt einen trägen Luftzug herein, er umfängt uns, ist da und verschwindet, taucht wieder auf, an einer Wange, einem Knie, einem Arm, und verschwindet.

»Ist er?«, fragt Jhaved. »Meinst du, er ...«

Ist tot, meint er.

»Das weiß ich nicht«, sage ich, ich lüge schließlich gern.

Aber ich weiß, dass in ihm jetzt alles verschwindet, dass er nur noch eine große, weiße Fläche ist. Nebel, vielleicht. Weißer, schwerer Nebel strömt langsam in alles hinein, was er ist, legt sich über seine Gedanken, seine Gefühle, begräbt sie, umfängt sie, taub und stumm.

Wir bleiben ziemlich lange so sitzen. Wir reden ein wenig. Seine Hände führen einen Tanz auf, mit Zuckungen und kleinen, abgehackten Bewegungen, so wie seine Füße. Was er in der Hand hält, ist eine Kamera, schwarz und kompakt wie sein Kostüm. Sicher die, die auf seinem Kopf saß, als er mich gefilmt hat, und als er ... aber auch ich will daran nicht denken.

»Gehen wir«, sage ich endlich. Und dann gehen wir. Ich halte die Tür für ihn offen. Im goldenen Licht des Korridors ist er im Gesicht drei Jahre alt. Drei Jahre und ein Wolf. Aber er beißt nicht, als er meine Arme packt. Nur einmal öffnet er den Mund, zeigt Zähne, ruft. Als er auf dem Treppenabsatz vor mir, unter mir um die Ecke biegt. In diesem Moment hängt sein Blick an meinem.

6

Der Tag ist wie Löschpapier, das die Dunkelheit wie Wasser an sich zieht und dann langsam vertrocknen und verschwinden lässt. Ich sitze am Küchenfenster und sehe zu, sehe, wie der Himmel seine Färbung einbüßt, wie er verblasst, verschwindet, bis er nur noch eine graue, ungebrochene Fläche bildet. Nebel. Darunter gewinnen die Formen der Stadt an Farbe, werden zu gedämpften Flächen und unklaren, strebenden Diagonalen.

Und ich bin ungerecht. Ich habe nicht eine Sekunde geschlafen und trotzdem will ich nicht, dass der Morgen kommt, und trotzdem will ich, dass diese viel zu lange Nacht weitergeht. Ida und Benny schlafen in unserem Schlafzimmer. Sie brauchen mich nicht, um wach zu werden. Nachts, auf dem Weg zum Auto, hing sie wie festgeschraubt an ihm, ließ ihn weder während der Fahrt noch zu Hause auf der Treppe los.

Nicht, dass ich sie hätte tragen können, mit meinen schlaffen, muskellosen Beinen, die ich auf dem Heimweg hatte, Quallen nur, Quallen mit seltsamen Zuckungen. Später starrte sie mich vom Bett her an, mit dem grauen Mausetier an der Wange und einer Benny-Hand, die ein wenig mit ihren Haaren spielte.

Einmal, Stunden nachdem sie sich widerstrebend dem Schlaf überlassen hatte, rief sie, kurz und schrill, dann glitten sie wieder davon, die beiden, und ließen sich nicht davon stören, dass ich mich am Küchentisch niederließ.

Während vor dem Fenster die Stadt Form annimmt, lasse ich mich von den morgendlichen Ritualen – Brot, Milch, der Zeitung, die ich von der Türmatte auflese – in eine Bürgerin verwandeln, in etwas anderes als Quallen und nächtliches Gelee. Die Gegenstände erledigen das für mich, die Gegenstände und die dazugehörigen Rituale. Nicht ich selber.

Wir sind in der Morgenzeitung namenlos, Jhaved und ich, so wie wir auf den mit Weitwinkel aufgenommenen Fotos vor dem Drama geschützt sind: die unklare, geheimnisvolle Umgebung, die uns umrahmt, besteht ausschließlich aus diffusen Schatten. Unten in einer Ecke eines Bildes liegt eine schwarze, unscharfe Diagonale – eine offene Autotür?

Es ist die zur Form erhöhte Perspektive der Voyeure: unklar, dunkel, von Eile geprägt; je weiter weg, desto erregender. Früher einmal hat fast alle Pornografie so ausgesehen. Die Vagheit des Vordergrundes verschärft den intensiven Fokus des Hintergrundes. Die Jacke, die Jhaveds Gesicht verdeckt, ist von überwältigender Stofflichkeit, jede Falte ist mit der Sorgfalt und Kraft eines Michelangelo gemeißelt worden, genauso wie die Konturen von Bennys Arm an Idas Oberkörper mit kaltnadelscharfer Präzision wiedergegeben sind; ich könnte alle Haare auf ihrem Kopf zählen. Aber sie wendet ihr Gesicht ab, so wie ich, in einer hastigen, groben Studie mit dem möglichen Titel »Die Flucht«.

Wir sind namenlos und beschützt von einer eingeführten Ästhetik, uns wurden große, deutliche Rollen zugeteilt, die augenblicklich zu erkennen sind, wer also sollte *uns* erkennen?

Sie schlafen, als ich sie verlasse, und sie werden zu Broten und Kaffee und einem großen Mamazettel auf dem Tisch erwachen, voll gezeichnet mit Comicherzen aus Filzstift. Notwendige Rituale.

Kein aufragendes, schwarz gekleidetes Komitee erwartet mich auf der Station, in den Besprechungszimmern wird kein geflüsterter Kriegsrat gehalten, die Flaggen werden nicht auf Halbmast gesetzt. Trotzdem könnte dieses heruntergekommene Gebäude aus dem 19. Jahrhundert mit einem großen, schwarzen und tropfenden Kreuz versehen worden sein. Jede Stimme hier, jeder Meter Linoleum, jedes vorsichtige Lächeln und jede geheime Bewegung signalisieren unzweideutig dieselbe Anstrengung, eine dringend nötige Ruhe zu bewahren. Darunter jedoch pocht die Krise. Wir kennen uns damit aus, lesen es in anderen Gesichtern als unserem eigenen.

Professor Dr. med. Welle gibt sich alle Mühe, keine übereilten Schlüsse zu ziehen. Er legt Wert auf Sachlichkeit, Höflichkeit und Professionalität. Natürlich gibt es auch kleine, unorthodoxe Nischen für Emotionalität – wir arbeiten trotz allem in der Gefühlsbranche –, aber die beschränken sich zumeist auf eine Hand, die flüchtig durch die Haare streift, auf unnötiges Rascheln mit den Papieren auf der Tischplatte oder ein plötzliches Interesse an der Kaffeemaschine, die an diesem Morgen träger arbeitet als sonst.

Sollte Professor Dr. med. Welle vor unterdrücktem Zorn kochen, so liegt doch in den braunen Augen unter den schweren Lidern nicht die Spur eines Vorwurfs. Das geht uns alle an, soll sein Blick mir versichern. Dass ich ihm nicht glaube, liegt sicher daran, dass er und ich das teilen, was »falsche Chemie« genannt wird, was wir beide höflich und unserer Professionalität entsprechend zur Kenntnis genommen haben.

Es gibt Pläne. Systeme. Einen Apparat für höfliche, sachliche und professionelle Behandlung. Das ist schließlich unsere Aufgabe, Krisenbehandlung. Allerdings nicht von diesem Ausmaß. Zu uns kommen nicht die, die wirkliche Gewaltverbrechen begangen haben. Bisher.

»Nichts?«, fragt er, und lässt auf die leicht kokette Art, die mir so auf die Nerven geht, unter seinem Kinn seine Fingerspitzen einander berühren. Jhaved hat diese Geste gern parodiert, fällt mir plötzlich ein.

»Wirklich keine früheren Gewalttätigkeiten?«

»Nein«, sage ich. »Uns sind jedenfalls keine bekannt.«

»Und die Tests? Weisen die auch nicht auf solche Neigungen hin?«

»Das glaube ich nicht«, sage ich. »Das wüsste ich, das wäre

doch sehr wichtig gewesen. Aber wir müssen ja alles noch einmal durchsehen.«

»Beschreib ihn mir bitte noch einmal. Nur ganz locker, ich muss zugeben, dass ich mich nicht deutlich an ihn erinnern kann. Du weißt, das Alter ...«

Er hat das Pensionsalter schon hinter sich und lebt im letzten seiner Gnadenjahre, wie er das nennt, Gerüchte behaupten, dass sein siebzigster Geburtstag sorgfältig geplant wird; es soll eine Festschrift geben und er kokettiert mit seinem Alter ebenso sehr wie mit seinen Fingerspitzen, seinen Kordhosen und seinem Hemingway-Bart.

»Dreiundzwanzig Jahre alt«, sage ich. »Unipolare Persönlichkeitsstörung, stark isolierendes Verhalten, hohe Punktzahl bei Schuldgefühlen, keine Drogenprobleme. Er ist der jüngere von zwei Brüdern, hängt sehr an seiner Mutter. Unklare sexuelle Identität, begrenztes Netzwerk.«

»Unklare sexuelle Identität?«

»Ja. Er hat während der vergangenen Monate einige homosexuelle Erfahrungen gemacht, und das waren mehr oder weniger seine ersten. Er war so stolz und hat es dann sehr schnell problematisiert.«

»Wie hat er es problematisiert?«

»Es war keine Liebe, sagte er. Außerdem kann er es zu Hause natürlich nicht erzählen.«

»Aber, aber. Die Eltern?«

»Mutter Hausfrau, spricht fast kein Norwegisch. Vater streng traditionell, aktiv in einem ziemlich konservativen pakistanischen Verein. Selbstständiger Geschäftsmann. Sporadische Gewalterfahrungen in der Kindheit, die sich jedoch immer gegen den älteren Bruder richteten. Außer der Mutter weiß niemand in der Familie, dass er hier behandelt wird.«

»Ich möchte natürlich die Krankenberichte und die Testergebnisse sehen«, sagt er und schaut mich aus seinen treuen, braunen Augen an.

Niemand braucht mir zu erzählen, dass ich nach oben Bericht erstatten muss, und außerdem, wenn auch in geringerem

Umfang, zur Seite, den Medien, und schräg nach oben in Richtung Himmel, vermutlich, den Kommunalpolitikern. Da das nicht nötig ist, erzählt es mir auch niemand. Ich bin nicht taub. Ich kann hören, wie bei seiner Sekretärin das Telefon klingelt.

Und als die Nachricht von der Polizei eintrifft, erkenne ich sie. Das, was ich nicht wollte, die Demütigung. Die Erniedrigung. Ich halte den Telefonhörer in der Hand und weiß, dass sie vorhanden ist, sie ist schon seit dem Morgen da. Ich hasse sie und ich verachte sie, und ich bin nicht Psychologin genug, um sie zu verzeihen. Nicht, wenn ein junger Mann plötzlich tot und wenn der, der plötzlich zu *meinem* Jhaved geworden ist, irgendwann während der vergangenen Stunden den Mord gestanden hat. Ich kann mir nicht den Stolz verzeihen, der dafür sorgt, dass ich mich gedemütigt fühle. Und das Possessivpronomen verzeihe ich auch nicht. Mein Jhaved. Mein Patient. Hat so etwas nicht zu tun.

Und diesmal muss ich für die Magie sorgen, werde durch mein kleines Pronomen zu seiner Mama.

Es ist zehn nach zwölf, als der Anruf von der Polizei einläuft, und zu diesem Zeitpunkt hat das Telefon ihn schon vorbereitet. Bestätigende Nachrichten werden im System nach oben gereicht, an die fachlichen und verwaltungsmäßigen Chefs, die schon vorgewarnt sind, die Durchsicht von Krankenberichten und Testergebnissen wird intensiviert, sofortige Maßnahmen werden eingeleitet, Aussagerechte begrenzt.

Es gibt ein System, eine Ordnung. Geschäftigkeit ist ein großartiges Mittel gegen überwältigende Sensibilität. Das ist nicht das Ziel des Systems, nicht deshalb brechen wir in eifrige Aktivitäten aus. Es ist eine Nebenwirkung. Aber auch Nebenwirkungen sind Wirkungen. Also ist es doch kein Wunder, dass ich im Laufe des Tages tropfenweise meine Selbstverachtung vergesse. Und auch das kann ich dann verabscheuen, später.

Ida will unbedingt in den Kindergarten, sagt Benny. Notwendige Rituale. Bestätigung.

7

»Polizeistaat«, faucht Bella in mein Ohr. Es ist ein Uhr und sie saugt energisch an etwas, bei dem es sich vermutlich um eine Morgenzigarette handelt.

»Igi, sie haben ihn *arrestiert*!«

»Festgenommen, heißt das«, sage ich. »Ja, das weiß ich.«

»Aber das ist doch ein verdammter *Skandal*! Eine Schikane! Gestapomethoden, Igi!«

»Tja«, sage ich. »Ich bin natürlich erschüttert, aber sie hatten wohl keine große Wahl. Wo er doch gestanden hat, meine ich.«

»Gestanden? Wovon redest du, zum Henker? Er hat doch nichts gestanden. Er ist doch kein Vollidiot!«

»Ich dachte, wir reden von Jhaved«, sage ich, ungeheuer ruhig, wie ich das manchmal Bella gegenüber bin.

»Jhaved? Von was für einem Jhaved? Ich kenne keinen Jhaved. Igi, hör zu. Aske hat angerufen, und er sitzt in *diesem Moment* bei der Polizei. Verstehst du?«

»Aber liebe Bella, natürlich muss er vernommen werden. Ich werde auch noch vernommen, Benny auch, du sicher auch. Bella, das hat doch nichts mit Schikanen zu tun.«

»Verpiss dich«, faucht Bella. »Gib mir eine Zigarette und verpiss dich! Geh duschen oder so.«

»Was?«, frage ich.

»Ich rede doch nicht mit dir, Schatz«, sagt sie. »Hier liegt so ein Arsch in meinem Bett, keine Ahnung, wieso. Es geht darum, Igi, dass die Polizei Aske geholt hat.«

»Bella«, setze ich an.

»Aber was soll ich denn machen?«, fragt sie. »Diese Schikanen können wir uns doch nicht gefallen lassen! Ich werde sie bei der Menschenrechtskommission in Luxemburg anzeigen! Genau das. Ganz oben!«

»Das heißt Straßburg«, sage ich.

»Was denn?«

Bella hat einen prachtvollen, pikierten Westendtonfall, zu dem sie bisweilen greift, leider macht sie mir viel zu selten diese Freude.

»Die Menschenrechtskommission hat ihren Sitz in Straßburg«, sage ich. »Und ich glaube nicht, dass sie sich um solche Angelegenheiten kümmern.«

Bella verfügt über eine anarchistische Vergangenheit, und sie ist außerdem ein wenig paranoid, beruhigt sich nach einer Weile aber wieder. Und als sie ihre vierte Hauchdünne angezündet hat, kann sie sich auch wieder an Jhaved erinnern.

»Nicht mein Verantwortungsbereich«, sagt sie. »Ich habe keine Ahnung, wer die vielen Kunststudenten oder was die waren an Land gezogen hat. Mit diesem organischen Montagequatsch will ich nichts zu tun haben, das habe ich ihnen gesagt, aber die Rechnung wird natürlich bei mir landen. Ist das nicht typisch? Ich meine, sie haben einen *Lustmörder* ins Haus geholt, Igi, entschuldige dieses Wort.«

»Hat Aske sie denn selber engagiert«, frage ich.

»Keine Ahnung, Igi. Keine Ahnung. Das war doch das pure Chaos. Ich habe den Eindruck, dass die Leute einfach reingeschneit sind und dann einen Bohrer oder so in die Hand gedrückt bekamen. Und jetzt haben sie das ganze Gebäude gesperrt, Igi, in der Galerie heißt es, dass die Leute total wild sind. Alle wollen natürlich die Ausstellung sehen, absolut *alle*. Ich spreche von Busladungen, Igi, von Busladungen von *Rentnern* aus der Provinz. Und ausgerechnet jetzt hat die Polizei alles abgesperrt.«

»Das dauert ja nicht ewig«, sage ich. »Jhaved hat schließlich gestanden.«

»Was hat der wohl für einen Verteidiger, was glaubst du? Einen Idioten? Gestehen, du meine Güte. Aber vielleicht ist das für uns eine Hilfe. Auf jeden Fall werde ich bis Weihnachten Führungen arrangieren müssen, allein schon, um die Rentner durchzulotsen. Das wird ein Vermögen kosten. Hast du gehört, dass sie ihn identifiziert haben?«

»Nein«, sage ich.

»Den Toten«, sagt Bella. »Ja, das war also einer von den *Wirtschaftsjournalisten*, einer von diesen verdammten Schlappschwänzen.«

»Der umgebracht worden ist?«

»Nein, der mich angerufen hat. Die wissen ja immer alles. Und das ist empörend, Igi, das muss ich sagen. Ich hätte ihn natürlich erkennen müssen, aber ich hatte ihn ja schließlich noch nie, wie soll ich sagen – *tot* gesehen.«

»Kanntest du ihn?«

»Herrgott, wen kennt man eigentlich? Igi, ich habe nicht das Gefühl, überhaupt jemanden zu kennen. Er war so ein junger Supertyp, du weißt schon, knapp über zwanzig und Master of the World, er hat für meinen Vater gearbeitet, kannst du dir das vorstellen? Und dann saß er plötzlich eines Tages bei TroJa im Aufsichtsrat und war sehr hilfsbereit, das muss ich sagen, bei allem, was mit Aktien zu tun hatte und so.«

»Bella, hör auf«, sage ich. »Er ist tot.«

»Das versuche ich doch die ganze Zeit zu sagen, Schatz«, sagt Bella. »Ist das nicht schockierend? Heute sitzt er vollständig angekleidet und korrekt vor mir und legt Pläne vor und bittet mich, Obligationen zu zeichnen, und am nächsten Tag liegt er einfach so auf einem Bett und ist ganz und gar violett und *tot*. Es ist zerbrechlich, Igi, das ist das, was ich dir zu sagen versuche, es ist zerbrechlich, dieses Leben, das wir führen.«

»Wie heißt … wie hieß er denn?«, frage ich in dem Versuch, Bella einigermaßen wieder auf die Erde zu holen.

»Irgendwas ganz Normales, Martin Olsen oder so. Andersen vielleicht. Du weißt, ich und Namen.«

Irgendwer schreit im Zimmer hinter Bella wild drauflos.

»Hübsch war er auch«, Bella redet ungestört weiter. »Ich glaube, er hat irgendeinen Sport betrieben. Rugby vielleicht. Gibt es Leute, die Rugby machen?«

»Bella«, sage ich, »irgendwer in deiner Nähe schreit.«

»Ach, das«, erwidert Bella. »Das ist bloß Rita.«

»Rita schreit?«

»Nein«, sagt Bella. »Nein, natürlich schreit nicht Rita. Sondern der Typ, der in meinem Bett gelegen hat. Rita nagt seine Zehen an. Sie ist schrecklich eifersüchtig, weißt du.«

»Rita ist nicht eifersüchtig«, sage ich. »Rita ist *wahnsinnig.*«

»Ja«, sagt Bella nachdenklich. »Das liegt sicher an dem vielen Hasch, das sie in ihrer Kindheit abgekriegt hat, meinst du nicht?«

Ich lächele, als ich auflege. Spüre, wie meine Lippen sich verziehen, und sofort verachte ich diese Reaktion.

So weit es möglich ist, das zu verachten: Eine halbe Stunde, ungefähr, ist nötig, dann entgleitet Jhaved mir und wird unklar. Ich sitze neben Professor Dr. med. Welle auf einem schulhaften Resopalstuhl. Welle wollte Jhaveds Gruppe, die sich heute wie an allen anderen Donnerstagen in diesem heruntergekommenen Raum trifft, dessen Fenster nicht dicht schließen, und dessen früher einmal weiße Tür Kratzer und dunkle Flecken dort aufweist, wo die Farbe abblättert, unbedingt persönlich informieren.

Ziemlich sicher gehört es auf sinnreiche Weise mit ins System, dass ein Abteilungsleiter anwesend ist; dass ich damit gewissermaßen vorübergehend abdanke, ist eine Nebenwirkung. So, wie auch das verschobene Gleichgewicht: ein Therapeut mehr. Ein Patient weniger. Es gibt keinen freien Stuhl, auf dem Jhaved hätte sitzen sollen.

Und nach dreißig kurzen Minuten hat Jhaveds Abwesenheit zu Assoziationen geführt, die stark genug sind, um persönlich zu werden, hat sein Vorgehen in ihr Leben eingegriffen, sind Teile seiner Geschichte zu Teilen von ihrer umfunktioniert worden. Jhaved ist ein Knopf, ein Ausgangspunkt für verschlungene oder direkte Hinweise auf das eigene Leben. Und weil mir genau dasselbe passiert ist, trifft es mich auf so dumpfe, anhaltende und schmutzige Weise. Mein Stolz. Ihr Leben. Die Gültigkeit unserer wissenschaftlichen Tests.

Gerd öffnet das Fenster. Gerd öffnet immer das Fenster. Ottar nutzt die Gelegenheit zu der Erklärung, ich sei die erbärmlichste Therapeutin, die ihm je über den Weg gelaufen ist, und ihm sind nicht wenige begegnet. Adas Hals ist ein Blumenbeet aus wütenden, roten Flecken. Torsteins Tick verschlägt ihm die klare Sprache, er schaut zur Decke hoch und schlägt sich mit der Hand aufs Knie, dann fängt er an zu stottern. Er fühlt sich verpflichtet, jetzt eine sexuelle Fantasie vorzutragen.

»Es müsste hier zwei leere Stühle geben«, sagt Gerd endlich. »Schließlich ist ja auch einer gestorben.«

Und damit ist die Stunde zu Ende. Jacken knistern, als sie hochgeschoben und über Schultern geworfen werden, Taschen werden geöffnet, Zigarren hervorgeholt. Die Vorhänge wehen heftiger, als die Tür zum Flur geöffnet wird, Füße trampeln oder schlurfen über den Linoleumboden. Die leeren Stühle bleiben zurück, bilden im Grunde kaum ein Muster.

Und vielleicht hat etwas in mir das hier erwartet, vielleicht sogar gewünscht. Auf dem Platz vor dem Krankenhaus mit seiner viktorianischen Ziegelsteinarchitektur, die an TroJas erinnert, leiste ich mir eine nicht mütterliche Zigarette, so weit von dem stinkenden Raucherraum mit seinen vergilbten Wänden entfernt wie möglich. Psychiatrische Abteilungen haben die effektivsten Raucherzimmer, die es überhaupt gibt, selbst wer nur durch die Fenster hineinschaut, kann ziemlich sicher mit Lungenkrebs rechnen.

Fünf Minuten für den bitteren Geschmack, für die nutzlose Selbstverachtung, die trotzdem weitgehend mit vager, unklarer Leere einhergeht. Vielleicht denke ich irgendetwas, als ich dort stehe, aber wenn, dann sind meine Gedanken für mich nicht zugänglich.

Und dann: Pandämonium! Ein Riss im höflichen Verhalten, der sich schon bei der Gruppe gezeigt hat, wo solches ansonsten nicht ermutigt wird. Allerdings fängt alles noch recht kommod an.

»Ich suche jemanden namens Heitmann«, sagt er. Er ist ein riesiger Bodybuilder und trägt eine schwere, weiche Baumwollhose und schwere, weiche Schuhe, das T-Shirt dehnt sich an seinen Oberarmen und vor seinem Brustkasten vorschriftsmäßig bis zum Zerreißpunkt.

»Das bin ich«, sage ich, und lasse meine Zigarette auf den Boden fallen. Nicht um meine Hände freizuhaben, falls ich mich verteidigen muss, ich arbeite schließlich nicht auf einer gewalttätigen Station. Unsere langen Gänge haben nicht einmal abgeschlossene Türen, er hätte hineingehen und meinen Namen auf einer Tür finden können, und ich wäre dann ebenso wehrlos gewesen wie jetzt.

»Ich hatte mit einem Mann gerechnet«, sagt er, und für einen Moment erwidern seine braunen Augen meinen Blick. Der Wagen, dem er soeben entstiegen ist, steht schräg und verbotenerweise auf dem Bürgersteig, drei Türen sind geöffnet, und ein jüngerer, dünnerer Mann will auf der Fahrerseite gerade aussteigen; eine Frau in grünem Sari hält sich mit ihren schmalen Händen hinter ihm am Autodach fest. Ihr Gesicht ist mager und verhärmt unter ihrem Schal und zeigt den seltsam rußigen Grauton, der sich einstellt, wenn von Natur aus goldbraune Haut durch Schlaflosigkeit, Kummer oder Angst entstellt wird. Ich habe sie noch nie gesehen, aber sie wird in allen Sprachen der Welt »Mutter« genannt.

Der Bodybuilder tritt mit seinen schweren weichen Schuhen die Vorderlichter des nächststehenden Autos ein. Es ist nicht meins, aber das kann er nicht wissen. Seine Riesenfäuste donnern, einmal, zweimal, zehnmal gegen das Autodach, dann dreht er sich zu mir um. Ich weiß jetzt, mit wem ich es zu tun habe.

Mit Jhaveds Bruder, und neben ihm, in einer flatternden billigen braunen Jacke, seinem Vetter, denn es gibt nur diesen einen Jhaved-Bruder, der bis heute nicht gewusst hat, dass Jhaved hier war, dass Jhaved nicht seit vier Monaten jeden Tag einen nicht weiter beschriebenen Kurs besucht, der bis heute nicht gewusst hat, dass Jhaved, als er eines Tages vor – wann war das wohl? – einigen Monaten mit großen Augen und leicht verlegen erzählt hat, er habe endlich eine *Nummer* geschoben, von einem Mann redete.

Der brüderliche Bodybuilder erledigt mit einem weiteren Tritt den Seitenspiegel von Welles Volvo, dann kommt er auf mich zu. Die Frau, die in allen Sprachen der Welt »Mutter« genannt wird, hat die Hände vor die Augen geschlagen. Und ich kann mich an den Namen des Bodybuilders nicht erinnern. Als ob der jetzt eine Rolle spielte, als ob es etwas bringen würde, seinen Namen zu rufen, ganze Namenslisten jagen mir durch den Kopf – Khalidalimohammednadimosmanfikretsalim! –, während er die Faust in die weiche Tasche seiner Trainingshose schiebt und sie mir dann vors Gesicht hält, sie schüttelt und zwischen uns einen Regen aus kleinen, süßstoffähnlichen Pillen auf den Boden fallen lässt.

»Kapierst du«, brüllt er, »wo er das her hat? Aus dem Medizinschränkchen im Badezimmer, was? Das ist Dreck! Und diesen Dreck hat er von dir, und zu solchem Dreck ist er hier geworden. Was? Was? Warst du vielleicht dabei, als sie sie angerufen haben, was?«

Ich kann mich nicht an seinen Namen erinnern. Ich war nicht dabei.

»*Ich* war da«, schreit er, sein großes, geschwollenes Gesicht ist jetzt dicht vor meinem, »ich war da, als sie ihr erzählt haben, dass er ein Mörder und ein *Schwanzlutscher* ist! Mein Bruder!«

Letzteres ruft er mit dermaßen schriller, schneidender Fistelstimme, dass es auch der Schrei einer Frau gewesen sein könnte, und das hier ist zwar keine geschlossene, aber immerhin eine psychiatrische Abteilung und nicht weit entfernt von solchen, wo energische, körperlich orientierte Menschen angestellt sind, und wo es, doch, auch das, Riemen und gepolsterte Sicherheitszellen gibt, und schon kommen zwei Männer, die sich zumindest gemeinsam mit seinem schlachterhaften, sorgsam konstruierten Körper messen können, über den Kiesweg auf uns zu. Er ahnt sie hinter sich, hält aber trotzdem meinen Blick fest.

»Mein Bruder«, sagt er ruhig und beherrscht und ohne nach Brüllen und Tritten und Schlägen Atem holen zu müssen. »Er ist nicht mehr mein Bruder.«

Er erreicht den schlanken, achtlos geparkten Mercedes vor den beiden Männern, und der Motor ist schon angelassen, ehe ich sie zurückwinken kann, damit der hohlwangige Vetter und die Frau, die in allen Sprachen der Welt »Mutter«, genannt wird, hineinspringen können. Natürlich lässt er beim Gasgeben den einzigartigen deutschen Motor aufbrüllen, und natürlich reißt er den Wagen dermaßen heftig zurück, dass die beiden heranstürmenden Pfleger zur Seite springen müssen. Er setzt zurück. Dreht mit seinen goldenen, riesigen Pranken das Steuerrad herum. Startet noch einmal hart und wild und heulend, öffnet jedoch das Fenster auf der Fahrerseite, als der Wagen katzenweich an mir vorübergleitet.

»Ich hab einen ANWALT, merk dir das!«, heult er. »Norwegisch wie der TEUFEL!«

»Ist schon gut«, sage ich zu den beiden Pflegern und frage mich, aus welchem Film ich diesen idiotischen Spruch geklaut habe.

Ich habe noch eine Zigarette geraucht und sitze wieder in meinem Büro, als die Meldung einläuft; sie blinkt munter vor mir auf dem Bildschirm und ist zuerst geschmacklos, dann verlockend. Eine E-Mail mit dem Thema »Mord« würde mir wohl an einem Tag wie heute nicht einmal Bella schicken, und ich würde sie am liebsten ungelesen löschen. Aber die Verlockung hängt ja mit dem Inhalt zusammen.

Die Verlockung: die kleine Abweichung von den breiteren Wegen, der Sprung in ein fantasievolleres und unverbindlicheres Universum. Die Möglichkeit, ihr zu erliegen, kann in ein mehrdimensionales Koordinatensystem eingezeichnet werden: Zeitpunkt, Anlass, Grad der Verletzlichkeit. Am Ende dieses

Arbeitstages fallen die Koordinaten elegant auf meinem kleinen Schirm zusammen, und ich merke deutlich, dass ich ihnen gegenüber verletzlich bin.

Die Nachricht stammt von einer Person namens i-c.dahl. Ich habe noch nie von jemandem namens i-c. dahl gehört, abgesehen von dem Maler natürlich, aber diese zeitgenössische Ausgabe trifft mich mitten in dem weichen Punkt, in dem mein Stolz und meine Demütigung sich begegnen, mitten in meinem Wunsch, für Jhaveds Handlungen nicht die geringste Verantwortung zu tragen. Was wäre, fragt i-c.dahl, wenn gar nicht Jhaved diesen jungen Mann umgebracht hätte, dessen Namen i-c.dahl im Gegensatz zu mir nicht kennt?

I-c.dahl ist sich sogar sicher, dass es nicht Jhaved war, und i-c.dahl glaubt außerdem, da ich eine intelligente Frau bin, dass auch ich mich davon überzeugen lassen werde, falls ich mich bereit erkläre, mich um weitere Informationen zu bemühen. Bei einer Begegnung zum Beispiel in i-c.dahls Wohnung am Grønlandsleiret.

Der weiche Punkt, an dem mein Stolz und meine Demütigung sich begegnen, tut nun ein wenig weh, und ich wünsche mir, dass i-c.dahl Recht hat, wünsche mir, dass etwas mich von der Fessel meiner Verpflichtungen befreit. Die meisten unter uns können Schmerzensstiche ertragen, was wir loswerden wollen, ist der dauerhafte Schmerz.

Aber ich mache das, was in einer psychiatrischen Abteilung bisweilen gemacht werden soll und muss: Ich verweise auf die Polizei. I-c.dahl soll sich an die Polizei wenden, schreibe ich, wenn sie oder er etwas über Jhaved oder über den Mord weiß, nicht an mich. Ich werde mir nicht gestatten, überlege ich, mich mit dieser Einladung zu einem Ausflug auf die schmalen, verschlungenen Wege der Fantasie zu befassen, nicht für einen Moment werde ich der Versuchung erliegen und mir wünschen, i-c.dahl hätte Recht, und deshalb werde ich mir auch nicht die Frage stellen, wie in aller Welt i-c.dahl mich gefunden hat.

Obwohl es mich ärgert, das merke ich, es bohrt in meinem Bewusstsein, als ich zum Auto gehe, das mich zu Ida und nach Hause bringen soll. Woher hat i-c.dahl meine E-Mail-Adresse? Wichtig ist das nicht, das weiß ich, aber die Versuchung schleicht sich eben an, will, dass ich mich mit i-c.dahl beschäftige, um mich vor anderen, schmerzlicheren Gedanken zu verschonen.

Auf dem Parkplatz finde ich die Spuren von Jhaveds Bruder, Glasscherben und die Erinnerung an meine eigene Angst. Ich bin keine Masochistin, ich finde keine Läuterung in der mit Großbuchstaben geschriebenen Demütigung, keine Katharsis in seinem brutalen Ausbruch.

Und ich werde auch nicht glauben, dass diese Läuterung zu finden wäre, wenn ich kleinen, verschlungenen Gedankenwegen folgte, die von Jhaved wegführen. Obwohl Ida das tun wird. Sie wird mich von ihm und von mir selber fortholen.

8

Sie sieht mich mit den Augen ihres Vaters an, großen, dunklen, ernsten Augen. Wir haben tagsüber miteinander telefoniert und sie ist bereit, in meine Arme zu kommen, mit ihrem geraden kleinen Körper zwischen meinen Knien zu stehen, während ich in der engen Garderobe hocke und mit ihren knapp einen Meter hohen Kollegen rede. Aber sie will keinen Pullover anziehen, sie will ihre Socken nicht aus dem kleinen Regalfach holen, auf dem ein Apfel klebt, Idas Wahrzeichen, das sie von den Blaubeeren oder Möhren der anderen unterscheidet. Idas Abteilung geht an der Symbolfront sehr vegetarisch vor.

Ihr kleiner Kopf bewegt sich streng von einer Seite zur anderen, immer wieder. Danach mustert sie mich mit ihrem ernsten Blick. Der Besitzer der Blaubeeren, der Thomas heißt, springt wild um uns herum und bewegt seine Arme auf eine spastische Weise, die Ähnlichkeit mit Schwanzwedeln hat. Ida lächelt ihn strahlend an und bedenkt mich mit einem Seitenblick aus den ernsten Augen ihres Vaters. Die Menschen sind eben nicht alle gleich. Thomas ist im Moment offenbar nicht so blöd wie ich.

Danach reden wir ein wenig über Plastilin und allerlei Ereignisse aus dem Sandkasten, in dem Thomas im Laufe des Tages wichtige Triumphe gefeiert hat. Eine Ida-Hand legt sich auf meinen Arm, ihre Hüfte ruht auf meinem Oberschenkel, der vermutlich warm ist, wenn auch sonst nichts zu seinem Vorteil gesagt werden kann. Ich hauche ihr in den Nacken.

»Blöde«, sagt sie ziemlich freundlich und fröstelt und kann

jetzt Socken holen, es ist sogar möglich, einen Pullover anzuziehen. Auch Ida kann plötzlich gewisse Sandkastengeschichten mit mir teilen, während Reißverschlüsse und Schnürsenkel in eine Art Ordnung gebracht werden und ich eine dankbare Zuhörerin bin. Ich weiß, dass hier zwischen Blaubeeren und Möhren Ausdrücke wie »du Blöde« streng verboten sind, aber ich bin nicht blöd genug, mir etwas daraus zu machen, solange Idas Körper schlangenweich ist und ihre Augen funkeln.

»Mama«, sagt Ida.

»Ja«, sage ich.

»Mama? Mama?«

»Ja? Was ist denn?«

»Nichts.«

Darüber lachen wir herzlich und diesen Erfolg wiederholt sie auf dem gesamten Heimweg. Wie alle Kinder hat sie einen erbärmlichen Sinn für Humor, und das ist sehr ansteckend.

Ein gelbes Plastikauto erfährt die schreckliche Geschichte vom Alleinsein. Das Plastikauto befindet sich rein physisch gesehen auf dem Küchentisch, bildlich dagegen in NACHT und SCHWARZ und in einer Konfrontation mit LÖWEN. Es ist eine Weile her, dass zuletzt LÖWEN in der Wohnung und in der Nachbarschaft aufgetaucht sind, aber jetzt, während Benny mit Kochen beschäftigt ist, haben sie ihr Comeback.

Gegen LÖWEN helfen vor allem Geschichten über sie, und Ida lässt ihr Plastikauto ausgiebig solche Geschichten erleben, als es an der Kante des Küchentischs hin und her fährt. Außerdem hilft das Essen, auch wenn es sich als eine schwache, nicht sonderlich bennyhafte Angelegenheit erweist.

»Das heißt carbonara«, sagt er. »Und natürlich ist es nicht nahrhaft oder besonders lecker, aber es immerhin *etwas*.«

»Ist schon in Ordnung«, sage ich.

»Sage ich doch«, sagt er.

Wenn Benny solches Essen auftischt, ist er deprimiert, aber da es in der Küche von LÖWEN nur so wimmelt, bringe ich es nicht über mich, bringe ich es wirklich nicht über mich, mich weiter dafür zu interessieren. Er ist nicht der Einzige, der in der vergangenen Nacht schlecht geschlafen hat. Nicht sein Patient hat ... und danach lasse ich mich von einem LÖWEN ablenken. Der isst offenbar gern carbonara, und damit ist auf jeden Fall eine von uns vom Essen begeistert.

Auf dem grünen, breiten Hang, der zum Akerselv hinunterführt, ist sie Papamädchen, zieht ihn am Hosenbein, macht ihn auf wesentliche Punkte in der Landschaft aufmerksam, reitet auf seinen Schultern. Ab und zu ist das Beste, was ich mit meinem ungebärdigen Gefühlsleben tun kann, es einfach zu ignorieren. Es ist nicht wichtig, dass ich eifersüchtig bin auf den Vater meiner Tochter, während sie am Hang hinter ihm steht und etwas schrecklich Wichtiges mit seinen Haaren anstellt. Ich bin in letzter Zeit den LÖWEN näher gekommen als er, und vielleicht steckt in mir noch immer der Geruch der NACHT.

Während wir Kaffee aus der Thermoskanne trinken, umkreist sie drei interessante Mädchen von vielleicht sechs Jahren und würde offenbar alles darum geben, von ihnen akzeptiert zu werden. Bei der einen Sechsjährigen, der Molligsten der drei, hat sie Erfolg, denn die ist im Moment aus dem wütenden Getuschel ihrer gertenschlanken Freundinnen ausgeschlossen. Ida und die Mollige machen sich an Geschäfte, bei denen es um Fliederblätter und kleine schwarze Steine geht.

»Ich gehe heute Nachmittag zur Polizei«, sage ich.

»Das werden wir wohl alle bald müssen«, sagt Benny und kippt seinen restlichen Kaffee ins Gras. Sein feines Profil vor dem Wasser, der Pferdeschwanz, der aufgerollt auf seiner Schulter ruht. Aber sonst habe ich keinen so zerstreuten Ehemann.

»Hallo«, sage ich, »was ist los?«

Und vielleicht liegt ein Hauch von Irritation in meiner Stimme, vielleicht eine Spur von zickiger weiblicher Herablassung, vielleicht aber auch LÖWEN, was weiß denn ich?

»Was ist los?«

»Nichts«, antwortet er. Und unter den nichtjuristischen Abmachungen unserer Ehe gibt es natürlich auch diese: Nichts ist jemals nichts. Ida und die Mollige sind in eine Diskussion über den Wechselkurs von schwarzen Steinchen und Fliederblättern vertieft, und Ida beharrt offenbar auf ihren Prinzipien. Auf Dauer wird sich das nicht bezahlt machen, denke ich, die Mollige wirft schon lange Blicke hinüber zu ihren graziösen, eiskalt tuschelnden Freundinnen.

»Nichts ist jemals nichts«, sage ich.

»Das weiß ich«, sagt Benny, und schaut mich mit den ernsten Augen seiner Tochter an. Mehr jedoch kommt nicht. Und ich bin nicht die Psychologin meines Mannes.

»Ich muss also heute Nachmittag hin«, sage ich. »Bald schon.« Das ist ein leichtes, eheliches Pingpong und zugleich eine Art von Kalkulation, wenn auch keine im Voraus angestellte. Sein »Nichts« gegen meine Abwesenheit.

Die Mollige ist wieder in das Trio der Sechsjährigen aufgenommen worden und überlässt Ida damit erbarmungslos ihrem vierjährigen Schicksal. Als sie jetzt vor uns steht, bringt sie energische Ansichten über den empörend niedrigen Kurs für Fliederblätter zum Ausdruck und bekommt natürlich einen Keks. Es ist ihr ziemlich egal, dass eine Mama, die nach LÖWE riecht, sie nicht nach Hause und ins Bett bringen wird. Die Mama bekommt trotzdem einen Kuss und Kekskrümel auf den Mund und außerdem eine Hand voll klebriger Fliederblätter. Vielleicht findet sie, ich sollte mir dafür Freunde kaufen.

»Männer kommen nicht vom Mars«, sage ich zu Benny.

»Und Frauen nicht von der Venus«, fügt er hinzu. »Ich bin nur ein bisschen müde.«

Als ich die beiden verlasse, sind sie in eine Diskussion über die Saris der Mütter des sechsjährigen Trios vertieft. Benny steht auf dem türkisen, Ida auf dem patinagrünen. Was mich nicht überrascht. Der weist die meisten Goldstickereien auf.

»Patinagrün«, seufzt sie. »Pa-ti-na-na-na!«

Über den Baumwipfeln vor dem Telthusbakken und der Gamley-Aker-Kirche ist der Himmel noch immer von einem gleichmäßigen, eintönigen Weiß, hoch und verschlafen und leer. Es ist nichts, sage ich zu mir selber, er ist nur ein bisschen müde.

Ich fürchte mich ein wenig vor solchen Frauen, das weiß ich, fürchte mich vor ihnen und davor, Ähnlichkeit mit ihnen zu haben. Hauptkommissarin Eva Kielland besitzt ein feines, strichschmales Lächeln, das sehr schnell verschwindet, dazu einen feinen, strichschmalen Körper, der sich hinter einem Schreibtisch, der ebenso trist ist wie meiner, sehr wohl zu fühlen scheint. Sie ist neu, denke ich, deshalb gefällt ihr ihr Büro noch immer so gut. Sie muss neu sein, sie ist noch so jung.

Ich habe sie schon früher gesehen, natürlich, elegant grau gekleidet, in hunderten von Cafés und in hunderten von Schaufenstern, ich weiß, dass sie caffè latte von café au lait unterscheiden kann, egal, in welchem Büro sie und ihre kenntnisreichen, seltsam wesensgleichen Schwestern auch arbeiten mögen.

»Ich möchte als Erstes sagen«, sagt sie, »dass ich der *fachlichen Kompetenz* Ihrer Branche den größten Respekt entgegenbringe.«

Sieh an, denke ich. Die Frau kann Psychologinnen nicht leiden.

»Aber Sie vertreten ja nicht gerade eine exakte Wissenschaft«, fügt sie hinzu.

»Nein«, antworte ich. »Sie kann sich irren, ebenso wie das Strafgesetzbuch. Aber wir geben uns aufrichtige Mühe.«

Das findet sie witzig. Ihr Lachen ist dünn und ein wenig eckig, wie ihre ganze Person, und vielleicht hält sie uns für Menschen, die andere voll durchschauen. Yes, Baby. Zumindest geben wir uns aufrichtige Mühe, vor allem, wenn wir nervös oder müde sind. Ich sitze auch lieber auf der richtigen Schreibtischseite. Kielland, Eva, Hauptkommissarin und jung und hübsch, beschäftigt sich für einen Moment mit ihren Papieren und mustert mich mit einem Blick, der klar, rein und zweifellos von fachlicher Kompetenz ist.

Sie interessiert sich sehr für seine Krankengeschichte und seine zweisprachige Kindheit. Für den Bruder mit dem eleganten Mercedes und die stumme Mutter, und natürlich dafür, was passiert ist, als er mit Ida in einem kleinen Zimmer allein war, und für eine Hand mit einer tätowierten Orchidee. Ich muss so ungefähr den Höhepunkt des Tages für sie bedeuten, so, stelle ich mir vor, hat eine richtige Prachtvernehmung zu verlaufen. Ich sondere kleine, feine Indizien ab wie eine erschöpfte Alkoholikerin Geständnisse.

Es klickt fast hörbar, als Jhaved sich hübsch in ein Muster einfügt, das Eva Kielland schon bestens bekannt ist. Das befürchten die, die zu mir kommen, dass ich sie auf den ersten Blick auf dieselbe Weise durchschaue.

»Jhaved Prasad ist seit fast zwei Jahren Patient Ihrer Abteilung«, sagt sie. »Ist das nicht sehr lange?«

»Doch«, sage ich. »Aber er kommt erst seit vier Monaten zur täglichen Therapie, und er ist zu keinem Zeitpunkt stationär behandelt worden. Ein wenig vereinfacht könnten wir sagen, dass er nicht in eine psychiatrische Poliklinik überwiesen worden ist – was normalerweise passiert, wenn jemand stationär aufgenommen werden muss –, sondern seine wöchentliche Behandlung bei uns fortgesetzt hat. Das ist ein ziemlich exklusives Angebot, das sich nur an eine ganz bestimmte Gruppe von Patienten richtet.«

»An besonders gefährliche, vielleicht?«

»Nein«, sage ich. »Wir behandeln überhaupt keine gewalttätigen Menschen. Und keine aktiven Psychosen. Keine heftigen Drogenfälle. Keine akut Suizidgefährdeten und schon gar keine Gefährlichen. Wer an diesem Behandlungsangebot teilhaben will, muss einem langwierigen, verbindlichen Gruppenprozess folgen können. Das ist ziemlich anstrengend und absolut nichts für Menschen mit geringer Aggressionsschwelle oder fehlendem Wirklichkeitssinn.«

Fachliche Kompetenz, mein Mädel, ist ziemlich langweilig, vor allem dann, wenn sie – wie im Moment – das Selbstbewusstsein steigern soll.

»Ich würde gern mit ihm sprechen«, sage ich dann ziemlich kleinlaut.

Das ist unmöglich. Brief- und Besuchsverbot auf Grund von Paragraf soundsoviel der Untersuchungshaftregeln, was wiederum in den Bereich von Eva Kiellands fachlicher Kompetenz fällt.

»Warum eigentlich, wo er doch gestanden hat?«

»Er hat sein Geständnis widerrufen«, sagt sie. »Nach einem Gespräch mit seinem Anwalt. Und er verweigert jede weitere Aussage. Wir halten bis auf weiteres an unserer Klage fest.«

Jhaved ist also einem weiteren kompetenten Menschen begegnet. Der wie Bella Geständnisse nicht leiden kann. Eva Kielland braucht mich also wirklich. Und ich weiß nicht, kann nicht wissen, ob das bei Jhaved auch der Fall ist. Ich halte ihr jedoch einen jämmerlichen kleinen Vortrag über die Treffsicherheit unserer Tests.

»Und Sie meinen also, keinerlei Anzeichen dafür zu haben, dass Prasad zu Gewalttätigkeiten neigen könnte?«

»Ja«, sage ich. »Bisher jedenfalls nicht. Aber natürlich kann etwas passiert sein, das solche Tendenzen ausgelöst hat. Etwas Akutes, meine ich, etwas Umwerfendes.«

»Und gibt es dafür irgendwelche Anzeichen?«, fragt sie. »Eine Veränderung in seinem Verhalten, Irritation, Wut?«

»Nichts«, sage ich. »Er schien nicht unter besonderem Druck zu stehen.«

»Trotzdem ist es passiert«, sagt Kielland mit einem ganz leichten spöttischen Funkeln in den Augen. »Sie werden Ihre *Tests* also einer neuen Bewertung unterziehen müssen. Falls es sich nicht um irgendein kleines menschliches Versagen handelt.«

»Das ist bestimmt trotzdem der Fall«, sage ich. »Es geht um ein menschliches Versagen.«

»Hat Jhaved jemals Martin Andersen erwähnt?«, fragt sie.

»Nein.«

»Können Sie sich wirklich an alle Namen erinnern, die er erwähnt hat?«

»Das sind nicht so viele«, antworte ich und denke an seinen Bruder, dessen Name mir nicht einfallen wollte. »Es ging vor allem um seine Familie. Und um ein paar Freunde, aber unter denen war kein Martin. Bei uns finden Gespräche statt, keine Verhöre.«

»Sie behaupten, nicht mehr über ihn zu wissen, als er Ihnen erzählt hat?«

»Ich dachte, das hätte ich schon klargestellt. Ich kenne seine somatische und psychiatrische Geschichte und – durch Tests, Gespräche und sein Verhalten in der Gruppe – seine Persönlichkeit. Und zwar recht gut.«

Eva Kielland blättert ein wenig in ihren Papieren, macht Notizen, obwohl doch das Tonbandgerät läuft, und wieder gleitet etwas über ihr Gesicht, das aussieht wie ein Anflug von Lächeln. Hör auf damit, Igi, sage ich zu mir, du bist gestresst und müde, du brauchst dich hier nicht zu verantworten, und niemand klagt dich an. Aber ich glaube der braven Mädchenstimme in mir kein Wort, noch während sie flüstert, weiß ich, dass sie lügt.

»Seine zufälligen sexuellen Kontakte, hatte er die mit Männern?«

»Ja.«

»Und wo hat er diese Männer kennen gelernt?«

»Das war unterschiedlich, glaube ich. In der Cruising-Szene wohl zumeist. In Parks, Saunen, Nachtklubs.«

»Aha. Und wie ist er damit umgegangen?«

»Mit den Männern?«

»Ich dachte eher an die Begegnungen, an die zufälligen sexuellen Kontakte, wie ist er damit umgegangen?«

»Ambivalent, wie es den meisten mit ihren ersten sexuellen Erfahrungen geht.«

»Das waren seine ersten sexuellen Erfahrungen?«

»Ja.«

»Hinter einem Baum, sozusagen?«

»Na ja«, sage ich. »Die wenigsten von uns haben das Glück, unter sonderlich würdevollen Umständen ihre Unschuld zu verlieren. Haben Sie nicht auch diese Erfahrung gemacht?«

»Aber war das nicht sehr spät? Er ist doch – dreiundzwanzig?«

»Das ist viel später als das durchschnittliche Alter beim ersten Mal, das schon, aber unter Homosexuellen ist es keine große Ausnahme.«

»Nicht?«

»Nicht.«

»Ich hatte irgendwie den Eindruck, dass sie so, wie soll ich sagen, was Sex angeht ... dass sie früh loslegen, zum Beispiel.«

»Ihre Eindrücke sind hier aber sicher nicht so wichtig, oder?«

»Ihre aber wohl?«

»Ich trage keine *Eindrücke* vor. Wenn ich mit Ihnen rede, dann vor dem Hintergrund klinischer Erfahrung und einer relativ umfassenden Ausbildung.«

»Und dafür bin ich dankbar.« Sie lächelt sehr kalt. »Doch Ihre lange Ausbildung und Ihre klinische Erfahrung haben Sie nicht darauf vorbereitet, dass Jhaved Prasad zum Mörder werden konnte?«

»Nein«, sage ich. »Durchaus nicht.«

»Soll ich das so verstehen, dass Sie ihn nicht für einen Mörder halten?«

»Wenn er nicht gestanden hätte und ...«

»Und?«

»Und ohne dieses Video hätte ich es nicht geglaubt, nein.«

Sie war sicher einmal bei einem Psychologen, den sie verabscheut hat, denke ich. Sie hat eine übellaunige Mutter; sie findet das, was Männer mit Männern machen, ekelhaft. Es muss irgendeinen Grund für die verdammte Feindseligkeit dieser Frau geben. Falls, sagt die kühle Mädchenstimme in mir, nicht du dich schuldig fühlst und diese Gefühle *überträgst*. Ach, halt die Fresse, denke ich.

Eva Kielland legt ihre eleganten Hände auf den Schreibtisch und lächelt mich richtig gewinnend an.

»Aber er hat gestanden«, sagt sie. »Anfangs.«

»Ja. Und außerdem gibt es das Video.«

»Vorläufig noch nicht«, sagt sie. »Leider. Aber wir werden es schon noch finden. Dort geht es ja relativ chaotisch zu.«

»Wie meinen Sie das?«, frage ich.

»Wir haben es noch nicht gefunden«, sagt sie. »Die Aussage des Mannes, der für die Anlage zuständig war, ist, wie soll ich sagen, nicht gerade glasklar, aber wir werden es schon finden. Schade an sich, dass das Fernsehen es nicht übertragen hat. Dann hätten wir zumindest eine Art Kopie.«

»Es ist verschwunden?«, frage ich.

»Bei den vielen Kameras kann es doch sogar *live* gewesen sein«, sagt sie. »Das, was Sie auf den Bildschirmen gesehen haben.«

»Das kann es nicht, verdammt noch mal«, sage ich. »Ich habe Jhaved doch gesehen, ich bin ihm gefolgt.«

»Sind Sie ganz sicher, dass Sie wirklich ihm gefolgt sind?«

»Nein«, sage ich. »Mit Sicherheit kann ich das nicht sagen. Aber auf jeden Fall muss die Obduktion doch zeigen – er war kalt, als ich ihn berührt habe. Er muss schon eine Weile tot gewesen sein.«

»Na ja«, sagt Kielland. »Das alles werden wir klarer sehen, wenn der Obduktionsbericht vorliegt. Ich glaube, bis dahin haben wir nicht mehr viel zu besprechen. Aber ich werde sicher wieder auf Ihre Kompetenz zurückgreifen müssen.«

Auf der endlosen Galerie des Polizeigebäudes, dem architektonischen Beweis für Offenheit und soziale Zugänglichkeit dieser Institution, werde ich einer wütenden Diskussion mit meinem inneren Engelsmädel überlassen. Ich bin aus dem Alter heraus, in dem ich nicht auf sie hören wollte, aber im Moment gehe ich rasch und lasse meinen Körper klarstellen, dass ich sie für dumm halte.

»Die Fahrstühle sind in der anderen Richtung«, sagt ein Bär von Mann zu mir. »Wenn Sie nach unten wollen, meine ich.«

Er lächelt freundlich mit seinem kräftigen Kiefer und zeigt in Richtung von Eva Kiellands Büro. »In dieser Richtung gibt es außer dem Raucherraum nicht viel.«

»Danke«, sage ich, und mache kehrt, ehe wir zum Austausch von Raucherzimmerscherzen gezwungen sind, was auf jedem Flur immer wieder passiert. Ich muss zugeben, dass ich, als ich an der gewaltigen polizeilichen Offenheit entlangwandere, die durch das vier Stock hohe Atrium im Eingangsbereich des Gebäudes symbolisiert wird, froh darüber bin, dass Eva Kielland ihre Bürotür geschlossen hat und meinen jämmerlichen Rückzug nicht sehen kann.

Im Fahrstuhl bin ich eine Feindin dieser architektonischen Heuchelei: von Wandelhallen, von Einkaufspassagen, von der glasüberdeckten Offenheit, die den Gegensatz zu den elenden kommunalen und staatlichen Monolithen bilden soll, die allein schon durch ihr klobiges Aussehen garantieren, dass sie nur Fehler und Übergriffe und Idiotie produzieren können. Glasnost wortwörtlich genommen, wiedergegeben als Glas. Pisse, denke ich. Auf der ganzen Welt gibt es keinen Baustil, der seinen Inhalt nicht entlarvt.

»Du kommst mir ausgesprochen aggressiv vor«, flüstert mein Engelsmädel. »Ach, halt die Klappe«, antworte ich.

Nachdem ich zwei bleischwere und entsprechend bleifarbene und alles andere als offene Türen passiert habe, begegnen mir Herbstluft und die kleinen goldenen Lampen im Park vor dem alten Bußgefängnis, in dem eine multiethnische Ausstellung untergebracht ist. Während ich langsam den leichten Hang zum Grønlandsleiret hinuntergehe, bin ich eher nachdenklich als wütend. Das Engelsmädel braucht ihren Mund also auch nicht aufzumachen. Alles hängt am Geständnis, denke ich. Das widerrufen worden ist. Und an dem Video. Und das ist verschwunden.

9

Auf dem Grønlandsleiret haust nicht nur die Polizei. Es gibt auch, zumindest virtuell, ein Wesen namens i-c.dahl. Es ist bescheuert und kindisch und liegt mit ziemlicher Sicherheit einfach nur daran, dass mich eine kompetente Polizistin verunsichert hat, aber trotzdem fühle ich mich versucht. Meine innere Engelin erklärt, ich solle brav nach Hause gehen. Die Engelin soll sich zu Eva Kielland zurückscheren, da gehört sie hin. Aber meinem Gewissen zuliebe verhandele ich ein wenig mit mir selber; vier Haustüren, höchstens fünf, und wenn ich dann noch kein i-c.dahl gefunden habe, dann heißt es nach Hause und ins Bett.

Es ist die zweite Klingel von oben an der vierten Tür. Kann es zumindest sein. *Dahl* steht in dem Fensterchen neben dem Klingelknopf, keine Initialen davor, aber die hätten in dem kleinen Feld auch keinen Platz. Denn hier steht noch ein anderes Wort: Loff, also Weißbrot. Dahl Loff, steht da.

Nicht der Maler Dahl, sondern der Bäcker? Eine kleine Bäckerei, die E-Mails zum Thema »Mord« verschickt? Wohl kaum. Andererseits, sagt die Vertreterin der Versuchung in mir, besteht ja nicht oft die Möglichkeit, eine solche Frage zu stellen.

»Bin ich richtig bei I. C. Dahl?«, frage ich, als die Gegensprechanlage losbrummt. Ich komme mir vor wie eine Dreizehnjährige, die bei einem Namen wie Viertel oder Rindfleisch den Klingelteufel spielt.

»Verzeihung?«

In einer Viertelstunde stehe ich unter der Dusche, denke ich.

»I. C. Dahl«, sage ich noch einmal. »Aber da bin ich vielleicht nicht richtig?«

»Doch«, knistert die dünne Stimme in der Gegensprechanlage. Eine männliche Stimme, glaube ich. »Sie ist zu Hause, tatsächlich. Aber ich – ich nenne sie doch immer nur Ingeborg, tatsächlich.«

»Sie hat mir eine E-Mail geschickt«, sage ich.

Und es stimmt, dass Technologie Türen öffnet, denn mehr ist nicht nötig. Eine E-Mail, und schon brummt es wieder, diesmal, weil die Tür geöffnet wird.

Loff, denke ich, als ich die Tür aufdrücke. Vielleicht ist das ja kein Bäckereiprodukt, sondern ein Name? Ein Mitbewohner, vielleicht, aus einer Kultur, die wahrlich exotisch ist?

Asien, möglicherweise, denke ich auf der Treppe. Oder Tschechien? Zdenek Loff? Loff Ho Cheng? Afrika? Mbeke Loff?

Ich weiß nicht, in welchen Stock ich unterwegs bin, aber ich kann mich nicht verlaufen. Auf der Tür rechts im dritten Stock ist ein weißer A4-Bogen befestigt. LOFF steht darauf, mit den vermutlich größten Buchstaben, die ein normaler Drucker liefern kann. Früher musste man solche Schriftstücke in einer Druckerei bestellen. Jetzt können alle sich einigermaßen professionell aussehende Plakate basteln. Aber nach einiger Zeit sehen schnöde A4-Blätter nicht mehr sonderlich professionell aus.

Unter dem Blatt ist an der Tür ein schmales Messingschild befestigt. Darauf steht nur Dahl. Ohne Initialen.

Die Tür ist angelehnt und ich will anklopfen, um mein Eintreffen anzukündigen, doch dann taucht im Türspalt ein kleines Männergesicht auf.

»Das ging ja schnell«, sagt er und öffnet die Tür.

Ich reiche ihm die Hand und stelle mich vor.

»Dahl«, sagt er. »Søren Dahl, tatsächlich.«

Als sei das ein ungeheuer seltsamer Name. Er ist klein, gut zehn Zentimeter kleiner als ich, und außerdem sehr dünn. Aber er ist nicht krumm oder eingefallen, wie das bei Männern in seinem Alter häufig vorkommt, er ist einfach ein kleiner Wicht von Mann in voller Größe und sieht sehr fit aus, obwohl er bestimmt schon fünfundsiebzig ist. Er trägt Jeans und eine von diesen kurzen blauen Nylonjacken, wie Schreiner und Rohrleger sie oft tragen; dazu das passende, karierte Flanellhemd und Turnschuhe. Außerdem hat er schüttere Haare und eine Brille mit sehr kräftigem Gestell.

Er lächelt. Ein wenig vorsichtig. Als wolle er um Entschuldigung bitten. Als wolle er mir gerne helfen, wisse aber nicht, wie.

»Ja, Ingeborg Caroline ist gerade beschäftigt«, sagt er. »Tatsächlich. Aber haben Sie einen Moment Geduld, dann …«

»Loff«, sage ich und zeige auf das weiße Blatt. »Ist das ein Verein?«

»Ich dachte, Sie wüssten das«, sagt er. »Ich dachte … ja, deshalb kommen die meisten doch her. Es ist eine Abkürzung, tatsächlich«, fügt Søren Dahl hinzu und zwinkert hinter seiner riesigen Brille. »Für Landesorganisation für Opfer und deren Familien. LOFF, also.«

Ich sollte das sicher lassen, aber ich kann mir die Frage nicht verkneifen.

»Aber warum zwei F? Ich meine, Landesorganisation sehe ich ja ein, aber der Rest. Woher kommt das zweite F?«

»Also«, sagt Søren Dahl und sieht fast verzweifelt aus. »Das ist ein Problem, tatsächlich. Sie sollten lieber mit Ingeborg darüber sprechen. Ich glaube, das stammt von ›für‹. Also von Landesorganisation für und so weiter. Aber dann fällt doch Opfer fort. Tatsächlich. Ich weiß nicht so recht. Es müsste vielleicht LOFUF heißen. Oder auch LOOF.«

»LOPF«, schlage ich vor. »LOFOOF?«

Søren Dahl zwinkert frenetisch. Irgendwo in der Wohnung ruft jemand:

»Mit wem r-redest du da, Søren?«

»Hier ist eine Dame für Ingeborg«, antwortet Søren Dahl. »Tatsächlich.«

»D-dann bitte sie doch herein.«

Søren Dahl sieht mich aus diesen verzweifelten Augen an, die von seinen Brillengläsern noch vergrößert werden.

»Natürlich«, sagt er. »Wir stehen ja noch im Treppenhaus. Tatsächlich. Kommen Sie herein«, fügt er hinzu und schwenkt seine dünnen Arme. Und dann lächelt er vorsichtig. Ich finde ihn sympathisch. Tatsächlich.

Die kleine Diele ist dunkel. Rechts steht ein Garderobenständer, behängt mit Mänteln und Jacken für die meisten Jahreszeiten; Öljacken und Regenmäntel hängen dicht an dicht mit schweren Mänteln und Strickjacken, die achtlos über die Haken geworfen worden sind. In der Wand gegenüber der Wohnungstür sehe ich eine verschlossene Tür, die mit einer Salzteigfigur – ein Kind auf einem Topf – geschmückt ist. Als könne man sich in solchen Wohnungen auf der Suche nach dem Bad überhaupt irren.

Die Küche, nehme ich an, obwohl es hier keine Figur gibt, liegt hinter der Öffnung zu meiner Rechten, hinter dem Garderobenständer. Das Schlafzimmer zu meiner Linken, es versteckt sich, wie das Badezimmer, hinter einer verschlossenen Tür. Die Öffnung dahinter führt ins Wohnzimmer. Und darin befindet sich der, der vorher gerufen hat.

»Torstein«, sage ich, als ich mein Gesicht in der Öffnung zeige, in der früher einmal eine Tür gesessen hat.

»Kennt ihr euch?«, fragt Søren Dahl. Torstein bleibt stumm. Er glotzt und ich habe den Vorteil ihn zu überraschen und außerdem seine Stimme und ihn recht gut zu kennen, ich weiß, dass er ein wenig Zeit brauchen wird, um sein Stottern zu überwinden. Zumindest weiß ich jetzt, woher I. C. Dahl meine E-Mail-Adresse hat. Erklärungen sind immer gut. Beruhigungen auch.

»Ich wusste nicht, dass du hier bist«, sage ich. »Ich wollte zu Ingeborg Dahl.«

»Möchten Sie eine Tasse Kaffee?«, fragt Søren Dahl. »Um das Warten zu verkürzen? Der Kaffee ist tatsächlich fertig.«

»Ja, danke«, sage ich.

»S-s-sie s-s-s-sag…«

Er braucht fast eine Minute, um pfeifend und begleitet von unkontrollierten Schlägen mit der Hand zu erzählen, was ich schon weiß, nämlich dass Ingeborg in einer Besprechung sitzt. Er wird sich aber in den Griff bekommen. Søren Dahl bringt den Kaffee, ich erhalte einen weißen Becher mit der schwarzen Aufschrift LOFF. Søren und Torstein trinken aus weinroten. Vielleicht, denke ich beim ersten Schluck, trinke ich aus dem einzig existierenden, das heißt, dem offiziellen LOFF-Becher.

Das kommt mir nicht einmal unwahrscheinlich vor. Das Wohnzimmer ist zwar in eine Art Büro verwandelt worden, zwei große, behördenhaft aussehende Schreibtische bilden mitten im Raum einen Winkel, aber trotzdem kommt mir alles vor wie ein Provisorium. Was vielleicht früher einmal Sofa und Couchtisch war, ist jetzt zu einer Art Sitzgruppe reduziert worden. Der Couchtisch ist mit Broschüren belegt, das Sofa hat Gesellschaft von zwei todtraurigen Sesseln vom beigen Anstaltstyp. Plakate an den Wänden. Fachliteratur, wenn ich von den vielen gelben Zetteln ausgehen kann, die aus den Büchern herauslugen, Zeitschriften vielleicht, in einer Reihe von roten und blauen Ordnern. Auf beiden Schreibtischen stehen Telefone. Und Computer. In einer Ecke steht außerdem ein betagter Kopierer.

Es handelt sich um eine Art Zentralbüro. Nur eins passt nicht zum Gesamtbild: das große Porträt an der Wand über dem Sofa. Es ist ein vergrößertes Foto, mindestens 90 × 50 Zentimeter, dazu ein breites, tiefgrünes Passepartout. Und ein Goldrahmen. Søren Dahl folgt meinem Blick.

»Ja«, sagt er. »Das ist sie. Tatsächlich.«

Und natürlich habe ich sie bereits erkannt.

Sie sieht aus wie die meisten Zwölfjährigen, die von einem Studiofotografen aufgenommen werden. Ihr Lächeln ist steif, ihre Augen sind fast leblos, ihre Haare ordentlich gekämmt. Aber sie hält einen Fußball in den kleinen Händen, die auf ihrem Schoß ruhen. In den Zeitungen, die das Bild gebracht haben, war der Fußball weggeschnitten worden. Er scheint zwischen ihren Mädchenhänden, auf dem weinroten Samtrock, der um ihre Taille von einem schmalen, schwarzen Gürtel zusammengehalten wird, auch seltsam fehl am Platz zu sein. Die Zeitungen haben ihr Gesicht gezeigt. Das Gesicht mit den Augen, die jetzt schon tot aussehen, weil sie sich langweilt oder sich vielleicht ein wenig fürchtet.

Sie hat Fußball gespielt, denke ich. Als könne ich jetzt besser begreifen, dass sie einmal gelebt hat.

»Juniormannschaft«, sagt Søren Dahl. »Und sie war gut, tatsächlich. Aber es war ja nur ein Spiel. Wo sie doch noch so klein war.«

»Das wusste ich nicht«, sage ich unbeholfen. »Dass sie Fußball gespielt hat. Sind Sie, ich meine, waren Sie …«

»Ihr Großvater, tatsächlich«, sagt er, und bedenkt mich mit einem seltsamen Blick, als frage er sich, was ich hier will. Und vage kann ich mich erinnern, dass ich damals ihren vollen Namen gelesen habe. Helena Dahl. Aber ich hätte nur ihren Vornamen gewusst, wenn ich ihr Gesicht in irgendeine Beziehung hätte setzen müssen. Helena wie in »Der Fall Helena«. Søren Dahl hatte eine Enkelin, die später nur noch »der Fall Helena« hieß. Wie lange mag das her sein, überlege ich, sechzehn Jahre? Achtzehn? Sie ist vor sehr langer Zeit verschwunden. Und schon vor langer Zeit war klar, dass sie tot sein musste.

»Mein einziges Enkelkind, tatsächlich«, sagt er, und zwinkert mit seinen vergrößerten Augen. »Margrete und ich hatten nur Ingeborg. Sie wurde hier im Haus geboren, tatsächlich. 1959. Ja, Ingeborg hat nicht Fußball gespielt. Das war damals nicht üblich für Mädchen. Aber Helena. Juniormannschaft. Wir haben auch ein wenig gespielt, sie und ich. Aber nur zum Spaß, natürlich. Es war einfach ein Spiel.«

Er scheint anzunehmen, dass ich das für dubios halten könnte. Mein Gesicht verhält sich nicht seinen Erinnerungen gemäß; wenn er über Helena spricht, dann lebt sie, dann ist sie nicht verschwunden oder tot. Und deshalb lächele ich ihm schnell und schief zu.

»Sie konnte fabelhaft gut dribbeln«, sagt er. »Für ihr Alter. Tatsächlich.«

Ich weiß nicht, wann ich dieses Wort zuletzt gehört habe.

Fabelhaft. Und dann denke ich, was es für eine Begabung ist, in einer Skizze und einer Sekunde und mit zwinkernden, um Entschuldigung bittenden Augen ein lebendiges Bild zeichnen zu können. Ich weiß nicht, wo er mit seiner Enkelin Fußball gespielt hat. Ich weiß nicht, wie oft das passiert ist. Aber ich kann es vor mir sehen.

»Ich wollte gerade in den Keller gehen«, sagt Søren Dahl und windet sich ein wenig in seiner Nylonjacke. »Tatsächlich. Wegen der Tische. Sie wissen schon.«

Er blickt Torstein Hilfe suchend an.

»Ingeborg ist sicher bald mit ihrer Besprechung fertig«, fügt er hinzu.

»G-g-geh du nur«, sagt Torstein.

Søren Dahl tippt eine imaginäre Mütze an und lässt danach seine Finger ein wenig unbeholfen über seine Stirn gleiten. Dann lugt er nervös zu der geschlossenen Tür hinüber, hinter der sich vermutlich das Esszimmer befindet. Ich höre hinter der Tür keine Stimmen, aber die flache, laminierte Tür schließt auch sehr dicht an den Rahmen.

»Er w-wohnt hier«, sagt Torstein, als Søren Dahl gegangen ist. »Es ist eig-gentlich seine Wohnung.«

»Aber du wohnst nicht hier, oder?«, frage ich.

Er blickt mich zutiefst beleidigt an und schlägt sich mit der Hand auf den Oberschenkel. Ich wüsste gern, welche Probleme solche Gesten ihm bei der Zentralverwaltung der Universität bescheren, aber ich vermute, dass er für dort über andere, passendere Ausdrucksformen verfügt. Die meisten von uns, und das gilt auch für Psychologinnen, finden die Ausdrucksformen, die unsere Arbeitsplätze von uns verlangen. Torstein arbeitet seit fast zwanzig Jahren in der Univerwaltung.

»N-n-n«, sagt er. »Natürlich nicht. Das w-w-weißt du doch.«

Seine Stirn runzelt sich aufs Heftigste. Vor nicht allzu vielen Stunden hat er mir detailliert eine sexuelle Fantasie geschildert. Bei der eine Menge Öle vorkommen. Und ich. Ich nehme an, dass seine Stirn sich deswegen runzelt und er schlimmer stottert als sonst.

Seine eine Hand jagt drei- oder viermal zur Seite, und ich habe durchaus nicht den Wunsch, ihn leiden zu lassen.

»Und du, bist du mit Ingeborg befreundet«, frage ich, »oder mit Søren?«

Und dann geht mir auf, wie blöd ich bin. Das hier ist keine normale Wohnung. Sondern ein Hauptquartier.

»Du bist wegen Loff hier«, sage ich. »Stimmt das?«

»D-d-d-das ist doch k-k-klar«, sagt er, und da er noch immer mit den Armen fuchtelt, stelle ich ihm konkrete Fragen. Nach Loff. Was diese Organisation macht, und ob es außer ihm und Ingeborg noch weitere Mitglieder gibt.

Wie erwartet verschwinden Pfeifen und Stottern, wenn er sich auf sicherem, sachlichem Boden bewegt. Loff besteht seit fast fünf Jahren und ist eine Selbsthilfegruppe für Menschen, die, wie der Name schon sagt, Opfer oder Angehörige von Opfern sind.

»Ursprünglich ging es um Opfer von Verbrechen, aber diese Zielgruppe«, sagt Torstein ohne im Geringsten zu stottern, »hat sich als etwas zu eng definiert erwiesen. Zum gegenwärtigen Zeitpunkt«, fügt er hinzu und zeigt mir damit die Univerwaltung bei der Arbeit, »haben wir Mitglieder, die Opfer von Vernachlässigung, öffentlicher Inkompetenz und Übergriffen geworden worden sind, dazu ökonomische Opfer. Noch immer gibt es natürlich einen Kern von Opfern von Gewaltverbrechen, aber wir haben auch viele Mitglieder, die psychiatrischen Übergriffen und Zwangsbehandlungen ausgesetzt waren.«

Beim letzten Satz mustert er mich streng, als erwarte er Einwände meinerseits. Aber ich schweige.

»Ein zukünftiger Einsatzbereich«, sagt Torstein leicht überlegen, »werden *Medienopfer* sein. Das steht schon in unserem Arbeitsprogramm.«

Ich frage ihn, ob es nicht bereits Organisationen gibt, die sich solche Ziele gesetzt haben. Er bedenkt mich mit einem kühlen Blick. »Gibt es nicht diesen …«

»Verliererverein«, unterbricht er mich. Und schnaubt. Ich weiß nicht, ob ich schon einmal jemanden habe schnauben sehen, aber bei Torstein ist das zweifellos der Fall. Er weigere sich, sagt er, auch nur ein Wort über den Verein zu verlieren. Ich ahne schon, dass hier ein wenig um Mitglieder gebuhlt wird.

»Der Verliererverein«, sagt Torstein, der kein Wort zu diesem Thema verlieren will, »hat für die Medienopfer keinen Finger gerührt. Das nur als Beispiel. Als eins von vielen.«

»Und Ingeborg Dahl?«, frage ich.

»Ist die Vorsitzende von Loff. Natürlich«, sagt Torstein. »Ingeborg hat Loff gegründet und die Organisation aufgebaut, sie verfügt über das gesamte Kontaktnetz. Und die Kompetenz!«

Ida hat immer einen in sich gekehrten und zutiefst ernsten Gesichtsausdruck, wenn sie Eis isst. Das ist für sie eine Art von äußerst ernstem Glück. Wenn Torstein »Kompetenz« sagt, dann sieht er so ähnlich aus.

»Nicht nur die persönliche Kompetenz«, fügt er hinzu, »obwohl alle natürlich wissen, was ihre Erfahrungen bedeuten. Niemand würde auch nur auf den Gedanken kommen, dass jemand anders Loff leiten könnte. Ohne Ingeborg kein Loff.«

Aus dem Nebenzimmer dringen Geräusche zu uns herüber. Vielleicht werden Stühle verschoben, weil jemand aufsteht; durch die dicht schließende Tür ist das nicht klar zu erkennen. Aber auf Torstein sind diese Geräusche von sofortiger und heftiger Wirkung. Ein Arm schießt in die Luft, als wolle er in einer Diskussion um das Wort bitten, danach fällt er abrupt auf seinen Oberschenkel und jagt dann zur Seite. Er schnalzt mehrere Male laut mit der Zunge, und wenn er damit um das Wort gebeten hat, so will es ihm doch nicht gehorchen, denn nun verzieht sein ganzes Gesicht sich bei einem heftigen, wortlosen Stottern.

Im Nebenzimmer herrscht wieder Stille, und mir geht plötzlich auf, dass es spät ist; ich müsste schon längst zu Hause sein, Torsteins Freizeitbeschäftigungen gehen mich nichts an, Torstein muss seinen akuten Tourette-Anfall hinter sich bringen und ich muss gehen.

Die Geräusche, die er hervorbringt, sind zuerst unartikuliert und nasal, werden dann aber langsam verständlicher. Er ist bei einem S hängen geblieben.

»S-s-s-sie hat *aufgehört!*«, heult er. »Sie ha-ha-hatte aufgehört!«

»Ingeborg Dahl?«, frage ich und ahne irgendeine interne, aufwühlende Loff-Geschichte.

»N-nein. Nicht Ingeborg. *Anlaug.*«

Aus dem Nebenzimmer hören wir neues Scharren, und Torstein starrt verängstigt die Tür an. Ich reagiere langsam. Das kommt oft vor, vor allem abends.

»Anlaug?«, frage ich, als wüsste ich nicht, von wem er redet, aber ich weiß es doch. Anlaug, die, ehe sie sich von mir und meinem therapeutischen Teufelszeug verabschiedet hat, einige Monate wie Torstein jeden Tag zur Behandlung kam. Und die vor nicht langer Zeit vielleicht an einer Brücke gestanden hat.

Ich folge seinem Blick.

»Ist sie da drinnen?«

Er blickt mich in tiefer Verzweiflung an.

»Sie hatte aufgehört«, sagt er noch einmal. Jetzt hat der arme Mann fast Tourette-frei über seinen Verein gesprochen und hat sich doch die ganze Zeit gefühlt wie auf frischer Tat ertappt. Nicht nur in neuer Umgebung, zusammen mit mir, sondern wirklich auf frischer Tat ertappt, von der strengen Lehrerin. Wir raten unseren Patienten vom Umgang miteinander ab, so lange sie in Therapie sind. Nach Abschluss der Behandlung sieht das natürlich anders aus.

Das liegt nicht daran, dass wir autoritär oder lebensverneinend wären. Wir möchten nur verhindern, dass Klienten, Patienten, Kundschaft, oder wie immer die derzeitige politisch korrekte Bezeichnung sein mag, Bündnisse und Loyalitäten entwickeln, die die Wirkung der Behandlung untergraben könnten.

»Sie hatte aufgehört«, wiederholt Torstein, mit der verbissenen Wut jener, die sich jemals dem komplizierten bürokratischen System stellen mussten, auf das alle mit psychischen Problemen hier zu Lande unweigerlich stoßen. Überall gibt es eine endlose Menge von gut gemeinten, sehr verwickelten Regeln.

»Aber natürlich«, sage ich. »Torstein, natürlich kannst du befreundet sein, mit wem du willst.«

»Ich b-bin nicht mit ihr bef-freundet.«

Sagt Torstein und starrt eine Stelle neben meinem Kopf an.

Sie ist etwa einsneunzig und hat sicher seit unserer letzten Begegnung die hundert Kilo überschritten. Wie immer scheint sie aus einem anderen Jahrzehnt entsprungen zu sein, mit ihren weiten, lockeren Gewändern von unklarer afrikanischer Herkunft. Ihre langen, offenen Haare fallen kräftig und haferblond über ihre runden Schultern. Auf der stumpfen Nase sitzt die seltsame Brille, die ich am ehesten mit »tragisch« beschreiben würde. Der Blick dahinter ist fast tödlich.

»Was macht DIE hier?«, sagt sie mit ihrer tiefen Wagnerstimme und zeigt auf mich. »Schaff sie RAUS!«

Es gibt keine Organisation, nicht einmal Loff, die potenzielle Mitglieder auf diese Weise empfängt. Torstein verfällt in wildes, ungehemmtes Pfeifen, klatscht sich auf die Oberschenkel und vollführt schier unmöglich aussehende Armbewegungen, als fehle seinen Armen ein Gelenk oder als hätten sie eins zu viel. Ich kann ihn gut verstehen. Wenn ich auch nur einen Hauch von Tourette hätte, würde ich unter Anlaugs kaltem Quallenblick sofort in Zuckungen verfallen.

»WEG mit ihr«, sagt sie schwer und tonlos.

Schade, denke ich, dass Torsteins Tic nicht auch die Schimpfwörter einschließt. Einige fantasievolle Variationen von *Fotze* würden sich jetzt gut machen.

»Ich möchte mit Ingeborg sprechen«, sage ich.

»Du möchtest mit Ingeborg sprechen«, sagt dieser massive Block von Frau, der sich noch keinen Millimeter aus der Türöffnung entfernt hat. »Du. Aus der PSYCHIATRISCHEN Klinik.«

»Ja«, sage ich. »Guten Abend, Anlaug.«

»Du möchtest ihr vielleicht ein paar CHEMISCHE Mittel empfehlen«, psalmodiert Anlaug. »Damit du sie daran hindern kannst, eine GANZ NATÜRLICHE TRAUER und eine GESUNDE WUT zum Ausdruck zu bringen.«

Die Großbuchstaben sind deutlich zu hören.

»Nein«, sage ich. »Nicht deshalb. Ich will sie an gar nichts hindern.«

»Du«, Anlaug redet unangefochten weiter. »Du willst doch, dass andere sich CHEMISCHER LOBOTOMIE unterziehen, und trotzdem kommst du her? Ha! Aber wir sind hier nicht FÜR solche Dinge, oder was? Oder was, Torstein?«

Torstein ist jetzt zu einer Art vibrierendem Haufen von unkontrollierbar zuckenden Gliedern geworden.

»TORSTEIN!«, brüllt Anlaug.

Es ist ein Elefantenstoß. Und trotzdem verursacht er nicht die geringste Bewegung, nicht das kleinste Zittern in diesem Körper, der schwer auf seinen beiden Säulenbeinen ruht. Und, unter den Säulen, auf ihren überraschend kleinen Füßen, die doch tatsächlich in Pumps stecken. Die Pumps werden sofort zu meinen Freundinnen. Es ist einfach unmöglich, auf einen Wal in Pumps SAUER zu sein.

»Wie gesagt, ich möchte Ingeborg Dahl sprechen«, sage ich mit meiner ekelhaftesten Therapeutinnenstimme; sie klingt sanft wie eine Glückspille, »nicht, um dich oder Torstein zu quälen.«

»Ich bin hier die STELLVERTRETENDE VORSITZENDE«, sagt Anlaug. »Und ich entscheide, wer mit Ingeborg sprechen darf.«

Torstein stößt einen Pfiff aus. Anlaug bewegt sich keinen Millimeter von der Stelle, als die andere Frau neben ihr aus der Türöffnung lugt.

Ihr spitzes Eichhörnchengesicht hat etwas Vertrautes. Natürlich war es in den Zeitungen abgebildet, und ohne Anlaugs runde, schinkenschwere Schulter würde ich annehmen, dass ich sie daher kenne. Aber ich habe sie noch vor kurzem gesehen. Neben der Designerbrücke über den Akerselv, zusammen mit Anlaug. Ihr Gesicht war dabei zwar vor Wut verzerrt, aber ich erkenne sie doch. Ingeborg Dahl. Helenas Mutter.

»Anlaug«, sagt sie mit behutsamer, seidenweicher Stimme. »Torstein. Es ist spät. Ich glaube, ich brauche euch heute Abend nicht mehr.«

Torstein sammelt auf irgendeine Weise seine aufrührerischen Glieder ein. Anlaug bleibt bewegungslos stehen und starrt mich an.

»Wir sehen uns nächste Woche«, sage ich zu Torstein.

Torstein stößt einige undeutliche Geräusche aus. Anlaug dreht sich um und starrt die schmächtige Frau neben sich an. Sie könnte sie wie einen Zweig zerbrechen. Aber sie senkt den Kopf und geht mit schweren Schritten auf die Haustür zu. Torstein hat bereits das Treppenhaus erreicht.

»Möchtest du einen Kaffee?«, fragt Ingeborg Dahl.

»Nein, danke«, sage ich. »Torstein hat mich schon versorgt.«

»TORSTEIN!«, brüllt Anlaug. »WARTEN!«

10

Es ist ein weltlicher Altar. Eine ganze Wand in dem Zimmer, das früher einmal das Esszimmer der Großeltern gewesen sein muss, ist mit Fotos von Helena tapeziert. Im Gegensatz zu dem gewaltigen Porträt im anderen Zimmer sind diese Bilder klein, ganz normale Abzüge. Und sie sind sorgfältig an die Wand geklebt worden, nicht eins hat sich aufgerollt oder im Sonnenlicht verzogen, nicht eine Ecke hat sich gelöst, obwohl kein Foto gerahmt und viele zurechtgeschnitten sind.

Das Büfett darunter enthält weiterhin das Geschirr, das sicher Søren und Margrete Dahls Sonntagsservice ist – schwere, kreideweiße Schüsseln, eine Reihe von grünen, ziselierten Gläsern mit Bambusstielen. Über der gewölbten Büfettfront zieht diese gewaltige Collage sich bis zur Deckenleiste hin. Zwölf Teelichter brennen auf dem Büfett. Eins für jedes ihrer Lebensjahre, vielleicht.

Irgendjemand hat ungeheuer sorgsam ein Skalpell an Helenas Bein oder Arm entlanggeführt, um einen bunten Badeball oder ein Heinzelmännchen, und hat diesen Ausschnitt aus einem gelebten Tag wie hundert andere neben einen anderen gesetzt. Hat sie zusammengefügt, ganz normale rechteckige Fotos neben oder unter exakten Ausschnitten, und dabei hat sich nicht eine einzige Fuge von der Unterlage gelöst. Hier gibt es nichts, das nicht zusammenhinge, das nicht in absoluter Einheit mit seiner Umgebung stünde.

»Dreikomponentenkleber«, sagt Ingeborg Dahl leise. »Den streichst du auf beide Flächen, auf das, was du aufkleben willst und auf die Unterlage, und dann lässt du es trocknen. Es ist seltsam, aber es hält erst, wenn beide Flächen trocken sind. Und dann kriegst du es nicht mehr ab. Man muss dabei genau sein, natürlich. Du musst den Kleber bis an den äußersten Rand verstreichen.«

Im Schein der Teelichter scheint die Wand aus schwarzen und goldenen Farbtönen zu bestehen. Erst aus der Nähe heben sich Blau und Grün davon ab. Bäume, Himmel, Wasser. Alles, was ein Kind umgibt, zusammen mit den vielen Erwachsenenkörpern. Auch sie sind hier vertreten. Søren Dahl in Badehose, eine ältere Frau, bei der es sich vielleicht um Margrete handelt. Ingeborg. Aber vor allem Helena. Im Weihnachtskleidchen. Im Fußballdress, den Ball munter unter den Arm geklemmt. Auf einem Felsen am Meer, dünn und vielleicht bibbernd auf einem feuchten Badetuch.

»Ich hatte Zeit genug«, sagt hinter mir Ingeborg Dahl. »Es hat einige Jahre gegeben, in denen Zeit alles war, was ich hatte. Und es lässt sich ja nicht entfernen. Schon rein praktisch wäre das einfach unmöglich.«

Nur weniges lässt sich wirklich nicht auseinander reißen, aber es wäre wirklich Gewalt nötig, um dieses vollendete Puzzlespiel aufzulösen.

»Wenn du sitzen möchtest, dann ist dieser Sessel ziemlich bequem, glaube ich.« Sie zeigt auf einen Sessel am Schreibtisch. Sie selber setzt sich in ihren Schreibtischsessel, mit Blick auf das Büfett und die tausend Fotos. Ihr Lächeln ist steif, es klebt an ihrem Gesicht, so, wie die Fotos an der Wand kleben.

»Ich habe nicht gewusst, wer du bist«, sage ich. »Als deine Mail gekommen ist. Ich habe nicht gewusst, dass du Helenas Mutter bist.«

»Das werden wir ja«, sagt sie. »Mehr als alles andere, was wir vielleicht sind oder sein möchten. Die Mutter unseres Kindes. Du hast eine Tochter?«

»Ja. Sie heißt Ida. Sie ist vier.«

»Das ist ein schönes Alter.«

»Sie lügt ziemlich viel. Du weißt schon, über alles Mögliche.«

»Helena hat Bären gesehen«, sagt Ingeborg Dahl mit ruhigem Eichhörnchengesicht und legt auf der Tischplatte die Hände aufeinander.

»Bei Ida sind es meistens Löwen«, sage ich.

Sie nickt, und vielleicht huscht der Anflug eines Lächelns über ihre schmalen Lippen.

»Anlaug«, sage ich. »Ich wusste nicht, dass sie – hier arbeitet. Ich weiß offenbar nicht sehr viel.«

»Sie arbeitet nicht hier«, sagt Ingeborg Dahl, die mit geradem Rücken in ihrem Schreibtischsessel sitzt. »Aber sie kommt natürlich häufig her. Hat Torstein dir von Loff erzählt?«

»Ja«, sage ich.

»Ich habe mich vor allem als Vorsitzende von Loff an dich gewandt, obwohl… wenn man so eng mit einem Amt verbunden ist wie ich, dann ist es nicht so leicht, die *Rollen* zu trennen, heißt das nicht so? Aber das hier ist im Grunde nicht in erster Linie eine Angelegenheit für Loff.«

»Du glaubst nicht, dass Jhaved den jungen Mann umgebracht hat«, sage ich.

»Nein. Das glaube ich nicht. Vor ganz genau zwölf Jahren, das heißt, gestern waren es zwölf Jahre, ist meine Tochter Helena verschwunden. Sie war damals zwölf. Der junge Mann, wie du ihn nennst, ist identifiziert worden, das weiß ich aus dem Internet. Er heißt Martin Andersen. Er war vierundzwanzig Jahre alt. So alt, wie Helena jetzt wäre, wenn sie noch lebte.«

Ihre kleinen Stecknadelaugen starren mich an, ihr Blick ist blank und schwarz und sehr intensiv. Nein, denke ich. Das ist kein Fall für Loff, das ist der Fall Helena. Und das sind für sie vielleicht alle Angelegenheiten.

»12 plus 12 ist 24. Er wurde auf den Tag genau zwölf Jahre nach ihrem Verschwinden ermordet. Bei der Eröffnung einer Ausstellung des Mannes, der *das hier* gemacht hat.«

Ohne den Blick zu senken, schiebt sie mir über die Tischplatte das Blatt Papier zu, auf dem ihre Hände so ruhig gelegen haben, ein glänzendes Blatt im A3-Format – die Farbkopie eines berühmten Aske-Werkes aus der Zeit, als er noch gemalt hat. Natürlich erkenne ich es, obwohl das Original sicher an die zehnmal größer ist. Und ich hätte mich auch an den Titel erinnert, selbst wenn er nicht unten auf dem Blatt gestanden hätte. »Hommage à Helena«, hat damals Furore gemacht und Askes beginnenden Ruhm als Rabulist bestätigt.

Die Hauptfigur auf dem Bild ist ein Mann, der eine Puppe auf dem Schoß hält, und das Bild strahlt noch immer eine starke, bedrohliche Atmosphäre aus, die an Goyas grausiges »Der Satyr frisst sein eigenes Kind« erinnert, obwohl der Gestalt in den Händen des Mannes nicht der Kopf fehlt, wie bei Goya, sondern Hände und Füße. Die Farben sind Goyas stechendes Ocker und verbrannte Erde, das Rote von Askes Bild dagegen stammt nicht von den fehlenden Körperteilen, die Glieder der Puppe enden nicht in blutigen Wunden, sondern in adretten schwarzen Nähten. Das Blutrote gehört zum Hintergrund, der ausschließlich aus Zeitschriften- und Zeitungsbildern von Kinderkörpern und -gesichtern besteht, dicht an dicht, alle überzogen mit Lack oder Scharlachglasur.

Helenas Gesicht ist nicht dabei, doch als das Bild zum ersten Mal gezeigt wurde, wurde es fast nur mit ihr assoziiert; der »Fall Helena« dominierte seit Monaten die Zeitungen. Außerdem war Kinderpornografie damals ein neues Diskussionsthema, und einige der Bilder in dieser Collage kamen dieser Kategorie recht nahe. Obwohl das auf der kleinen Kopie nicht zu sehen ist; ich weiß es noch aus der Debatte, die von dem Bild ausgelöst wurde, und vielleicht irre ich mich ja. So wie ich mich auch in der Frage irren kann, ob er Helenas Bild benutzt hat.

Ich frage Ingeborg Dahl danach, vorsichtig; ich möchte keine alten Wunden aufreißen. Hinter mir gibt es noch eine Collage, und hier, in diesem Zimmer, schiebe ich den Gedanken an die Gleichheit der Technik in meinem Bewusstsein so weit nach hinten wie überhaupt nur möglich.

»Nein«, sagt sie. »Nicht auf diesem Bild. Aber auf anderen, weniger berühmten. Ich habe auch davon Kopien, wenn du Lust hast, sie zu sehen.«

»Lust« erscheint mir in diesem Zusammenhang ein seltsames Wort, so wie ich es auch seltsam – oder beeindruckend – finde, dass sie ihre Hände ruhig auf diesem Bild ruhen lassen kann. Aber ich hatte auch keine zwölf Jahre, in denen ich mich Tag und Nacht mit viel entsetzlicheren Bildern beschäftigen musste, mit Bildern, die ihre eigene, verängstigte Fantasie entwickelt hatte.

»Ich möchte dir ein anderes Bild zeigen«, sagt sie. »Dieses hier.«

Eine weitere glänzende Kopie wird mir über die Tischplatte hinweg zugeschoben. Möglicherweise habe ich dieses Bild schon einmal gesehen, aber es hat bei mir keinerlei Erinnerung hinterlassen. Das Motiv ist grob auf die Leinwand geschmiert worden; schwarze, zackige Tannen ragen wütend in einen gelben Himmel, vor den Tannen steht eine kräftige, rote Figur in scharfer Diagonale, die einen nackten Knabenkörper durch die Bäume zu ziehen scheint. In Großbuchstaben steht darunter der Titel des Bildes, »PAN«.

»Das ist einige Jahre älter«, sagt Ingeborg Dahl. »Und nicht so berühmt.«

Das Letzte kommt mit fast unmerklicher Verärgerung über die schmalen, steif lächelnden Lippen.

»Er war siebzehn Jahre, als er verschwunden ist, und er ist nie wieder aufgetaucht. Nicht, dass man sich bei der Suche große Mühe gegeben hätte. Siebzehnjährige sind fast erwachsen, nicht wahr, und deshalb wird angenommen, sie wären aus freien Stücken durchgebrannt. Vor allem, wenn es sich um Jungen handelt. Er hieß Per Anders Nilsen.«

PAN. Ich sitze im gelben Schein der Teelichter hinter mir und im Licht der wenigen Lampen, die in Søren und Margrete Dahls einstigem Esszimmer brennen, zwischen dem weltlichen Altar für ihre Enkelin und dem unbeweglichen Leib von deren Mutter.

»Soll ich damit zur Polizei gehen«, frage ich, und nicke vage zu den beiden Kopien hinüber.

»Ach, das kann ich doch selber«, sagt sie, und aus ihrer

Stimme ist zu hören, wie wenig sie von meinem Vorschlag beeindruckt ist. »Ich habe ziemlich viel mit ihnen zu tun gehabt. Ich habe nichts gegen die Polizei. Nur habe ich kein sonderliches Vertrauen zu ihnen.«

»Du weißt doch, Pan«, sage ich, und erröte bereits, als ich es sage, »ist eine ziemlich bekannte Sagengestalt. Aske ist nicht der Einzige, der ihn benutzt.«

Benutzt, höre ich mich sagen, und in diesem Zusammenhang klingt das Wort kalt und zynisch.

»Er wurde so genannt«, sagt sie. »Bei seinem Verschwinden waren die Initialen auf seine Jacke genäht. PAN. Wie der Waldgott, ja. Und ein sehr bedeutender Kunstkritiker konnte in der Zeitung ausführlich erklären, dass ›Hommage à Helena‹ sich auf Homer bezieht. Du erinnerst dich vielleicht auch an den zweiten Teil dieses Bildes?«

»Nein«, sage ich.

»›Die Entführung‹. Wie die nach Troja.«

Und ich kann sehen, wie sich ihr wütendes Gesichtchen an Anlaugs Schulter presst, am Flussufer, während Bella und ich uns über die Designerbrücke kämpfen. Über den Fluss. Zu den Gebäuden, die nicht mehr TroJa-Fabriken heißen.

»Ich dachte«, sagt sie, »da es um einen deiner Patienten geht, fühlst du eine gewisse Verantwortung.«

»Das ist auch der Fall«, erwiderte ich. »Aber Jhaved hat nun einmal gestanden.«

»Nach wie vielen Stunden im Verhör?«

»Das weiß ich nicht. Aber außerdem – wir haben ihm doch fast dabei zusehen können.«

»Auf dem Bildschirm?«

»Ja.«

»Na«, sagt sie. »Ja, ich war ja nicht dabei, deshalb fehlt mir dieser – Vorteil.«

Diese unbehaglichen Pausen, entscheidend oder testweise. In diesem Zimmer hat es bestimmt viele davon gegeben.

»Was soll ich denn machen?«, frage ich.

»Was du für richtig hältst.«

Und danach bringt sie mich zur Tür. Sie lächelt noch immer, dieses grauenhafteste aller Lächeln, das sich im Gesicht der Menschen festsetzt, die eine niemals endende Trauer mit sich herumtragen. Und eine Wut, die kein Ventil findet.

Hinter einigen Fenstern im Polizeigebäude brennt Licht, die Fenster sind kleine Goldflecken hinter dem schwarzen, zierlichen Blattwerk des Parks auf der anderen Straßenseite. Grønlandsleiret liegt leer und breit geschwungen da, feucht in der Herbstdunkelheit; hoch über mir ragen die Enerhaugblocks auf ihrem Felsen auf, kein Auto gleitet rauschend über den nassen Asphalt, die Ampeln unter dem Felsmassiv blinken einsam ihre roten und grünen Signale.

Auf diesem leeren Bürgersteig trage ich Bruchstücke von Sätzen mit mir herum, Funken goldener, unklarer Bilder. Ich erkenne sie. Ich sehe mich vor ungefähr zehn Jahren in irgendeiner schummrigen Kneipe, eifrig verteidige ich das Recht der Kunst auf jeglichen Bruch mit Normen und kleinbürgerlichem Feingefühl, zweifellos werfe ich auch mit Worten wie Meinungsfreiheit und Zensur um mich.

Und der Grund dafür war Askes »Hommage«. Goldene, unklare Fetzen aus vergessenen, sinnlosen Nächten. Reihen von billigen, bernsteinfarbenen Halben auf Tischdecken, die entweder weiß waren und von uns sofort mit Zigarettenasche bestreut wurden, oder groß geblümt, braun und orange, damit es nicht zu sehen war, wenn wir den Aschenbecher verfehlten.

Das Recht auf Aufruhr. Das Recht, widerlich und hemmungslos und *gefährlich* zu sein, aufs Heftigste verteidigt an unseren Tischen, bis wir nach Hause oder höchstens noch in eine fremde Wohnung gingen und noch mehr tranken oder uns zwischen feuchten, verschwitzten Laken mit irgendeinem Körper verflochten.

Unter den gezackten, klobigen, mit Zement bedeckten Steinmassen von Enerhaugen bin ich von vergilbten Fetzen einer Vergangenheit erfüllt. Und deshalb fahre ich so heftig zusammen. Der Mann ist klein, dunkel gekleidet, hat die Schultern hochgezogen, und ich kann sein Gesicht nur in der kurzen Sekunde sehen, in der ich mich zu ihm hindrehe. Er sieht mich nicht an, aber ich erkenne ihn. Ich habe sein Gesicht oben in den TroJa-Fabriken auf einem riesigen Bildschirm gesehen; wütend protestierte er gegen die Stilllegung und gegen Joakim Roll. Und gegen seinen eigenen Bruder. *Sjur Aske* stand auf dem Bildschirm, und obwohl er jetzt nicht wütend protestiert, handelt es sich doch zweifellos um denselben Mann, Askes Bruder, der in die Richtung geht, aus der ich gekommen bin, hinein in den großen Bogen Grønlandsleiret.

11

Das Licht aus dem Treppenhaus bildet in der Dunkelheit des schmalen Zimmers ein perfektes Rechteck, und es riecht nach Leder, nach Wolle und nach Idas roten Gummistiefelchen. Und dazu, fast unmerklich, nach diesem anderen. Nach Karamell und Rosenblättern, nach weißen, glatt gestrichenen Laken. Ich lasse die Tür hinter mir ins Schloss gleiten und lehne mich für einen Moment mit dem Rücken dagegen, bis ich mich an die Andeutung von Luft und an die goldenen Farbtöne der Diele gewöhnt habe. Sie kommen nicht vom Licht des Treppenhauses, sondern aus dem Wohnzimmer, und von dort her kommen auch die gedämpften Geräusche.

Sie ist vom Badezimmer aus dorthin gegangen und hat diese kühle Duftspur hinterlassen; das hat sie nicht meinetwegen gemacht, aber trotzdem bin ich ihr dafür dankbar. Ich weiß, wer dort im Zimmer sitzt, zweifellos mit schicklich aneinander gepressten Knien, und das gibt mir einige Sekunden, um mich umzustellen. Sie taucht normalerweise nicht unangemeldet auf, sondern folgt ihren festen Routinen.

Möglicherweise, denke ich, während mein Hinterkopf noch an der Tür ruht, könnte ich sie bitten, sich zum Teufel zu scheren, sich aus den Räumen, die ich bewohne, zu entfernen, aber ich kann erst einmal in der Diele Luft holen; hier herrscht gedämpfte, heimelige Dunkelheit, ich habe in den letzten vierundzwanzig Stunden kaum geschlafen, und sie gehört zweifellos zu meinen besten Freundinnen. Und amtlich gesehen bin ich außerdem mit ihr verheiratet.

Im Wohnzimmer riecht es vor allem nach Früchtetee. Sie hat mehrere Kerzen angezündet und außerdem sorgfältig aufgeräumt, wie das ihre Art ist, ein Stapel von Zeitschriften liegt in peinlicher Ordnung auf dem Couchtisch neben der Teekanne, und die Decke, die Mutter und Karsten uns geschenkt haben, ist schräg und elegant über die Sofalehne drapiert. Bente geht gründlicher als Benny und ich vor, wenn es darum geht, Idas Spielzeug in kleine Kästen mit Rädern zu räumen; die Kästen stehen Seit an Seit in ihrer Ecke.

Das Einzige, was sie übersehen hat, ist der Anrufbeantworter, er blinkt eine wütende Serie, fünfmal, zähle ich, mindestens. Nun ist die Stimme nicht das, was Bente vor allem von Benny unterscheidet, aber vielleicht wollte sie mit niemandem reden. Das ist mir scheißegal. Tee mit Bente ist so ungefähr das Einzige, wozu ich noch Kraft habe.

»Du hast es aber schön hier gemacht«, sage ich. Sie hockt in eleganter Haltung vor dem Kamin und hat die Arme um die Knie verschränkt, ihre Bluse kommt mir neu vor, ich kann mich jedenfalls nicht erinnern, sie schon einmal gesehen zu haben, und in ihrem Ausschnitt ruht eine schmale, geflochtene Goldkette vor dem bescheidenen Spalt zwischen ihren Brüsten. Die habe ich ihr geschenkt, und sie liebt sie sehr.

»Ich finde, wir sollten etwas mit den Bücherregalen machen«, sagt sie. »Das nervt natürlich, aber findest du nicht, dass wir ein System entwickeln sollten? Es ist nicht gesund, im Schlafzimmer Bücher zu haben.«

Das ist, ihrer sonstigen Häuslichkeit zum Trotz, kein Bente-Thema. Sie versucht Zeit zu schinden, vielleicht ist sie deshalb auch nicht ans Telefon gegangen.

Goldene Reflexe der Kaminflammen huschen über ihr Gesicht und ihren Körper, färben ihre schöngeschwungenen Haare fast im selben Ton wie Bennys. Aber Bente ist brünett, und, nein danke, Bennys Pferdeschwanz hat sie noch nie interessiert.

Sie schenkt uns Tee ein und streichelt meine Wange, dann geht sie in die Küche, um neues Wasser aufzusetzen. Danach nimmt sie wieder ihren Platz vor dem Kamin ein, ihre Hände ruhen auf den Knien, ihre Teetassen in der schalenförmigen Höhlung ihrer Hände.

»Ich kenne ihn«, sagt sie zum Kamin gewandt. »Nein, das ist nicht richtig. Ich bin ihm begegnet. Ich wusste nicht, dass er zu deinen Patienten gehört.«

»Du meinst Jhaved«, sage ich und bin papierpräzise, protokollsorgfältig mitten im goldenen Schein meines eigenen Kamins, als wollte ich ein Memorandum über mein eigenes, von Flammen beleuchtetes Wohnzimmer schreiben.

»Ja«, sagt Bente. »Obwohl ich seinen Namen nicht gekannt habe. Ich wusste nicht, wie er heißt. Er kam nur ab und zu, war *dabei*. Du kennst doch solche Typen, die immer nur irgendwie dabei sind. Er ist mir auf einpaar Festen über den Weg gelaufen.«

Sie sieht seltsam züchtig aus in den fein aufeinander abgestimmten beigen und olivgrünen Farbtönen, die sie so liebt. Ich habe immer schon gefunden, dass Bente etwas Großmütterliches an sich hat, und deshalb fällt es mir so schwer, sie bei eher exotischeren Sexspielen vor mir zu sehen.

»Eigentlich habe ich nicht sehr viel mit ihm geredet«, sagt sie jetzt nachdenklich, und ich werde für einen Moment wild und verständnislos primitiv.

»Und was hast du sonst gemacht?«, frage ich sehr spitz, sehr hart und weit entfernt von der freundlichen Wärme des Kaminfeuers. »Mit ihm geschlafen?«

Ich kenne ihn schon, Bentes ein wenig großbürgerlich verletzten Blick. Die ehelichen Regeln, auch ich habe sie mit aufgestellt. Nicht Benny weigert sich, mir zu erzählen, was Bente treibt, ich will es nicht wissen. Jedenfalls nicht bis ins Detail.

»Wie meinst du das also?«, sage ich ruhiger und werde mich erst später, nicht jetzt, mit der Tatsache befassen, dass mein Mann mit einem meiner Patienten im Bett war.

»Ich meine, dass ich ihn nicht beschützt habe.«

»Du sprichst nicht von Kondomen, nehme ich an.«

Und ich versuche, mich nicht sarkastisch anzuhören.

»Ich mach keine Witze«, sagt Benny oder Bente oder beide oder sonst wer.

»Nein«, sage ich und beiße mir auf die Lippe. »Das weiß ich.«

Und natürlich gibt es auch außerhalb der Krankenberichte einen Jhaved. Einen Jhaved außerhalb der Gruppe, unzugänglich für lange Gespräche und das dort existierende Arsenal an aufflammenden Provokationen und behutsamer Zusammengehörigkeit. Auch psychiatrische Patienten haben ihr Privatleben. Bente wird weder in der Krankheitsgeschichte, in Testberichten noch von mir erwähnt.

»Er war sehr – auf der Suche«, sagt Bente und spricht von ihm wie von einem Toten. »Freundlich und neugierig und sehr, sehr versessen darauf, etwas zu *erleben*. Und dieser Erlebensdrang kann sehr verletzlich machen.«

»Du kannst dir das ganze Gerede von In-sich-Hineinhorchen und nichts zu tun, was wir nicht tun wollen, sparen«, sage ich. »Ich bin sehr, sehr müde. Können wir nicht morgen darüber sprechen?«

»Er war Anfänger, nicht wahr«, sagt sie, als habe sie mich nicht gehört.

»Bente, ich meine das wirklich. Nicht jetzt.«

»Ich hätte ihn beschützen müssen.«

Aber jetzt schreit Ida, nicht ich. Und egal, was sie über LÖWEN und über Mütter, die sie daran erinnern, auch denken mag, bin ich es, die aus offenkundigen, gut geschminkten Gründen zu ihr muss. Beschützen, denke ich, und bin eine miese alte Kuh.

Und vielleicht ist es deshalb mein Körper, an den sie sich gegen Morgen schmiegen und pressen muss, als die LÖWEN den Aufenthalt in ihrem eigenen Bett unmöglich gemacht haben. Es ist ein Zeichen des Vertrauens, und das finde ich wunderbar, aber zu einem besseren Schlaf verhilft es mir nicht. Benny, der geliebte Papa mit Resten von Wimperntusche, schläft gelassen und tief auf dem Wohnzimmersofa. Das Mausetier gibt mir kurz vor sieben einen auf die Nase.

»Blödi«, flüstere ich.

Das Mausetier gibt keine Antwort.

Die Männer sind absolut nicht bedrohlich, sie grüßen und rufen freundlich Idas Namen, aber trotzdem packt sie mich an den Beinen und will mich nicht mehr loslassen. Das kommt vom Blitzlicht. Daran erinnert sie sich noch aus der vorletzten Nacht. Drei Männer sind gekommen, und sie benutzen eifrig ihre Kameras, um etwas ungeheuer Banales einzu*fangen*, Mutter und Tochter, die morgens das Haus verlassen. Und wir fühlen uns wirklich gefangen. Möglicherweise auch banalisiert. Der volle Anrufbeantworter von gestern Abend, denke ich. Haben diese Typen angerufen?

»Wo steckt dein Papa?«, ruft einer von ihnen Ida zu. Sie ist ein höfliches Kind und antwortet normalerweise, wenn Erwachsene eine Frage stellen, aber jetzt kneift sie mich stattdessen ins Bein.

»Haut ab«, sage ich, und nehme Ida auf den Arm. Ein Fotograf grinst. Keiner macht Miene, abzuhauen, im Gegenteil, sie gehen vor uns rückwärts über den Bürgersteig. Heute gibt es also keinen gemütlichen Mutter-und-Kind-Spaziergang, nicht einmal die zweihundert Meter zum Kindergarten. Wenn sie nicht abhauen, dann mach ich das eben. Auto zum Kindergarten, Auto zur Arbeit, Auto als Schneckenhaus zum Verstecken, wovor, weiß ich nicht so genau, aber es ist etwas Unheimliches, wie die Botschaft eines anderen Morgens.

Außerdem ist dieses Unheimliche auch auf der Abteilung vorhanden. Welles anmutige Sekretärin sieht verlegen aus, einer meiner tristeren Kollegen klopft mir behutsam auf die Schulter. »Wir können darüber reden«, flüstert er. »Später.«

»Worüber denn reden?«, frage ich. Und nun sieht er regelrecht verzweifelt aus.

Aber alles findet seine Erklärung. Irgendwer hat im Laufe der Nacht eine Botschaft produziert. Sie liegt auf Professor Dr. med. Welles Schreibtisch und ist rot und weiß und schwarz und hart. Anders als die Person, die die Malereien im Markvei produziert hat, erreichen die Urheber dieser Botschaft nicht nur mich und einige Nachbarn, sondern zweihunderttausend Zeitunglesende.

Es ist dasselbe unscharfe Bild. Benny mit Ida auf dem Arm, ich dahinter, im Profil, fast verwischt. Obwohl die Überschrift eine andere ist, wie auch die goldenen, gedämpften Farbtöne seines Porträts. Obwohl, *sein* Porträt? Es zeigt natürlich Bente. »Lernte Sexspiele vom Mann seiner Psychologin«, steht dort, und unter dem Bild von Bente der fesche kleine Zusatz: »Oder von ihrer Frau?« Und es gibt keinen Hausmeister, den ich bitten könnte, diese Frage zu übermalen.

Das Bild von Jhaved ist weniger Aufsehen erregend, was nicht überrascht, er starrt wild und verzweifelt und sehr dunkelhäutig in die Kamera, ein Passfoto, unschlagbar das Bildnis eines Angeklagten.

Wir sind zivilisiert auf unseren langen stillen Gängen und in den dazugehörigen Büros. Wir behandeln Schmerzen mit Vorsicht. Professor Dr. med. Welle hat durchaus nicht vor, sagt er, seine Angestellten irgendwelchen Verhören zu unterziehen. Hier herrschen Vertrauen. Zusammenarbeit. Verständnis.

»Aber du kannst dir sicher denken, dass solche Artikel Besorgnis hervorrufen«, sagt er. »Es gibt Vorgesetzte, die informiert werden müssen. Die die Wahrheit wissen wollen. Sie wollen wissen, wie sie – damit umgehen sollen. Und deshalb muss ich eben einige Fragen stellen.«

Sein Kinn ruht zwischen seinen langen, eleganten Fingern. Graue, aus den Schläfen zurückgekämmte Haare, ein Rollkragenpullover, der weich seinen Hals umschließt, die scharfen grauen Augen unter den beeindruckend buschigen Augenbrauen bohren sich in meine.

»Ist das wahr?«, fragt er. »Nicht boulevardpressewahr, sondern wahr auf irgendeine Weise?«

»Nein«, sage ich. »Benny ist ihm begegnet und hat mit ihm geredet, aber ich glaube nicht, dass er ihn in *Sexspiele* eingeführt hat, weder in boulevardpressemäßige noch in andere.«

»Das glaubst du?«, fragt er, ohne auch nur eine buschige Braue zu heben.

»Ja«, sage ich. »Ich glaube nicht, dass Benny besonders viele Sexspiele kennt.«

»Aber er ist … Jhaved begegnet?«

»Ohne zu wissen, dass er hier Patient ist, ja.«

»Und hatten sie Sex?«

Und ich weiß, dass er es sieht, weiß, dass dieser Mann, mit dem mich eine unstimmige Chemie verbindet, das Leben reduziert und mich zu einer jämmerlichen, verdorrten kleinen Rosine werden sieht, wenn er solche Fragen stellt. Das ist seine Arbeit, denke ich, seine Arbeit und seine Protokollpflichten und alle Vorgesetzten, die *informiert* werden müssen.

»Nicht, dass ich wüsste«, antworte ich. »Und selbst wenn, dann wäre es nicht Sache der Abteilung.«

Darauf folgt ein schattenhaftes und seltsames Gespräch, und kaum habe ich sein Zimmer verlassen, als mir aufgeht, dass ich ihm darin zugestimmt habe, dass ich nicht zu denen gehören sollte, die Jhaveds Krankenberichte und Testergebnisse durchsehen.

Es hat einen Namen, denke ich, als ich über den stillen Flur gehe. Es hat einen Namen, denke ich, und bleibe vor einem Bogenfenster stehen. Es heißt Inhabilität. Inkompetenz. Irgendetwas mit in, wie in indisponiert, indiskutabel, in, wenn wir doch *aus* meinen.

Ich brauche nicht einmal gekünstelt zu hüsteln. Jederzeit kann ich zu Professor Dr. med. Welles anmutiger Sekretärin gehen oder zu ihm selber, und danach die Abteilung mit der unspezifizierten, vermutlich unbegrenzten Krankschreibung verlassen, und für sie wäre das sogar eine Erleichterung.

»Du musst wirklich Bescheid sagen«, hat er gesagt, und aus seinen Augenbrauen Zwillingsbrücken gemacht. »Wenn du deinen Dienstplan ändern möchtest oder einige Tage zu Hause brauchst. Im Wald. Oder im Ferienhaus. Wo liegt das noch gleich, auf Jomfruland?«

»Mein Stiefvater hat dort ein Haus«, sagte ich. »Wir fahren manchmal hin.«

»Ja«, sagte er. »Wenn du nur zu erreichen bist. Im Herbst gibt es da doch an den Felsen wahnwitzige Brecher, nicht wahr?«

Aber sicher. Sicher gibt es im Herbst an den Felsen wahnwitzige Brecher.

Eine Stunde wird mit dem Kugelschreiber auf den Schreibtisch geklopft. Wird auf der Fensterbank unfein geraucht – ja, zum Teufel, Krankschreibung und Sexspiel drohen, ich kann richtig ausschweifen. Und zehnmal bei einem Benny anrufen, der offenbar noch immer keine Anrufbeantworter abhören mag. Ich fliehe erst, als der triste Kollege auftaucht, um *darüber zu reden.*

Welles Sekretärin ist ungeheuer hilfsbereit und sagt aufs Anmutigste für den Rest des Tages alle meine Termine ab.

Und dann das: meine ängstlichen Schritte in Richtung Parkplatz. Nicht aus Angst vor Jhaveds Bruder. Sondern aus Angst vor *ihnen.* Natürlich warten keine Fotografen hinter Motorhauben oder blattarmen Büschen. Aber sie sind trotzdem da. Ich erkenne sie an meinen nervösen Mädchenschritten. Wahnwitzige Brecher im Herbst.

Das Auto ist ein Schneckenhaus, und mein Schneckenhaus gibt mir Macht, und Macht führt nicht zu Angst, sondern zu Wut. Wenn Benny ein mir entgegenkommender Autofahrer wäre, würde ich ihm den Finger zeigen, lang und ausgiebig und innig. Bente zu Fuß würde ich zweifellos überfahren. Ich bin keine gute Fahrerin, als ich durch den Kirkevei fahre, aber die Isolation im Schneckenhaus hat ihr Gutes. Igi, denke ich, während ich an der Majorstukreuzung auf Grün warte, du bist ein *Medienopfer.*

Ja. Jawoll. Es klingt erbärmlich, aber es gibt meinem Leben eine Richtung, eine Triebkraft. Zuerst treibt es mich zu Bellas Galerie in Frogner, um Benny zusammenzuschlagen, falls er sich dort aufhält. Die *Medienopfer* schlagen zurück.

12

In den weißen Räumen von Bellas Galerie in Frogner werde ich beobachtet. Aus abgrundschwarzen Schatten starrten seine Augen mich an, hält sein Blick meinen gefangen und lässt ihn nicht los, egal, wohin ich mich auch bewegen mag.

Das ist der alte Trick, der von Renaissancefürsten ebenso gebieterisch angewandt wurde wie heute von Rockstars; ein frontales Porträt, dessen Augen geradeaus starren, ist von dieser verfolgenden Wirkung: Die Kraft des Bildes ist das Resultat eines schlichten, wirkungsvollen Arrangements. Solche Augen scheinen etwas von uns zu wollen und lassen uns erst los, wenn sie ihren Willen durchgesetzt haben. Wollen sie unsere Geheimnisse, oder wollen sie uns ihre aufzwingen? Tiere, heißt es, können feste Blicke nicht ertragen, sie müssen fliehen oder angreifen.

In diesem Fall wird die Intensität des Blickes dadurch verstärkt, dass ich, die Betrachterin, die Umstände kenne, unter denen das Bild aufgenommen worden ist. Die vielen Ausgaben von Askes tief konzentrierter, atemloser Anwesenheit, die mich umgeben, stammen alle von einem Video, aus dem Augenblick vor der Amputation. Was ihn erwartet, ist der Schmerz.

Ich habe gehört, wie der Schmerz ihn einholt, habe den Schrei gehört, der sich ihm entringt, Sekunden, nachdem dieses Bild gemacht worden ist. Aber vorher, während er darauf wartet, lässt er seinen Blick nicht sinken, sein Blick verschleiert sich nicht, wie das bei Menschen passiert, die in Gedanken anderswo sind. Dieser Mann ist hellwach, ehe die Schmerzen ihn erreichen, seine offenen Augen fordern die Betrachterin dazu heraus, ihn zu begleiten, zu bleiben. Was ist das eigentlich für ein Gefühl, scheinen sie zu sagen, willst du das nicht wissen?

»Au«, flüstert hinter mir eine Stimme, und als ich mich umdrehe, viel zu heftig, begegne ich denselben, in ihren dunklen Höhlen ruhenden Augen. Natürlich sieht er, dass er mich erschreckt hat, wie er da am Türrahmen lehnt, und jetzt kneift er die Augen zusammen und bewegt eine Hand, wie man das nach einem Stoß macht. Der Stahlfinger glitzert, als er die Hand hebt und sie anhaucht, übertrieben theatralisch. Seine Mundwinkel verziehen sich zwischen den Bartstoppeln zu einem kleinen Lächeln.

»Ich suche Benny«, sage ich dämlich. »Ich dachte, er sei hier. Die Rezeptionistin hat gerade telefoniert, deshalb bin ich einfach hochgegangen.«

»Und hier ist kein Benny«, sagt Aske. Er trägt einen zerknitterten Leinenanzug und ein schwarzes T-Shirt, sein Gesicht zeigt den bleichen, gepuderten Farbton, den manche bekommen, wenn sie längere Zeit nicht schlafen. »Nur ich. Und du. Und diese Blicke. Was meinst du, fängt dein Mann mit der Kamera besser ein, als mir das gelungen ist? Witziger Ausdruck, nicht wahr? *Eingefangen.*«

Dann legt er den Kopf in den Nacken und heult, eine wilde, schrille Parodie seines eigenen Schmerzensschreis. Ein kurzes, ruckhaftes Lachen setzt einen Punkt hinter das Heulen, danach ist die Stille im Haus ein dumpfer Druck gegen mein Trommelfell, auf meiner Haut. Er tänzelt auf mich zu, streckt die Arme kokett aus, seine Füße zeichnen Halbkreise auf das Parkett.

»Ach«, sagt er. »Dieser Körper ist müde. Dieser Körper braucht Schlaf.«

»Musstest du noch mal zum Verhör?«, frage ich. »Bella hat mich gestern angerufen …«

»Und war bereit, ihnen Amnesty auf den Hals zu hetzen, nehme ich an«, sagt er mit kurzem Lachen. »Das muss man ihr lassen, Bella ist engagiert, sie ist entsetzlich und beeindruckend engagiert. Nein, ich komme nicht von der Polizei. Ich habe wirklich schon längere und unangenehmere Unterhaltungen mit der Polizei geführt als gestern. Sie waren ja so was von höflich!«

»Sie hatten sicher allen Grund dazu, meinst du nicht?«

»Nein«, sagt er. »Hatten sie nicht, und das liegt an deinem redseligen Patienten. Bringst du ihnen das bei, dass es besser ist, gleich die Wahrheit zu sagen?«

»Ich bin keine Lehrerin«, sage ich.

»Nein, aber du operierst doch auch in der Wahrheitsbranche«, sagt er, bleibt mitten im Zimmer stehen und stützt kokett das Kinn in seine knochige Hand. »Wie sieht denn deine Theorie aus, rein professionell, meine ich? War es ein Impuls, hat er sich mitreißen lassen, oder wollte er das in seinem tiefsten Herzen?«

Jetzt steht er ganz still vor mir, schuljungenhaft, die Hände vor seinem Schritt verschränkt. Aber meine Antwort interessiert ihn nicht im Geringsten. Jetzt jedenfalls noch nicht.

»Unter der Voraussetzung, natürlich«, sagt er jetzt, »dass es so etwas wie ein tiefstes Herz gibt. Etwas hinter dem, was wir sehen können. Eine andere Person in der Person. Wie eine russische Puppe, kleine Puppen in der großen Puppe. Das ist doch immerhin eine interessante Konstruktion. Was mag wohl drinnen stecken, ein Homunkulus, vielleicht? Ein kleiner Mephisto im Faust?«

»Vermutlich gibt es in jedem Faust einen kleinen Mephisto«, sage ich. »Wichtig ist, was wir mit ihm machen.«

»Wie niedlich gedacht. Fühlst du dich *schuldig*?«, fragt er mit kindlicher Neugierde.

»Ja«, sage ich.

»Obwohl du niemanden erwürgst hast. Das ist wirklich edel.«

Das ist wirklich ekelhaft. *Medienopfer*, denke ich und schlage zurück.

»Kennst du eine gewisse Ingeborg Dahl?«, frage ich.

Er mustert mich müde. Ich habe ihn unterbrochen, ich bin keine großzügige Kulturjournalistin.

»Ich glaube nicht«, sagt er. »Macht sie nicht – wie heißt das noch – Bildteppiche?«

»Nein«, sage ich. »Sie ist die Mutter von Helena Dahl. Du weißt schon, der ›Fall Helena‹.«

»Ach«, sagt er. »Kinderporno. In irgendeiner Form, könnten wir das so sagen? Mein Bild, ein *Fall* für die Pornodamen. Ist sie deine Patientin, oder was?«

»Nein«, sage ich. »Ich habe nur mit ihr gesprochen. Aber dein Bruder scheint sie zu kennen?«

»Keine Ahnung. Meinst du, ich rede mit ihm? Hätte das einen Sinn? Dass ich, tja, dienstags mit ihm einen Kaffee trinke und ihm mittwochs vorwerfe, dass er gern bei meiner Vergewaltigung zugesehen hat? Wäre doch blödsinnig, oder?«

»Du hast keine Ahnung, was ich bei der Arbeit alles zu hören bekomme«, sage ich, die Kesse, das Medienopfer.

Das gefällt ihm. Es gefällt ihm sogar sehr. Er lacht richtig begeistert und auf diese kindliche Weise, und sofort habe ich Lust, ihm noch mehr zu geben. Torsteins Tourette-Variante, vielleicht, oder Anlaugs Wagnerstimme. Etwas Dummes, Verschrobenes und *Witziges*.

»Wie ist das eigentlich«, sagt er, und dabei lächelt er nicht im Geringsten, »finden Psychologen eigentlich viele Freunde?«

»Nicht unbedingt«, sage ich. Aber freundlos oder nicht, einen Standardtrick haben wir immerhin. Nämlich, die Frage zurückzugeben. »Und wie ist das bei Künstlern?«

»Bella behauptet, ich hätte nur Freunde aus dem Knast. Aber einen Freund hatte ich doch einmal. Einen echten Blutsbruder. Das hat ungeheuer an meinen Kräften gezehrt, das muss ich sagen. Jetzt habe ich vor allem mit den Kunden zu tun, glaube ich. Und mit jungen Leuten, natürlich, aber die sind im Grunde ja auch eine Art Kundschaft. Freundschaften sind entsetzlich anstrengend, findest du nicht? Wie Beziehungen, so ungefähr. Man kommt einfach nicht zum Arbeiten. Obwohl das alles mit den Jahren einfacher wird. Wir brauchen uns nicht mehr um die Motive der Leute zu kümmern. Die sind doch so offensichtlich. Aber dir müssen sie wohl wichtig sein, nehme ich an.«

»Die Motive der Leute?«

»Das, was drinnen steht. Der Homunkulus. Die Puppe in der Puppe. Das wollte natürlich auch Leonardo sehen, alles, was drinnen sitzt, Gedärm und Sehnen und diese vielen *Klumpen*. Was die für seltsame Farben haben, diese Klumpen. Haben die auch schöne Seiten oder sind sie nur widerlich? Und dann können wir uns auch fragen, ob er einfach nur mehr gewusst hat, nachdem er sie sich angesehen hatte, oder ob es etwas bedeutet, dieses Wissen über das, was drinnen sitzt, wenn er das gemalt hat, was wir außen sehen.«

Er redet über da Vinci wie über einen Nachbarn, und vielleicht ist das ja auch *niedlich.*

»Warum hat er das gemacht, was meinst du?«, fragt er. »Hat er wirklich nach der *Seele* gesucht oder war er nur auf widerwärtige Weise neugierig?«

»Spielt das eine Rolle?«, frage ich.

»Diese Demonstranten vor der Fabrik gehen wohl davon aus, dass die Motive entscheiden. Dass sie sich Kinderpornos ansehen dürfen, weil sie das aus edlen Motiven tun, während ich das nicht darf. So, wie vermutlich auch Leonardos Ärzte aus edlen Motiven heraus gehandelt haben, als sie Körper aufgeschnitten haben, während andere das nicht durften.«

»Aber er durfte es doch«, sage ich.

»Ja, das schon. Aber nur mit Auflagen und im Verborgenen. Er galt sicher als edel genug. So, wie ich auch nicht wegen Pornografie verurteilt worden bin. Es kam ja nicht einmal zur Anklage.«

»Wegen deines trotz allem edlen Motivs. Der Kunst.«

»Nicht wahr? Irgendwie ist das doch rührend.«

Und vielleicht auch ein wenig irritierend, denke ich. Was könnte eine Verurteilung wegen Pornografie einem rebellischen Künstler wohl einbringen? Mehr oder weniger als Joakim Roll?

»Hast du den Toten gekannt?«, frage ich.

»Bella behauptet, ich sei ihm einmal begegnet. Das kann schon sein. Ich kann mich nicht daran erinnern. Aber das Video werde ich nicht vergessen. Sein Bild. Ist das nicht gnadenlos?«

»Doch.«

»Niemand mag solche Szenen«, sagt er. »Das ist ein widerlicher, widerlicher Gedanke. Aber denkbar. Wird ›Hommage‹ länger leben als Helena?«

»Daran kann wohl kein Zweifel bestehen«, sage ich.

»Aber was ist mit der Erinnerung an sie? Du verstehst doch, was ich meine. Wird sie als Erinnerung mit oder ohne ›Hommage‹ länger leben?«

»Das kommt auf die Qualität des Bildes an, nehme ich an. Und darauf zum Beispiel, wie lange ihre Mutter lebt.«

»Wenn ich meine kleinen Knochenhaufen zurechtschnitze«, sagt er, »die nicht einmal von *Klumpen* in Gang gehalten werden, dann werden sie ja oft so aufgefasst, als sagten sie etwas, als legten sie sozusagen Zeugnis ab.«

»Und du siehst das nicht so?«

»Ich spekuliere vor allem«, sagt er. »Darüber, wie ich sie zusammensetzen kann. Etwas hiervon, etwas davon. Ein wenig von mir, ein wenig von dir, vielleicht. Ein Schaf. Ein Vogel. Passen sie zusammen oder nicht? Darüber spekuliere ich. Das ist übrigens ein witziges Wort. Spekulieren. An der Börse oder mit Knochen. Glaubst du, wenn du diesen Jhaved gewissermaßen genauer unter die Lupe nimmst, dass du ihn dann zusammensetzen, aus ihm eine ganze Figur machen kannst?«

»Ihn verstehen, meinst du? Verstehen, warum er es getan hat, wenn er es getan hat?«

»Daran besteht doch wohl kein Zweifel?«

»Er hat sein Geständnis widerrufen«, sage ich.

Aske lehnt jetzt an dem großen Tisch, kehrt ihm den Rücken und hält sich mit den Händen an der Tischkante fest. Vortragsredner nehmen gern eine solche Position ein. Er holt Atem. Die tiefen Höhlungen unter seinen Jochbögen vibrieren ganz leicht.

»Er hat einen Anwalt«, sagt er, und was seine Lippen jetzt strafft, ist vielleicht ein Lächeln. »Das ist natürlich sehr vernünftig. Aber mir ging es vor allem um die Sache mit der *Wahr-*

heit. Um die Suche danach. *Wie konnte dieser liebe Junge so etwas tun?*«

»Ich weiß nicht«, sage ich müde. »Ich weiß nicht, wie lieb er ist.«

»Ich dachte, du *kennst* ihn«, sagt Aske.

»Wirklich?«

»Nein«, sagt er. »Das war nur eine Spekulation.«

»Und ich spekuliere nicht sehr gern.«

»Nein«, sagt er. »Und jetzt willst du weg von hier. Kann ich dich irgendwohin fahren, nach Hause zum Beispiel?«

»Mein Wagen steht vor der Tür«, sage ich.

»Das ist klar«, sagt er und lächelt. Es ist ein seltsam schönes Lächeln in diesem mageren, verhärmten Gesicht. »Bentes *Frau* ist ihr eigener Herr. Das müssen doch alle verstehen.«

Auch Aske liest Zeitungen. Er geht vor mir hinaus und die breite Treppe hinunter. Der Sonnenschein, der durch das Fenster im offenen Treppenhaus fällt, trifft unsere Augen, malt blendende Rechtecke auf die weißen Wände, lässt das stählerne Geländer funkeln.

»Als du über deinen Bruder gesprochen hast«, frage ich. »Was war das? Die Wahrheit?«

Er erledigt das letzte Stück Treppe mit zwei langen Sprüngen, dreht sich am Fuß der Treppe um und streckt mir die Hand mit der Prothese entgegen. Und sein Blick ist derselbe tief liegende wie in den endlosen Varianten im Saal über uns, die Folge des Gegenlichts, nehme ich an. Dort, wo sein kleiner Finger sitzen sollte, funkelt die Stahlprothese.

»Ach was«, sagt er. »Gemeine Fragen kannst du also auch stellen. Natürlich war es die Wahrheit, eine Variante der Wahrheit. Vermutlich nicht die von Sjur, aber wenn du beide Varianten zusammenbringst, was erhältst du dann?«

Ein Schaf. Einen Vogel. Ein wenig von hier, ein wenig von dort. Wahnwitzige Brecher im Herbst.

13

Nur auf widerwärtige Weise neugierig.

Igi in ihrem motorisierten Schneckenhaus. Bentes Frau und ihr eigener Herr, unterwegs bei der eleganten Straßenbahnschleife auf dem Lapsetorg, einem kleinen Stück Stadtform von der Sorte, die auch deshalb schön sein soll, weil sie wahr ist. Weil sie eine unbestreitbare Funktion hat, weil sie die nicht verleugnet, ohne deshalb plump oder brutal zu werden. Sie versteckt nichts, außer, und das auf prachtvolle Weise, das Wissen, das sie geschaffen hat. Zweifellos ist sie schön. Und ganz und gar undramatisch.

Eine der Straßenbahnen, die die Osloer Verkehrsbetriebe aus Göteborg geerbt haben, keucht durch den Kreis und ist das Gegenteil von Eleganz. Sie ist in schlechter Form, und zwar wortwörtlich genommen, und deshalb erinnert sie an mich. Die also voyeusenhaft, auf widerliche Weise neugierig ist: auf einen Bruder und einen Freund und Bilder und ihre *Motive*. Wer oder was lebt länger, der, der das Bild produziert, oder das, was darauf abgebildet ist? Das Opfer, könnten wir sagen, oder der Täter. Falls wir, wie Aske, gern mit Worten spielen. Als ob Worte keine Bedeutung hätten.

Manche haben das jedoch, das fällt mir ein, als ich vor Karl Johan Grün habe. »SEXSPIELE GELERNT.« Auf widerwärtige Weise neugierig. Wir können Dinge zusammensetzen, ein wenig von hier, ein wenig von dort. Schizophrene machen das die ganze Zeit. Aber ich behandle keine Schizophrenen, dafür bin ich nicht zuständig. Zusammensetzen, von hier, von dort: Askes Bilder, sein Leben. Aber Helenas Leben? Ihren Tod? Ingeborg Dahl leidet und trauert und ist verschroben, wie viele Trauernde. Wie möglicherweise Menschen, die nicht mit ihrem Bruder sprechen, sondern *über* ihn. Warum zum Henker sollte Aske einen Mord ausstellen, wenn er ihn begangen hätte?

Ich muss einen Tunnel hinter mich bringen, wenn ich zu meinem Ehemann will, der Tunnel ist höchst materiell und durchaus nicht metaphorisch; im Tunnel fällt mir ein, dass ich ihn zusammenschlagen wollte. Das kommt mir nicht wichtig oder verlockend vor. Das hier hingegen wohl: Ingeborg Dahl. Eine Hommage. Ein Bruder natürlich, da alle Psychologen die Ohren spitzen, wenn von Familien die Rede ist. Sicher bin ich auf widerwärtige Weise neugierig.

Und ich weiß, als ich mit meinem Schneckenhaus durch die Torggate gleite, dass meine Motive erbärmlich sind, wie die aller Neugierigen. Niederlage und Wut. Und Flucht. Widerwärtig.

Von meiner Wut ist nicht mehr viel übrig, als ich das Studio betrete, das Benny im Maridalsvei gemietet hat. Was vielleicht noch vorhanden war, stirbt sehr schnell und sehr leise bei der Begegnung mit Bennys Mädeln. Niederlagen jeglicher Art dagegen lassen sich in ihrer Anwesenheit aufrechterhalten.

Sie sind geschmeidig, diese Mädels, bewegen sich fast unmerklich zwischen Tischen und Stühlen, als wären sie gar nicht anwesend, als wären sie nur Schatten, substanzlos wie Träume, wie sie den breiten Fußboden unter den hohen Stahlstreben der Decke überqueren. Eine beugt sich über meine Schulter, um ein Stück Brathähnchen aus einer Schüssel zu nehmen, und ich sitze am Tisch und bemerke sie erst, als sie das Stück Fleisch in den Mund steckt und mich fröhlich und rundwangig anlächelt.

»Hallo«, murmelt sie auf Schwedisch in ihr Hähnchenfleisch und reicht mir die Hand. »Ich bin Majsan. Tut mir Leid, dass du warten musstest.«

Hier gibt es auch noch eine Lene und eine Ane, sie reden leise miteinander und laufen zwischen dem Tisch und der halb offenen Tür zum Studio hin und her, mit weichen, gelassenen Bewegungen und zierlichen Fingerspitzen, die in plötzlicher Konzentration über eigene oder fremde Gesichtszüge streichen. Ein auf Abwege geratenes Haar, eine Unregelmäßigkeit an den Lippen. Zehn Sekunden lang ungeheure, stahlharte, absolute Aufmerksamkeit, dann fallen ihre Körper in die freundliche Schläfrigkeit zurück. Die riesigen Fenster in der Westmauer des Raumes lassen sie posieren, was immer sie tun, ein abgewandtes Gesicht: kontrollierte Sehnsucht; die eleganten Linien einer Hand vor einem gesenkten Kopf: gelassene Erwartung.

»Kann ich dir etwas anbieten?«, fragt Majsan. »Kaffee oder Tee oder so? Hier findest du fast alles. Ich mag den Kräutertee gern, der hier getrunken wird, ich glaube, er heißt Astraltee. Total toll.«

»Ich hätte gern einen Kaffee«, sage ich.

»Sehr schön. Nimmst du deine eigene Grundierung?«

»Verzeihung?«

»Ja, manche nehmen ihre eigene, und das ist schon okay, die sind doch fast Profis, aber ...« Sie blickt mich bedauernd an und verstummt. Ich nehme an, etwas mit meiner *Grundierung* stimmt nicht, etwas fast Beängstigendes, wenn ich von ihren aufgerissenen Augen ausgehen darf.

»Ich will nicht da rein«, sage ich. »Ich will mich nicht fotografieren lassen.«

»Ach«, sagt sie nachdenklich. »Wie gut.«

Dann beugt sie sich vor und starrt mir in die Augen, sie sind lidschattenlos und vermutlich ohne jeden persönlichen Touch. Ich spüre, wie meine Wimperntusche sich hilflos unter ihrem Blick verklumpt.

»Bist du Bennys *Frau*?«

»Ja«, sage ich.

»Spitze. Total *originell*. Mädels, das hier ist Bennys *Frau*! Die sind verheiratet, zum Teufel! Ist das Klasse, oder nicht?«

Sie lächeln zerstreut, Majsans schattenhafte, weiche Kolleginnen haben schließlich die Zeitung gelesen. Wir sind nicht sonderlich Klasse heute, Benny und ich, für die Eingeborenen, meine ich.

Majsan findet ihr eigentliches Objekt, eine wütende, sehr kurz geschorene Urbanpoetin, die sich auf der Treppe offenbart, mit einwandfrei eigener Grundierung und wenig Zeit, aber die gerne, wo Majsan schon fragt, zuvor noch einen Astraltee trinken möchte.

Majsan legt mir im Vorübergehen die Hand auf die Schulter. Die Tasse in ihrer anderen Hand riecht sommerlich und vermutlich auch astral.

»Wie lange«, fragt sie, »seid ihr schon verheiratet?«

»Elf Jahre«, sage ich. »Fast zwölf.«

»Scheiße«, sagt sie. »Ich meine, verdammt!«

Die Urbanpoetin blickt uns wütend an. Majsan gleitet versöhnlich über den schwarz karierten Boden, in der Hand hält sie die Teetasse und eine Zehnerpackung Marlboro Light.

»Wie macht man das eigentlich?«, murmelte sie. »Ich meine, fünfzehn Jahre, fast. Ich halte ungefähr zwei Monate durch.«

Majsan und die Urbanpoetin verschwinden in einem Studio und werden von der Stereoanlage verschluckt; die Poetin soll dadurch Widerstand oder Unterstützung finden, oder was immer sich von diesen harten, betäubenden Schlägen sagen lässt, die sicher ebenfalls eine Grundierung für den persönlichen Ausdruck liefern. Falls sie nicht vom Fotografen gewünscht sind, dem Mann mit den Sexspielen.

Ane und Lene gleiten weich und unmerklich durch das Zimmer, ich genieße den weiten, märchenhaften Blick über die Dächer der Stadt, die unter uns liegt. Die Baumwipfel hinter den Dächern umkränzen den Akerselv, über ihnen ist der Himmel diesig und fast ebenso weiß wie die Wände hier im Raum.

Benny hat die Hand auf die Schulter der übellaunigen Urbanpoetin gelegt, als sie das Studio verlassen. Ihr Gesicht ist ungeheuer stark geschminkt, mit tieflila Streifen unter den Augen.

»Das wird sehr gut«, sagt Benny mit seiner ruhigen Stimme, zu der ich für den Rest meines Lebens einschlafen möchte, »du hast sehr freundlich ausgesehen.«

Die Urbanpoetin küsst ihn und rennt die Treppen hinunter, ehe Majsan sie mit ihren Wattebäuschen voller Hautcreme erreicht hat.

»Gibt's was zu essen?«, fragt Benny mit einer blauen Kussspur auf der Wange.

»Ich dachte, du wolltest das erst noch fertig machen«, sage ich, ziemlich sicher mit Ehe und Kinderwagen und Zeitungsschlagzeile in der Stimme.

»Ja«, sagt er. »Sicher.«

»Draußen warten keine *Fotografen*«, sage ich. Und nun sieht er natürlich schrecklich elend aus.

»Soll ich gehen?«, frage ich.

»Nein, bleib hier. Bitte, bleib.«

Und dann gibt es Mittagessen. Mittag, meine Güte, with the perverts and the maidens.

Bald allerdings auch ohne maidens. Die weichen, substanzlosen Frauen verschwinden eine nach der anderen auf ausgesprochen weiche, substanzlose Weise, sind plötzlich nicht mehr da; vielleicht haben sie vor der Treppe kurz eine Hand bewegt, vielleicht hat eine nur träge ihre Frisur glatt gestrichen. Vermutlich sondern wir winzige Spurenelemente ab, einen vagen Duft von Niederlage und Traurigkeit, von heraufziehenden ehelichen Auseinandersetzungen, aufdringlich genug, um die Duftschichten von friedlichem Tee und zarter Kosmetik zu durchdringen. Niemand ist immun gegen sie, die Spurenelemente, den Duft, die berühmte Körpersprache, was immer es sein mag. Selbst die, die sich standhaft in der Nähe solcher Absonderungen aufhalten, registrieren sie, werden davon eher angezogen als abgestoßen.

Möglicherweise ist das Verhältnis zwischen Anziehendem und Abstoßendem eine Konstante, unbeeinflusst von Zeit und Raum. Niemand weiß das, und deshalb gibt es noch immer mathematische Rätsel, über die wir uns den Kopf zerbrechen können. Bennys weiche Frauen gehören auf jeden Fall zur Mehrheit und haben unter ihren dünnen Cremeschichten, unter den

Silikonimplantaten und den selbstquälerischen Diätvorschriften das, was als gesunde Absichten bezeichnet wird.

Zu einer Auseinandersetzung kommen wir trotzdem nicht, zu keinem heftigen Austausch von *Warum hast du nicht gesagt?* und *Du hast mir ja nicht die Möglichkeit gegeben*, keinem wütenden oder gelassenen Durchgang der jüngsten Vergangenheit und der langen, zähen Muster in unserem Leben. Vermutlich haben ihn nicht die Spurenelemente herbeigeholt, zumindest nicht die, die von uns ausgehen, obwohl es die Verbindung, das Band, die Beziehung zwischen uns ist, die ihn herführt.

Edevart Riel dominiert die großen Mengen leeren, luftigen Raums, die uns umgeben, und zwischen seinem Körper und dem Stoff, der diesen einhüllt, besteht ein interessanter Gegensatz. Boxerkörper, Makleranzug. Maßgeschneidert und kotzgenau gebundener Schlipsknoten, Hemdkragen, Ziertaschentuch. Unter dem Anzug drohen seine Muskeln die eleganten Nähte zu sprengen, über dem Hemdkragen ruht ein blanker, glatt rasierter Kopf auf einem Baumstamm von Hals. Er könnte ein ganz normaler Hai von der Sorte sein, die in Aker Brygge an Land gegangen ist, wenn nicht der Kummer ihn hergetrieben hätte. Der Kummer und die Medikamente.

»Zwei Tage«, sagt er, »und ich habe kein Auge zugemacht.« Das ist möglich. Es ist eine Frage von Chemie und von Angst.

Edevart Riel hat nicht gewagt, sich der Frage zu stellen, ob er schlafen kann, seit sein Geliebter in einer Fabrikruine in Nydalen ermordet aufgefunden worden ist. Maklerkörper in Maßanzügen brauchen keine Ahnen aus dem Osloer Westend aufzuweisen, Trauer braucht nicht mit bescheidenem Charme zum Ausdruck gebracht zu werden. Edevart Riels nordnorwegischer Akzent ist abgeschliffen, aber unüberhörbar. Und die Art, wie er mit seiner riesigen, studiobraunen Faust auf den Tisch knallt, hat nichts Hilfloses. Unter seiner Faust liegt die Zeitung.

»Stimmt das?«, fragt er Benny.

»Nein.«

»Und das hier?«

Unter der Faust die Zeitung, unter der Zeitung ein Foto. Er schiebt es über den Tisch.

Es ist die Kopie eines miesen Amateurfotos, aufgeblasen zum A4-Format, ein unscharfes und ziemlich typisches Festbild, mit zwei sorgfältig frisierten und tief dekolletierten Transen im Vordergrund, jeder hebt elegant ein Sektglas an den rot geschminkten Schmollmund. Der eine ist ein kräftiger, schokoladenleckerer Mulatte. Der andere ist natürlich Bente. Das Bild ist nicht im Geringsten interessant, abgesehen von dem Jüngling, der sich in der lächelnden Gruppe hinter den beiden aufhält. Jhaved trägt eine Art Matrosenanzug, er sieht umwerfend gut aus. Seine Hand ruht auf Bentes Schulter.

Verderbt genug für die Boulevardpresse, natürlich, für jegliche Kindergartenangestellte, für die allermeisten Eltern in Idas Kindergarten.

»Darauf sind sie jetzt scharf«, sagt er. »Das brauche ich wohl nicht zu erwähnen.«

Trotzdem erwähnt er es, redet und sieht mit seinen aufgerissenen, von Ecstasy beeinflussten Augen Schwärme von Presseleuten und Polizei vor sich, die Oslos bescheidene Auswahl an Saunen und Lederbars umschwirren.

»Sie waren doch sicher schon da«, sage ich, und unterbreche eine Hassrede auf Journalisten, die genauso langweilig ist, wie solche Hassreden eben sind. »Ich habe ihnen nichts über Sexspiele erzählt. Und Benny auch nicht.«

»Und ich auch nicht«, sagt Riel. »Noch nicht.«

Benny starrt das Foto an, deshalb ist sein Nacken so krumm.

»Natürlich können wir dich nicht daran hindern, ihnen das Bild zukommen zu lassen«, sagt er mit einer Stimme, die staubtrocken klingt, müde, gehetzt. »Oder es zu verkaufen.«

»Danke, ich brauche kein Geld«, sagt Riel. »Niemand braucht Geld. Das Einzige, was man braucht, sind Informationen. Oder nicht? Und davon kann es nie genug geben. Nie. Gerüchte, Scheiß, kleine, fein geschliffene Berichte, wir müssen darin schwimmen wie ein Bartenwal mit aufgerissenem Maul. Es ist unmöglich zu wissen, woher die Leckerbissen kommen.«

Trauer, daran erinnere ich mich, und meine Hände ruhen auf der Tischplatte, wo das Foto liegt. Es geht um Trauer, und sie, ob nun chemisch hervorgerufen oder gedämpft, hat ihn zu uns geführt, und wir stinken danach oder werden leise davon umwogt wie von einem seltsamen, exotischen Parfüm. *Shame* von Hugo Boss, *Despair* von Calvin Klein, *Sorrow* von Edevart Riel.

Jetzt wendet er sich an mich.

»Hast du eine Ahnung vom Dealen?«, fragt er.

»Kaum«, sage ich. »Ich weiß so wenig über Drogen.«

Jetzt lächelt er. Steif, verzerrt. Die Chemie macht das möglich, seine eigene, und die legale oder illegale Arzneimittelindustrie. Wissen. Ursachen und seltsame Wirkungen.

»Ich rede nicht von dieser Art Dealen«, sagt er. »Ich meine ganz normalen Tauschhandel, wie alle Welt ihn betreibt. Ich bekomme etwas von dir, du bekommst etwas von mir, Liebe oder Geborgenheit oder einen Orgasmus oder Information. Du weißt schon.«

»Ja«, sage ich.

»Ich bin Geschäftsmann«, sagt er. »Ich weiß, dass es sich bezahlt macht, wenn man sich im Voraus ein wenig über die Gegenseite informiert. Du, als Jhaveds Therapeutin, stehst zum Beispiel unter Schweigepflicht.«

»Ja.«

»Und ich habe das hier.«

Studiobraune Hand auf dem Foto.

»Ich werde es ein wenig leichter für dich machen«, sagt er. »Ich wünsche mir zwei Dinge. Zwei Berichte. Über Jhaved. Und über Martin. Darüber, wie du ihn gefunden hast.«

In diesen Räumen ist früher Seife produziert worden. Eine kleine, halb notwendige Ware. Benny produziert hier jetzt Bilder, Wahrheiten vielleicht, Formen von Wahrheit, aus der Zeit herausgerissene Augenblicke, bearbeitet und zugänglich gemacht in einer Sprache, von der wir noch die kleinsten Fragmente kennen. Dieser trauernde Boxer will Geschichten kaufen und wird sie bekommen. Aber das hat seinen Preis. Ich verabscheue normalerweise die Behauptung, bei der Liebe gehe es um Geben und Nehmen, aber möglicherweise mache ich Benny jetzt zu einem wahren Schuldensklaven.

Er sitzt schweigend neben mir. Und ich hoffe, dass er nicht rechnet. So wie ich hoffe, aber nicht weiß, dass ich hier keine kleinen, fordernden Rechnungen ausstelle.

Riels glattes Amphibiengesicht ist ausdruckslos, während ich von Martins Sterbebett erzähle. Und ziemlich sicher weiß er, dass keine Erzählung ganz befriedigend sein kann. Er ist doch ein erwachsener Mann. Er hat eine Menge *danach* durchgemacht, zerknüllte Laken, andauernde Unruhe, Aufräumen nach einem Kauf, einem Fest, einer Nacht. Aber er nickt nur knapp, als ich fertig bin; ich habe die Waren geliefert, vermute ich.

»Solcher Quatsch wie Treue hat uns nicht interessiert«, sagt er. »Martin hat seinen Kram gemacht und ich meinen. Ich kann jederzeit eine Menge dazugehöriger Ideologie hervorhusten, aber das ist vielleicht nicht nötig?«

»Nicht unbedingt«, sage ich.

»Mehr Leben«, sagt Riel mit einer Stimme, die zwar nicht tot klingt, aber doch sehr müde. »Zusätzliches. Anderes. Überfluss, könnten wir es nennen.«

Und vielleicht ist es der Geschäftsmann in ihm, der jetzt immer weiterredet, vielleicht tickt eine kleine Rechenmaschine für ihn den Bon und zeigt ihm ein Minus, es ist ein gesundes Prinzip, sich von den aufgelaufenen Schulden zu befreien.

»Aber Jhaved«, sagt Riel, »er war nicht sonderlich *avanciert*, oder?«

Diese Frage richtet sich an Benny, der den Kopf schüttelt.

»Ich habe ihn fast nicht gekannt«, sagt er leise.

»Du kennst ihn fast nicht«, sagt Riel mit harter Stimme. »*Er* ist ja schließlich nicht tot.«

»Nein. Er war – ist – so wie die meisten Anfänger. Ein wenig Leder, ein wenig Schminke, ein Piercing oder zwei. Ein paar Effekte, vielleicht. Er hat sich seinen Weg gesucht. Hat geschnuppert, verstehst du. Fand alles gleichermaßen spannend oder unheimlich oder beides.«

Riel nickt.

»Gerade solche können in die Falle gehen«, sagt er. »Die, die nicht wissen, was sie tun. Martin war eigentlich ganz anders. An sich habe ich ja damit gerechnet, dass *irgendwem* etwas passiert. Das kommt doch vor. Muss vorkommen, rein statistisch gesehen. Ich meine, der Stoff ist da, man braucht sich nur durchs Net zu klicken und kriegt allen Reiz, den man nur will. Jeder kann das. Das versuche ich den jungen Leuten klarzumachen. Regeln, nicht wahr, Vorsicht.«

Es heißt Sauerstoffdeprivation, und es steht in miserablem Ruf. Diese sehr eigenwillige Art von sexuellem Genuss lebt ein Schattendasein am Rande dessen, was schon ein Randgebiet ist, wenn ich das richtig verstanden habe, wird flüsternd und vorsichtig erwähnt, wird als Gerücht aufgeschnappt und furchtsam und vage weitergegeben. Es ist im Net zu finden, wie Riel gesagt hat, wo sich so viele erschreckende Dinge finden lassen. Als habe das, was sich dort befindet, wirklich etwas Virtuelles. Als sei es nicht von dieser Welt.

»Denn das ist anders«, flüstert Benny. »Und das begreifen sie nicht. Es erfordert fast …«

»Medizinisches Wissen«, fällt Riel ihm ins Wort. Jetzt wendet er sich an mich, die eingeheiratete Vertreterin der großen Außenwelt. »Zu Sauerstoffdeprivation zu greifen«, sagt er, »erfordert große Genauigkeit, Aufmerksamkeit und Fachkenntnisse.«

Mein Blick ruht in Riels. Das hat nichts Sentimentales. Wir reden über einen Erstickungstod. Und über seinen Partner. Aber auch er verfügt über *Chemie*.

»Du meinst«, sage ich, »dass diese Art von sexuellem Genuss nur möglich ist, wenn der Partner peinlich genau, ungeheuer aufmerksam und außerdem sehr verantwortungsbewusst vorgeht. Zugleich ist er – oder sie – auch noch selber sexuell erregt?«

»Ja«, sagt Riel. »So sollte es natürlich sein. Aber das gilt für alle Betätigungen, auch bei einem normalen Beischlaf müssen wir mitbekommen, was im Partner vor sich geht, nicht wahr?«

»Aber wir reden hier von einem sehr kleinen Spielraum?«

»O ja. Von einem gefährlich kleinen Spielraum. Wir sprechen vom kleinen Tod im wahrsten Sinne des Wortes. Deshalb habe ich es nie selber probiert.«

Das Letzte sagt er sehr betont, und sein Blick hängt weiterhin an meinem fest.

»Und Martin?«, frage ich. Und es gibt wohl noch zumindest Spuren, eine Andeutung der Trauer, die ihn am Ende der Chemie erwartet.

»Nicht, dass ich wüsste. Und es passt nicht zu ihm«, sagt er. »Ich hätte gedacht, dass Martin, wenn er … dass er dafür gesorgt hätte, dass es nicht …«

Schief geht. Heißt das, wird es genannt. Wie bei Unfällen an glatten, steilen Felshängen oder in Stromschnellen, die wilder sind, als wir erwartet hatten. Wissen ist dann gefragt und Erfahrung, Vertrauen zum Gegenspieler und Beherrschung der Ausrüstung, der herausgeforderten Naturkräfte. Karabinerhaken, Seile. Taue. Oder schmale, schwarze Riemen. Beugungsgrade, Struktur der Steinmassen, Rotation in einem Stromwirbel, die Stärke einer Hand. Ja sagen, wenn wir Nein meinen. Nein sagen, wenn wir Ja meinen. Im freien Raum schweben, auf Luftströmungen ruhen, tiefer und tiefer und tiefer tauchen und die Wasseroberfläche wieder durchdringen, eine Sekunde, ehe unsere Lunge birst.

»Schade«, sagt Riel, und klopft auf die Zeitung, »dass es nicht stimmt.«

»Das hätte ich niemandem beibringen können«, sagt Benny.

Wenn eine chemische Manipulation dafür gesorgt hat, dass Riel seit zwei Tagen keinen Schlaf mehr findet, dann sorgt sie vermutlich auch dafür, dass er so distanziert über Martin sprechen kann. Oder vielleicht hat er jetzt ein Stück notwendiger Information abgeliefert. Er hat nicht versucht, den kleinen Tod durch Ersticken zu erreichen.

Ich kann seinem Rechenexempel nicht folgen, weiß nichts über seine Soll- und Habenlisten. Deshalb weiß ich auch nicht, ob er mit diesen kleinen Informationen eine private Schuld abträgt, oder ob er mit mehr als nur Chemie manipuliert. Und vermutlich finde ich das alles deswegen so seltsam, weil ich mich nicht, so wie er, im Voraus über mein Gegenüber informiert habe.

Das ändert nichts. Vielleicht gehört es einfach zu der unsichtbaren, wachen Trauer.

Auf jeden Fall scheint es im berühmten Net auch noch andere erschreckende oder verlockende Dinge zu geben. Riel hat gehört, dass das Video dort herumschwirrt. Dass es dort Spuren davon gibt, Gerüchte des sexuellen Potentials Ersticken, weit, weit dort draußen, in der anderen, traumähnlichen Welt, die nur mit dünnen Fäden an der unseren befestigt ist.

Und wenn er weiterhin den Schlaf vermeiden will, wird es ihm vielleicht schwer fallen, vor diesem Wissen weiterhin die Augen zu verschließen. Es ist leicht, das Einzige herzugeben, was wir brauchen, wenn wir erst begriffen haben, dass es unerreichbar ist.

»Davor hättest du Jhaved schützen müssen?«, frage ich Benny, als wir langsam Hand in Hand über den Uferweg schlendern. »Vor diesem Wissen?«

»Ich weiß nicht«, sagt er. »Vielleicht auch davor.«

Durch seine Nähe, möglicherweise, seine überlegene Erfahrung, obwohl er damit doch gar keine Erfahrung hat; er kennt es nur durch Übersetzung und Vergleich, so wie ich die Leiden meiner Patienten kenne. Welcher Schutz aber liegt in Übersetzungen?

So soll Wissen gesammelt werden: Wir spannen die Natur auf die Folterbank, hat der Empiriker Francis Bacon gesagt, und zwingen sie dazu, uns ihre Geheimnisse zu verraten. Aber die Natur ist nicht länger eine Hexe mit esoterischen Kenntnissen, sie ist auch keine verkniffene Jungfrau, sie gibt ihre Geständnisse in stetigen statistischen Strömen von sich, so wie meine Patienten das mit ihren Geständnissen machen.

Und auch andere. Möchte ich Ingeborg Dahls Vorstellungen

oder Edevart Riels Informationen? Ich weiß, wovon ich am Flussufer träume. Es geht um Filter, um dumme, träge Kindersicherung, um Puffer gegen unerwünschtes Eindringen. Ich bin erwachsen, deshalb habe ich keine. Unter einer der vielen Öffnungen, aus denen Stücke von unverdauten Informationen hervorquellen, hat vielleicht Jhaved gestanden und sich überspülen lassen. Oder dieser Martin Andersen, der angebliche Sicherheitsexperte.

Und falls es ihm nicht ähnlich sieht, dass es *schief gegangen* ist, wem könnte es dann ähnlich sehen? Wenn ich nicht Jhaved in die Fabrikruine gefolgt bin, wem dann? Und wer schaut sich ein solches Video an, stellt einen Mord aus, einen Unfall in den Stromschnellen, als handele es sich einfach um ein Bild? Oder um eine Gleichung. Zwölf plus zwölf.

Zwei Enten brechen in langen, messerscharfen Schnitten durch die Wasseroberfläche, als sie landen; hinter ihnen erhebt sich das Wasser weiß und grün und wütend in zwei V-förmigen Spuren, und danach kommen diese wilden Flügelschläge, diese heiseren, gutturalen Schreie. Unter den dünnen, blattlosen Zweigen einer Hängebirke sind ein paar Enten, die anderweitig beschäftigt sind. Bis die Wellen sie erreichen, sind sie zu vagen Kräuseln reduziert, zu kleinen, fast unmerklichen Veränderungen der Wasseroberfläche, schwarz und glänzend wie die übrige Strömung. Die Wellen berühren sie kaum, haben keine Bedeutung mehr.

Wir werden zu früh dort sein, um sie abzuholen.

Ida hält ihre Eltern fest, mit beiden Händen. Sie ahnt bereits, dass dieses gewaltige Aufgebot im Kindergarten sich zu irgendetwas nutzen lassen wird, zum Beispiel, um sich ein Rosinenbrötchen zu sichern. Als sich das als Irrtum herausstellt, gibt sie sich auch mit der doppelten Anwesenheit zufrieden, hebt die Füße vom Boden und nutzt uns unterwegs als Schaukel. Es ist zwar kein Rosinenbrötchen, aber es ist immerhin etwas. Bescheidene Ziele.

Unter der Fensterreihe im Haus gegenüber leuchtet die Mauer, frisch angestrichen und sauber. Wie alle Reparaturen dieser Art ist auch diese nur halb geglückt. Die Farbe, die die darunter liegende Botschaft verstecken soll, weist einen etwas anderen Ton auf als die restliche Wand. Sie leuchtet, hebt sich ab. Wie eine Narbe. Es ist leicht zu sehen, dass dort etwas geschrieben stand, die Frage ist, was. Etwas ist es. Bescheidene Ziele.

Und wir sind Voyeure in unserer eigenen Straße, biegen in unheiliger Dreifaltigkeit um die Ecke und schauen uns um. Es ist aufgeräumt worden. Das Gefährliche ist verschwunden, falls es sich nicht hinter den parkenden Autos versteckt. Aber wir wissen nicht, wie lange es fortbleiben wird.

»Es ist noch zu früh«, flüstert der Fotozyniker Benny mir zu. »Sie warten bis nach Feierabend.«

Uns kann das egal sein. Ida zumindest. Sie hat ohnehin kein Heimweh, wenn als Alternative der Charlotte Andersens vei winkt. Bescheidene Ziele. Mutter und Karsten gehören tatsächlich zu den spannendsten Menschen ihrer Bekanntschaft.

14

Karsten steht auf der überdachten Veranda vor Mutters und seiner Villa im Charlotte Andersens vei, in einem fröhlich karierten Hemd mit kurzen Ärmeln, Khakihose mit Bügelfalte und leichten, weichen Mokassins, von denen jeder einen lustigen Puschel aufweist. Er friert kein bisschen im Herbstwetter, denn er hat Wärmelemente an der Decke, lange, rot glühende Röhren, die auf der Veranda für sommerliche Wärme sorgen. Er legt gerade Würstchen auf den Grill, und das im Kreis seiner engsten Freunde, Männer in seinem Alter, die ähnlich fröhliche Hemden tragen. Einer von ihnen hat zwar zu einem nüchternen Blazer gegriffen, doch in der Brusttasche ruht zum Ausgleich ein fesches, zitronengelbes Taschentuch.

Einige Kinder kommen dazu, angezogen vom Duft der schwelenden Kohlen und der Fetttropfen, die jetzt schon in der Hitze zischen, aber sie müssen erkennen, dass sie noch zu früh sind; diese Würstchen werden von einem routinierten, geduldigen Grillkünstler behandelt, und das dauert seine Zeit. Hier wird es keine schwarzen Krusten und rohe, rote Innenseiten an Würstchen oder Hamburgern geben, das steht fest – und die Kinder verschwinden auf dem ebenmäßigen, tiefgrünen Rasen, jagen sich, den Spaniel der Nachbarn, einen Ballon oder einen Krocketball.

Es ist aber keins der Kinder, sondern Karsten, der Geburtstag hat und mit Würstchen, Freunden und deren Enkelkindern feiert. Benny findet das rührend, und da hat er natürlich Recht, nur ich, die gehässige Stieftochter, finde es auch ein wenig *ver-*

schroben. Denke ich, und dabei habe ich einen *verschrobenen* Menschen hergebracht. Auch im Charlotte Andersens vei und Umgebung wird die Boulevardpresse gelesen.

Was man ja eigentlich nicht annehmen sollte. Am Grill ist Karsten nur von mir und seinen engsten Freunden umgeben; Beziehungen, die er und Mutter, so viel ich weiß, vor allem auf dem Golfplatz pflegen, auf den langen, sanft geschwungenen, sorgfältig frisierten Metern zwischen Tee und Tee. Sie reden nicht über Sexspiele oder Aktien. Sie reden über das Dasein als Großvater.

»Das Leben hat eine ganz neue Bedeutung gewonnen«, sagt mein Stiefvater und dreht ein blankes, schwitzendes Würstchen um, »seit ich Großvater geworden bin. Eine neue Dimension. Ich kann das nicht anders ausdrücken.«

Die Gläser der Freunde klirren freundlich, als sie erhoben werden, und die sonnengebräunten Gesichter, die sie mir zuwenden, zeigen schön gebügelte Lachfältchen. Allgemeine Zustimmung bei der Golfgilde, offenbar über diese neue *Dimension.* Ich kenne Karstens Bibliothek. Es wimmelt dort nur so von seltsamer Literatur über die Tyrannei der Gene, über den Drang der Männchen, ihre Erbmasse weiträumig zu verteilen, und ich weiß, dass Karsten und seine Freunde milde und zustimmend nicken, überzeugt von der kulturellen Bedeutung dieser Erörterungen, wenn sie auf langen Flügen über den Atlantik unterwegs sind oder im goldenen Licht eines zivilisierten Kaminfeuers sitzen. Der Gensklave Karsten teilt nicht ein Chromosom und nicht die Spur eines DNS-Moleküls mit Ida, aber dennoch hat er sie nicht erschlagen und verzehrt, wie Alphamännchen das tun sollten, sondern hat stattdessen die Großvaterrolle und die Freuden der Ballons entdeckt.

Verschroben, denke ich. Oder vielleicht haben die Alphamännchen die Hoffnung, Ida & Co. vor deren wirklich verrückten Eltern retten zu können?

Ich überlasse den kleinen Mannesstamm seinen frisch erworbenen historischen Erfahrungen über die Großvaterrolle, und sie teilen großzügig perfekt gegrillte Würstchen aus. Benny diskutiert derweil mit den Damen die Regierungspläne,

Eltern, die auf Kindergartenplätze verzichten, dafür Geld zu geben; die Schatten unter den Johannisbeersträuchern werden blau und kühl. Irgendein Kind wird müde und quengelt. Ich helfe Mutter mit dem Kaffee.

»Ida möchte hier schlafen«, sagt sie.

Ich bin das einzige Kind meiner Mutter. Ich hatte nicht vor, ihr Leben zu ändern, aber natürlich habe ich durch meine Geburt für eine Änderung gesorgt. Es kam schon überraschender, dass Ida das auch gemacht hat, nicht nur bei mir, sondern auch bei Mutter, aber es ist trotzdem eine Tatsache. Mir sind zum Beispiel in diesem Haus noch niemals Grillwürstchen serviert worden. Wenn es nach Mutter ginge, dann würden wir jeden Sonntag ihre höchsteigenen, angeblich kindgerechten Pizzavarianten verzehren.

Ketchup in Plastikflasche. Würstchensenf. Aufgereiht zusammen mit Dijonsenf und Balsamicoessig und Austernsoße und Henkell-Trocken-Pikkolos in der Kühlschranktür, Seite an Seite mit Mutters Batterie von Vitaminen und Mineralien. Und auf einem Regalbrett Litago-Jogurt neben Karstens scharfem Gorgonzola.

»Ich glaube, sie sollte heute Nacht zu Hause schlafen«, sage ich. Push and pull. Wir sind gleichgepolte Magneten in der Küche, gleiten aneinander vorbei, während wir routiniert Tassen und Untertassen aufeinander stellen, silberne Kuchengabeln hervorsuchen, Porzellankannen füllen, dünne Kiwischeiben auf Käsekuchen legen.

»Es macht wirklich keine Mühe«, sagt Mutter.

Ich weiß nicht, ob sie weiterhin irgendwo im Haus ganz andere Dinge als Vitamintabletten aufbewahrt, und ich will es auch nicht wissen. Das gehört zu den erbarmungslosen erwachsenen Entscheidungen: zu entscheiden, was wir wissen wollen. Und dann das Nichtwissen zu ertragen. Und nicht in den Badezimmerschränken nachzusehen.

Einer der Golffreunde steht neben mir, als ich die Kuchenplatte auf den Verandatisch stelle.

»Sie scheint es ja ziemlich gut überwunden zu haben«, sagt

er. Er redet von Ida, von Ida und von NACHT und SCHWARZ. Sie steht unterhalb von uns auf der Treppe und ist vertieft in ein kompliziertes Wasser-und-Ballonprojekt von der Sorte, die keine, KEINE erwachsene Einmischung verträgt.

»Ja«, sage ich. »Sie spricht ziemlich viel darüber, und sie hat nachts Angst. Es wird sicher noch seine Zeit brauchen.«

Aber dieser Mann interessiert sich nicht für die Großvaterrolle. Mir ist das recht.

Vermutlich ist es die blödsinnige rebellische Tochter in mir, die findet, dass Mutters und Karstens Bekannte alle gleich aussehen. Aber Håkon Middelthon ist auf eine braun gebrannte Freizeitart recht attraktiv, seine grauen Haare sind weich und frisch geschnitten, er hat breite starke Hände und die Falten in seinem Gesicht stammen daher, dass er in die Sonne geschaut hat, wenn zu Ostern im Gebirge seine Hände auf den Skistöcken ruhten, oder wenn sie sich um das Steuer eines Segelbootes schlossen. Dieser Mann hat sicher schon dreißig Jahre, bevor er zweihunderttausend für die Mitgliedschaft im Oustøen-Golfklub bezahlt hat, seine Hunderter als Beitrag für den Wanderverein gelöhnt.

»Du interessierst dich also für Kunst«, sagt er, »wo du doch auf Askes Ausstellung warst?«

»Nicht besonders«, erwidere ich. »Ich war vor allem als Bennys Frau da. Er macht die Bilder für ein Buch über Aske.«

Er kneift ein wenig die Augen zusammen, als ich Aske erwähne, aber nur ein wenig.

»Und wie findest du sie, seine Arbeiten?«

»Sie sind – ziemlich aufwühlend«, sage ich vorsichtig, so, wie wir Laien das immer sind, wenn die Gefahr besteht, dass wir unsere Vorurteile verraten können, unsere Unwissenheit, unseren unsicheren Geschmack. »Und traurig, vielleicht. Sie kommen mir so einsam vor, seine Körper, obwohl sie doch so zusammengewachsen sind. Oder vielleicht gerade deswegen.«

»Ja«, sagt er ein wenig zerstreut, er hat offenbar eine Frage gestellt, auf die er gar keine Antwort wollte. »Was wir haben, kann natürlich nicht als Sammlung bezeichnet werden, dazu ist es zu bescheiden. Aber wir haben doch einige kleine Investitionen getätigt, meine Frau und ich, und ich muss schon sagen, es ist ein ungeheuer interessanter Markt. Wir haben sogar einige kleine Arbeiten von Aske.«

»Ach?«

»Auch ältere Arbeiten. Wir haben sie vor fünf oder sechs Jahren gekauft, und inzwischen ist ihr Wert vermutlich um weitere hundert Prozent gestiegen. Wir haben ein Bild seines Elternhauses. Und ein Porträt.«

»Aber kein Kind?«

»Die sind sehr teuer. Und außerdem eine etwas unsichere Anlage. Er hat eine tüchtige Galeristin …«

»Die kenne ich«, sage ich.

»Ach?« Es gefällt ihm nicht, dass ich ihn unterbreche, das merke ich. Daran ist er nicht gewöhnt. »Sie ist umstritten, genau wie früher ihr Vater. Fast niemand kann sich noch daran erinnern, aber er hat nicht immer als gleichermaßen – wie soll ich sagen – gesund gegolten. Eine Zeit lang wurde sogar davon abgeraten, von ihm zu kaufen.«

»Warum das?«

Er zögert kurz.

»Man muss sich auf die Urteilskraft der Galeristen verlassen können«, sagt er. »Auf den Gehalt der Waren. Aber das ist alles lange her. Aber seine Tochter – sie hat Aske auf jeden Fall sehr geschickt vermarktet und da ist sie ja nicht die Einzige. Er genießt gewaltige Aufmerksamkeit, und das treibt natürlich die Preise in die Höhe.«

»Aber?«

»Aber. Ebendieses *Aber*. Das hängt natürlich mit dem Boom in den Achtzigern zusammen, als etliche sensationelle Künstler hochgejubelt wurden und die Preise explodiert sind. Das war vor allem in den USA so, in New York natürlich, aber in bescheidenerem Rahmen eben auch hier.«

Er schaut mich an, mit dem väterlichen Ernst, der niemals fehlt, wenn diese Art von älteren Männern mit jüngeren Frauen spricht.

»Die Blase ist geplatzt«, sage ich, vor allem vielleicht, weil ich es so verlockend finde, seine selbstbewusste Kunstpause zu füllen.

»Die Blase ist geplatzt«, wiederholt er und atmet hörbar durch die Nase aus. »Und zwar auf Grund eines sehr wichtigen Marktgesetzes. Sie ist geplatzt, weil die Werte und die Preise einander nicht mehr entsprachen.«

Das ist wichtig, das ist mir klar. Das hat er sich zwar nicht alles selber überlegt, aber wenn er es irgendwo gelesen hat – zum Beispiel in *Dagens Næringsliv* oder im *Economist* –, dann hat er das sicher vergessen.

»Wir sprechen von einer Blase«, erinnere ich ihn. »Von Spekulationsökonomie? So wie wir sie auch jetzt erleben?«

»Ganz richtig.« Er fährt mir nur in Gedanken über den Kopf, aber trotzdem spüre ich seine starke, milde Hand.

»Und die Werte in diesem Fall, das sind also die künstlerischen?«

»Richtig. So ist es.«

»Und solche Werte sind, sollte man meinen, veränderlicher und schwerer zu definieren als andere?«

Jetzt ist er da, wo er hinwollte. Vielleicht hat er schon länger keine Gastvorträge mehr am Institut für Betriebswirtschaft gehalten, und es tut gut, das sehe ich, das Interesse einer jüngeren Zuhörerin gefangen zu haben. Obwohl diese doch etwas älter ist als die durchschnittliche BWL-Studentin.

»Künstlerische Werte«, sagt mein Mentor, »unterliegen im Grunde keinen anderen Gesetzen als andere Werte. Sie werden von fachlicher Bewertung und von Nachfrage entschieden. Dass dieser besondere Markt zusammengebrochen ist, lag an Veränderungen in den fachlichen Bewertungen. Die auf brutale Weise stattfanden, das schon.«

»Und die fachkundigen Bewertungen ihrerseits wurden beeinflusst von …«

»Einer übertriebenen Nachfrage. Die zu einer Neubewertung führte. Im Grunde ist es ein Gesundheitszeichen, wenn solche Blasen platzen.«

»Obwohl die Investitionen auf dem Markt darauf basieren, dass das nicht passiert?«

»Kluge Investoren halten sich über die fachlichen Bewertungen auf dem Laufenden.«

»Und was Aske angeht, bedeutet das ...«

»Das ist im Moment ja gerade so spannend, nicht wahr«, sagt Håkon Middelthon und ist in diesem Augenblick mit dem Einwand seiner Studentin ungeheuer zufrieden. »Wenn Joakim Roll nicht nur finanziell, sondern auch, sagen wir, prestigemäßig so intensiv in ihn investiert hat, dann führt das zu einer sofortigen Preissteigerung. Daran kann es keine Zweifel geben.«

»Aber?« Jetzt flirte ich mit ihm, das weiß ich, aber es interessiert mich auch. Angebot und Nachfrage. Dealing.

»Wir sprechen hier von Risikoökonomie«, antwortet Håkon Middelthon. »Auch Roll ist umstritten. Wird TroJa ihm mehr einbringen als Aufmerksamkeit? Zu viel Aufmerksamkeit ist nicht unbedingt ein Vorteil. Falls etwas an der Übernahme nicht ganz nach den Regeln gelaufen ist, kann die Aufmerksamkeit die Werte der Gesellschaft überschatten. Im Moment sieht es zwar nicht danach aus. Aber der Markt muss sich in Bezug auf Roll entsprechend verhalten ...«

»Und was Aske betrifft«, rege ich an, ich tüchtige Studentin. »Müssen wir also eine fachliche Bewertung von beiden vornehmen?«

»Genau.«

»Und der Mord? Wird der die Bewertung beeinflussen?«

»Nicht wirklich«, sagt Middelthon. »Der sorgt nur für vorübergehende Schwingungen.«

»Die die betroffenen Werte nicht berühren?«

»Nein. Im Moment würde kein Investor sich darauf zu verlassen wagen, dass Roll einen Fehler begehen könnte oder schon begangen hat, aber zugleich wagt niemand, alles auf ihn zu setzen. Dasselbe gilt im Grunde auch für Aske. Es gibt eine Unsicherheit, die größer ist als der Wert, den er derzeit hat.«

»Sie passen also ziemlich gut zusammen«, sage ich.

»Perfekt«, sagt Håkon Middelthon.

»Und wenn ich um einen guten Rat bäte«, sage ich. »Was Aske angeht, zum Beispiel. Was würdest du mir dann raten?«

»Kaufen«, sagt Håkon Middelthon. »Und die Lage genauestens im Auge behalten.«

Vertrauen, also. Glaube. Und einen Hauch von fachlicher Bewertung.

15

Benny hat lange Beine am Hang, der nach Vindern hinunterführt, lange Beine und einen feinen, schweren Schwung in der Hand, die meine hält; ich laufe ehefrauenhaft unbeholfen, mädchenkurz in meinem Rock neben ihm her, um sein Tempo zu halten.

»Macho«, sage ich. »Nicht so schnell.«

»Kinderloser Macho«, brummt Benny und schüttelt seinen Pferdeschwanz, »braucht sein Tempo. Kinderloser Macho macht einfach weiter, gnadenlos und ohne auf Weibergekläff zu achten.«

Ida und Mutter und Karsten haben gemeinsam durchgesetzt, dass sie dort übernachten darf, und das schlägt sich auf den Verstand ihrer Eltern nieder.

»Wir können ja tauschen«, sage ich. »Schließlich trägst *du* gern Röcke.«

»Hier? Willst du hier tauschen?«

Der Bürgersteig vor der Residenz des chinesischen Botschafters wäre an sich der passende Ort für einen richtig westlich-dekadenten Striptease, aber ich bin schließlich nicht die familieneigene Exhibitionistin, und deshalb darf er die Hosen anbehalten. Wir führen uns sowieso auf dem ganzen Weg zur U-Bahn auf wie Kichergören, dumm wie kleine Lämmer, langgliedrig wie Kälber, albern und aufdringlich und absolut unwitzig für alle anderen als uns selber.

Drei Achtklässlerinnen, die auf ihren dicksohligen Turnschuhen dahinwackeln, mustern uns aus schmalen, toten Augen, als wir bei der Haltestelle ankommen, sie käuen weltgewandt Kaugummi wieder und tragen schlaff und anorektisch ihr feines, nadelspitzes Wissen um die Welt, die etwas ganz Seltsames ist für Leute, die keine Ahnung haben.

Es wird gegähnt. Und ungeschickt geschminkte Augen werden wissend verdreht.

»So wird Ida uns in drei Jahren auch ansehen«, flüsterte ich in Bennys Nacken.

»Wir fahren schwarz«, sagt er.

»Wir nehmen ein Taxi«, sage ich.

Und das ist klar, unsere Brieftasche ist die überlegene, die erbarmungslose Waffe gegen die Verachtung der ewig abgebrannten Gören. Zum Glück haben sie davon keine Ahnung, so wenig wie sie auf die Idee kommen könnten, dass wir das Sexualleben haben, das sie sich zurechtlügen. Wir winken ihnen vom Rücksitz des Taxis aus freundlich und ohne die geringste Hoffnung auf Antwort zu.

Und dann können wir so tun, wenn wir wollen, als sei es ganz toll und elegant, dass wir zu einem Hotel unterwegs sind. Benny besteht darauf, dass es sich dabei um eine ungeheuer geniale Kinderlosigkeitsidee handelt, und wenn es seine Kollegen aus der Fotobranche nicht gäbe, würde ich ihm glauben. Er ist einfach ein miserabler Schauspieler, aber das ist schließlich einer der vielen Gründe, aus denen ich ihn liebe.

Wir steigen bei Bennys Studio aus dem Wagen und fahren mit unserem weiter, denn ich habe ja nichts getrunken und am nächsten Morgen muss Ida abgeholt werden. Für die Hotelwahl ist Benny zuständig. Die Flucht vor den Fotografen muss auch ihren Stil haben. Außerdem gefällt ihm das Oslo Plaza, was immer das bedeuten mag. Ich habe dort noch nie übernachtet.

»Meine Liebe«, sagt er. »Ich doch auch nicht.«

Das Zimmer ist elegant und anonym und sieht genauso aus wie ein Hotelzimmer.

Und das ist eigentlich alles. Aber die Aussicht ist wirklich schön.

Er findet wie üblich, dass ich mir die Beine sorgfältiger rasieren könnte. Im Gegenzug kann ich an seinen nichts aussetzen, da dort immer alle Haare mit Wachs entfernt werden, was auch für seinen Brustkasten gilt. Aber er verzeiht mir das leichte Pieksen. Schließlich weisen seine Wangen ja auch nicht gerade Babyhaut auf.

»Das ist doch eigentlich bescheuert«, murmelt Benny. Ein Pieksbein liegt an der Innenseite seines Beines, mein Hinterkopf in seiner Armbeuge, und wenn ich wollte, könnte ich feststellen, wo seine übrigen Glieder enden und meine beginnen, aber es gehört zu den Privilegien, die mit zerwühltem Hotelbettzeug einhergehen, das nicht wissen zu wollen.

»Wir rauchen ja nicht einmal«, sagt er.

»Versuchst du mir etwas zu sagen?«, frage ich. »Hast du irgendwelche Klagen?«

»Absolut nicht. Ich meine nur ...«

»Du meinst, was machen wir jetzt?«

»So ungefähr«, sagt er.

»Freier Abend, gewissermaßen.«

»Mmm.«

»Wir können doch hinfahren und sie holen. Vielleicht ist sie ja noch gar nicht eingeschlafen.«

»Hör auf.«

»Es gibt etwas, das ›dasselbe noch mal‹ heißt.«

»Das ist klar«, sagt Benny.

»Und es gibt die Minibar.«

»Das ist gar nicht so blöd. Mehr?«

»Pay-TV? Das soll doch interessant sein.«

»Absolut nicht.«

»Gesittete eheliche Konversation im Restaurant?«

»Aber so was haben wir doch dauernd.«

»Stimmt«, sage ich.

»Nicht, dass man je genug davon haben könnte«, sagt er.

»Aber?«

Er braucht sich nicht anzustrengen, um Unterhaltungen für

Erwachsene zu ersinnen. Mein Mobiltelefon klingelt. Und es kann ja auch unsere Tochter sein.

Ist es aber nicht. Es ist Søren Dahl. Tatsächlich.

»Ich hoffe, ich störe nicht«, sagt eine dünne Stimme im Hörer.

Doch, das tust du. Denke ich. Tatsächlich.

»Ich wollte nur«, sagt er und verstummt. »Sie haben nicht zufällig Ingeborg gesehen? Sie war den ganzen Tag nicht hier, tatsächlich, und es sollte doch eine Vorstandssitzung geben und überhaupt. Und ans Telefon geht sie auch nicht.«

»Sonst tut sie das also?«, frage ich, noch immer verschlafen, noch immer müde, aber vielleicht mit einem Messerchen im Bauch.

»Aber ja«, sagt Søren. »Vor allem, wenn es um Loff geht, tatsächlich. So als ob ... Wenn die Vorstandssitzung nicht gewesen wäre, würde ich mich wohl nicht so wundern. Obwohl sie mich an den Tagen, an denen sie nicht hier arbeitet, immer anruft, tatsächlich. Seit Margretes Tod haben wir im Grunde nur einander. Tatsächlich.«

»Sie wohnt also nicht bei Ihnen?«

»Nein, nein. Ich habe versucht, sie zu Hause anzurufen, aber ... sie scheint nicht dort zu sein, tatsächlich.«

»Aber warum rufen Sie mich an? Nicht, dass mir das nicht recht wäre, aber ich kenne Ihre Tochter doch kaum.«

»Ich dachte, wo Sie doch gestern zusammen hier weggegangen sind, oder stimmt das gar nicht?«

»Nein«, sage ich.

»Wie seltsam. Sie war nicht da, als ich aus dem Keller gekommen bin, tatsächlich, und da dachte ich, Sie beide ...«

»Sie ist nicht zusammen mit mir gegangen«, sage ich.

»Dann habe ich mich geirrt. Ja, und jetzt möchte ich Sie nicht länger aufhalten. Bitte, entschuldigen Sie die Störung.«

Und natürlich sollte ich mich jetzt wieder Bettzeug und Erwachsenenkonversation widmen, aber ich kann ihn in seiner seltsamen Wohnung vor mir sehen. Im Hauptquartier des kleinen Konkurrenten des Verlierervereins, vor dem Altar der verschwundenen Helena. Ich hoffe, er telefoniert in einem anderen Zimmer, statt an Ingeborgs Schreibtisch zu sitzen und vor sich die goldenen und schwarzen Farbtöne in der Collage seiner Tochter zu sehen. Obwohl er dort ja wohnt. Sie sehen so aus, die Zimmer, in denen er sein Leben lebt.

»Moment noch«, sage ich. »Was werden Sie denn jetzt machen?«

»Ich weiß nicht so recht«, sagt er. »Tatsächlich.«

»Wollen Sie sie vermisst melden?«, frage ich.

Er zögert.

»Ich habe einen Schlüssel«, sagt er. »Für ihre Wohnung. Ich sollte das wohl tun. Obwohl es ein seltsames Gefühl ist. Mich einfach so bei ihr einzuschleichen. Tatsächlich. Aber das sollte ich wohl als Erstes tun.«

»Wo wohnt sie?«, frage ich.

»In Tveita«, sagt Søren Dahl. »Mit der U-Bahn ist man schnell dort.«

»Ich habe ein Auto«, sage ich. »Ich bin in zehn Minuten bei Ihnen.«

Idas Papa ist eingeschlafen und produziert in seinem Hotelbett kleine, freundliche Schnarchgeräusche. Søren Dahl ist ebenfalls Papa, wenn seine Tochter auch erwachsener ist als Ida. Und er hat dermaßen grauenhafte Erfahrungen mit Mädchen, die nicht wie erwartet nach Hause kommen. Selbst, wenn ich ihn verlasse, ist Benny in einem ehefrauenlosen und fremden Bett weniger einsam als Søren Dahl in seiner eigenen Wohnung.

Und ich biete ihm ja kein schlechtes Geschäft an; Benny hat schon eine ganze Weile keine mit Lippenstift auf einen Hotelspiegel geschriebenen Liebeserklärungen mehr bekommen. Von mir jedenfalls nicht.

*

Er steht vor der Haustür und wartet, und ich sehe, dass er daran nicht gewöhnt ist. Søren Dahl kümmert sich sonst selber um seine Transportmittel, so wie er sich um fast alles kümmert. Er gehört zu einer Generation und einem Menschentypus, für die Taxis ein unvorstellbarer Luxus sind, und die nicht zu oft um Hilfe bitten.

Er wirkt so klein auf dem Sitz neben mir, und er muss sich einige Male bedanken und sich entschuldigen, und das wäre doch nicht nötig gewesen, dann findet er zu einer Art Ruhe. Aber sein Profil ist scharf und ängstlich, wenn ich im orangen Licht der Halogenlampen der Hauptstraße nach Helsfyr zu ihm hinüberluge.

Benny hat seinen eigenen Stammesnamen für Menschen wie Søren Dahl. Salz der Erde, so nennt er sie. Das Salz der Erde liest Papierchen vom Bürgersteig auf, auch wenn das gar nicht seine Aufgabe ist. Gießt auch Pflanzen, die ihm nicht gehören. Spricht freundlich und sicher dämlich mit Kindern, egal, wie besoffen oder schwarz deren Eltern auch sein mögen. Fegt vor der Haustür, wenn der Hausmeister keine Lust hat. Bezahlt zu viel Steuern, das jedoch vielleicht nicht mit Freude.

Solche Menschen sind bescheiden, gewissenhaft und pflichtbewusst, und sie behandeln Nachbarn und Natur und Gesetz – es ist fast egal, was – mit demselben ungeheuren Respekt. Es ist schon möglich, dass ihre politische Einstellung zum Heulen ist, aber sie tragen sie nicht vor sich her. Sie haben fast immer irgendein Werkzeug in der Tasche. Immer muss irgendetwas repariert werden. Oder gewartet.

Das Salz der Erde ist mit ziemlicher Sicherheit eine aussterbende Art, aber es gibt sie noch in den meisten kleinen Gemeinden hier zu Lande. Zum Beispiel in Mietskasernen in der Stadt.

»Du liebst sie auch«, sagt Benny häufig.

»Ist doch klar«, sage ich. »Ich habe schließlich überhaupt keine Ähnlichkeit mit ihnen.«

»Sie haben nicht gerade das Pulver erfunden, allesamt haben sie das nicht«, sagt Benny dann.

»Aber sie sorgen dafür, dass es nicht nass wird«, sage ich. »Das muss schließlich auch erledigt werden.«

Jetzt sitzt das Salz der Erde neben mir und hat Angst, und für dieses Gefühl gibt es in seiner Stammessprache kein Wort.

Deshalb zeigt er mir mit übertriebener Gründlichkeit den Weg, bis zum genau richtig geschnittenen Gastparkplatz bei den Tveitablocks.

Sie sind traurig und unelegant, aber vermutlich bietet höchstens das Nobelviertel am Holmenkollen eine ähnliche Aussicht über die Stadt, wie diese zwölf Stockwerke, und die Häuser am Holmenkollen kosten doch sehr viel mehr. Und das Oslo Plaza natürlich auch.

Die Blocks ragen knochenbleich in den blauschwarzen Himmel, und nehmen nur durch das, was sie enthalten, menschliche Dimensionen an, durch die goldenen Rechtecke aus Licht, die *zu Hause* bedeuten, ganz egal, wo wir auf sie stoßen. Außerhalb der goldenen Rechtecke fühlen wir uns friedlos und haben Heimweh, egal, ob das, was das Licht umgibt, elegant ist oder nicht.

Søren Dahl friert vielleicht in seiner Nylonjacke. Wenn er allein wäre, denke ich, würde er einige Male vor dem mittleren Block hin und her wandern, ehe er auf die Tür zuginge, mit mir zusammen bleibt ihm nichts anderes übrig, als sie direkt anzusteuern. Obwohl er hochschaut und zählt, aber noch immer brennt hinter ihren Fenstern kein Licht.

Aber natürlich: Er schellt zuerst. Einmal. Zweimal. Dreimal. Und dann zieht er das Schlüsselbund hervor. Ingeborg Dahl wohnt im sechsten Stock und weder das Klingelbrett unten noch ihre Wohnungstür weisen ihre Initialen oder das Wort »Loff« auf. Dass nur der Nachname an der Tür steht, ist vermutlich zum endgültigen Beweis dafür geworden, dass hinter dieser Tür eine Frau wohnt. Eine allein stehende Frau. Preisgegeben. Auf ungeschickte Weise anonymisiert.

Die kleine Diele ist geprägt von peinlicher Ordnung. Eine braun lackierte Kommode, auf der ein schmaler Läufer liegt, eine Nische, in der Jacken und Mäntel ordentlich nebeneinander hängen, ein kleiner Spiegel an der Tür gegenüber, neben dem Spiegel ein schön gerahmtes Bild von Helena und Ingeborg. Zu unserer Rechten noch eine Badezimmertür mit einem Schild; dieses Schild ist aus Porzellan, die Gestaltung aber ist dieselbe wie bei ihrem Vater, ein Kind sitzt auf dem Topf. In den Zimmern dieser Familie, wo das fehlende Kind trotz allem allgegenwärtig ist.

Søren ruft ihren Namen und klopft an die gläserne Wohnzimmertür. Er muss den Lichtschalter erst suchen. Auch im Wohnzimmer herrscht eine stille, perfekte Ordnung. Aber hier ist kein Mensch. Die Tagesdecke liegt straff und glatt auf dem Einzelbett in dem kleinen Alkoven, zwei Stühle sind an den Esstisch mit der gehäkelten Tischdecke geschoben, auf dem Sofa liegen Kissen, die eher zur Zierde als zum Anlehnen bestimmt zu sein scheinen.

Unter uns liegt die Stadt. Das Oslo Plaza zum Beispiel. Ingeborg Dahl hat auch in diesem Zimmer einen Schreibtisch, und dieser Schreibtisch schaut durch die drei zusammenhängenden Fenster in die Nacht hinaus. Dort draußen sehen wir haarschmale Schlingen aus Licht auf den Straßen, sehen die Unendlichkeit von vibrierenden Punkten, die eine von Dunkelheit umgebene Stadt ausmachen, sehen tausende von Signalen der Bewegung und der Ankunft und der Einsamkeit, die sich rot und grün und golden vor dem überwältigenden Schwarz abzeichnen. Søren Dahls Gesicht wird im Glas widergespiegelt, schmal und weiß.

Dann wendet er sich ab und öffnet die Tür neben dem kleinen Alkoven, in dem Ingeborg Dahl schläft. Dahinter liegt Helenas Zimmer. Ihr Bett, in munteren IKEA-Farben, ihr Nachttisch, der rot angestrichene Tisch, an dem sie vor ihrem Verschwinden sicher ihre Hausaufgaben erledigt hat. Auf dem Bett ein Teddy. Ein mit Aufklebern versehener Schrank. Der größte Aufkleber ist ein Smiley, wie ich sehe, ehe Søren Dahl die Tür vorsichtig wieder schließt, dieses lächelnde Mondgesicht, gelb und blank und veraltet, bis es abermals recycelt wurde. Doch Helena war schon längst tot, als Smiley zur Reklame für eine Designerdroge wurde.

Im Wohnzimmer sind unsere Gesichter weiß und doppelt und unklar, so wie sie sich in den schwarzen Fensterflächen spiegeln. Ich will sie dort nicht haben, und schalte die Schreibtischlampe ein, um sie zu verjagen. Der einzige Ort im Zimmer, wo Ingeborg Dahl es sich gestattet, kein bienenfleißiger Ordnungsmensch zu sein, ist hier. Ihr Schreibtisch ist übersät von Zeitungsausschnitten, von Kopien, von Zeitschriften und Fotos. Und das meiste davon hat offenbar mit Aske zu tun.

Das Telefon steht im Flur, auf der kleinen Kommode, vermutlich gibt es in der ganzen Wohnung keinen unbequemeren Ort, um ein Gespräch zu führen. Aber sie hat einen Anrufbeantworter, und der blinkt rot und lakonisch.

Außer Søren hat indes niemand angerufen. Zum Ausgleich hat er eine ganze Reihe von Nachrichten hinterlassen, mit seiner dünnen Stimme fragt er immer wieder, ob sie da ist, ob sie ihn hört. Es ist fast unerträglich, und wir schweigen beide, als der Apparat endlich alles abgespult hat. Nur eine der Nachrichten unterscheidet sich von den übrigen, die erste nämlich. Die, bei der er ihr mit leicht schuldbewusster Stimme eine gute Nacht wünscht.

Nachdem er aus dem Keller gekommen war und seine Wohnung leer vorgefunden hatte. Ich blicke ihn fragend an.

»Ja«, sagt er. »Die Erste ist von gestern.« Und hinter seiner kräftigen Brille gibt es genug Einsamkeit für ein ganzes Universum.

»Wissen Sie, ob sie einen gewissen Sjur Aske kennt?«, frage ich.

Søren Dahl kneift die Augen zusammen.

»Ist das der Künstler?«

»Nein«, sage ich. »Sein Bruder.«

»Ingeborg kennt sie beide nicht«, sagt Søren Dahl. »So viel ich weiß.«

Ich schlage trotzdem im Telefonbuch seine Nummer nach.

»Da ist sicher nur Unsinn«, sage ich. »Aber gestern, als ich losgegangen bin, habe ich ihn vor Ihrer Wohnung auf der Straße gesehen. Und es wäre doch möglich, dass ...«

Dass was, Igi? Dass er sie kennt, obwohl ihr Vater nichts davon weiß. Oder dass er gesehen hat, wie sie das Haus verlassen hat. Oder. So.

Aber auch bei Sjur Aske geht niemand ans Telefon, und er hat auch keinen Anrufbeantworter, der eine Nachricht aufnehmen kann, um danach rot und lakonisch zu blinken. Ich notiere trotzdem seine Nummer auf einem Zettel und drücke den Søren Dahl in die Hand. Es ist nicht viel, was er in der Hand hat. Es ist fast gar nichts.

16

Es ist eigentlich Benny, den ich verschlafen an diesem grausigen Ort suche, in dieser Mischung aus Parkhaus und Lager, wo große, triste Plakate den Verkauf irgendeines vulgären, billigen Produktes verkünden. Es ist Benny, den ich suche, das ahne ich vage, aber irgendwo weit hinten in meinem Bewusstsein mache ich mir auch Sorgen um diese Frau. Als ich weich und schwebend um die Ecke vor der Garage biege, sehe ich sie vor mir und weiß sofort, dass ich nichts über das Wesen ihres Schmerzes wissen will.

Aber ich weiß auch, dass er entsetzlich ist, dass ihre Leiden unerträglich sein müssen, so wie die des Mannes, obwohl sie vor ihm solche Angst gehabt hat. Trotzdem steht es fest: Sie ist freiwillig hergekommen. Und der Blick, mit dem sie mich bedenkt, bringt vor allem Trauer zum Ausdruck. Danach Schuldgefühle. Auch er scheint weinen zu wollen, er streckt die Hand nach ihr aus, kann sie aber nicht erreichen, denn sie sind eingesperrt, allein und doch zusammen, in etwas, von dessen Funktion ich nichts Genaues wissen will, dessen körperliche Resultate ich nicht sehen will, von dem ich jedoch weiß, dass es »Schmerzmaschine« genannt wird.

Ich weiß auch, dass das, was es mit ihren Körpern macht, was immer das sein mag – für einen Moment sehe ich etwas Aufgelöstes, Violettes, das früher einmal vielleicht eine Brustwarze war –, entsetzlich ist. Ich nehme an, dass das der Grund ist, aus dem ich aufwache, damit mir dieser Anblick erspart bleibt. Ich habe nichts dagegen, dass mein Bewusstsein mich auf diese Weise beschützt, als ich hier wie erstarrt und in Todesangst im Bett liege, bin ich dafür sehr dankbar.

Ich brauche Benny nicht zu wecken, das ist offenbar schon geschehen. Nachtflüstern. Kleine Bewegungen im Bett. Es gewährt mir eine gewisse Beruhigung, dass dieser, wie andere Träume, durch die Nacherzählung stirbt und Benny deshalb nicht vor Angst vor der Schmerzmaschine gelähmt wird, so wie ich. Er bietet mir aber trotzdem an, die Reste der Minibar für mich zu plündern.

Drei Stunden ist es erst her, dass ich vom Grønlandsleiret zurückgekehrt bin. Søren Dahl verließ das Auto in praktischer Nähe des Polizeigebäudes und wollte *dorthin* nicht begleitet werden. Benny hat mich in den Arm genommen und mir zugehört, und jetzt kann er nicht einmal schlafen. Na ja, als Geschäft betrachtet ist auch das hier nicht ganz unbillig. Hier ein Babyfon, dort ein Albtraum.

Paar in adrettem Hotelzimmer, sitzt in sich zusammengekrochen in fremdem Bett. Die zähe Nacht, die in der Stille vor den Fenstern festhängt, die Stadtgeräusche, die nicht unsere sind. Benny hat Licht gemacht. Nachtlicht, in begrenztem Umfang, bescheiden.

Ich bin wach, weil ich Angst vor dem Schlafen habe, genau wie Edevart Riel.

»Das ist blöd«, sage ich.

»Ja«, sagt Benny. »Keine weiteren Nächte im Hotel. Wie lange sind *Sexspiele* wohl interessant, was glaubst du?«

Darüber lachen wir ein wenig, verkrampft, ängstlich.

Danach spreche ich über Jhaved, obwohl ich gar nicht von ihm geträumt habe. Ich sage, dass ich so gern glauben möchte, dass er es nicht war, dass ich mir das jedoch nicht erlauben kann, denn es läge so unmittelbar in meinem Interesse, wenn es stimmen würde.

»Und in meinem«, sagt Benny.

»Und in deinem.«

»Aber das ist eigentlich kein besonders guter Grund«, sagt er.

»Nur ein komplizierter. Frauenkompliziert«, fügt er hinzu. Er muss es ja wissen.

»Wenn er es war, dann bist du die schlechteste Psychologin auf der Welt, ja?«, fragt er.

»So ungefähr.«

»Und ich der schlechteste Ehemann.«

»Du hast ihm doch keine Sexspiele beigebracht«, sage ich.

»Du auch nicht«, erwidert Benny. »Und außerdem hat Jhaved doch sein Geständnis widerrufen.«

»Ja«, sage ich. »Und alle glauben, dass er es mit aus einem Grund getan haben kann – weil es sich für ihn lohnt.«

»Tolles Geschäft«, sagt Benny. »Es lohnt sich für ihn, sein Geständnis zu widerrufen, und andererseits lohnt es sich für dich zu glauben, dass er es widerrufen hat, weil es in Wirklichkeit nichts zu gestehen gab. Das ergibt doch keinen Sinn, als Gleichung, meine ich. Glaubst du es deshalb nicht? Weil es sich nicht lohnt?«

»Das weiß ich doch gerade nicht«, sage ich.

»Aber was glaubst du? Wenn du einen Tipp geben sollst?«

Lange, patientenhafte Pause. Es ist sehr gut möglich, an zwei Orten zugleich zu sein. Ich suche mit absolutem Ernst nach meinen eigenen Antworten und sehe, wie Benny mich parodiert, während ich anderen solche Fragen stelle.

»Nein«, sage ich. »Nicht nur. Das auch. Aber nicht nur.«

Normalerweise lobe ich die wunderbaren Vorzüge des Gesprächs in der Familie, während Benny stolz auf seine hohe Punktzahl in der *Praxis* ist. Die liegt nämlich hoch über meiner.

»Dann bleibt uns nur noch eins«, sagt er. Und ich weiß schon, wie es weitergeht. »Die Quellen überprüfen. Die Sache klären. Und danach kannst du dich doch mit dem jämmerlichen Schamgefühl befassen. Wenn du weißt, dass du einen Grund dazu hast.«

»Aber das ist doch blödsinnig«, sage ich. »Sie sind so verschroben und hysterisch, die Vorstellungen von Ingeborg Dahl, wo immer sie jetzt stecken mag. Ich meine, *Loff*, Benny. Sie tut mir Leid, aber es ist verschroben.«

»Jetzt ist sie vielleicht verschwunden.«

»Vielleicht. Und vielleicht verbringt sie einige Tage bei einem Freund, von dem ihr Vater keine Ahnung hat. Das kommt vor. Ihre Gedanken werden nicht weniger verschroben, bloß weil sie für einen oder zwei Tage verschwindet.«

»Aber dass sie verschroben ist, wenn das überhaupt stimmt – dann heißt das doch nicht automatisch, dass sie Unrecht haben muss?«

»Taten«, flüstert er dann in meinen Nacken, »sind nicht immer dumm.«

Nein. Sie sind eine Verlockung. Und eine sehr respektable Überlebensmöglichkeit. Ich rate immer wieder dazu.

»Trost«, sagt Benny im Halbschlaf. »Taten sind Trost.«

Und sein Körper an meinem sorgt dafür, dass ich einschlafe, obwohl ich Angst davor habe, von den Gefangenen in der Schmerzmaschine zu träumen.

*

Am nächsten Morgen landet eine körperlose Ida bei mir im Bett, ich erlebe per Mobiltelefon einen aufgeregten Monolog. Sie will von mir abgeholt werden, aber *später*, nach allerlei spannenden Erlebnissen wie einem Besuch in Karstens Keller und dem Samstagseinkauf in Vindern. Sie beschnuppert die Welt so, wie kleine Tiere das tun, und zum Dank wird sie von der Welt geheilt. Das ist ein feines Geschäft.

Wir nehmen im pompösen Sonja-Henie-Saal ein spätes Frühstück ein und trauen uns, Zeitungen zu lesen. Bente ist auf Seite 8 und auf ein ziemlich bescheidenes Foto zurückgestuft worden. Welle verteidigt nach besten Kräften die Ehre der Abteilung – und meine. Edevart Riel hat sich an unsere Abmachung gehalten und mit keiner Zeitung eine neue getroffen.

Keine weiteren Nächte im Hotel. Kein weiteres egozentrisches Selbstgefühl.

»Wie gut kennt Bella Aske?«, frage ich.

Benny lächelt nur knapp. Wird die Quellen überprüfen.

»Sehr gut, nehme ich an. Sie erledigt doch schon seit Jahren allerlei für ihn. Von den Bußgeldern wegen Drogenbesitzes bis zur Steuererklärung.«

»Kennen sie sich eigentlich noch aus der Kindheit?«, frage ich. »Ich meine, er hat doch in der Fabrik ihres Vaters gearbeitet.«

»Keine Ahnung«, sagt Benny. »Schon möglich. Frag sie doch.«

»Werde ich«, sage ich. »Aber jetzt ist es noch ein wenig zu früh, findest du nicht?«

Benny wird Håkon Middelthon aufsuchen, er will wissen, ob seine Aske-Bilder für die Biografie geeignet sind. Taten sind nicht immer dumm.

Strahlen aus säuerlichem Sonnenlicht jagen an den Häusern vorbei, als ich die wenigen Minuten zum Grønlandsleiret hinter mich bringe, in Søren Dahls Wohnung ist es jedoch noch immer dunkel.

Seine Hände haben schwarze Flecken und er fuchtelt verwirrt vor seinem dünnen Leib damit herum.

»Ich kann Ihnen nicht die Hand geben«, sagt er. »Tatsächlich. Tut mir Leid.«

Seine Augen hinter den starken Brillengläsern zwinkern zweimal, als sei er deshalb so verzweifelt, weil er mir nicht die Hand geben kann.

»Das sehe ich«, sage ich. »Arbeiten Sie gerade?«

Aus der Wohnung dringt ein Trompetenstoß zu uns.

»WER IST DA?«, brüllt sie.

Søren Dahl zwinkert noch zweimal.

»Ja«, sagt er. »Oder nein. Ich arbeite eigentlich nicht, ich versuche das nur, tatsächlich. Der Kopierer ist heiß gelaufen. Und jetzt funktioniert er nicht mehr. Tatsächlich.«

Ich hebe die Augenbrauen und nicke in den Flur. Es ist schon möglich, dass mein vorsichtiges Lächeln in seiner Freundlichkeit sozialarbeiterinnenhaft wirkt, aber Søren Dahl braucht alles von dieser Sorte, was er bekommen kann, ob er nun von seiner Tochter gehört hat oder nicht.

»Haben Sie ...?«, frage ich in die dunkle Diele hinein.

»Nein«, sagt er, und ist sehr klein. »Ich habe heute Morgen um sieben die Polizei angerufen, tatsächlich, aber die konnten mir nichts Neues sagen.«

»SØREN!«, heult jemand aus dem Wohnzimmer. Søren schlüpft eichhörnchenschnell vor mir durch die Türöffnung.

Anlaug steht breitbeinig in einem Meer aus zerknülltem Papier. Eine Klappe des Kopierers ist geöffnet, und zwischen den Walzen schaut ein abgerissenes Blatt Papier heraus. Der Rest hängt zwischen zwei von Anlaugs gekrümmten Fingern am Ende eines erhobenen Schinkenarms. Sie scheint eine Ratte am Schwanz zu halten, eine, die sie in ihrem umfangreichen Batikgewand gefunden hat, weshalb sie jetzt *irgendwen* auf Schadenersatz verklagen möchte.

»Aber ich hab doch gesagt«, stammelt Søren. »Tatsächlich. Ich hab doch gesagt, dass du ihn nicht wieder einschalten darfst.«

»WAS HAT DIE HIER ZU SUCHEN?«

»Das ist«, fängt Søren an.

»Ich WEISS, wer sie ist!«, donnert Anlaug. »Die Frage ist, was sie HIER zu suchen hat.«

»Ich wollte mit Søren sprechen«, sage ich. »Ich wollte fragen, ob er von Ingeborg gehört hat.«

»Das hat er NICHT. Jetzt kannst du GEHEN.«

»Ich weiß nicht«, sagt Søren und zwinkert hinter seiner Brille mit den Augen. »Vielleicht möchtest du einen Kaffee?«

»Ja, bitte«, sage ich.

»Ich muss mir nur noch schnell die Hände waschen«, sagt er. »Das dauert nur einen Moment, tatsächlich. Der Kaffee ist fertig und ich habe eine Tube Reinigungscreme in der Küche.«

Eine deutlichere Aufforderung zum Bleiben ist kaum möglich. Anlaug steht bewegungslos da und hält noch immer den Papierfetzen in der Hand.

»Er streikt also«, sage ich im Konversationston. »Der Kopierer.«

»JA«, sagt sie mit schwerer Stimme. »Der ist HEISS gelaufen.«

Vor den glänzend sauberen Fenstern hängt die Sonne schräg über den Hausdächern und trifft auf Kirchturm und Baumwipfel vor dem Gefängnis.

»Das ist das ARCHIV«, sagt Anlaug.

»Du kopierst das Archiv?«

»Das GANZE«, sagt Anlaug.

»Aber warum?«

»Falls jemand es sperrt.«

»Falls jemand das Archiv sperrt? Wer sollte das denn sein?«

»Die POLIZEI natürlich«, sagt Anlaug und scheint an meinem Verstand zu zweifeln. »Denen ist doch ALLES zuzutrauen.«

Die Vorstellung ist grotesk. Aber alles, was mit Anlaug zu tun hat, ist ein wenig grotesk.

»Du meinst …«, fange ich an.

»Wenn sie sie nicht FINDEN, werden sie das Büro VERSIEGELN. Das muss doch jeder TROTTEL kapieren.«

»Ich weiß nicht«, sage ich und schaue aus meinem Bürosessel zu ihr auf. »Es ist schon möglich, dass sie das machen werden. Vielleicht. Wenn sie glauben, dass sie einem Verbrechen zum Opfer gefallen ist.«

»HA«, schnaubt Anlaug. »Uns können sie nicht AUFHALTEN. Wenn Ingeborg zurückkommt, kann sie alles in ORDNUNG bringen. Und bis dahin bestimme ICH.«

Søren bringt ein Tablett mit drei Bechern. Ich bekomme ein weiteres Mal den einzigen Loff-Becher.

»Anlaug hält es für richtig, alles Material zu kopieren«, sagt er. »Damit Loff weiterhin …«

»OPERATIV bleibt«, vollendet sie.

»Tatsächlich«, fügt Søren hinzu.

»Das gesamte Material?«, frage ich.

»ALLES«, antwortet Anlaug.

»Aber das ist doch sicher schrecklich viel?«

»JA.«

»Deshalb ist der Kopierer ja heiß gelaufen«, sagt Søren. »Tatsächlich.«

Und möglicherweise, denke ich, tut sie ihm einen Gefallen, ohne das zu ahnen. Vielleicht ist es gut, dass Søren Dahl so ungeheuer beschäftigt ist, dass seine Fäuste schwarz werden und mit Reinigungscreme gesäubert werden müssen. Obwohl ich keine Sekunde glaube, dass Anlaug hier ist, um Søren zu helfen.

»Weißt du, wo Ingeborg ist?«, frage ich Anlaug. Sie starrt mich durch ihre tragische Brille wütend an.

»SPINNST DU?«, fragt sie.

Das ist nun wirklich niemals eine Antwort, weder im Kindergarten noch anderswo. Aber wie ich sehe, macht die Möglichkeit eines heraufziehenden Streits Søren nervös, sein Blick irrt zwischen den beiden Frauen im Zimmer hin und her, zwischen den Eindringlingen in dem, was nur selten sein Privatbereich sein kann.

»Ich rufe Sie später an«, sage ich. »Wenn Ihnen das recht ist.«

Später ist besser. Später ist leichter, als so eingeklemmt zu sein, wie er das jetzt ist.

Jetzt gibt es einen Kopierer, der seine Aufmerksamkeit fordert. Søren Dahl stellt seinen Becher auf die Schreibtischkante und taucht in den geordneten Verhältnissen aus Walzen und Fächern und Zahnrädern unter, die das Innere des Kopierers zu bieten hat. Er ist ein älterer Mann, vielleicht zittern seine Finger ein wenig, vielleicht sind sie zu Anfang noch ungeschickt. Das wird sich legen, wenn er die Reparaturmöglichkeiten erforscht hat.

Zu irgendeinem Zeitpunkt wird der Apparat natürlich wieder funktionieren. Zu irgendeinem Zeitpunkt werde nicht nur ich, sondern wird auch Anlaug ihn verlassen.

Aber dann gibt es, vielleicht, noch ein paar Bretter im Keller. Auf dem Weg nach Vindern frage ich mich noch einmal, was diese Kopiererei zu bedeuten hat, ob Anlaug glaubt, dass Ingeborg endgültig verschwunden ist, oder ob sie im Gegenteil weiß, wo Ingeborg steckt. Was weiß ich, vielleicht braucht auch Anlaug nur Taten. So wie Ida sie braucht, und ich auch.

Und es ist ja nicht schlimm, ein wenig zu BESTIMMEN.

17

Mutter hat sich offenbar Gedanken darüber gemacht, was Benny und ich getrieben haben, während sie die Babysitterin spielen durfte, aber ob sie sich zermürbende Streitereien oder ein wildes Sexualleben vorstellt, möchte ich lieber nicht wissen.

»Wenig geschlafen«, sage ich nur.

»Das sehe ich«, antwortet sie.

Ida sieht es nicht, Ida sieht nur das neue Zubehör zu dem kleinen falben Pony. Es hält sie auch beim Abschied aufs Feinste beschäftigt, und deshalb wickelt sie den Abschied vernünftigerweise kurz und diskret ab. Am liebsten würde sie ihre Großeltern in den kleinen Rucksack packen und mitnehmen. Und wenn das nicht möglich ist, muss sie sich eben so gut sie kann mit rosa Gegenständen trösten.

Zum Ausgleich kann ich mit Bella locken, die Ida mit tiefer, wenn auch nicht erwiderter Liebe verehrt. Bella lässt sich wecken und, ja, sie kommt gerne mit.

»Ich habe Ida dabei«, sage ich vorsichtig.

»Ach, Gott«, sagt Bella. »Ja, ja, dann hat der *arme Mann* doch ein paar Stunden frei.«

Der arme Mann ist natürlich Benny. Ida und/oder ich sind seine Lasten.

»Mir graust«, sagt Bella.

»Vor unserem Treffen?«

»Nein, nein. Wir gehen auf Exkursion«, sagt sie.

»Wohin denn?«, frage ich.

»The Past«, sagt Bella. »Mit großem P.«

Bella wohnt auf dem St. Hanshaugen in etwas, das sie als *Loch* bezeichnet. Ich war noch nie bei ihr eingeladen, andere weibliche Wesen haben dort keinen Zutritt. Sie lässt uns zehn Minuten in der Schwensens gate warten, dann kommt sie über den Asphalt gestolpert.

»Wie praktisch«, sagt sie und schielt zufrieden auf den Rücksitz des Autos. »Wie eine Art Zwangsjacke. Schau mal, sie kann die Arme fast nicht bewegen.«

Bei Bella weiß man nie. Möglicherweise hat sie noch nie einen Kindersitz gesehen, zumindest keinen mit einem Kind bestückten.

»Ich wusste gar nicht, dass du so clever bist«, sagt sie und wickelt ihren Strich von Körper neben mir auf den Beifahrersitz, schiebt ihre Sonnenbrille zurecht und macht sich an ihrer elegant überdimensionalen Tasche zu schaffen. Ida starrt sie hingerissen an.

»Wie ist das, raucht man sie an?«, fragt Bella.

»Lieber nicht. Und im Auto wird Kindern von Rauch so leicht schlecht, am Ende kotzt sie dich dann noch voll.«

Das möchte Bella lieber vermeiden. Ich öffne das Fenster einige Zentimeter weit, ich weiß ja nicht, auch die Parfümwolken, mit denen Bella sich umgibt, können den Magen meiner Tochter vielleicht beeinflussen. Und ich glaube nicht, dass Rita besonders gut riecht.

»Los«, sagt Bella.

Rita besabbert Ida.

The Past mit großem P liegt in Skillebekk und heißt Villa Troels. Ida gefällt es nicht. Was mich nicht überrascht. Ich weiß ja nicht so genau, wie My Little Pony wohnt, aber ich nehme an, dass ein Stall aus rosa Kunststoff eher Idas Vorstellungen von kreativer Architektur entspricht als das hier. Wir haben den Wagen einige hundert Meter unterhalb der Nationalbibliothek abgestellt und Ida seufzt im Weitergehen hingerissen über weitere festlich geschwungene Türme und Reihen aus falschen Schießscharten.

»Schau mal, Mama«, sagt sie und zeigt auf das Nachbarhaus, wo schmale gotische Bleiglasfenster etwas umkränzen, bei dem es sich um die gemauerte Version eines muslimischen Serails handeln muss, das sich als Veranda tarnt und mit Pelerinen, Troddeln und Traubendolden aus schwerem Stuckwerk behängt ist.

»Ein Schloss! Und da ist noch eins!«

Ida macht sich große Hoffnungen, als Bella das glatte, weiß lackierte Eisentor aufschließt. Dann verstummt sie. Der Hofplatz vor dem Haus ist mit Steinplatten belegt und liegt bescheiden grau in der Herbstsonne, die Reihen von vernachlässigten Sträuchern werfen tiefe kobaltblaue Schatten, hier und dort sind die Platten gesprungen und große Grasbüschel lugen dazwischen hervor.

»Wiedersehen mit Brideshead, oder was«, sagt Bella, und läuft rasch und energisch die breite Betontreppe hoch. »Roll will den Patzer in TroJa ganz schnell wieder gutmachen, und deshalb will er morgen schon eine Bande von *Kulturjournalisten* hier herumführen. *Containment*, nennt er das, dieser Snob. Bringt sie auf andere Gedanken, verstehst du? Roll als Retter für die vernachlässigte moderne Architektur, das klingt doch gut? Ich wollte nur feststellen, ob nicht alles verrottet ist, ehe die Horden hereinbrechen.«

Ein dünnes, ehemals weiß angestrichenes Metallgeländer folgt der Treppe zur Tür, in der ein rundes, in Messing gerahmtes Fenster in Kopfhöhe sitzt. Neben der Tür strecken sich Glasflächen durch den ganzen Flügel, in diesem Teil gibt es kleine bunte Bleiglasfenster, über der Tür ziehen sie sich außerdem zwei Stock nach oben, umgeben von einem breiten, rechteckigen Betonrahmen.

Der Flügel auf der linken Seite ist ein gedrungener weißer Betonblock fast ohne Fenster, auf der rechten ein ziemlich steiler Bogen, dessen hohe Fenster sich der Fassadenform anpassen. Dieser Flügel ist einen halben Stock höher als die anderen und erinnert vage an die Kommandobrücke eines Schiffes, inklusive trockenen, gesprungenen Teakholzrahmen um die Fenster.

Es ist ein berühmtes Haus. Ein klarer und kühler, in Raum, Volumen und Achsen umgeformter Gedanke, diskret gebieterisch, gelassen und ohne jeden Zweifel ruhend. Als habe sich ein mathematischer Beweis in Glas und Beton gekleidet und biete uns nun an, seine Schlussfolgerungen zu übernehmen, zu vertretbaren Konklusionen zu gelangen, deren Logik zu verifizieren.

In der Halle wird Ida langsam wach, unternimmt einige versuchsweise Vorstöße über die vielen Quadratmeter Parkett, wirbelt immer wieder um ihre eigene Achse, mit ihrem kindlichen Wissen um die Wichtigkeit von Beschäftigung. Rita steht still und glotzt sie an.

Es ist kalt hier, und es gibt keine Möbel. Das offene Treppenhaus zieht sich durch das ganze Gebäude, wird aber in den beiden oberen Stockwerken von Galerien umrahmt. Ida entdeckt das Echo und untersucht dessen unterschiedliche Möglichkeiten.

»Das ist – gewaltig«, sage ich zu Bella, die ihre Tasche mitten auf das dunkle Parkett gestellt hat.

»Und das sagst du mir«, sagt sie und schaut mich viel sagend an. »I was born here, baby.«

»Du bist *hier* aufgewachsen«, frage ich, denn obwohl ich auf irgendeine vage Weise immer gewusst habe, dass die Villa Troels ihrer Familie gehört hat, habe ich – ebenso vage – niemals angenommen, dass jemand hier wohnen könnte.

»Himmel, nein«, sagt sie und steckt sich eine ihrer fadendünnen Mentholzigaretten an. »Zum Glück bin ich nicht hier aufgewachsen. Er hat einen Versuch gemacht, sozusagen, in den Fünfzigern, als ich noch ein Baby war, fast, meine ich – verstehst du, wir haben so schrecklich gefroren, Mutter und ich, kannst du das fassen?«

Jetzt lacht sie, lacht ihr heiseres Whisky- und Bella-Lachen.

»Wir haben dermaßen hier gefroren, wir, seine beiden Damen, dass er uns in Frogner einfach in Perserteppiche und Samtportieren einpacken musste. Ich bin nicht sicher, ob er uns das jemals verziehen hat.«

Ihre Absätze machen klick, klick, klick und hören sich im Echo an wie trockenes Maschinengewehrfeuer, während sie vor der geschwungenen Teaktreppe ihre Runden dreht, einen Ellbogen auf die Hüfte gestemmt; die Hand mit der Zigarette wird zu einem spitzen kleinen Stilett. Ida beobachtet das mit großen Augen aus dem in sich zusammengesunkenen Haufen auf dem Boden, zu dem sie reduziert worden ist; zum ersten Mal erlebt sie hier einen Laufsteg.

»Das ist sein eigentliches Werk«, sagt Bella, »es sollte etwas beweisen und außerdem sein hässliches Schiebervermögen verstecken. Und dann haben wir gefroren! Seither hat niemand mehr hier gewohnt. Anfangs hatte er wohl noch die Hoffnung, dass seine kleine Familie sich aufwärmen und hierher zurückkommen könnte, aber dann ist Mutter ja einfach gestorben – das auch noch!«

Es riecht nach feuchtem Beton und der Staub wirbelt um ihre Beine, die nicht stillhalten können.

»Aber jetzt macht es sich gewissermaßen endlich nützlich«, sagt Bella. »Kaum zu glauben, dass weltumspannende Milliardenunternehmen nicht mehr Platz brauchen als das hier! Obwohl, klein ist es ja auch nicht gerade. Das ist schon ein schöner Tummelplatz, nicht wahr?«

Sie wirft den Blick auf Ida, die durchaus nicht tummelt.

»Sollen wir uns die anderen Zimmer ansehen?«, fragt sie. Klick, klick, klick über den Boden, flache, weiße Schiebetüren öffnen sich unter Protest und wir betreten den einen Seitenflügel, wo das Licht des hohen Herbsthimmels durch das Blattwerk sickert und auf dem Boden und an den weißen Mauern komplizierte Muster bildet.

»Ich glaube, das ist das Musikzimmer«, sagt Bella. »Du kannst dir doch vor diesen Fenstern gut einen Flügel vorstellen, oder? Meine Mutter hat ihn gespielt. Aber du weißt ja. Eigentlich glaube ich nicht, dass ihre Klavierkünste weit über ›Für Elise‹ hinausgingen. Eric Satie oder Schostakowitsch müssen für sie unerreichbar gewesen sein.«

Bellas Stimme klingt in der Regel grob und rau und ein wenig aggressiv, aber ich habe darin bisher nie etwas gehört, das nach Hass geklungen hätte.

Sicher sind sie nackt, die Zimmer, durch die wir uns langsam durchbewegen, sicher ist alles nüchtern und ernst und sauber, aber das Licht, das durch die hohen Fenster fällt, gibt dem Holzboden tiefe, dunkle Farbtöne, zeichnet ovale, rote Zungen auf die Bretter, bildet goldene, vibrierende Kreise und tiefe Hennatöne, wo die Schatten fallen. An sich gesehen ist das kein totes Haus.

Aber es ist klar. Für Bella ist es tot, und während sie die Küchentür öffnet, von der der Lack abgeblättert ist, spüre ich ihn auch, den Tod, dem dieses Haus überlassen worden ist.

»Die Küche«, sagt Bella, »gleich neben dem Esszimmer gelegen, natürlich, kein enger, blöder Flur, der das *Gesinde* von uns trennt, wie in den unpraktischen Wohnungen in Frogner. Hier ist doch alles hell und praktisch, oder nicht?«

Natürlich ist die Küche groß und weiß, und ohne einen Tisch, der eigentlich mitten im Raum stehen müsste, erinnert sie vor allem an eine Fabrikhalle. Schmale Bänke ziehen sich an den Wänden entlang, es gibt unendlich viele Schubladen und Regale, gelbliche Schranktüren; drei Zinkbecken nebeneinander dienen unerklärlichen Zwecken und könnten Menschen- wie auch Tierkadaver aufnehmen.

Bella setzt sich auf eine Bank, so weit wie möglich von den Zinkbecken entfernt, und nimmt sich eine neue Zigarette.

»Sie werden das hier als eine Art Kantine nutzen müssen«, sagt sie. »Das Haus steht unter Denkmalschutz, und das macht alles kompliziert, aber Roll ist das scheißegal. Egal, wie viel er für Rohre und Heizung und den Stadtkonservator ausgeben muss, so ein Objekt findet er im ganzen Land nicht mehr. Einzigartig, nicht wahr. Keiner von der Nadelstreifenbande hat etwas Ähnliches. Die stehen doch noch immer auf *Chesterfield-Sofas* und Leuchtgloben mit eingebautem Barschrank.«

Bella geht zu den Zinkbecken hinüber und drückt ihre Zigarette aus. Nimmt sich eine neue. Ich habe sie noch nie so gesehen. Aber wie habe ich Bella gesehen? Vulgär westendfluchend und aufgesetzt munter, immer sicher, selbst beschwipst, auf dieser besonderen Messerschneide balancierend, die es nur für Bohemiens mit Todesverachtung und familiärem Sicherheitsnetz gibt.

»Hast du Aske als Kind gekannt?«, frage ich.

»Himmel, nein. Meinst du, er hätte uns mit den *Arbeitern* zusammenkommen lassen?«, fragt sie. »Ich hab nicht einmal die Fabrik betreten. Aske behauptet, dass mein Vater vor ihrem Haus herumgelungert hat, was immer er dort wollte. Vielleicht vor seinen frierenden Damen davonlaufen.«

Sie sieht verhärmt aus, verhärmt und verbittert, und sie erledigt ihre jointdünnen Superleichten in zwei, drei tiefen Zügen. Ida versucht mit Rita zu spielen. Was zu einem totalen Misserfolg wird.

»Glaubst du, Aske könnte jemanden umbringen?«, frage ich.

»Drei oder vier Kunstkritiker vielleicht«, sagt Bella. »Oder mich, ab und zu.«

»Bella ...«

»War das dein Ernst? Verrückt. Machst du dir Sorgen um deinen kleinen Patienten?«, fragt sie. »Tja. Ich gehe davon aus, dass er dazu fähig wäre. Er ist ja verrückt, auf seine Weise. Er schreit grauenhaft herum, wenn er wütend ist, und nachher bittet er niemals um Entschuldigung, dieser Wichser.«

»Dieser Deal«, sage ich. »Der mit Roll.«

»Ja?«

Spitz.

»Wie ist es dazu gekommen?«

»Das waren die *Frognerfotzen*«, sagt Bella sachlich.

»Wer?«

»Ein paar alte Damen, die Aktien besitzen und plötzlich beschlossen, auf die Stimme der Vernunft zu hören«, sagt Bella. »Stell dir vor, die haben Roll und mich unterstützt, und nicht meinen Vater. Das war doch reizend von ihnen, oder?«

Dann betrachtet sie mich aus zusammengekniffenen Augen.

»Wie spannend«, sagt sie. »Wenn er einen Mord begangen hätte. Himmel, was wir dann für Preise erzielen könnten!«

Dann springt sie von der Bank.

»Ich hätte nichts gegen eine Bloody Mary irgendwo, dieses Haus ist genauso kaputt und deprimierend und scheißkalt, wie ich es mir vorgestellt hatte. Aber bei McDonald's oder wo immer *sie* essen geht, gibt es das wohl nicht.«

Vielleicht hat Idas Begeisterung Bella ja doch nicht ganz unbeeinflusst gelassen, sie berührt sie nicht, aber sie schaut sie an, sie lässt Ida nicht aus den Augen, während meine Tochter stumm und verzagt auf die tiefen Zinkbecken zugeht.

»Was ist das?«, fragt sie und streckt den Zeigefinger aus.

Über den Zinkbecken hängt eine altmodische Tafel mit kleinen weißen, emaillierten und mit Zahlen beschrifteten Vierecken. Jede Zahl steht für ein Zimmer im Haus, und unter der Tafel hängt eine Schnur mit einem Handgriff, wie sie in meiner Kindheit an den Spülkasten der Wasserklosetts hing. Unten am Handgriff sitzt ein kleiner Knopf zum Drücken, mit dem die *Mädchen* bestätigen konnten, dass sie das Klingelsignal aus einem der großen, leeren Zimmer im Haus gehört hatten.

Es ist eine schöne Gleichung, dieses Haus, aber es gehört, wenn auch nur haarscharf und vielleicht nicht ganz freiwillig, einer Zeit an, als ein Haushalt dieser Größenordnung über mehr Dienstboten als elektrische Geräte verfügte. Die Zahl 3 auf der kleinen Tafel zittert ein wenig. Sicher versetzen Idas Schritte die Wand in Schwingungen, vielleicht ist auch Bella daran schuld, die jetzt zur Tür läuft.

»Das ist bloß ein blödes Spiel«, sagt sie und zuckt mit den Schultern. »Komm, wir gehen.«

Und vielleicht bilde ich mir das ja nur ein, aber ich glaube für einen Moment, dass sie ängstlich aussieht, dann kehrt sie Tafel und Küche den Rücken zu und klick, klick, klick quer durch den Raum zur Tür.

Es hört sich an wie ein altmodischer Feueralarm oder wie ein ganz besonders lauter Wecker, es ist ein wildes, panisches Geklingel, wie es von mechanischen und nicht von elektronischen Anlagen produziert wird. Irgendwo hinter der Tafel sitzt ein kleiner Hammer, der blitzschnell und unaufhörlich gegen eine bimmelnde Metallglocke schlägt, und das kleine emaillierte Viereck mit der sorgfältig aufgemalten Zahl 3 fällt durch den Schlitz unten an der Tafel. Dort lugt es hervor wie ein viel zu langer Zahn, vibriert ein wenig, kommt zur Ruhe. Starrt uns an. Obwohl in Wirklichkeit wir die Zahl 3 anstarren.

In Häusern wie diesen spukt es nicht, es dürfte jedenfalls nicht sein, denn sie sind gewissermaßen konstruiert, um diesem Spuk ein Ende zu machen.

»Es klingelt«, sage ich heuchlerisch und munter zu Ida. »Siehst du? Die kleine Zahl fällt herunter, wenn jemand in einem anderen Zimmer an einer Schnur zieht.«

Ida schaut mich an, als zweifele sie an meinem Verstand. Ich weiche Bellas Blick ganz bewusst aus und gehe ruhig auf meine Tochter zu.

»Aber da zieht doch niemand an der Schnur«, sagt sie. »Oder was?«

»Das ist ein sehr alter Apparat«, sage ich, und nehme sie auf den Arm. »Vielleicht funktioniert er nicht mehr richtig.«

Klick, klick, klick, Bellas harte kleine Absätze führen meine durch das Esszimmer und quer durch das Musikzimmer, wo kein Flügel sich schön vor den geschwungenen Fenstern abzeichnet, wo die Schatten der Baumkronen draußen komplizierte Muster auf den Boden machen.

Bella hält die Tür mit dem Bullauge für uns auf. Sie starrt ihre Füße an, dann zuckt sie mit den Schultern und reißt den Kopf nach oben. Ihre Monroe-Haare fliegen in raschem, scharfem Protest um ihre Stirn.

Er steht als langer, horizontaler Schatten im ersten Stock auf der Galerie, seine Hand, die auf dem Geländer ruht, wird von einem Sonnenstrahl golden gefärbt, ansonsten ist er in Dunkelblau gebadet und ich kann seine Züge nicht klar erkennen. Doch es ist eine alte Hand, schwer und runzlig auf dem Geländer, die Hand eines Kapitäns, stelle ich mir vor, die auf ihrer Brücke ruht. Bella starrt ihn kurz an, dann winkt sie uns zu und will das Haus verlassen.

Sie lässt die Tür hinter uns zufallen, schließt aber nicht ab.

Als wir über den mit Steinen gepflasterten Platz gehen, verschränkt sie die Arme vor der Brust.

»War das dein Vater?«, frage ich.

»Ja, ja, ist doch klar«, erwidert Bella und fischt eine weitere fadendünne Zigarette hervor. »Und er hat hier verdammt noch mal nichts zu suchen, dieser *Schwanz*!«

Bei Bella klingen gewöhnlich auch eindeutig sexualisierte Schimpfwörter ganz alltäglich, aber diesmal schafft sie das nicht. *Schwanz* klingt so, als bedeute es genau das, was es bedeutet, als wir durch die Stille zwischen den Gärten von Skillebekk wandern, *Schwanz* klingt hautlos und bläulich und alt neben den historischen Genrebildern, die uns mit ihren Türmen und ihren üppigen Stuckfantasien umgeben.

»Wärst du vielleicht bereit«, sagt Bella und bleibt zögernd vor dem Auto stehen, »wärst du vielleicht bereit, sie mir für eine Stunde zu leihen und derweil nachzusehen, was er da eigentlich treibt? Ich meine, morgen darf er da nun wirklich nicht mehr herumstehen und glotzen.«

Dann lächelt sie Ida beschwörend an. »Und was sagst du zu einem Riesen-Mac mit doppelt Pommes und einer Mega-Cola, und dann holt Mama dich bald wieder ab?«

Ida will keinen Riesen-Mac. Sie will ein Happy Meal mit Disney-Überraschungen. Das hat sie lange und ausgiebig mit Karsten erforscht, und jetzt ist sie natürlich verkauft, verkauft und bezahlt, und möglicherweise hätte ich mich ihnen aufdrängen können, aber wenn die Göttin dich endlich mal anlächelt, dann bittest du nicht deine Mama als Anstandswauwau dazu. Ida kann sich gerade lange genug von der aufgehenden Sonne losreißen, um sich mit einem halbwegs um Entschuldigung bittenden Blick zu bedenken.

»Ist schon gut«, ich lächele. »Bis nachher.«

Sie wird auch in zehn Jahren so erleichtert lächeln, wenn sie sich zusammen mit einer pickligen Altersgenossin ins wilde Leben stürzen will. Sie sind bereits in eine lebhafte Diskussion über die bedeutungsvollen Nuancen im Hamburgeruniversum vertieft, als Bella den Wagen anlässt, nicht sehr viel anders als die Gespräche, denke ich, die Ida und ich in nicht allzu ferner Zeit über Musik oder über ungeheuer wichtige Details der Kleiderordnung führen werden.

Ich weiß nicht einmal sicher, ob ich in Bezug auf zerhacktes Rinderfleisch auf dem neuesten Stand bin, obwohl ich bisher noch, denke ich, als ich das Metalltor hinter mir schließe, die Möglichkeit habe, mich kundig zu machen. Es gibt etwas, das *Nuggets* genannt wird, will mir scheinen, aber ich weiß nicht, ob die in Brötchen serviert werden oder nicht.

Ida könnte mir das sicher sagen. Noch für viele, viele Jahre wird sie mir solche Informationen zukommen lassen, ohne über meine Bildungslücken zu verzweifeln. Es wird noch lange dauern, bis sie mich für hoffnungslos hält.

Er steht noch immer oben auf der Galerie, eine Hand ruht auf dem Geländer, als habe er damit gerechnet, dass eine von uns zurückkehrt. Aber es wäre seltsam, wenn er mich erwartet hätte. Auch er hat eine Tochter.

Ich weiß nicht, wie ich ihn anreden soll, plötzlich fällt mir sein Vorname nicht mehr ein, und das liegt vielleicht daran, dass ich ihn ja für tot gehalten hatte; auf jeden Fall durchblättere ich auf der Suche nach seinem Vornamen ein inneres Kulturlexikon. Nicht, dass ich wagen würde, ihn so zu nennen, wie er so königlich erhöht vor mir steht.

»Das Fest der Erwachsenen«, sagt er. »Kennst du das?«

»André Bjerke«, erwidere ich und spiele noch immer Trivial Pursuit.

»Durch diese Geländerstäbe kann man ja leider nicht verstohlen schauen, aber komisch ist es dennoch. Das Fest der eigenen Kinder zu beobachten.«

»Ein Fest war das ja nicht gerade«, sage ich und bin für einen Moment enttäuscht, weil er ein so schlichtes Gedicht zitiert. Ich hatte eigentlich mit komplizierteren Modernisten gerechnet. Aber warum sollte ich das schwierig Zugängliche fordern, wo mir nicht einmal der Name des wichtigsten privaten Kunstsammlers im ganzen Land einfällt, jetzt, wo ich ihm endlich gegenüberstehe?

»Aber sie kommen«, sagt er. »Die Feste kommen. Da bin ich mir ganz sicher. Wenn ich das richtig verstanden habe, dann wird es doch schon morgen so etwas wie ein Fest hier geben. Kommst du hoch oder bleiben wir in dieser Romeo-und-Julia-Position?«

»Wenn ich darf«, sage ich und höre den Knicks in meiner Stimme, wie vor einer wirklichen Majestät.

»Otto Troels-Jacobsen«, sagt er freundlich mit ausgestreckter Kapitänshand und erspart mir einen vergeblichen Sturmlauf durch das *Wer-ist-Wer* des Kulturlebens.

»Igi Heitmann«, sage ich. »Ich bin eine Art Freundin von Bella.«

»Ach«, sagt er. »Eine Art. Ich habe den Eindruck, dass sie davon einige hat. Eine Art Freunde.«

»Ich weiß nicht«, antworte ich. »Ich kenne sie noch nicht so lange.«

»Und ich kenne sie nicht *länger*«, sagt Bellas Vater. »Vielleicht kommst du mit in, wie soll ich sagen, in mein Büro?«, fügt er hinzu, ohne seinen Tonfall zu ändern.

Er ist einen Kopf kleiner als ich, untersetzt, fest und rundlich, und er verfügt noch immer über die Art von fein geschwungenem Bauch, die *Embonpoint* genannt wurde und die Karikaturisten vor dem Krieg so sehr liebten und so hingebungsvoll mit einem überlegenen Pinselstrich wiedergaben.

Er ist ihnen nur mit knapper Not entronnen, glaube ich, obwohl ich mir auch vage einbilde, ihn auf einer Zeichnung von Hammarlund gesehen zu haben, messerscharf erfasst, mit der Cognac-Hand und den fleischigen Schatten unter den schweren Wangen. Vielleicht hängt das Bild im Theatercafé, weit hinten in einer Ecke, wo er und andere Helden der Fünfzigerjahre in ihren schmalen Rahmen vergilben.

Sein »Büro« ist so leer wie die übrigen Zimmer im Haus. Ein zierlicher Schreibtisch mit geschwungenen Stahlrohrbeinen, ein Stuhl und zwei Pappkartons stehen unter dem Fenster. Mehr nicht.

»Spartanisch«, sagt er. »Nicht, dass ich etwas dagegen hätte.

Es besitzt eine gewisse Logik. Im anderen Zimmer steht noch ein Stuhl, wenn du mir folgen würdest. Ich trage nicht mehr gern, auch nicht für eine Dame.«

Das Nebenzimmer ist ebenso leer, das Bett streckt sein schmales weißes Viereck von der Querwand aus. Außerdem gibt es einen geöffneten Koffer. Und vor dem Fenster einen Stuhl.

Es ist ein *Camp*. Das Zeltlager eines Achtzigjährigen, mitten in einem verstorbenen Haus. Seine Wangen lodern, als er sich hinter den zerbrechlichen Schreibtisch setzt und mir Cognac anbietet. Zwei Gläser hat er – für solche Gelegenheiten –, sagt er, und eine Flasche soliden VSOP Napoléon. Seine Hände zittern beim Einschenken nur ganz wenig, und das kann ja auch daran liegen, dass die Flasche schwer und voll ist.

»Hier funktioniert nichts mehr«, sagt Troels-Jacobsen begeistert. »Es gibt keinen Strom, kein Wasser und keine Heizung. Wenn ich zur Toilette will, muss ich das Haus verlassen. Das Einzige, was funktioniert, ist die Klingel, mit der ich geschellt habe, und das sollte nur ein Experiment sein. Aber sie lebte ja noch.«

»Du hast uns ungeheuer überrascht«, sage ich und sehe, dass auch das ihn erheitert. »Wie lange wohnst du schon hier?«

»Drei Tage«, sagt er. »Ich wohne seit drei Tagen hier. Morgens bringt ein Mann mir heißes Wasser und eine Thermoskanne Kaffee. Letzteres wäre ja nicht nötig, aber es ist eine schöne Geste, findest du nicht?«

»Aber warum?«, frage ich.

»Sie führen sich auf, als wäre ich bereits tot«, sagt er. »Und ich will ihnen zeigen, dass das nicht der Fall ist. Das kannst du ihr erzählen. Möglicherweise habe ich in meiner eigenen Firma nichts mehr zu sagen, aber mein Leben habe ich noch immer im Griff. Da waren sie nicht rasch genug, verstehst du, sie sind nicht auf die Idee gekommen, mir den Schlüssel zu diesem Haus zu stehlen, als sie mir alles genommen haben.«

»Wer sind ›sie‹?«, frage ich.

»Bella und dieser Parvenü. Bella und ich waren in diesem Leben zwar fast nie einer Meinung, aber glatten Verrat hatte ich nun doch nicht erwartet. Das tut man nicht. Und als ich die Villa auf die Firma übertragen habe, wollte ich damit wirklich nur ihren Erhalt sicherstellen.«

Das Letzte sagt er mit der Art von Heftigkeit, die andeutet, dass auch irgendein winzig kleiner Steuergrund vorübergeflattert sein kann. Er ist ein aufmerksamer Herr, er sieht meinen leisen Zweifel, aber das muss natürlich nicht der Grund sein, aus dem er so eilig weiterredet.

»Der Erhalt des Hauses war ja schon länger eine Last, wie du siehst. Denkmalschutz und Auflagen von allen Seiten, und ich hielt es für die beste Lösung, die Firma das Haus übernehmen zu lassen. Es gab eine Unendlichkeit von Plänen und Zeichnungen und feinen Ordnern und kommunalen Absichtserklärungen, die allesamt so viel wert waren wie Toilettenpapier. Alles würde in Ordnung kommen, wenn ich nur das Haus auf die Firma überschriebe. Ha!«

Jetzt beugt er sich über seinem gebrechlichen Schreibtisch zu mir vor und senkt die Stimme.

»Festsaal für einen putzsüchtigen Parvenü! Das wollen sie daraus machen. Und niemand außer mir wird auch nur einen Finger rühren, um sie daran zu hindern. Du begreifst also, dass ich dazu gezwungen bin. Es ist eine Frage des Anstands.«

»Hat Bella dir empfohlen, das Haus auf die Firma zu überschreiben?«, frage ich. Für einen Moment kneift er seine Greisenaugen zusammen.

»Das weiß ich nicht mehr so genau«, sagt er und klopft sich leicht an die Stirn. Im Flirt älterer Menschen mit ihrem geschwächten Gedächtnis liegen feine Ausweichmöglichkeiten. »Das kann schon so gewesen sein. Obwohl sie fast nie mit mir redet. Über nichts. Andererseits geht es, wenn sie sich ein seltenes Mal an mich wendet, immer um Geld.«

Vorsichtig hebt er sein Glas zum Mund und feuchtet sich ganz leicht die Lippen an.

»Es war ihr Aktienpaket, verstehst du, das alles verändert hat, das diesem vulgären Menschen die Mehrheit sichern konnte.«

»Das weiß ich«, sage ich. Der tolle Deal: Roll bekam die

Firma, Bella ihr Mausoleum für Aske. Und Otto wurde zum Solodemonstranten. »Du bist bestimmt böse auf sie.«

»Das könnte schon möglich sein. Andererseits kann es mir auch als leicht beängstigend erscheinen. Hast du Kinder?«

»Ja«, sage ich. »Sie …«

»Sicher, ich habe sie ja gesehen«, er fällt mir ins Wort. »Fändest du es nicht auch unheimlich, wenn du feststellen müsstest, wirklich feststellen müsstest, dass sie dich lieber tot sehen würde?«

Es ist still im Haus. Durch die hohen Fenster zieht es ein wenig. Die Teakrahmen sind alt und gesprungen und schließen nicht mehr dicht.

»Glaubst du, das trifft auf Bella zu?«, frage ich. »Würde sie dich lieber tot sehen?«

Darauf gibt er keine Antwort.

»Es wird doch auch eine Art Kulturzentrum«, sage ich vorsichtig. »Die Aske-Sammlung und die Ausstellungsräume oben in Nydalen.«

»Kulturzentrum?« Der sehr alte Mann spuckt dieses Wort aus. »Wofür denn? Es wird eine Müllhalde, eine Müllhalde für Stumpfsinn, für die allerunklarsten, trüben Gedanken. Vielleicht hast du ja keine Ahnung davon, junge Dame, dass ich fast ein ganzes Leben hindurch Kunst gesammelt habe. Aber andrer Leute *Finger* kaufe ich deshalb noch längst nicht.«

»Nein«, sage ich. »Das brauchst du ja auch nicht.«

»Und jetzt habe ich nichts. Ich habe das hier, einen Tisch und ein Bett und sonst nichts. Meine ganze Sammlung haben sie mir genommen, und jetzt werden sie sie Stück für Stück verscherbeln, um das Geld für ein *Juxmuseum* zusammenzubringen. Deshalb bin ich hier. Um es ihnen etwas weniger leicht zu machen.«

»Was machst du?«, frage ich. »Ich meine, wie hast du diese drei Tage verbracht?«

Ich sehe nirgendwo ein Buch, zwei Zeitungen liegen schön zusammengefaltet auf dem Schreibtisch, ansonsten gibt es hier, wie er sagt, rein gar nichts.

»Mit Warten«, sagt er. »Darauf, dass jemand kommt. Und ihr seid gekommen. Morgen kommen noch mehr. Prost!«

Diesmal muss er sein Glas mit beiden Händen halten, um sich die Lippen anfeuchten zu können, und das scheint ihm peinlich zu sein, er wendet dabei nämlich seinen Blick ab.

»Sie können ganz einfach das Schloss austauschen, das weißt du«, sage ich. »Mehr gehört nicht dazu, da das Haus doch nicht mehr dir gehört.«

Er lächelt.

»Deshalb bin ich doch so auf der Hut«, sagt er. »Ich werde vor ihnen hier sein. Und dann haben sie die Wahl: Sie können mich einschließen oder von der Polizei hinaustragen lassen. Das wäre doch ein Anblick, meinst du nicht? Dass dieser Multimilliardenmensch und meine Tochter die Polizei kommen lassen, um mich hinauszutragen? In diesem Lande gibt es immer noch einige Feuilletonjournalisten. Mit einigen von denen werde ich vielleicht schon morgen ein Wort wechseln.«

Er stützt seine stumpfen Fäuste auf die Tischplatte, um sich zu erheben. Es geht nicht sehr schnell, und es stellt die achtzig Jahre alte Lunge auf eine harte Probe, aber ich trete nur neben ihn und winkele den Arm an, falls er danach greifen will. Wie ich erwartet habe, will er das nicht. Die Audienz ist offenbar zu Ende.

Er begleitet mich zur Galerie.

»Ich habe unten im Garten einen Arnold Haukeland, den du dir ansehen solltest, ehe du gehst«, sagt er. »Ich verehre Arnold Haukeland sehr, obwohl er leider die erbärmlichsten Nachfolger gefunden hat. – Du findest die Tür zur Terrasse im Gartensalon«, fügt er dann hinzu. »Hinter der Treppe. Ich glaube nicht, dass ihr dort wart, aber es ist sehr leicht zu finden. Die Doppeltür hinter der Treppe.«

Also hat er uns die ganze Zeit beobachtet, denke ich. Hat hier oben auf der Galerie im Schatten gestanden und zugesehen, wie wir Musikzimmer und Küche betreten haben. Hat uns gesehen und gewartet. Und dann zum richtigen Zeitpunkt mit der kleinen Glocke geläutet. Das hat er sicher witzig gefunden.

Auch jetzt lächelt er schief, während ich ihm zum Abschied die Hand drücke.

»Ich gehe davon aus, dass du mit Bella reden wirst«, sagt er.

»Natürlich«, sage ich. »Das willst du doch gerade, nicht wahr?«

Er lächelt sein schiefes Lächeln und sein Gesicht ist plötzlich uralt und boshaft. Er wartet.

Ich schaue hoch, als ich unter die Galerie trete, um die Schiebetüren zum Gartensalon zu öffnen. Er steht noch immer oben auf der Galerie und schaut zu mir herunter, eine stumpfe Hand ruht auf dem Geländer. Der Kapitän auf seiner Brücke. Wartet.

Das Gartenzimmer ist so leer wie die anderen Räume, es liegt jetzt im Schatten, grau und gedämpft blau vor dem tiefen, rechteckigen Erker, der auf allen Seiten von Glas umgeben ist. Mitten in der Längswand des Erkers sitzt eine doppelte Glastür, die sich leicht zur Betonterrasse öffnet. Die Luft hier draußen ist frischer; erst jetzt merke ich, von wie viel Staub ich umgeben war, von wie viel kaltem, von Feuchtigkeit beschädigtem Beton.

Unterhalb der Betontreppe zur Terrasse liegt eine mit Kies bestreute Fläche, darunter ist eine Böschung mit ehemals breiten, eleganten Beeten bedeckt. Sie sind arg überwuchert und zeigen eine seltsame Mischung von verwelkenden Nesseln und trockenem Gras und einer seltenen Staude.

Auch der Plattenweg zum Becken ist fast vollständig überwuchert. Hinter dem flachen Bassin ragt ein himmelstrebender Arnold Haukeland aus geputztem Stahl vor einem wild wuchernden Busch auf. Obwohl ein Tor ins Gebüsch zu führen scheint, eine bleiche, halb offene Metallplatte.

Das Becken ist leer und trocken. Gegossen aus grauem, leicht unebenem Beton, mit einem von teils verwelkten, teils – dort, wo die Schatten am dichtesten fallen – schwarzen und glitschigen Blättern bedeckten Boden.

Ingeborg Dahl liegt auf der anderen Seite der Statue, zusammengekrümmt wie ein Kind, vor dem kraftvollen, penetrierenden Willen der Skulptur.

18

Die wie Bonbons gestreiften, von der Polizei aufgehängten Plastikriemen wedeln dünn und kraftlos zwischen dem Dunkelgrünen, Moosweichen, das diesen verlassenen Garten ausmacht. Haukelands Skulptur strebt silbermatt zu dem kühlen Nachmittagshimmel auf, nicht länger umgibt Stille diesen eingefrorenen Willen, zwischen den überwucherten Bäumen gibt es kein Versteck mehr, Polizisten mit kindischen Baseballmützen wandern über die zugewachsenen Wege, montieren angesichts der heraufziehenden Finsternis Scheinwerfer an den Zweigen, von der Straße reichen die fegenden, blauen Lichter bis hierher, sickern durch das Blattwerk. Bald wird es in diesem Garten keine Geheimnisse mehr geben.

Hier wird Ingeborg Dahl fotografiert, nicht Haukeland. Der Leichnam unter dem Willen, dieser preisgegebene, weiche, in sich zusammengesunkene Leib, der jetzt in eine grüne Plastikplane gewickelt wird und entfernt werden kann. Ich bin kein Opfer und keine Angehörige, aber ich beobachte dennoch, wie sie mit ihr umgehen. Ich habe die Spuren an ihrem Hals gesehen, habe den schlaffen Körper berührt, ich möchte – solange ich nicht vertrieben werde – sehen, dass sie, tja, dass sie sie gut behandeln.

Also stehe ich vor dem Gartenhaus auf dem Kiesweg und rauche. Hier richte ich den geringsten Schaden an, wie mir jetzt klar wird, Kies ist ein Scheiß, was das Auffinden von technischen Spuren anbelangt. Ich habe meine Vorkehrungen getroffen, mir meine einstweiligen Erzählungen zurechtgelegt. Benny wird Ida abholen, und Bella war nicht mehr bereit, auf ihn zu warten, da sie *unter gar keinen Umständen* herkommen wollte.

»Ingeborg Caroline Dahl«, habe ich einem der Baseballmänner buchstabiert. »Vorsitzende von Loff. Der Landesorganisation für Opfer und Angehörige.«

»Haben die was mit dem Verliererverein zu tun?«, fragt der Baseball.

»Nein«, sage ich und schnorre eine Zigarette.

Die kühle Hauptkommissarin Kielland hat bei ihrem Eintreffen registriert, dass ich, was keine Überraschung war, mit der Igi Heitmann identisch bin, die… beim letzten Mal. Und sie hat zuerst Kontrolle und Überblick über dies und jenes in der Baseballbranche an sich gerissen und danach Loff *nicht* mit dem Verliererverein verwechselt. Sie kann sich keine Zigaretten abschnorren lassen, aber sie hört aufmerksam und ermittlungskompetent zu, während ich ihr von Ingeborg Caroline Dahls seltsamen Theorien erzähle. Den Theorien über Bilder und Bildermacher. Über Leben und Lebensnehmer.

Die Hauptkommissarin nickt und legt mir eine Hand auf den Arm. Sie hat sicher einen Kurs in *Empathie* gemacht, denke ich wütend und weiß, ich bin ungerecht, posttraumatisch oder möglicherweise prämenstruell.

»Natürlich kenne ich Helenas Mutter«, sagt sie. »Nicht persönlich, aber als – Fall. Das gilt für die ganze Polizeileitung. Ein unaufgeklärtes Verschwinden dieser Art gerät niemals in Vergessenheit, weder bei der Polizei noch bei den Angehörigen. Es ist natürlich richtig, dass Sie mir von dieser – dieser Theorie erzählt haben. Wir werden das in unsere Überlegungen einbeziehen.«

Aber, das höre ich, ehe sie es sagt. Aber, so wie auch ich hundertmal *aber* zu irgendeiner unmöglichen Vorstellung, einer hoffnungslosen Forderung gesagt habe.

»Aber ich glaube, ich sollte doch erwähnen«, sagt Eva Kühl Kielland jetzt, »dass das nicht Dahls erste Theorie war, um das mal so zu sagen. Sie hat uns schon mehrere mutmaßliche Mörder serviert. Inklusive des damaligen Ermittlungsleiters.«

Wir sind Profis, wir beide, jede auf ihrem nicht ganz wissenschaftlichen Feld. Wir erkennen einen *nut-case*, wenn wir darauf stoßen.

»Sie wissen nicht, ob sie einen Freund hatte?«, fragt sie.

»Nein«, sage ich. »Keine Ahnung.«

Aber es ist doch so sicher wie das Amen in der Kirche, dass die meisten Morde im Familienkreis stattfinden, und ich kann sehen, wie Eva Kielland in Gedanken Ingeborg Dahls Familie erweitert. Um *nut-cases*. Loff wimmelt nur so davon. Und eine gewisse Psychologin kann durchaus auf der sozialen Landkarte auftauchen, die Kielland zweifellos und als Parallele zu meiner eigenen nicht ganz exakten Wissenschaft für nützlich hält.

»Geht es sonst einigermaßen?«, fragt Kielland empathisch, ehe sie zu ihren hundert Baseballaufgaben verschwindet.

»Ja, sicher«, sage ich.

Nicht deshalb schnorre ich bei den Baseballknaben noch eine Zigarette. Warum ich in die Hocke gehe, mich an eine Treppenstufe anlehne und rauche, hängt mit der letzten meiner kleinen Vorkehrungen zusammen.

Otto Troels-Jacobsens Hausbesetzung ist zu Ende, noch ehe sie richtig angefangen hat, und hier gibt es genug Polizei, um ihn nach Hause zu begleiten, auch wenn es ihnen erspart bleibt, ihn tragen zu müssen. Ich dachte, ich könne ihm Ironie und Einsamkeit in einer solchen Eskorte ersparen, und Eva Kielland, kühl und kompetent, hat bereits mit ihm gesprochen. Ihr ist das recht.

Alte Männer, die von der Polizei nach Hause gebracht werden müssen, sind gewissermaßen in gellende Einsamkeit gehüllt, ob es sich nun um Demonstranten handelt oder nicht. Ich habe ihn vorsichtig gefragt, ich wusste ja, dass ich ihm nicht die Begleitung seiner Tochter anbieten konnte.

Und jetzt warte ich auf den Einzigen, der ihm eingefallen ist. Auf den Mann, der morgens das heiße Wasser bringt, nehme ich an, und den so angenehmen Kaffee. Auf Sjur Aske.

Alte Männer bekommen mit der Zeit goldene Augen, und diese Augen tränen leicht, werden trübe und weisen rote Ränder auf. Vielleicht lässt die Wut sie vergilben. Obwohl er in Sjur Askes Händen wie Ton ist, mit krummem Rücken und ohne jegliche Kapitänsähnlichkeit, lässt er sich vom Betriebsrat der verstorbenen TroJa-Fabriken zu seinem alten Golf geleiten.

Zu dritt schlurfen wir dann in aller Ruhe zu Troels-Jacobsens Eichentür in einem prachtvollen Treppenhaus in der Oscars gate hoch. Sjur Aske ist vielleicht von meiner Anwesenheit nicht gerade entzückt, vielleicht ist die Stirn unter den schwarzen Locken aber auch permanent gerunzelt. Das war sie ja auch unter dem frisch geschnittenen Schopf bei der Ausstellungseröffnung und vor zwei Abenden auf dem Grønlandsleiret. Druck, stelle ich mir vor, von unterschiedlicher Art.

Die Tür ist eine schwere Renaissancekopie, bedeckt von feinen, kleinen, quadratischen Feldern aus reiner Mathematik und ohne prangende Hierarchie. Otto Troels-Jacobsen, der Mann, dem eine Art Imperium genommen worden ist, reicht Sjur Aske mit zitternder Hand zum Aufschließen den Schlüssel.

Sjur Aske kennt sich in dem dunklen Gang aus, behutsam wickelt er den alten Herrn aus seinem dicken Mantel, nimmt ihm Hut und Handschuhe ab und weiß, wohin sie gehören. Er scheint sich für einen früheren Angestellten, ob nun Betriebsrat oder nicht, sehr zu Hause zu fühlen.

Wie die Körpersprache von Kindern kann auch die von alten Menschen bisweilen herzzerreißend direkt sein. Otto Troels-Jacobsens Hände hängen schwer an ihm hinunter, der Kopf senkt sich auf seine Brust, der runde Bauch weist nicht einen Pinselstrich von Übermut mehr auf. Wir könnten ihn jetzt überallhin führen, wenn es nur nicht zu weit wäre.

Sjur Aske führt ihn zu Bett. Aber zuerst ist Zähneputzen und Ähnliches angesagt. Während Sjur die Tür zum Badezimmer offen hält, starrt er mich auffordernd an. »Da ist die Tür«, das verstehe ich auch ohne Worte.

»Die Dame braucht zuerst einen Cognac«, faucht Otto. »Wir sind doch keine Barbaren.«

»Der Lichtschalter ist rechts«, sagt Sjur Aske kurz und nickt zu einer dunklen Türöffnung hinüber. »Die Flaschen stehen im Schrank neben dem Schreibtisch.«

Wenn ich das elektrische Licht, das ohnehin begrenzt ist, ausklammere, dann kommt dieses Zimmer fünfhundert Jahren alter nordeuropäischer Renaissance so nahe, wie das in Frogner überhaupt nur möglich ist. Der dunkle Eichenboden weist strenge geometrische Muster auf. An den Wänden stehen schwere, rechteckige Möbel in Reih und Glied, ganz ohne andere Verzierungen als die verzwickten quadratischen Intarsien. Die hohen Stühle mit vergoldetem Leder oder Petit-point-Stickerei sehen zu unbequem und zu kostbar aus, um darauf Platz zu nehmen. Der Gobelin in seinen gedämpften Grüntönen und mit seinem bleichen Rot ist hoffentlich eine Kopie, wenn auch eine sehr sorgfältig hergestellte. Wenn er echt ist, dann muss die Versicherungssumme allein für dieses Zimmer Furcht erregende Höhen erklimmen.

Vielleicht liegt darin eine Logik; da er mit der Villa keine moderne Zahlenmagie durchführen konnte, hat er doch immerhin diese Wohnung den Erfordernissen einer anderen starken, vernünftigen und mathematikliebenden Epoche anpassen können. Als Sammelobjekte sind die Gegenstände hier vermutlich auch nicht schlecht, so richtig *nichts* ist ihm trotz allem nun doch nicht geblieben. Ich stehe hier als fremde Voyeurin und wünsche mich weit weg.

Sjur Aske stampft in seinen hohen Gummistiefeln durch das Zimmer, schaltet am Schreibtisch eine kleine, goldene Lampe ein, holt eine Kristallkaraffe, füllt ein Glas und trägt es zu einem Tisch bei der Tür.

»Fürs Bett«, sagt er. »So eine Art Teddy für Große.«

Ich höre ihn »schlaf gut« flüstern und schaue auf die Uhr. Es ist halb sieben. Nicht gerade die passende Schlafenszeit, nicht einmal für leicht Erregbare jeglichen Alters. Ida, zum Beispiel, ist jetzt mit Kinderfernsehen beschäftigt.

Sjur Aske bietet mir freundlich die Kristallkaraffe an, als er zurückkommt; breitbeinig steht er in seinen lehmfleckigen Gummistiefeln und seinen abgewetzten Jeans am Schreibtisch, als er mir einschenkt. Dann dreht er sich zu mir um, plötzlich im goldenen Licht, das ihn von unten her anstrahlt, wolfsmager im Gesicht, wie sein Bruder.

»Darf ich dich auch nach Hause fahren, wenn ich einen intus habe?«, fragt er.

»Sicher«, sage ich und gehe davon aus, dass mir für heute genug Polizei über den Weg gelaufen ist. »Und im Notfall kann ich ein Taxi nehmen.«

Er hebt sein kleines, rundbäuchiges Glas und zeigt mir dessen Inhalt. Abgesehen von seinem mageren Gesicht hat er keine große Ähnlichkeit mit seinem Bruder, obwohl das an seinen Haaren liegen kann, die er, anders als sein Bruder, nicht wegrasiert.

»Herr Troels-Jacobsen hat mich gebeten, dich anzurufen«, sage ich. »Und zwar nur dich.«

Er setzt sich an den Schreibtisch, mehrere Meter von mir entfernt, auf einen schönen, unbequemen Renaissancestuhl.

»Ich wusste ja, dass du in Nydalen gearbeitet hast«, sage ich. »Aber nicht, dass ihr euch dort … so nahe gestanden habt.«

»Nein?« Er feuchtet sich die Unterlippe mit Cognac an und sieht Troels-Jacobsen dabei ziemlich ähnlich.

»Aber das haben wir wohl, nehme ich an. Uns nahe gestanden. Er ist alt und einsam. Und ich habe in Nydalen nicht nur gearbeitet, verdammt, ich habe in den letzten Jahren den Laden doch geschmissen!«

Diese rollende Schulterbewegung, die Art, wie er das Kinn hochreißt. Plötzlich steht vor mir der ehrgeizige Gewerkschaftsboss.

»Wir können in dieser Stadt ja nicht nur davon leben, dass wir uns gegenseitig mit E-Mails bedenken, oder? Wir müssen auch etwas produzieren. Andere Dinge als das, was sich Kunst nennt, meine ich.«

Das ist keine Diskussion, auf die ich mich einzulassen brauche. Diese Proklamationen sind nicht für mich berechnet, sie stellen sich einfach ein, automatisch und ziemlich zutreffend, genau wie am Fließband.

»Wie lange kennst du ihn schon?«, frage ich. »Otto?«

Kurzes Lachen. Kein sichtliches Lächeln.

»Mein Leben lang, nehme ich an. Er hatte eigentlich kein Interesse an diesem dreckigen Industriekram, verstehst du, am liebsten hätte er nur ab und zu hereingeschaut, wie eine Art wohlwollender Fürst, und deshalb war er ziemlich abhängig von meinem Vater. Natürlich gab es immer eine Menge Funktionäre und Chefs und so, aber Otto gefiel die Vorstellung vom Familienbetrieb, die erweiterte, meine ich, Gesellschaftsaufbau und Paternalismus.«

»Was du offenbar durchschaut hast.«

»Klar. Es war doch seltsam, dass diese Kulturpersönlichkeit bei uns zu Hause rumhing und Kohlrouladen aß, als wäre er das von seinen Einladungen ins Etoile so gewöhnt.«

»Ein gefühlsmäßiges Loch irgendwo?«

»Ein gefühlsmäßiger Hunger. Vielleicht. Er brauchte es damals wohl.«

»Brauchte was?«, frage ich versuchsweise. »Ganz normales Familienleben?«

Diesmal folgt auf das Lachen ein breites Lächeln.

»Ganz normalen Frost. Sie waren nicht sonderlich liebevoll, die beiden.«

Und jetzt ist er auf der Hut.

»Du hast mit meinem Bruder gesprochen?«

»Ja«, sage ich.

»Du warst auf der Ausstellung? Wo er …«

»Ja.«

»Das war gelogen, wie alles, was aus seinem Mund kommt. Ich weiß nichts über Kunst, ich habe keine Ahnung, ob seine Sachen gut sind, und das interessiert mich auch nicht. Aber Talent ist vermutlich auf irgendeine Weise angeboren. Und mit der Begabung als Lügner kann es doch ähnlich sein. Er hat in seinem Leben noch kaum ein wahres Wort gesagt. Und er hat sich immer schon sehr gut selber in Schwierigkeiten bringen können.«

Und jetzt, mit dem Lichtstreifen über dem Gesicht und den tiefen Höhlen unter den Wangenknochen, hat er wieder Ähnlichkeit mit dem Bruder, den er verabscheut.

»Ich weiß nicht, warum er das macht«, sagt er. »Woher er sie nimmt, diese vielen Lügen. Ich habe seit ... Herrgott, sicher seit mindestens fünfzehn Jahren kein Wort mehr mit ihm gewechselt. Seit dem Tod unseres Vaters. Aber für ihn ist offenbar nichts interessant, so lange es nicht öffentlich gemacht werden, ausgestellt und anderen vorgeführt werden kann. Das dürfte mich eigentlich nicht überraschen, oder? Mit meinen Eltern hat er es genauso gemacht. Aber er hätte sich ja wohl damit begnügen können, sie zu malen.«

»Er hat sich öffentlich über sie geäußert?«

»O ja. Über die entsetzliche Armut, als ob das bei uns etwas Besonderes gewesen wäre, als ob nicht alle ziemlich arm gewesen wären – und das waren doch die meisten, in den Fünfzigerjahren. Und es stimmte ja nicht einmal. Mein Vater hatte Arbeit, wir hatten ein eigenes Haus. In seiner Darstellung sind wir in Lumpen groß geworden. Vater war ein Eisblock, und Mutter war, ich weiß nicht, *verrückt*, weil sie putzen ging oder manchmal vielleicht ein wenig deprimiert war. Was für ein Pisskram!«

Ich sitze einige Meter von ihm entfernt, aber die Luft, die ihn umgibt, trieft vor Verbitterung, er strahlt sie aus, sie legt sich über seine dunkle Umgebung, kriecht auf mich zu. Ist es das, was ihn ausmacht, würde sein Bruder jetzt vielleicht fragen, ist das der Kern in dem Mann, der so spärlich angeleuchtet hinter diesem Schreibtisch sitzt, der nicht ihm gehört? Welche Knochenkombinationen könnten ihn in diesem Fall wiedergeben?

»Er verdient inzwischen doch gut an dieser Armut.«

Ist es das? Ist das der kleine, jämmerliche Kern? Geld?

Dann gähnt er, das beste Signal der Welt für einen Themawechsel. Der Grund, aus dem sich bei unbehaglichen Gesprächen Sauerstoffmangel einstellt, hat sicher mit dem zu tun, was sein Bruder *Klumpen* nennt, aber *dass* es passiert, ist für mich erst mal genug.

»Jetzt schläft er sicher«, sagt Sjur Aske und schaut an mir vorbei, hinüber zur offenen Tür. Gut gegeben. Der Zauberkünstler macht das auch, schaut weg und lenkt die Aufmerksamkeit von seinem kleinen Trick ab.

»Wie ist es eigentlich gekommen«, frage ich, »dass du die Fabrik geleitet hast, wie du sagst?«

»Ich kannte mich dort aus, verstehst du. Ich hatte fast immer dort gearbeitet. Deshalb.«

»Aber es lief nicht gut, wenn ich das richtig verstanden habe, so gegen Ende?«

Das, was jetzt wachsam über sein Gesicht huscht, dieser doppelte Wunsch: darüber zu reden und den Mund zu halten, Ambivalenz, begegnet mir fast jeden Tag.

»Leute, die an den Papieren sitzen«, sagt er mürrisch, »können fast alles so aussehen lassen, wie sie das wünschen. So schlecht ist es nicht gelaufen, aber es stimmt sicher, mit größeren Investitionen hätten wir auch einen größeren Überschuss erzielen können. Und die sollte dieser kleine Prinz besorgen. Investitionen.«

»Der kleine Prinz?«

»Martin Andersen. Mr. Risikosport.«

»Hast du ihn gekannt?«

»Ich bin ihm natürlich begegnet. In Nydalen. Hin und wieder ist er dort aufgetaucht.«

»Welchen Risikosport hat er betrieben?«

»Alles Mögliche, glaube ich, was ihm einen Kick verpassen und ihn als richtigen Macho dastehen lassen konnte. Drachenfliegen, Wildwasserkanu. Wenn es nur *ausgefallen* war.«

»Das klingt nicht so, als ob du ihn sehr sympathisch gefunden hättest.«

»Dazu hatte ich keinen Grund. Und ich habe ja auch Recht behalten. Aber ich dachte nicht …«

»Du dachtest nicht was?«

»Man soll über Tote nichts Schlechtes sagen. Aber wenn er

sich wirklich um Ottos Interessen kümmern sollte, dann hat er keine gute Arbeit geleistet. Könnte man sagen.«

Dann lacht er.

»Ich habe Otto nie so wütend gesehen wie nach der letzten Aufsichtsratssitzung. Ich rechnete schon mit einem Herzanfall. Aber dann hat er doch überlebt.«

»Was ist bei dieser Aufsichtsratssitzung passiert?«

»Roll hatte plötzlich die Mehrheit. Das kam … überraschend.«

Neues, kurzes Lachen.

»Warst du nicht auch wütend? Ich meine, die Demos und …«

»Natürlich war ich wütend. Aber ich habe es nicht so *persönlich* genommen. Sie ist nicht meine Tochter. Oder Schwester, das wäre sie dann ja wohl.«

Die kleine, glänzend braune Kugel wird an den Mund gehoben, der restliche Cognac wird zu einem Schluck, der ein kleines Zittern durch ihn hindurchjagt. Er legt die Hände auf die Tischplatte, sie sind schmal und zeigen bläuliche, hervorstehende Adern, die sich winden wie magere Schlangen.

Er erhebt sich halbwegs.

»Woher kanntest du Ingeborg Dahl?«, frage ich.

»Wer ist das?«

»Die Tote in Ottos Garten«, sage ich.

»Ach so. Ich habe leider keine Ahnung, wer sie war. Ist sie denn nicht an einer Überdosis …?«

»Sie ist erwürgt worden«, sage ich.

Seine Hände liegen ausgestreckt auf der mit Leder überzogenen Schreibplatte, sein Körper ist leicht vornüber gebeugt, wie zum Sprung.

»Und sie war auf der Demo, oder nicht?«

»Das kann sein. Da waren so viele, sehr unterschiedliche Leute.«

Unterschiedlich vielleicht, denke ich, aber so schrecklich viele waren das nicht.

»Gehen wir?«

Das ist keine Frage. Sondern ein Befehl.

»Du müsstest dich eigentlich als Zeuge melden«, sage ich.

»Als Zeuge?«

»Du bist auf dem Grønlandsleiret an mir vorbeigekommen, weißt du das nicht mehr?«

»Nein«, sagt er. »Wann war das denn?«

»An dem Abend, ehe Ingeborg Dahl vermisst gemeldet wurde«, sage ich. »An dem Abend, an dem sie verschwunden ist. Oder gestorben. Sie hat dort gewohnt. Warst du nicht zu ihr unterwegs?«

»Zu ihr unterwegs? Warum in aller Welt hätte ich zu ihr unterwegs sein sollen? Du hast mich sicher verwechselt.«

Er knipst das Licht aus. Bei der Tür brennt eine kleine Lampe, sie reicht nicht bis zu uns, uns erreicht nur das schwindende Licht der Fenster, der begrenzte Widerschein der unveränderlichen, edlen Stille der Oscars gate.

Auf dem Tischchen unter dem Spiegel in der Diele steht ein Cognacglas mit einer letzten Neige. Ottos? Hat der alte Mann es dort hingestellt, um direkt ins Bett zu stapfen, oder hat er hinter der Wohnzimmertür gestanden und gelauscht? Die Schlafzimmertür ist geschlossen, dahinter schläft er oder liegt wach. Sjur Aske ignoriert das Glas sehr souverän und hält mir die Wohnungstür auf.

Falls wir nicht sehen sollen, dass der alte Herr gehorcht hat, denke ich, dann war es dumm von ihm, das Glas hier abzustellen. Aber Otto Troels-Jacobsen macht nun wirklich keinen dummen Eindruck.

Sjur Askes alter Golf steht zwischen zwei übergroßen Familienwagen; heutzutage bekommen sie wieder fünf Kinder, habe ich gehört, in bestimmten Stadtteilen, aber vielleicht weiter westlich als hier.

»Wohin willst du?«, frage ich, als ich neben ihm auf dem Beifahrersitz Platz genommen habe. »Wäre Grünerløkka ein Umweg für dich?«

»Ich will nach Hause.«

Sein Profil zeichnet sich scharf und dunkel links neben mir ab, die Locken sehen über seiner Stirn spitz und schwarz wie Hörner aus.

»Nach Maridalen. Das ist eigentlich kein Umweg.«

Während der Fahrt redet er kaum mit mir, und ich weiß ja auch nicht, ob er in Otto Troels-Jacobsens Renaissancewohnzimmer wirklich mit mir gesprochen hat.

»Was machst du jetzt?«, frage ich, als wir am Alexander Kiellands plass auf grünes Licht warten. »Wo die Fabrik stillgelegt worden ist.«

»Mich umorientieren«, sagt Sjur Aske mit hartem, kurzem Lachen. »Ist das jetzt nicht angesagt?«

19

Die Geschichte ist lang und kompliziert, obwohl sie vor allem von Hamburgern und dem dazugehörigen Kram handelt. Sie interessiert mich auch nicht weiter, trotzdem höre ich hingerissen zu. Denn sie wird mir ja serviert, mir wird der lange und stockende Bericht über Hamburger und Kram und die Kaskaden von Erlebnissen und intensiver vierjähriger Liebe, die sich dabei einstellen können, hingebungsvoll serviert.

Und da ich es brauche, da ich dieses beruhigende Gefühl brauche, die Gewissheit, dass es noch immer unglaublich wichtig ist, dass ich an ihren großartigen Erfahrungen teilhabe, lasse ich sie ein wenig länger plappern, als richtig wäre. Was bedeutet, dass sie noch mit der Zahnbürste im Mund weitersprudelt.

Aber das bedeutet vielleicht auch, dass sie davon träumt. Die Hamburgerträume gönne ich ihr. Der Kram ist knallbunt und auf ihrem Nachttisch aufgestellt, das Glück der *Dinge* ist mannigfaltig, hier ein Renaissanceschrank, dort ein Plastikdings.

Benny steht mitten im Zimmer, hält den Telefonhörer weit von sich ab, nickt stumm zu ihm hinüber und will abgelöst weden.

»Dieser Arsch«, sagt Bella, als ich übernehme. »Er hat sich verpisst.«

»Aske?«, frage ich.

»Nein, zum Kranich. Roll natürlich. Hat sich in seinem Turm in London oder auf einem privaten Inselchen verkrochen, was weiß ich. Und wer, glaubst du, muss die irrsinnige

Meute bezwingen? Muttern«, faucht sie. »Bella, wie immer allein gegen Kriminal- und Kulturjournalisten. Igi, Herzchen, kann dieser Pervo das *arrangiert* haben?«

»Roll?«

»*Vater*, Süße. Ich meine, eine kleine rauschgiftsüchtige Leiche im Garten, das würde sich morgen doch ganz toll machen, oder?«

»Bella, erstens war sie nicht rauschgiftsüchtig. Und sie ist nicht nur eine Leiche, sie ist außerdem ermordet worden. Meinst du wirklich, dein Vater würde so etwas arrangieren, um euch euer kleines Event zu versauen?«

»Das wäre vielleicht ein wenig drastisch.« Bella denkt nach oder hält einfach nur den Mund, um sich eine Superleichte anzuzünden. »Aber bei dem weiß man ja nie«, sagt sie dann. »Vater ist schrecklich nachtragend. Igi, die haben hier vor dem Haus die Straße besetzt, ich meine, normalerweise kriegt man Kulturjournalisten mit einem Schuss echten Alkohols in den Griff, aber bei denen nützt das gar nichts. Vielleicht sollte ich Rita auf sie hetzen?«

»Tu das«, sage ich.

Bella setzt ihre Tirade mit einem ständig steigenden Gehalt an Schmähungen fort, und das beruhigt mich ein bisschen, vertraut, wie sie mir sind. Natürlich hat ihr Wortstrom trotzdem etwas Beunruhigendes, und deshalb falle ich ihr ins Wort.

»Mit deinem Vater ist alles in Ordnung«, sage ich. »Den Umständen angemessen, meine ich.«

»Der Mann ist bekanntlich unsterblich«, murmelt sie, aber danach fehlt ihr das Bedürfnis weiterzureden. Vielleicht hat sie ja deshalb angerufen.

»Sie hat nicht ganz Unrecht«, sagt Benny später. »Das kann aussehen wie ein gegen Roll gerichteter Sabotageakt.«

»Ganz schön drastische Sabotage«, sage ich, »um Bella zu zitieren. Oder waren das vielleicht zwei Morde, um ... um was zu erreichen?«

Benny füttert die Wohnzimmerpflanzen mit etwas, das ich für Dörrfisch halte, und summt ihnen leise Variationen auf David Bowie vor. Sie hören sich irgendwie krank an, sind aber besser als die Räuberbraut, die er nur für Ida singen darf, obwohl er behauptet, dass die Blumen auch dieses Lied lieben.

»Um Roll dafür zu bestrafen, dass er sich TroJa unter den Nagel gerissen hat«, sage ich dann. »Aber wäre es dann nicht sinnvoller, ihn selber abzumurksen?«

»Natürlich«, murmelt Benny. »Werd nicht ganz wie Bella, bitte. Außerdem ist Roll schwer zu kriegen, stelle ich mir vor. Glasturm, Hubschrauber, private Inselchen.«

»Und dahinter soll ein Mann von achtzig Jahren stecken?«

»Tja, oder sonst jemand, der Roll nicht besonders schätzt.«

Sjur Aske, zum Beispiel.

»Als Theorie«, sagt Benny jetzt, »ist das auch nicht verrückter als die Idee, Aske könnte es gewesen sein. Ist dir übrigens aufgefallen, dass die süßen kleinen Fotos verschwunden sind?«

»Die waren nicht süß, und sie sind bei Bella«, sage ich. »Alles schaffen sie wohl nicht.«

»Moi«, sagt Benny und zupft tote Blätter von der Kaffeepflanze. »Taten, weißt du. Glaubst du, es ist sinnvoll, an die *Moral* irgendeines Redakteurs zu appellieren?«

Sein Rücken ist sehr schön, wie er da vor dem Fenster steht, und dass ich nicht so recht an seine Moraltheorie glaube, spielt keine Rolle. Ich bin müde, ich liege auf dem Sofa, und ich habe ihn sehr lieb. Ob es nun an Bennys Appell liegt, oder ob ganz allgemeine Sachlichkeitsabwägungen Bente von den Zeitungsseiten entfernt haben – ich gönne es ihm und ihr. Und auch Ida. Obwohl ich schon ahne, dass es morgen einigen schwer fallen wird, die Finger von Bentes Foto zu lassen.

»Einen Schluck Tee?«, fragt er.

»Ja, danke.«

Das Manuskript liegt auf dem Couchtisch vor dem Sofa und wäre schon weggeräumt worden, wenn Bente vorbeigeschaut hätte. Benny ist nicht so chaotisch wie ich, aber auch nicht so symmetriefixiert und pingelig wie Bente.

»Streng vertraulich«, steht auf dem obersten Bogen. »Darf keinesfalls Unbefugten gezeigt werden.«

Die an die hundert Blätter machen das Manuskript der entstehenden Aske-Biografie aus. Hier und dort hat die Autorin kleine goldene Zettel auf die Seiten geklebt, um mitzuteilen, welche Bilder sie sich als Illustration zum Text wünscht. Benny hat einige von ihnen angekreuzt, hat okay dazugeschrieben, zweimal hat er große Fragezeichen gemalt, und einmal steht dort einfach »Trottel!«.

Es ist keine Biografie im herkömmlichen Sinn, auch für Aske gilt: Echte Biografien gibt es erst nach dem Tod. Der Text besteht teilweise aus der überwältigenden und kompliziert beschriebenen Begeisterung für alles, was Aske auch nur angerührt hat, und teilweise aus langen, scheinbar unredigierten Interviews mit Aske selber.

Da noch keine Bilder vorhanden sind, ist das Manuskript als Schlafmittel durchaus geeignet: Aske huldigt seinem eigenen Status als Autodidakt und verbreitet sich über die zerstörerischen Folgen jeglicher Art von Ausbildung. Auf Seite 29 bezeichnet er Otto Troels-Jacobsen als »falsch«, auch über seine Kollegen hat er nicht viel Gutes zu sagen, was jedoch keine Überraschung bedeutet.

»Findest du da etwas Spannendes?«, fragt Benny, als er den Tee bringt, den ein verwirrter und homöopathisch interessierter Freund ihm empfohlen hat. »Ich hab nur hier und da mal einen Abschnitt gelesen.«

»Er muss zugeben, steht hier, dass Francis Bacon ein ›tüchtiger Maler‹ war.«

»Meine Güte«, sagt Benny.

»Und dass Giacometti ›an und für sich die richtige Richtung gefunden hatte‹.«

»Ach was«, sagt Benny. »Wie peinlich.«

Was es natürlich auch ist.

»Hast du gewusst, dass er früher Seemann war?«, frage ich nach einer Weile.

»Na ja«, sagt Benny. »Drei Monate oder so. Aber in der Zeit hat er es immerhin nach Amsterdam geschafft und sich mit Drogen voll gestopft.«

»Das steht hier auch«, sage ich. »Bist du sicher, dass gekochtes Gras wirklich gesund ist? Ein kleiner Espresso wäre doch auch nicht schlecht.«

Ich ignoriere seinen vorwurfsvollen Blick und blättere rasch über einige Jahre als Straßenkünstler und vor allem Taschendieb in Paris hinweg.

»Bist du schon beim *Zwerg* angekommen?«, fragt Benny, als er den Kaffee bringt.

»Ja.«

»Ist das nicht fantastisch?«

»Das mit dem Zwerg? Doch.«

Aber erst ein ganzes Stück später werde ich dann wirklich wach. Das kann am Kaffee liegen, es kann an meiner Arbeit liegen, aber das kann doch nicht alles sein. Askes *Kindheit* erscheint hier als sehr viel sensationeller als sein Erwachsenenleben, Ruhm und Zwergen zum Trotz.

Das gehört zu den Dingen, die manche unter meinen Patienten nur mit Mühe glauben können: meine ungeheure Bewunderung für die Tatsache, dass sie immerhin aufrecht stehen. Natürlich gibt es auch solche, die von solcher Bewunderung selber nur so strotzen, und ihre sehr oberflächliche Selbstliebe soll vor allem ihre tiefe Verachtung aller anderen tarnen. Aber in der Regel ist es umgekehrt: Die mühselig vorgetragenen Berichte über Kaskaden von Erniedrigungen und Vernachlässigungen erzählen vor allem von einem Lebenswillen, den die Überlebenden selber nicht sehen oder dem sie keinen besonderen Respekt entgegenbringen.

»Wird es auf die Dauer nicht langweilig?«, fragt Benny ab und zu, wenn ich von der Arbeit komme. »Diese vielen Klagen?«

Ja – schon. Aber die höchst eigenen und findigen Überlebensstrategien, die ich von meinen Patienten lernen kann, gleichen die tägliche Langeweile aus. Hier ein Apfelbaum, der eine Freistätte bot, dort eine riesige Tafel Schokolade zum süßen Genuss – Goldfunken zur Erhaltung eines Lebens und einer Welt. In der Regel werden der Apfelbaum Flucht und die Schokolade Trost genannt und beide einer erbarmungslosen Verachtung ausgesetzt. Als wäre es ein Ziel, ohne Flucht und ohne Trost ab und zu leben zu können.

Deshalb kommt es nicht überraschend, dass in Askes Kindheitsschilderung die Goldfunken fehlen: Goldfunken sind zumeist das wirkliche Geheimnis, und eine feine Vernunft sorgt dafür, sie gut zu verstecken, denn sie dürfen auf keinen Fall gestohlen werden. Irgendwo in dieser überwältigenden Armut existieren sie und sind verbunden mit allen Knochenresten und gezackten Tannen, mit denen er sich umgibt, doch natürlich sind Zacken und Knochen besser zu sehen.

Bestrafungsmethoden. Stille. Das leere Gesicht des Vaters. Die abrupten, unkontrollierbaren Stimmungsschwankungen dieser monströsen Mutter, die feuchten, unsicheren Hände, die so angenehm sein konnten, danach die Brutalität im Keller, in der Scheune, wo die tote *Katze* lag. Dieser offenbar ausgeklügelte, vielleicht geplante Terror, der vielleicht über lange Zeit hindurch in ihrem Gemüt herangezüchtet worden war und sich dann über ihn ergoss. Ohne je ein Ende zu nehmen, bis sie – gnädig, segensreich – es für gut befand, damit aufzuhören.

Natürlich suchte er nach dem Schlüssel, nach diesem immer ausweichenden *Etwas*, das allem ein Ende machen, es verhindern konnte. Nach einem Wort, einer Geste oder einem Gedanken. Doch er fand nichts, denn er war ein Kind und sehr wehrlos. Auch Folteropfer werden davon gequält: vom intensiven Drang nach dem, was der Brutalität, den Schmerzen ein Ende setzen kann. Auch das tut unser Überlebensinstinkt uns an, er verlangt, dass wir verhindern, zum ohnmächtigen Opfer zu werden.

Das ist die endgültige Erbarmungslosigkeit, der Glaube des Bewusstseins an die eigene Überlegenheit. Wenn ich nur endlich die richtige *Erklärung* finde, wird mir nichts Schlimmes mehr passieren. Die Welt bricht jedes Mal in Stücke, wenn das nicht geschieht. Aber natürlich gibt es keine Religion, keine Ideologie, keinen kühlen technologischen Fortschritt, die nicht auf dieser Forderung, auf dieser Vorstellung beruhten: dem Traum vom Aufhören des Schmerzes.

Doch der Schmerz hört nicht auf einer einzigen der acht säuberlich ausgedruckten Seiten auf, auf denen Aske sich in seinem Elternhaus aufhält. Er ist messerscharf, ungeheuerlich und anspruchsvoll: Sieh mich an, sagt er. Glaubst du etwa, du könntest dich vor mir verstecken? Und dass ich dich dann nicht finde?

Neben dieser Stummheit der Seele, die sich immer bei der Begegnung mit solchen Berichten einstellt, bohrt in mir noch eine andere Unruhe, als ich das Manuskript zur Seite lege. Das liegt jedoch nicht an dieser scharfen Kollision der Welten: an einer entsetzlichen Kindheit auf den A4-Blättern und einem Benny, der sich freundlich und ein wenig planlos im Wohnzimmer zu schaffen macht. Er knipst hier eine Lampe aus, faltet dort eine Zeitung zusammen, bringt Teekanne und Tassen in die Küche, wo sie hingehören, wenn der Abend zu Ende ist und die Nacht heraufzieht. Er sorgt, friedlich und notwendig, für Ordnung, und wenn er damit einen Abgrund aussperren will, macht das seine bescheidenen Rituale nicht weniger notwendig. Meine hart gespannte Saite aus Unruhe liegt nicht an Schwindligkeit oder einem wirklichen Sprung in andere Universen.

Sondern daran: Aske hat genau die Vergangenheit, die ich bei einem gequälten, lebensgefährlichen menschlichen Raubtier nun einmal erwarte.

Auch wenn sein Bruder das alles als Lügen bezeichnet.

»Nimm mich in den Arm«, sage ich später, irgendwann in der Dunkelheit, »tröste mich.«

So wird seit fast einem Jahrhundert das Verhältnis zwischen Sexualität und Grausamkeit gedeutet: als versteckter Todes- und Tötungstrieb, da wir Trost so verachten, den körperlichen wie den seelischen.

20

Um meine Beine windet sich eine Schlange. Sie wickelt sich an meinen Beinen hoch, ruht schwer und schweißnass an meiner Haut, und ich will mich davon befreien, sie soll fort aus diesem verwickelten Bettzeug, in dem sie sich versteckt hat, fort von meinem Körper. Die Schlange schiebt ihr feuchtes Maul in meine Kniekehlen und *kitzelt* mich, und irgendwo in meinem verschlafenen Gehirn registriere ich mit wachsender Panik, dass sie mit etwas, bei dem es sich um Schlangenkrallen handeln muss, an meinen Oberschenkeln kratzt.

Ich will mich schon mit panischem Ummichschlagen von ihr befreien, als mir einfällt, dass Schlangen keine Krallen haben und dass meine Tochter, die lustig auf mir herumreitet, keine Schlange ist und es ihrer Ansicht auch nicht mit meinen Beinen zu tun hat, sondern mit einem gerade passend gewachsenen Pony, das sich zufällig unter meine Bettdecke verirrt hat.

Sie ist hingerissen, natürlich, hat rote Flecken auf den Wangen und ziemlich sicher auch ein frühes sexuelles Erlebnis, als sie da rittlings auf meinen Knien sitzend durch die Prärie galoppiert. Solche Erlebnisse dürfen vernünftige Eltern unter keinen Umständen stören; außerdem bin ich zu müde dazu, und außerdem sollte ich vermutlich dafür dankbar sein, dass ich nicht durch eine Ohrfeige irgendein entsetzliches Trauma bei ihr hervorgerufen habe.

»Iiiih«, wiehert sie. »Iiih!«

»War es schön für *dich*?«, murmele ich ins Kissen.

»Was hast du gesagt«, fragt Ida interessiert.

»Nichts«, erwidere ich. Und das ist bekanntlich die einzige Antwort, die kein Kind, egal welchen Alters, akzeptiert. Und Ida tut das auch nicht. Sie schlägt mich. Kraftlose Fäustchen fallen auf das Kissen und richten keinen Schaden an.

»Blöde«, faucht sie. »Blöde, Blöde, Blöde.« Danach will sie nicht mehr in meinen Arm, sie befreit sich aus der Umarmung der Blöden und stürzt aus dem Schlafzimmer, zu dem niemals ebenso blöden Papa. Die Blöde selber flieht unter die Dusche. Peinliche Geständnisse: Auch der Schlag der Kraftlosen tut weh, wenn Haut oder Seele bereits wund sind.

Als ich mich später abtrockne, kann ich aus dem Wohnzimmer ihr Lachen hören, heiser, wild, in dünnen Fäden schlängelt es sich zur Decke hoch.

Aber es ist nicht der Papa, der sie zum Lachen bringt. Im Wohnzimmer hockt Aske und zwischen seinen Beinen steht Ida, schlägt mit ihrem Kopf gegen sein Kinn und lacht ihr dünnes Mädchenlachen.

Er sieht grausig aus, bleich und klapperdürr, und sein Lächeln kommt mir eher vor wie ein Zähneknirschen.

Death and the Maiden, hübsch ausgestellt vor unserem Sonntagmorgen-Wohnzimmerfenster, und ich habe keinen Grund zur Furcht, meine Tochter steht aufrecht zwischen den Beinen eines Bekannten und ich winke auch, beteilige mich am allgemeinen Grimassenwettbewerb, stülpe die Lippen zu dem grausigen Affengrinsen, für das ich berühmt bin, und das Messer in meinem Bauch ist die pure mütterliche Hysterie. Natürlich haben sie Ähnlichkeit mit *Satyr frisst seine Kinder* und mit *Hommage à Helena*, aber die Welt besteht nicht aus Bildern und Assoziationen, sie besteht aus Sonntagmorgen, und wo zum Teufel steckt Benny?

»Ich habe die Gelegenheit genutzt«, sagt Aske, »um mich in der Nacht wegzuschleichen. Kein Fotograf hat Bock, die ganze Nacht auf der Straße herumzustehen, das wissen wir ja, und deshalb bin ich gegen fünf in die Werkstatt gefahren. Dahin wird nie jemand eingeladen, deshalb wissen sie die Adresse nicht. Wir müssen uns im Leben doch einige kleine Freistätten gönnen, nicht wahr?«

Seine pergamentweißen Hände ruhen auf Idas Hüften, ihre kleinen molligen Fäuste kommen mit kindlicher Intimität zwischen seinen Oberschenkeln zur Ruhe. Wir lachen. Benny taucht aus der Küche auf und hat Frühstück gemacht. Ich ersinne einen häuslichen Grund und ziehe ihn mit mir dorthin zurück.

»Was will der hier?«, flüstere ich.

»Ich weiß nicht so recht«, flüstert Benny. »Er stand vor der Tür, als du unter der Dusche warst, und da musste ich ihn doch hereinbitten. Vielleicht hat er Hunger?«

Ida hat von Karsten eine Art Mordmaschine bekommen, einen Actionmann mit schwellenden Muskeln und einer riesigen Laserkanone, mit dem sie jetzt in die Küche wirbelt. Die Puppe in der Puppe, Ida mit einem lebensgefährlichen Männlein in den Händen. Gemeinsam feuern sie los.

»Peng«, sagt Aske, der ihr gefolgt ist. »Wieso sind Kinder eigentlich so wild auf Waffen? Warum wollen sie unbedingt so tun, als brächten sie andere um?«

»Sie sind sehr klein«, sagt Benny. »Vielleicht würde ich mir auch eine Waffe suchen, wenn ich siebzig Zentimeter kleiner wäre als alle anderen in meiner Nähe.«

Ida mordet offenbar wild vor sich hin.

Aske sieht natürlich immer ausgehungert aus, aber er möchte nur Kaffee. Er sitzt unbequem, auf der Kante seines Küchenstuhls, und raucht eine nach der anderen; während wir essen, fährt er sich in regelmäßigen Abständen mit seiner knochigen Hand durch die Haare. Er hat die ganze Nacht gearbeitet, sagt er, aber viel ist nicht dabei herausgekommen, es gibt so viele Störungen.

»Diese vielen *Unannehmlichkeiten*«, sagt er und starrt Idas über die Cornflakeschale gebeugten Kopf an. Benny nickt. Er trägt ein schlaffes T-Shirt und ist unrasiert. Er sieht nicht so aus, als habe er jemals irgendwelche Sexspiele gelernt, ganz zu schweigen davon, solche zu vermitteln. Ich selber sehe vermutlich ängstlich aus, ängstlich oder gestresst oder beides.

»Wir sind ja eine trübe Sonntagsbande«, sage ich. »Die Einzige, in der Leben steckt, ist Ida.«

»Und die will nur andere abknallen«, sagt Benny.

Worauf Aske lacht. Laut und abgehackt. Sein Lachen geht in Husten über, zwar nicht in einen schrecklich scheußlichen, wenn ich nach meinen psychiatrischen Erfahrungen gehe, doch er ist scheußlich genug.

»Solltest du nicht eine Runde schlafen?«, fragt Benny. »Wenn du die ganze Nacht gearbeitet hast, meine ich.«

»Ich kann nicht«, sagt Aske. »Noch nicht. Das hat mit dem Rhythmus zu tun. Schlaf gehört zu den Dingen, die wir im richtigen Moment einfangen müssen. Wie auch einzelne andere wichtige Dinge.«

Er steckt sich noch eine Zigarette an und nimmt sich neuen Kaffee.

»Bella hat mich gestern angerufen«, sagt er. »Sie hat erzählt, dass ...«

»Nicht jetzt«, falle ich ihm ins Wort und nicke zu Ida hinüber. Er braucht einige Sekunden, um das zu verstehen.

»Natürlich«, sagt er. »Natürlich. Aber was macht ihr eigentlich sonntags, was macht Ida sonntags?«

»Spazieren gehen«, sagt Ida. »Ich und Papa gehen spazieren.«

Aske und ich dürfen uns allergnädigsterweise anschließen.

Auch er ist ein verirrter Wasservogel unter den feschen, halb sportlich gekleideten Promenadenfamilien von Bygdøy. Lang und schlaksig und gehüllt in einen viel zu weiten, flatternden Mantel. Das ist ja interessant, sagt er, wie um sich selber davon zu überzeugen, das ist ja wirklich interessant, dass so viele Menschen hier spazieren gehen. Als Herde, gewissermaßen. Die Herde ist nicht überwältigend, dazu ist es noch zu früh, aber in einer Stunde oder so wird sich hier alles stauen.

Jemand erkennt ihn, wendet sich im Vorübergehen ab und dreht sich dann um, um zu starren. Ich weiß nicht so recht, ob ihm das auffällt, er verhält sich ohnehin nicht weiter diskret, redet laut und zeichnet mit den Händen riesige Kreise in die Luft, während wir durch den kargen, laubarmen Wald hinter Kongsgården gehen.

Wenn er wirklich den Fotografen entgehen will, denke ich, dann ist das hier ein schlechtes Versteck. In den eleganten Windjacken, die uns umgeben, herrscht vermutlich kein Mangel an Mobiltelefonen. Was wäre das für ein Motiv, denke ich, die Mördertherapeutin, Bente mit den Sexspielen und Knochen-Aske auf Tour, zusammen mit einem hübschen kleinen Kind.

»Ist das eigentlich eine gute Idee?«, murmele ich Benny zu, als eine Frau mit obligatorischen grünen Samtkniehosen und dem Standardhund des Westends, einem sabbernden Setter, an uns vorüberkommt und starrt.

»Gute Idee«, sagt er, »es ist Sonntag. Meinst du, es wäre eine gute Idee, mit ihm in eine Galerie zu gehen?«

Über uns wölbt sich ein schwindelnd blauer Glashimmel. Ida versetzt dem Laub Tritte und heult, rennt wie ein Hundebaby zwischen den einige ungefährliche Meter vom Weg entfernten Bäumen herum; Benny, der die Regeln dieses Spiels kennt, nimmt die Verfolgung auf.

»Jetzt hab ich dich gleich!«, ruft er. Zwischen den Bäumen. Über den verräterischen Waldboden, wo es Wurzeln und trockene Zweige zum Stolpern gibt, und seltsame verzerrte Schatten plötzlich und unerwartet auftauchen und Angst machen. Das kleine Mädchen und der große Mann und ihr glückliches, ängstliches Geschrei. Ziemlich sicher planen sie etwas, Flucht und Lust und Umarmungen und das Wissen um Gefahren zwischen hohen, schwarzstämmigen Bäumen.

»Nein, nein«, keucht sie und meint, dass er ihr noch weiter gerade genügend Angst einjagen soll. Nein, wenn sie ja meint. Und ab und zu auch, wenn sie nein meint. Benny kennt den Unterschied genau, und deshalb gibt es Pausen und ausgelassenes Lachen, ehe die Verfolgungsjagd weitergeht. Vielleicht gibt es dabei einen Rhythmus. Aske lässt die beiden nicht aus den Augen.

»Bella hat gesagt …«, fängt er an. »Sie hat von dieser Frau erzählt. Im Garten. War das ekelhaft?«

»Eher beängstigend«, sage ich. »Oder nein. Auch das nicht. Es war traurig. Empörend. Als sei sie erniedrigt worden. Als erniedrigte ich sie, indem ich sie sehe.«

»Oder als habe sie dich erniedrigt, indem sie sich von dir sehen ließ? Warst du nicht auch ein bisschen wütend?«

»Sie war tot«, sage ich.

»Und hat dir trotzdem einen Haufen Ärger gemacht. Meinst du, das ist immer so, dass der Tod erniedrigend ist?«

Sie hat über ihn gesprochen. Hat viel an ihn gedacht. Hat ihn gehasst. Ich will sie an einem Sonntagvormittag in diesem zivilisierten Wald nicht als Abstraktion haben.

»Sie hieß Ingeborg Dahl«, sage ich. »Wir haben neulich über sie gesprochen. Der ›Fall Helena‹ und ›Hommage‹. Warum hast du dieses Bild eigentlich gemalt?«

»Es geht um Unschuld, weißt du«, sagt er. »Unschuld hat etwas schrecklich Provozierendes. Niemand mag das zugeben, aber es ist so. Wegen dieses Bildes hat es eine Menge Ärger gegeben. Die Leute ärgern sich über so viele seltsame Dinge. Als sei es *geschmacklos*, die einfachsten Zusammenhänge darzustellen. Es gibt auch solche, die es schön finden. Das Bild, meine ich.«

Da hat er natürlich Recht. Natürlich hat das Bild eine aufdringliche, schmerzhafte Schönheit. Außerdem ist es mitten in der intensiven Aufmerksamkeit gelandet, die der Fall aufgewirbelt hat, und hat ihn mit einem Schlag berühmt gemacht.

»Ingeborg Dahl hielt dich für den Mörder ihrer Tochter«, sage ich.

Und er lacht, Ein kurzes, hartes, bitteres Lachen.

»Das ist ja immerhin originell«, sagt er, noch immer lächelnd. »Ich will ja nicht unhöflich sein, aber vielleicht bin ich das trotzdem – es ist eine wirklich blödsinnige Verbindung. Du weißt schon, die zwischen Leben und Arbeit. Wenn ich ein so entsetzliches Verbrechen begangen hätte, würde ich es doch nicht auch noch malen.«

Das ist bestenfalls ein billiges Argument, aber ich kann ihn nicht mehr fragen, ob er es wirklich geschafft hätte, es nicht zu malen oder zu filmen, wenn er es getan hätte.

»Bella sagt, sie ist erwürgt worden«, sagt Aske. »Stimmt das?«

Es kann sich um schnöde *widerwärtige Neugier* handeln, aber wenn nicht, worum dann? Um Leben und Werk? Den Bedarf an Erzählungen, an Information, wie bei Edevart Riel?

»Ich glaube schon«, sage ich. »Sie wurde entweder im Garten oder an einem anderen Ort erwürgt. Letzteres ist wahrscheinlicher, obwohl Troels-Jacobsen sicher nicht viel unten war.«

Aber er hat mich dazu aufgefordert, mir seine Haukeland-Skulptur anzusehen, denke ich.

»Du kennst ihn doch seit deiner Kindheit«, sage ich. »Was glaubst du, wie wütend Troels-Jacobsen über den Verlust von TroJa ist?«

Wieder dieses kurze Lachen. Jetzt lauter, so laut, dass er die Aufmerksamkeit der kleinen Schlange vor der Waffelbude in der Paradisbucht erregt.

»Danach musst du meinen Bruder fragen«, sagt er. »Obwohl Otto sehr wütend werden kann, wenn ich das richtig in Erinnerung habe, wenn er einen Grund dazu hat. Ich habe ihn schreien hören. Er ist kein feiner Mann, auch wenn er so tut. Weißt du, dass er nie etwas von mir gekauft hat? Dumm, kann man sagen, oder boshaft. Aber man kommt auch ohne ihn zurecht. Wenn man will.«

»Wann hat er dich denn angeschrien?«

»Das ist lange her. Es spielt keine Rolle mehr.«

Er schlendert vor mir her zum Wasser. Ida stolpert über die Felsen auf uns zu und kann uns Muscheln zeigen.

»Etwas hat in ihm gewohnt«, sagt Aske, der Knochenpräparator. »Eine seltsame Art von Tier. Ganz weich und klumpig.«

»Wo ist das Tier jetzt?«, fragt Ida.

»Es ist weitergezogen«, sagt er mit demselben Ernst wie sie.

»Dann hat es keine Schale mehr.«

»Nein.«

»Was macht das Tier denn jetzt?«, fragt sie, und eine dicke kleine Faust ruht immer noch in seiner.

»Tja. Schwimmt vielleicht im Meer herum, ganz nackt. Das hört sich doch nicht so schlimm an?«

Benny hat eine Wolldecke und eine Thermoskanne mit Tee dabei, wir sitzen unbequem auf dem steinigen Felsen und schauen hinüber nach Fornebu und in eine kühle Sonne. Wir sehen aus wie die anderen kleinen Gruppen hier, ein Paar mit Kind und einem Hausfreund, der in der Samstagnacht zu wenig geschlafen hat. Auf dem anderen Ufer der Bucht wird ein Einmalgrill angeworfen.

Ida wirft versuchsweise mit Steinen nach einer Ente, was verboten wird, danach widmet sie sich wieder legalen Tätigkeiten, und dabei hat sie die schmalen Augen, die berichten, dass sie den wahren Sinn von Steinen noch nicht vergessen hat.

»Ich habe einige ältere Arbeiten von dir gefunden«, sagt Benny. »Genauer gesagt, Igi hat ihren Besitzer getroffen, einen Golftypen namens Mittelthon. Die Bilder hängen an einer versnobten Wohnzimmerwand und sehen ein wenig sonderbar aus, aber er hegt und pflegt sie, und die Aufnahmen sind gut geworden. Das eine heißt ›Daheim‹ und lässt sich sicher verwenden. Das andere war ein Porträt. Aber das interessiert uns wohl nicht?«

Das mag Aske nicht hören. Sein Oberkörper zuckt zurück und seine langen Arme verschränken sich über dem Bauch.

»Deshalb bin ich gekommen«, sagt er. »Es wird keine Biografie geben. Den ganzen Quatsch kannst du vergessen. Diese Kuh, die sie schreiben sollte, stellt total schwachsinnige Forderungen und lässt nicht mit sich reden. Ich will nicht mehr. Ich kann meine Zeit nicht damit verschwenden, dass ich mich mit *Dilettanten* streite.«

Benny hat auch einen kleinen Stein. Der wandert jetzt in gleichmäßigem Rhythmus von einer Hand in die andere, ehe sich eine Faust darum ballt.

»Das meinst du doch nicht im Ernst«, sagt er. »Dazu ist der Prozess schon viel zu weit fortgeschritten.«

»Wenn du dir um die Kohle Sorgen machst, dann solltest du mit dem Verlag reden«, sagt Aske kalt. »Das ist nicht mein Problem. Da gibt es sicher irgendwelche Regeln. Aber ein Buch wird es nicht geben.«

»Aber warum nicht? Wenn der Text das Problem ist ...«

»Ja, die Bilder sind es wirklich nicht«, faucht Aske. »Das Problem ist dieses total unbegabte, egozentrische Frauenzimmer. Und da gibt es nichts mehr zu diskutieren, die Sache ist gegessen. Fertig.«

»Macht der Inhalt dir vielleicht Sorgen?«, frage ich.

»Was geht dich das denn an?« Seine Augenbrauen haben sich über der Nasenwurzel zu einem straffen V zusammengezogen und seine Kopfhaut ist schweißnass.

»Dein Mann kann wohl selber reden, hoffe ich. Oder liegt euch vielleicht ein kleines Wohnungsdarlehen im Magen? Dann musst du einfach noch ein paar Irre kurieren.«

Das ist ein schneller, interessanter Stimmungswechsel. Ida blickt von ihren Sandprojekten hoch, sie umklammert ein nasses Stöckchen, das ihr als Bohrer dient.

»Ich weiß ja, dass es nicht ganz richtig von mir war«, sage ich. »Und es ist nicht Bennys Schuld, aber ich habe das Manuskript nun mal gelesen. Ich fand es interessant. Was hast du daran auszusetzen?«

Vielleicht lacht er immer auf diese harte, ruckhafte Weise. Es hört sich einsam an, wie ein ganz besonders wütendes Weinen.

»Ich sehe schon, es ist schwer, sich an Absprachen zu halten«, sagt er und erhebt sich. »Vielleicht findest du es ja witzig, zu den wenigen zu gehören, die es gelesen haben. Das ist eine Art Privileg.«

»Aber im Text können doch sicher Änderungen vorgenommen werden, wenn du nicht damit einverstanden bist«, sagt Benny.

»Wir streiten nicht über den Text«, sagt Aske von seiner ganzen Körperhöhe herab und zieht seinen Mantel fester zusammen.

»Worüber dann?«

»Worüber streitet man sich schon? Über Prozente. Anteile. Geld. Die Unbegabte will mich als Leiter nutzen. Zwergin auf Riesenschulter, du weißt schon. Aber nicht mit mir. Krieg ich hier wohl irgendwo ein Taxi?«

Er winkt Ida diskret mit seiner Knochenhand zu, aber sie antwortet nicht.

»Hier ist es ja richtig schön«, sagt er, ehe er uns verlässt. »Tut mir Leid, wenn ich die Sonntagsidylle ruiniert habe. Ich kann mit solchen Situationen nicht sehr gut umgehen.«

Benny stapft mit tief in den Manteltaschen vergrabenen Fäusten hinter ihm her über den Weg; als sie bei der Waffelbude stehen bleiben, bekommen sie gleich ein kleines Publikum. Aske bringt alle mit einem langen Blick zur Ruhe, dann klopft er Benny auf die Schulter und bahnt sich einen Weg durch den ihm entgegenkommenden Schwarm von Kinderwagen und Bürgerlichkeit in Freizeitkleidung, der sich vom Parkplatz hinter Huk her nähert. Oben an dem kleinen Hang verschwindet er hinter den Bäumen. Er hat keine Ähnlichkeit mit dem Mann aus meinem Traum, mit dem, der in der Schmerzmaschine steckte, abgesehen davon, dass sie beide sehr dünn sind und verhärmte, leidende Gesichter haben. Das ist vielleicht Ähnlichkeit genug, um zu erklären, warum in diesem Moment der Traum von der Schmerzmaschine vor meinem inneren Auge aufblitzt.

»Wovor fürchtet er sich wohl, was meinst du?«, frage ich, als Benny zurückkommt. »Vor der Kindheitsschilderung?«

»Vielleicht. Oder vor der Behauptung, dass Bacon trotz allem ein tüchtiger Maler war.«

Benny lächelt wie ein gelernter Vater zu Ida hinüber, die leicht zu betrügen ist und sich wieder ihren Bohrarbeiten widmet.

»Ich glaube, er wünscht sich vielleicht etwas Größeres«, sagt er. »Und bereut, dass er sich keine bekannte Autorin gesucht hat. Vielleicht möchte er ja doch ein Monument. Dieser ganze retrospektive Kram ist ihm zu Kopfe gestiegen.«

»Aber du glaubst nicht, dass es um Geld geht?«

»Das weiß man nie. Ach, das legt sich wieder. Das sind nur die Nerven.«

Nerven legen sich nie. Und nicht nur Ausstellungen sind retrospektiv. Leben und Werk lassen sich nur selten voneinander trennen.

»Scheiß auf ihn jedenfalls«, sagt Benny.

»Was hast du gesagt?«, fragt Ida.

»Nichts«, sagt Benny und wirft mit seinem Stein nach einer fetten Möwe. Seine Tochter lacht glücklich.

21

Traurig registriert Benny, dass sein moralischer Appell kein großer Erfolg war. Er sitzt am Küchentisch und blättert in den Sonntagszeitungen; Bente macht zwar keine Schlagzeilen mehr, aber sie ist vorhanden. Es gibt etwas, das »stetiger Informationsstrom« heißt und stärker ist als Appelle. Nicht stark genug, zum Glück, um im Markvei für eine neue Belagerung zu sorgen, aber bei Bella herrscht vielleicht noch immer großes Gedränge. Und bei Rolls Glasturm, falls der für Blitzlicht empfänglich ist, sicher auch. Die Villa Troels ihrerseits erscheint hier nicht gerade als kühle Logik in physischer Form.

Ida ist ins Gesundheitswesen übergewechselt und hat zu ihrem kleinen Stethoskop gegriffen, um die Schmusetiere zu heilen, die sie eben erst umgebracht hat. Doch da sie innerhalb der Medizin die Chirurgie bevorzugt, steht nicht fest, ob das für die Tiere so viel angenehmer ist. Sie ist hier nicht die einzige Heuchlerin, denn während ich das Sonntagsessen koche, entwickle ich kleine Strategien, um von hier wegzukommen. Nicht weit weg. Nicht für viele Stunden. Nur lange genug, um mich über Geld zu informieren.

Worüber streitet man sich schon: über Prozente. Anteile. Geld. Sagt Aske, der es vielleicht weiß.

Bellas Geld und das ihres Vaters. Joakim Rolls Geld und dieser Martin Andersen, der ziemlich viel darüber gewusst haben muss und jetzt tot ist. Während ich die Pfifferlinge in der Pfanne bräune, denke ich an ihn und seinen hoch gewachsenen Liebhaber, der auch einiges über Geld weiß und auf so seltsame Weise trauert. Edevart Riel. Der wach war, weil er nicht zu schlafen wagte.

Benny trinkt schweigend am Küchentisch seinen Wein, und als ich ein Glas ablehne, heuchele ich ebenfalls. Vielleicht muss ich ja noch Auto fahren, denke ich.

Ida ihrerseits braucht Geschirrtücher.

»Verband«, sagt sie mit reizendem Lächeln.

»Ich habe heute Morgen mit Oma gesprochen«, sagt Benny und zieht sich vom Herd her einen Weibsstückblick zu.

»Mit wem hast du gesprochen?«

»Mit deiner Mutter.«

»Oma«, gehört nicht zu meinen Lieblingswörtern. »Oma« mag für Ida durchgehen, ist aber wie die Räuberbraut ansonsten mit dem Verbot der Infantilisierung von Erwachsenen belegt. Es ist ein vernünftiges Verbot, doch es hat auch seine Nebenmotive. Ich bin empfindlich für Mutters und Bennys Post-Ida-Freundschaft, obwohl diese schon Idas gesamtes Leben andauert und ich weiß, dass ich mich darüber freuen sollte.

»Was sagst du zu ein paar Tagen auf Jomfruland?«, fragt mein infantiler Ehemann.

Mutter und Benny in traulichem Morgengespräch über mich. Ehe es Ida gab, haben sie nur steife, höfliche Phrasen ausgetauscht und mich als Mittlerin gebraucht, derzeit jedoch treffen sie sich im Café und verspeisen gewaltige Mengen von damenhaften Sahnetorten und planen den nächsten Ida-Einkauf, worauf sie dann hemmungslos zur Tat schreiten. Ich bin vermutlich eifersüchtig, obwohl diese Erkenntnis mir bisher nicht viel weitergeholfen hat.

»Du hörst dich an wie Professor Welle«, sagt Bennys Weibsstück und vermeidet es geschickt, ihre Mutter zu erwähnen. »Willst du mich zur Nachkur schicken, oder was?«

Einige Tage im Ferienhaus, höre ich, um wieder auf die Beine zu kommen, um an etwas anderes zu denken, um die Dinge in die richtige *Perspektive* zu setzen, und das zu schönen, wogenden Wellen und etwas Gischt, höre ich, wird dir sicher gut tun.

Es ist nicht Benny, der das sagt, es kommt von meinem inneren Weibsstück.

»Ich will dich nirgendwohin schicken«, sagt er. »Sie und Karsten fahren morgen früh und wollten wissen, ob wir mitkommen. Und falls Aske das Buchprojekt wirklich stoppen will, habe ich die ganze Woche frei. Ich wollte die nächsten Tage ja eigentlich ihm und seinen Knochen widmen.«

Der Aufenthalt in der Stadt wirkt begreiflicherweise nicht sehr verlockend, weder auf Bennys männliche Ausgabe noch auf seine Tochter. Flucht ist nicht zu verachten.

»Und du«, fügt er hinzu.

»Ja?«

»Kannst sicher ein paar Tage abstottern oder ... so.«

Idas Teddy protestiert lauthals gegen eine absolut notwendige Operation.

»Meinst du, sie wäre sehr traurig, wenn ich nicht mitkäme?«, frage ich und nicke zur Chirurgin hinüber.

»Nehein«, antwortet er. »Das geht schon gut. Aber wir müssen auch an andere denken.«

»Du hast doch Mutter«, sage ich. Flucht ist nicht zu verachten, aber Tat auch nicht. Ein gesunder Rat gegen aufdringliche Gedanken aller Art: die Quellen überprüfen.

»Sicher«, sagt Benny. »Das schon. So einigermaßen.«

»Edevart Riel müsste doch einiges über Martin Andersens Stellung bei TroJa wissen«, sage ich und lasse weiterbrutzeln, greife zum Bratenwender, widme mich den Pilzen in der Pfanne, auf die Benny so stolz ist, weil sie etwas namens »Kochqualität« besitzt.

»Die Quellen überprüfen?«, fragt mein Ehemann.

»Jawoll«, sage ich.

»Mach keine Dummheiten«, sagt er. Dafür bekommt er einen Kuss, er, der ab und zu so hübsch in seinem Push-up-BH und auf seinen viel zu hohen Absätzen umherstolziert.

»Das ist gar nicht schlimm«, sagt im Wohnzimmer die Chirurgin. »Denk einfach so lange an etwas anderes.«

»Was macht sie wohl mit ihnen, was glaubst du?«, frage ich.

»Sicher irgendetwas Grausames«, antwortet Benny.

Wir treffen eine Abmachung. Eine blöde kleine Gleichung, während die Pfifferlinge mit Sauerrahm bedeckt werden. Er bekommt seinen Ausflug an die See, ich meine kleine Abendexkursion, falls ich vorher noch die Chirurgin ins Bett bringe.

»Pfui, böser Teddy! Still liegen«, sagt Ida. »Sooo, ja. Aber, aber! Das ist doch kein Grund zum Weinen?«

»Hat sie das von uns?«, frage ich.

»Das will ich doch nicht hoffen«, sagt Benny.

»Der Teddy hat sein Bein verloren!«, heult Ida. »Böser Teddy!«

Die Chirurgin ist eingeschlafen und Benny packt die Seereiseausrüstung zusammen, als ich Edevart Riels Nummer wähle.

Die helle Mädchenstimme, die antwortet, klingt fröhlich und exaltiert und nein, sie kann Ed *im Moment* nicht finden, aber ich soll doch einfach mal hereinschauen.

Die Wohnung hat sich des Treppenhauses bemächtigt, so hört es sich jedenfalls an. Der gesamte obere Absatz unter dem Glasdach ist zu einer provisorischen Diele umfunktioniert worden, rechts von der Tür steht eine ausgewachsene Palme, links ein überlasteter Garderobenständer. Neben der Palme hängt, wie um die Flora zu verstärken, ein elegant gerahmtes Robert-Mapplethorpe-Foto von der seltenen penislosen Sorte, aber die hellgraue *anturium scetserianum* ist wahrlich erigiert genug.

Sechs Stock weiter unten konnte ich durch den Beton die Vibrationen der Bässe verfolgen, in den letzten beiden Etagen auch noch die digitalen Peitschenhiebe des Diskant. Falls in diesem Penthouse ein Leichenschmaus abgehalten wird, dann wird das nicht geheim gehalten. Die Tür steht weit offen und ist die Einzige auf diesem Stock, ich kann mich also nicht verirrt haben.

Falls ich aber noch immer Zweifel hege, so finde ich seinen Namen auf der Tür, Martin steht dort. Und Edevart. In einem breit grinsenden Froschgesicht, patinagrün und kindisch und, nehme ich an, ganz bewusst vulgär, als Kontrast zur kühlen, schwarzweißen Eleganz des Plakats. Hinter dieser Tür wird sich bestimmt auch in der Küche das eine oder andere elegante Alessi-Dings finden.

Klopfen kann hier unmöglich etwas bringen, deshalb gehe ich einfach hinein.

»Hi«, sagt eine sonnenbraune junge Person, die an der grauen Wand lehnt und mit einem jungen sonnenbraunen Knaben knutscht. Das heißt, sie wird beknutscht, er besabbert eifrig ihren Hals und sie achtet nur halb darauf; ihr gegenüber an der Wand hängt ein großer Spiegel und das, was dort vor sich geht, interessiert sie ein wenig mehr.

»Ich suche Edevart«, sage ich.

»Tun wir das nicht alle?«, sagt sie und fährt sich träge durch ihre sanft fallende Mähne. »Alle suchen Ed. Er wird gehütet wie ein großes Baby. Wie ein *riesengroßes* Baby.«

Darüber lacht sie, ein wenig. Ihr Bauch ist nach innen gewölbt, statt nach außen, und zwanzig Zentimeter sind zwischen der locker auf ihren Hüften ruhenden Hose und dem engen Oberteil zu sehen, das über dem Nabel mit seinem kleinen Ring endet. Der Knabe macht sich mit einer schönen Hand an den möglicherweise vorhandenen Brüsten zu schaffen, er scheint sie zu suchen. Vielleicht habe ich vorhin mit ihr telefoniert, aber wenn, dann weiß sie das nicht mehr.

»Ich finde ihn vielleicht da hinten?«, frage ich und nicke zu der breiten Öffnung hinüber, aus der die Musik strömt.

Sie nickt freundlich, ob ich Edevart finde, ist für sie ungefähr so interessant wie die Frage, ob der blonde Knabe ihre Brüste ausfindig machen wird.

Der Raum ist riesig, die Deckenbögen erstrecken sich zwanzig Meter weit und öffnen sich an der Längsseite zu dem, was in Dachwohnungen so selten ist: Fenstern in Kopfhöhe; zwei parallele Reihen ziehen sich unter offenen Flügeln hin, die an der Säulenreihe an die Oberlieger grenzen. Die gesamte Querwand ist aus Glas, vom schrägen Dach bis zum Boden, in der

Mitte gibt es zwei Glastüren, die in diesem Moment einen Ozean aus wirbelnden Klangpeitschen über Terrasse und Dächer jagen, hinaus in den tiefblauen Abendhimmel.

Schwarze Ledersofas im Le-Corbusier-Design, niedrige Tische aus lackiertem Kirschbaumholz, das eine oder andere elegante Sitzmöbel zur Kontemplation oder zu einem isolierten Genuss der überwältigenden Musikanlage, als das hier möglich wäre. Stilrein, natürlich. Als Juxeinlage dienen vermutlich die zebragestreiften Kissen auf dem Sofa – die sind auf die richtige Weise fehl am Platze. Hier ist alles kühl, luftig und in diesem Moment ziemlich zugedröhnt, urban, mit anderen Worten.

Zu irgendeinem Zeitpunkt nach dem dreißigsten Geburtstag passiert dieses: Die Leute, die zehn Jahre jünger sind als wir, oder nicht einmal das, werden schön. Die Schönheit der jungen Körper, die mich hier umgeben, wächst jedes Jahr im selben Maß wie meine Sympathie für alte Schweine.

Ich werde von Sofas und Sitzmöbeln her freundlich angelächelt, ich werde von einem überschwänglich glücklichen jungen Mann in einer Art Guerillauniform umarmt. Er ist nicht warm, dieser urbane Dschungel, aber dennoch entblößt die minimale Uniform dieses Mannes seine studioglatten Muskeln: Bizeps, Trizeps, Pectoralis und das, was hier ziemlich sicher Abdomen heißt.

Die Waffen, die er trägt, das ist mir klar, sind ausschließlich für friedenerhaltende Maßnahmen bestimmt, Hoch-und-rein-und-runter-und-raus-Drogen von unterschiedlicher und beeindruckend gut durchdachter Art, ein Arsenal von Tabletten braucht natürlich nicht sehr viel Platz, deshalb bewahrt er es möglicherweise in seinen ausgebeulten Hosentaschen auf. Ich danke artig für sein Angebot und meine Idiotie wird mir verziehen, jedem Tierchen sein *Pläsierchen,* das ist doch klar, sogar Nüchternheit wird von der urbanen Guerilla mit großer, wenn auch überraschter Akzeptanz bedacht. Sie sind *lovemachines*, diese Leute, und ihre jugendliche Schönheit wird in alle Ewigkeit oder auf jeden Fall bis Montag währen.

Edevart ist, als ich nach ihm frage, an irgendeinem nicht näher benannten Ort in der Nähe, und bis ich ihn finde, reiße ich mich von den jungen Körpern los – es gehört sich nicht, Objekte anzustarren, auch wenn sie teilweise dazu bestimmt sind –, und gebe mich dem Studium einer anderen, rätselhafteren Schönheit hin.

Mitten im Zimmer, ein Stück von der Querwand zu Flur und Küche hin entfernt, befindet sich eine grüne, von Glas umgebene Welt; sie ist vier Meter lang und nur zu einem Drittel ein Aquarium, es ist nicht einmal zur Hälfte mit Wasser gefüllt und bietet Platz für üppiges, feuchtes Blattwerk. Hier leben keine Fische, sondern Amphibien, weiße, weiche Zwischenwesen, die Wasser zum Schwimmen und Pflanzen zum Klettern brauchen.

In den großen Terrarien leben Salamander, schlanke, grüne Leiber stehen bewegungslos auf einem Stamm, starren hypnotisch von einem Blatt oder einem Stein her, fleckig wie die Schatten darunter. Hier gibt es eine Sammlung von allerlei Fröschen; einzelne sind schwer, träge und überraschend groß, andere winzig und feuerrot.

Die Bewegungslosigkeit fasziniert, die ungeheure Geduld, nur unterbrochen in einer blitzschnellen Sekunde, ehe der Körper verschwunden oder durch mentale Verlagerung an einem anderen Ort, auf einem anderen Blatt, wieder auferstanden ist. Es ist eine Welt der Extreme, absolute Ruhe, absolute Bewegung. Dazwischen gibt es nichts, nicht einmal das Zwinkern eines feuchten Augenlids.

Ich sehe das Spiegelbild seines Gesichtes im Glas, ehe ich spüre, dass er hinter mir steht; das liegt vermutlich an der Musik, oder an dem Hypnotischen dieser Welt aus Stillstand oder blitzschneller Bewegung.

»Sie fressen Fliegen«, sagt er. »Zumeist. Und sie müssen nur einmal pro Woche gefüttert werden. Früher hatten wir eine Schlange, die konnte einen Monat von einer einzigen Maus leben. Ungeheuer lange Verdauungszeit. Sie bewegte sich zehn Tage nach der Mahlzeit so gut wie nicht. Das ist eine Art Schlaf oder Betäubung, vor allem aber eine Risikoperiode, nie läuft sie größere Gefahr, gefressen oder getötet zu werden als dann, wenn sie selber gefressen und getötet hat. Satt sein ist gefährlich.«

Dann lacht er kurz, sein kräftiges Gesicht öffnet sich zu einem breiten und sehr müden Lächeln.

»O nein«, fügt er hinzu. »Ich habe noch immer kaum geschlafen. Ich wage nicht festzustellen, ob ich das schaffe. Obwohl ich gestern einige Stunden lang *weg* war.«

»Das alles hier«, sage ich und zeige auf das Zimmer und die Musik und die überwältigende Jugendlichkeit.

»Gehört zur Schlaflosigkeit«, sagt Edevart. »Stellt sich im Kielwasser der Schlaflosigkeit ein. Sickert durch. Findest du das würdelos?«

»Trauer hat wohl nichts mit Würde zu tun«, sage ich.

Wo ist Trauer schön? Ritualisiert und streng und langsam, in einem Kloster vielleicht; aber nur in der Kapelle, wie sie später in den Zellen aussieht, wissen wir nicht. Edevart Riel hat seine *Chemie*, auch sie, möglicherweise, sehr rituell.

»Komm hier herüber«, sagt er, »dann siehst du, was sich aus Trauer machen lässt.«

Er nimmt mich an der Hand und führt mich in eine Zimmerecke, in der eine dickliche, kahl rasierte junge Frau vor einem Computer sitzt. Sie trägt Jeans und einen Isländerpullover; durch ihre Kleidung hebt sie sich ebenso von ihrer Umgebung ab wie Edevart Riel und ich durch unser Alter.

»Das ist Lill«, sagt er. »Die erfahrenste Domina der Stadt, im Moment allerdings in Zivil.«

»Lass den Scheiß«, murmelt diese Ausgabe der Herrscherinnenfigur aus homo- und heterosexuellem SM. Sie errötet sogar ein wenig und starrt den Bildschirm an. Wie interessant, denke ich, eine geschämige Domina.

»Hast du etwas gefunden?«, fragt Edevart.

»Nix. Nur Gefasel«, murmelt sie verdrossen. »Jede Menge Leute, die es gesehen haben wollen, aber entweder können sie sich an die Adresse nicht erinnern oder sie labern nur blödes Zeug. Und meistens protzen sie nur rum.«

»Es« ist das Video von TroJa. Diese mädchenhaft scheue Lill

durchsurft die Ozeane von Gerede, die den Cyberspace ausmachen, fegt über Wellen von Klatsch, taucht durch zufälliges Geplauder, badet in Pornografie, auf der Suche nach einigen Minuten Hardcore-Wirklichkeit; einem Todesfall. Der ist dort draußen vorhanden, sagt sie, auf jeden Fall wird das immer wieder behauptet.

Edevarts glatt rasiertes Amphibiengesicht ist messerscharf geschnitten und schwer neben mir, er trägt die fehlende Würde seiner Trauer mit sehr hoch erhobenem Kopf.

»Falls es dort draußen irgendwo vorhanden ist, wer sollte es denn sehen, wenn nicht ich? Den kleinen Tod. Und dann den großen.«

Er wendet sich ab und lässt sich schwer in einen Safarisessel neben dem Schreibtisch sinken.

»Ich will doch wenigstens suchen. Wenn sie es findet, brauche ich es mir ja nicht anzusehen.«

Es wird schwer sein, darauf zu verzichten, denke ich, die drei kleinen Affen, die nicht sehen, nicht hören, nicht sprechen wollen, sind in unseren Dschungeln schon sehr lange nicht mehr Objekte ausschließlicher Verachtung.

Riesenfaust auf jedem Knie, sie zittern ein wenig, als sie dort liegen.

»Bist du deshalb gekommen?«, fragt er. »Um zu sehen, wie würdelos ich trauere?«

»Nicht unbedingt. Ich wollte mehr über TroJa erfahren.«

»TroJa.«

»Für die Martin gearbeitet hat.«

»Tja, hat er das? Ich weiß nicht so recht«, sagt Edevart und greift zu einer Anderthalbliter-Mineralwasserflasche, federleicht sieht sie in seiner Hand aus. »TroJa ist in den letzten fünfzehn Jahren oder so langsam aber sicher in den Abgrund gefahren worden. Zum Teil durch fehlenden Geschäftssinn – die Fabrik in Nydalen war jedenfalls nicht gerade einträglich und die anderen waren nicht viel besser. Aber die großen Verluste hat es in Nydalen gegeben.«

»In welcher Größenordnung?«, frage ich, dialektisch korrekt.

»In der Größenordnung Besorgnis erregend für jegliche Leitung, katastrophal für eine mit Klarblick. Aber eine klar blickende Leitung hat TroJa erst in der allerletzten Zeit gehabt.«

Jetzt spricht der Fachmann in ihm, der Hai von Aker Brygge, und das geht gelassen und mechanisch vor sich.

»Dazu hat die Industrieproduktion die übrigen Aktivitäten der Firma subventioniert, oder?«

»Und hier ist die Rede von …«

»Der Sammlung. Bis vor sehr kurzer Zeit war TroJa im Grunde eine Maschine, die Otto Troels-Jacobsen in Stand setzen sollte, Kunst zu kaufen. In den Fünfzigerjahren ging das großartig, die Fabriken spuckten Dachziegel und Toiletten und ziemlich trutschige Badezimmereinrichtungen aus, und von dem Gewinn konnte er sich mit gutem Gewissen Kunst kaufen.«

»Und damals befand die Firma sich in Privatbesitz, ja?«

»Ursprünglich. Aber irgendwann in den Siebzigern hat er sie in eine Aktiengesellschaft umgewandelt. Damals liefen die Geschäfte noch immer gut, und die feinen Damen, die Aktien kauften, hatten zum Dank einen mehr als exklusiven Zugang zu den Vernissagen der Galerie. In den letzten Jahren haben wohl Vernissagen und Champagner und die spannenden Künstler sie dazu gebracht, die Aktien nicht abzustoßen, denn mehr hat ihnen das wohl nicht eingebracht.«

»Warum«, frage ich, »warum lief das so schlecht?«

»Idiosynkrasie«, sagt Edevart. »Troels-Jacobsens Steckenpferde. Er hat die ganze Zeit mehr aus der Firma herausgepumpt, als sie hergeben konnte, und hat konsequent seriöse Investitionen vermieden. Die Achtzigerjahre hat er mehr oder weniger mit endlosen Verhandlungen mit Staat und Gemeinde verbracht, weil er ein Troels-Jacobsen-Museum haben wollte.«

»Und derweil?«

»Und derweil hat er die Firma ihrem eigenen Schicksal überlassen. Derweil wurden die feinen Damen von Frogner, die die Aktien besaßen, alt und träge, und er wurde es auch. Und derweil weigerte er sich, seine Tochter die Galerie leiten zu lassen, und deshalb stampfte sie ihre eigene aus dem Boden und machte seiner Konkurrenz.«

Edevart schweigt, denkt lautlos nach. Trinkt Mineralwasser. Um uns herum lebt der Dschungel, lautlos in den Terrarien, sehr laut außerhalb. Aber gefährlich sind die stillen Arten.

»Da hast du den Hintergrund«, sagt er.

»Ehe Martin ins Bild gekommen ist?«

»Den Hintergrund für Rolls Ei des Kolumbus«, sagt er. »Er sah, dass die tatsächlichen Werte der Firma ihren Börsenwert überstiegen, und dass es eine Möglichkeit gab, in Prestige zu investieren. Rolls hat große Angst davor, als vulgärer Trottel dazustehen, weißt du.«

»›Alle haben eine Fußballmannschaft‹«, zitiere ich.

»Aber ehe TroJa auch nur annähernd interessant werden konnte, musste das tote Fleisch weggeschnitten werden.«

»Und hier ist die Rede von der industriellen Produktion, nehme ich an?«

»Natürlich. Dass Otto die nicht einstellen wollte, haben alle gewusst. Warum auch immer. Roll musste sich also die Mehrheit im Aufsichtsrat sichern, und er wusste ja, dass Otto gegen ihn sein würde. Zusammen mit Sjur Aske, dem Betriebsratsvorsitzenden. Übrig blieben Bella und die trägen Frogner-Damen, die Otto liebten. Wenn Roll alles offen aufgekauft hätte, hätte das die Preise in die Höhe getrieben und es außerdem Otto und Sjur Aske ermöglicht, ihre Interessen zu wahren. Kein Traumszenario für Roll, also.«

»Aber?«

»Er hat es trotzdem geschafft. Auf einer Generalversammlung kam es zu unvorhergesehenen Mehrheitsverhältnissen. Die industrielle Produktion wurde abgewickelt, die Grundstücke außerhalb Oslos wurden verkauft, die Sammlung zum Teil auch. In Nydalen sollte ein Kulturzentrum eingerichtet werden. Schwupps. Was Bellas Stimme angeht, so fällt es natürlich auf, dass sie sofort als Leiterin des Kulturzentrums angestellt wurde.«

»Eine Absprache also?«

»Es muss eine gewesen sein.«

»Aber Bellas Stimme reichte doch nicht, oder?«

»Nein. Interessant sind die Frogner-Aktien. Die alten Damen verlangten plötzlich professionelle Betriebsführung. Und hatten für die Abstimmung Vollmachten erteilt.«

Noch immer nur ein kleines, schiefes Lächeln im Mahagonigesicht.

»Und zwar an Martin«, sagt er seelenruhig. »Überdies hatte er einen absolut tödlichen Bericht über die Führung von Nydalen besorgt. Auf diese Weise verlor Otto eine Art Sohn.«

Seltsam, denke ich, dass er dieses Wort benutzt. Wenn jemand Martin Andersen verloren hat, dann doch Edevart Riel selber, und zwar zu einem späteren Zeitpunkt.

»War Martin denn nicht bei Otto angestellt?«, frage ich.

»Angestellt? Verdammt, natürlich nicht. Wenn Martin überhaupt irgendwo angestellt war, dann bei Roll. Er war total besessen von ihm, und das ist ja auch verständlich. Dem Typen quillt das Gold doch aus allen Poren, nicht wahr?«

»Nicht nur Geld?«

»Nicht nur Geld, im Grunde überhaupt kein Geld, obwohl auch das geströmt ist. Leben, was aus ihm quillt, ist Leben. Mehr Leben. Ströme davon, von echtem, überwältigendem Leben.«

»Das, was sie haben«, sage ich und zeige auf den Raum.

»Etwas Ähnliches. Und ich konnte es Martin ansehen, verstehst du, wenn er in die Nähe dieses Lebens gekommen war, dann strahlte er nur so. Das konnte ich natürlich erkennen, denn ich bewundere es ja auch. Begehre es.«

Ja. Für alle, die sich daran erinnern, dass sie sterben müssen, ist es unmöglich, dem zu entgehen, dem Begehren. Auch die Körper in unserer Nähe strahlen es aus, obwohl ich nicht glaube, dass Edevart Riel es sieht, obwohl er nicht einmal nachts wagt, die Augen zuzumachen.

»Und er war nicht sehr anspruchsvoll«, sagt Riel jetzt. »Ich will damit nicht sagen, dass Martin billig gewesen wäre, aber er konnte warten. Wartete mit seinen Forderungen, solange er mit im Licht stehen konnte. Du weißt schon, üppige Festessen, ab und zu ein spätes Bad im Whirlpool auf einem Boot draußen auf dem Fjord, ein Privatflugzeug zu einer Insel mit Tennisplätzen. Das lässt sich alles von der Steuer absetzen, aber es kann trotzdem strahlen wie der Teufel.«

»Gilt das für die ganze Zeit, in der Martin scheinbar für Troels-Jacobsen gearbeitet hat?«, frage ich. »Dass er eigentlich für Roll tätig war?«

»Ja, ja. Und das hat zum Glanz gehört, nehme ich an. Das Geheimnisvolle, dass Martin in Pläne einbezogen wurde, dass er sich bei einem alten Mann und einem Haufen alter Damen einschmeicheln musste, dass das alles ein Ziel hatte, einem Zweck diente. Martin hat die Frogner-Omas bezirzt, wie nur ein niedlicher Homo das kann, und das alles geschah dem Licht zuliebe.«

Risikosport, denke ich. Schnellerer Puls. Mehr Leben.

»Es gab dabei kein ...«, setze ich an, aber er fällt mir sofort ins Wort. Diese Art von Andeutungen ist ihm bekannt.

»... sexuelle Beziehung zwischen ihnen? Gott soll uns schützen. Und natürlich auch nicht zwischen ihm und Roll. Er war ein Sohn für Troels-Jacobsen und, wie soll ich sagen ... ein kleiner Bruder oder ein nützlicher Idiot für Roll.«

»Und das Einzige, was Martin davon gehabt hat«, sage ich, »abgesehen von ziemlich viel Geld, war das Licht? Und dass er Roll nahe gestanden ist?«

»Joakim Roll nahe zu stehen bedeutet in der Regel mehr als *ziemlich viel* Geld. Und Martin dachte wohl, dass es auch für ihn so sein würde.«

»Du hast gesagt, dass er abwartete«, sage ich vorsichtig.

»Ja. Er war außer sich vor Aufregung, als die Sache endlich im Kasten war, nach dieser großen Sitzung. Das war vermutlich naiv, aber er hatte die Vorstellung, bis in die eigentliche Schatzkammer aufsteigen zu können. Bis in die Stratosphäre! Ein Posten bei RollOn, geschäftsführender Schleimer des obersten Direktors oder so. Er war dazu ausgebildet, Ansprüche zu stellen, weißt du, das ist heute ja so. Und er hatte ja auch ein Druckmittel.«

Es ist traurig. So wie sein schwerer Körper im Leinensessel dasitzt, seine riesigen Fäuste und diese Lichträume, in denen er eine Rolle spielt. Dass es außerdem gefährlich ist, brauche ich einem muskulösen Aidsüberlebenden nicht zu erzählen. Vor seinem Tod hat Martin Andersen es geschafft, Otto Troels-Jacobsen und Sjur Aske, seinen Mitbewerber um die Stellung als Sohn, zu betrügen. Und bei Joakim Roll eine dringliche Forderung anzumelden.

Edevart hat zumindest geschickt die Möglichkeit angedeutet, dass es sich so verhält, und jetzt will er mich hier nicht mehr sehen. Um ihn herum leben noch immer die Folgen von Schlaflosigkeit ihr eigenes, aufgekratztes und von chemischer Liebe erfülltes Spiel. Nur in den Terrarien gibt es die Stille, die ankündigt, dass etwas auf den einen, richtigen Moment wartet.

Die geschämige Domina Lill begleitet mich nach unten.

»Was wird er mit dem Video machen?«, frage ich. »Wenn du es findest?«

»Keine Ahnung«, murmelt sie und ihr Mund ist fast in dem Isländerpullover begraben.

»Du weißt, die Polizei würde es auch gerne sehen.«

Jetzt schnaubt sie.

»Denen wird Edevart es bestimmt nicht geben.«

»Und was wirst du machen?«, frage ich.

Schwere Schritte auf der Treppe, rasche Hand, die die Ausgangstür für mich aufhält. Lill ist eine *gentlewoman*.

Da wundert es mich kaum noch, dass sie für meine Bürgersteigzigarette das Feuerzeug zückt; ich lasse mir von ihr Feuer geben und reiche ihr danach die Fluppe. Kleine Verhandlungen in den sonntäglich leeren Straßen Vikas. Der Abendstern ist noch nicht zu sehen, das liegt an den Häusern und den überwältigenden Lichtmengen der Stadt. Irgendwo im All ist er trotzdem vorhanden, unter anderen Verhältnissen als unseren könnten wir seine Lichtspur wahrnehmen, so wie Lill vermutlich im Ozean von Cyberlärm das Video aufspüren kann.

Sonntagabende. Stille Angst vor anspruchsvollen Tagen oder schläfrige Pflege der letzten Stunden in wahrer Freiheit, die nur einen Sinn ergibt, weil sie von einem Hauch von Zwang unterbrochen wird. Die Fenster auf der anderen Straßenseite leuchten abwechselnd golden und fernsehblau. Lill und ich frösteln sehr ungefährlich in der Herbstnacht, unter den vagen Resten von Bass und Diskant, die aus Edevart Riels Dachwohnung zu uns herabsickern.

»Glaubst du eigentlich, es wird ihm gut tun, es zu sehen?«, frage ich.

»Weiß nicht«, flüstert sie.

»Würdest du zur Polizei gehen, wenn du es fändest?«

Leises Lachen.

»Ruf mich an«, sage ich. »Wenn du es findest. *Ich* kann es auch zur Polizei bringen, weißt du.«

Sie sieht mich an, lange, unter gerunzelter Stirn und rasiertem Schädel. Nickt kurz und bekommt meine Karte. Kleine Verhandlungen.

»Ich muss mir das überlegen«, sagt sie.

»Natürlich«, sage ich.

Sie will nicht mitfahren, aber sie nennt mir noch schnell ihre letzte Netspur. go.jungs heißt sie. Und ist vieldeutig wie alles andere unter dem Himmel.

22

Ich bin keine Domina, aber so bewegen alle Frauen meiner Generation sich durch die Nächte: lenken, entscheiden, steigern oder dämpfen die nötige Kraft, reiten um einiges heftiger als die armen Pferde, die wir in unserer Jugend gezähmt zu haben glaubten, es vertragen können, beherrschen, aber kennen nicht. Irgendwo in meiner Chauffeusensicherheit existiert diese Gewissheit; wenn der Automotor seinen Geist aufgibt, weiß ich nicht, was ich machen soll. Das kann aber mein Gefühl von schläfriger Macht nicht dämpfen. Kein bisschen. Der Motor murrt.

Die Halogenlampen über mir sind hoch und golden, unter ihnen glitzert die Stadt, blinkt rot, blau, grün und zeigt ab und zu schwarze Krater, die toten Torwege, die zwischen den Häuserreihen klaffen.

Das macht mir keine Angst. Ich gleite. Gleite voller Kraft, so wie die Einsamsten, Wildesten, Kränksten in dieser Stadt gleiten; voller Kraft, weil es möglich ist, sich unverletzt und unsichtbar durch die Nächte zu bewegen. Ich gleite mit derselben Art von Hochmut dahin, in mich selbst vertieft ruhe ich auf meinen eigenen Gedanken. Oder meinen wilden, kranken Fantasien.

Edevart Riel und eine Vorliebe für Risikosport, die er möglicherweise mit seinem Partner teilte. Finanziell, athletisch, möglicherweise auch sexuell. Otto-Troels-Jacobsen mit seinen gelben Greisenaugen und einer Sohnessehnsucht, die Martin Andersen brutal enttäuscht hat. Joakim Roll, der mit einer – wer weiß – *unerfüllbaren* Forderung nach mehr Leben oder mehr Geld konfrontiert wurde? Gedankenschlingen genug, um eine bescheidene Reise durch die Stadt zu füllen, genug, möglicherweise, um eine gequälte Therapeutin zu beruhigen, die für die Katastrophe andere Erklärungen sucht als ihre eigene Niederlage.

Der einzige Zeitpunkt, das ist bekannt, wenn Weichtiere aller Art verletzlich sind, ist dann, wenn sie ihren Panzer verlassen oder satt sind.

Dann sind die Raubtiere zur Stelle.

Als weibliche Waffen werden Schlüsselbunde empfohlen; hart, scharf und leicht zugänglich. Messer oder Pfefferpistolen sind nicht so vernünftig, haben wir gelernt; es ist dumm, dem Angreifer eine Waffe anzubieten. Dasselbe gilt für Tränengas. Obwohl heulende Alarmpfeifen gut sein sollen. Das glauben wir und wollen uns schon eine kaufen, aber dann haben wir ein Jahr in der Innenstadt gewohnt und wissen, wie lange es dauert, bis irgendwer die Polizei informiert, wenn ein Autoalarm losgeht.

Also Schlüsselbund, meistens getreulich in meiner Faust ruhend, ein Schlüssel schaut zwischen den Fingern hervor, im Zweifelsfall kann er eine gemeine Wunde oder einen Glückstreffer ins Auge des Arschlochs bedeuten. Wissen auf dem nächtlichen Heimweg.

Aber wir brauchen auch die Gelegenheit, ihn zu benutzen. Das Schlüsselbund darf zum Beispiel nicht im Schloss stecken. Wie meines. Das Tor sollte nicht offen stehen, wie dieses hier. Und im Hinterhof dürfte nicht das Schlafzimmerfenster meiner Tochter geöffnet sein.

Aber das alles ist der Fall. Ich stöhne zwar, fluche, wehre mich und bin wütend und schaffe es trotz der Schläge tapfer durch den halben Torweg, aber als ich rückwärts über den Asphalt in den Hinterhof krieche und aufschaue, da sehe ich und weiß.

Er ist ein Fleischklumpen aus Schatten über mir, schwarz und schwer und getrieben von einer mir unbekannten Wut, die mich Tritt für Tritt über den Asphalt demütigt und die dennoch alles entzündet, was ich an Protest in mir habe. Natürlich will ich schreien, natürlich will ich ihn anbrüllen. Vier Stock über uns aber sehe ich das, was mit absoluter, erbarmungsloser Zensur jegliches Wimmern, jeden Wut- oder Schmerzensschrei in mir erstickt.

Das halb offene Fenster zu Idas Zimmer. Dahinter schläft sie. Und ich kann sie jetzt nicht wecken, mit meinen heiseren wütenden Schreien.

Ich höre zwar die Geräusche, die wir auf dem Hinterhof produzieren. Seine bleiumkränzte Stiefelspitze bohrt sich in meinen Magen, und ich kann mein Stöhnen nicht unterdrücken. Mein unbeholfener Versuch mich umzudrehen, sein Fuß knallhart an meinen Rippen, meinem Rückgrat, meinen Schultern.

Ich sitze halb aufrecht vor dem leicht heruntergekommenen Schuppen auf dem Hinterhof und nehme seine Schläge in Empfang. Seine Tritte. Das offene Fenster ist in mir, und er kann mich jetzt umbringen, aber sie wird es nicht hören. Es soll Frauen geben, die sich die Zunge abgebissen haben. Ich weiß, was sie dazu gebracht hat.

Es klingelt. In mir, nehme ich an, in meinem Kopf. Ich halte die Arme wie einen Schild vor mich, und das scheint ihn zu ärgern. Er spuckt mich an. Versetzt mir noch einen Tritt in die Seite, und ich wusste gar nicht, dass ich dort etwas habe, das dermaßen wehtun kann. Die Nieren, habe ich gehört, die Nieren sollen so verdammt wehtun, und das tun sie auch. So sehr, dass ich mir die Lippen blutig beiße. Eine Art Wärme rieselt über mein Kinn; darauf bin ich jetzt reduziert, zufällige körperliche Empfindungen zu registrieren, ohne einen Kern, mit dem ich sie in Beziehung setzen könnte. Es gibt kein Ich mehr, es gibt nur Nieren und Kinn und Arme, die, ohne von mir gebeten worden zu sein, das Wertvolle beschützen, nämlich das Gehirn, das irgendwo hinter meinem Gesicht sitzt.

Und das offene Fenster.

Und jetzt nur noch sein und mein keuchender Atem, unsynchron, in keiner Hinsicht gemeinsam. Stille fast, lange genug, um mich denken zu lassen, ich muss dahin gelangen, zur Tür, zur Klingel. Einen Arm kann ich vorsichtig in diese Richtung ausstrecken, dann tritt er darauf.

Und dann höre ich, was er tut, noch ehe ich es spüre.

Das geschmeidige Zickzackrauschen eines Reißverschlusses. Die scharfe spitze Hitze. Über uns steht das weiße Viereck, das Idas Fenster ist, für die Nacht offen. Und bald hat er fertig gepisst. Es tut ja nicht weh. Ich weiß, besser als er, was er mir hätte antun können, wortlos auf diesem Hinterhof, und vielleicht sollte ich diese Gewissheit nutzen, um mich selber zusammenzusetzen, nachdem seine Pissestrahlen mich zerteilt haben, wie ein Puzzle, ehe er geht.

Sein Freund lehnt am Torbogen und schaut interessiert mit seinem Hasskappenblick hinter mir her, als ich über den Hof krieche. Nicht aufblicken, denke ich, gib ihm nicht dein Gesicht. Nicht aufblicken, den Boden anstarren und für ihn Ungeziefer sein.

Er hebt kurz den Kopf zum Nachthimmel und stößt einen leisen Pfiff aus, als er seinen Fleischkloß von Chef durch das Tor begleitet. Und ich weiß nicht, ob das offene Fenster meiner Tochter oder die absolute Entfernung der Sterne ihm diesen zufriedenen Pfiff entlockt haben. Nein, die Sterne sind nicht vom Himmel gefallen. Sie haben sich nicht um einen Millimeter verschoben und wenn wir uns so von Hinterhöfen und Tritten der Welt abstrahiert betrachten, dann ändert sich nie etwas, macht nie etwas einen Eindruck.

Das Leben wird gelebt, und sei es das Leben einer Art pervertierten Amöbe. Alles blubbert und kocht vor Leben, sogar Leichname. Sogar dieser Hinterhof, dunkel und feucht und von seinen Besitzern zumeist für hoffnungslos gehalten, siedet vor Leben. Würmer und Käfer und Pilze und allerlei Kleinkram. Ich habe vielleicht keine geringe Ähnlichkeit mit ihnen, als ich auf die Tür zu robbe. Auf jeden Fall riechen sie im Moment besser als ich.

Über mir das offene Fenster. Über mir der unveränderliche Himmel. Aber es ist nicht so, dass er Recht hat. Dass ich ein Stück Erde bin, das er anpissen kann. Dass mein Leben mit dem einer Larve zu vergleichen ist. Dass das, was blubbert und siedet und lebt, auf irgendeine Weise gleichwertig ist.

Wenn ich ein Wurm wäre, denke ich, wenn ich mit diesem Kessel von Leben gleichwertig wäre, in den er mich einrühren will, dann hätte ich das offene Fenster nicht gesehen. Er hätte mich natürlich dazu bringen können, es zu vergessen. Und ich werde es als Segen betrachten, als Gnade, dass er das vergessen hat. Als sein Geschenk an mich. Als letzte Erniedrigung der Gefolterten: die überwältigende Dankbarkeit dafür, dass er aufhört.

An meinem Rücken: Flächen und Ringe aus Blut, versteckt unter der Haut und deshalb bunt. Gelb, bräunlich, hier und dort zu Violett gerinnend, der eine Oberschenkel mit einem breiten Gürtel aus wütendem Rot, wo die Haut von vielen winzigen, oberflächlichen Punkten perforiert ist.

Auf meinen Körper ist eine seltsame und schmerzhafte Karte gezeichnet worden, Untergrunddetonationen, die erst nach und nach die Resultate von Erschütterungen an der Oberfläche sichtbar machen. Mein Körper wird entwickelt, wie in einem langsamen fotografischen Prozess, nach einer Weile wird das Violett schwarz und das Gelbe blau werden.

Das alles studiere ich sorgfältig unter der Dusche, das habe ich meinem Mann in der Nacht nicht gezeigt, aus Gründen, die mir selber nicht klar sind. Das starke Unbehagen beim Anziehen kann ich verstehen. Den Wunsch, mich einfach unter der Sofadecke zusammenzurollen, ebenfalls. Aber nicht die Tatsache, dass ich es ihm noch immer nicht zeigen, dass ich ihm immer noch nicht vom offenen Fenster und vom Hinterhof erzählen will.

Während ich mich vor den Spiegel zwinge und sehe, dass mein Gesicht unberührt ist, wird es mir klar. Benny wird nirgendwohin fahren, wenn er meinen Körper gesehen hat. Aber das will ich. Denn er soll Ida mitnehmen.

Danach sind allerlei Aufräumaktionen angesagt. Die Gewissheit der regelmäßigen, beruhigenden Anrufe, die Benny braucht, zum Beispiel. Schlafprobleme sind eine akzeptable Erklärung für eine Nacht im Wohnzimmer und für ein mieses Aussehen, aber auch Schlafprobleme können Sorgen bereiten.

Dann gibt es Frühstücksreste und herumliegendes Spielzeug, die eigene Angst und eine komplizierte Krankschreibung. Ich gehe sehr leise, sehr vorsichtig durch die Wohnung, in meiner Art von Sicherheitsanzug, Bennys großem, dickem Bademantel. Natürlich gibt es auch kinderlose Befreiungen, friedliche, nicht zu melancholische Musik vom CD-Gerät am Vormittag und das Wissen, dass sie sich Kilometer für Kilometer aus meiner ansteckenden Nähe entfernt.

Sie können es auf meine Brieftasche abgesehen haben. Sie können eine zufällige, berauschte und massenpsychotische Bande von Vergewaltigern gewesen sein. Aber das glaube ich nicht. Sie waren so zielstrebig und so stumm, als führten sie einen sehr präzisen Auftrag durch, danach haben sie sich zurückgezogen. Schlagt das Miststück zusammen. Pisst sie an. Ich verabscheue sie auf jeden Fall, auch wegen meines Blicks in dieses dunkelhäutige Gesicht, bei dem ich denken musste: wie typisch.

Ich trinke in der sicheren Sofaecke Kaffee, die Decke über den Beinen, und ich weiß, dass die Hasskappe Jhaveds Bruder versteckt haben kann. Oder irgendeinen Fleischkloß von der Sorte, die sich für solche Einsätze bezahlen lässt. Und wer könnte ihn bezahlt haben? Aske, mit seinen MC-Kumpels aus dem Knast? Sein Bruder, der so wenig überzeugend über seinen Besuch am Grønlandsleiret gelogen hat? Der wütende alte Mann in seiner leeren Frogner-Wohnung, der, den Bella als sehr nachtragend bezeichnet?

Oder ganz einfach Edevart Riel, dem es sicher nicht an gut gebauten pillengeilen Bekannten fehlt. Es steht durchaus nicht fest, dass ich im Markvei bleiben sollte. Aber ich habe schließlich versprochen, im Charlotte Andersens vei Blumen zu gießen.

Über Prügel lässt sich vielerlei sagen, besonders förderlich für den Denkprozess sind sie nicht. Der Teil von mir, der nur unter der Decke bleiben will, ein kleines Bündel in alle Ewigkeit, kann keine interessanteren Fragen als die nach Schlägen und Tritten in Hinterhöfen aufwerfen. Kleine Bündel interessieren sich nicht für Interessantes, sie möchten sich ihrer eigenen Pflege widmen und wollen nicht von der zudringlichen Außenwelt gestört werden.

So gesehen ist die Frage gar nicht so schlecht: Waren die Prügel als Strafe oder als Warnung gemeint? Als Strafe, glaube ich, während ich widerwillig mein Dasein als Bündel unterbreche und mich anziehe, als Strafe muss sie entweder von Jhaveds Bruder kommen, der meint, ich hätte aus seinem Bruder einen ehrlosen Homo gemacht, oder von dem Stück Loff, das vor Haukelands Statue zusammengebrochen ist, sozusagen unmittelbar nach meinem ersten Auftritt in ihrem Hauptquartier. *Nut-cases.*

Anlaug und Torstein. Und ihre unbekannten Mitopfer oder Angehörigen.

Während ich die Hilfsmittel zu meiner Flucht zusammensuche – Toilettensachen, Kleider, die Biografie und Bennys Fotomappe –, gehe ich langsam mit meinem Bündelgehirn die Warnungen durch, die durch Schläge und Tritte vermittelt werden können. Finger weg, das wollen Schläge und Tritte auf jeden Fall sagen.

Finger weg von Martin Andersens Lust auf Risikosport. Finger weg von Joakim Rolls geschickten Transaktionen, die, sollten sie sich als trübe erweisen, seinen gesamten heiligen Aktienkurs beeinflussen können. Steck deine Weibernase nicht in Sjur Askes Unternehmungen auf dem Grønlandsleiret. Und kümmer dich nicht um diese blöde Verbindung zwischen Askes Leben und Werk oder den Inhalt dieses Buches, seiner Biografie.

In der Diele riecht es nicht nach Bente-Parfüm, als ich ungeheuer schwerfällig die Jacke über einen zerschundenen Bizeps oder Trizeps streife, es riecht nur nach Leder und Kleinkinderwolle, und ehe ich gehe, muss ich sie noch anrufen. Es gibt etwas, das *By the Way* heißt, und dort gibt es, wenn schon keine Hamburger, so doch auf jeden Fall Limo; Ida prustet stolze Blubbergeräusche in den Hörer und hat ein Pferd gesehen. Und das ist fast so toll wie ein Pony.

Meine Hilfsmittel zur Flucht werden ins Auto eingeschlossen, es ist Tag, und das mögen moderne Trolle mit Hasskappe nicht. Und wer kein kleines Bündel sein will, muss sich bewegen, auch wenn es wehtut. Ich werde es den Drückebergern und den vage Krankgeschriebenen nachtun und in die *Stadt* gehen. Das hat den Vorteil, dass das Bedürfnis Bündel zu sein schrumpft. So bearbeiten wir an meinem Arbeitsplatz aus Angst entstandene Bündelleben; zuerst bis zur Ecke, und dann schnell wieder nach Hause. Morgen oder in einer Woche bis zur Bushaltestelle, zum Beispiel. Und danach schrittweise und vorsichtig weiter an die Orte, zu denen Busse und Straßen uns bringen können.

Es hat Ähnlichkeit mit Trainingsprogrammen für Anfänger, hundert Meter laufen, dreihundert gehen. Zweihundert laufen. Fünf gehen. Bescheidene Ambitionen. *Etwas.* Wie kleine Tiere und Kinder an der Welt schnuppern und sich von ihr heilen lassen.

Wenig elegant humpele ich über den Markvei, aber es gehört zu den Vorteilen dieses Stadtviertels, dass immer irgendwer hier auf diesen Straßen humpelt, der wenig elegant und seltsam aussieht. Heute bin ich das. Meinen Nachbarn bin ich das immerhin schuldig, dass sie sich über meine Ticks freuen können, so wie ich mich über ihre.

Die unentwegt rauchenden Mütter mit den Kinderwagen am Olav Ryes plass. Der rasche Minimalist mit seiner streng rechteckigen Brille auf dem Weg zu einem *hippen* und offenbar lebenswichtigen Projekt. Ein stolzer pakistanischer Herr in frisch gebügeltem, blendend weißem Schlafanzug und Steppjacke. Mutter und Tochter, ähnlich wie ein Ei dem andern und reichlich aufgetankt, zweifellos mit dem Ziel, Flaschen zurückzubringen und sich eine neue Runde Bier zu sichern.

Und die eine, eilig vorüberlaufende, immer beunruhigende Frau, die mit dem umfangreichen und schön fallenden Schleier, der alles bedeckt, bis auf den kleinen Sehschlitz. Sie ist auf jeden Fall *seltsam*. Aber Freude mache ich ihr wohl kaum.

Grünerløkkas stolze Isolation liegt vielleicht vor allem daran, dass dieser Stadtteil eine Brücke hat, einem altmodischen Stadttor ähnlich; die Ankerbrücke mit ihren seltsam ländlichen Märchenfiguren – einem Stier, einem Rentier – ist der einzige zu Fuß mögliche Weg in die Innenstadt. Vor der Brücke bist du zu Hause, auf der anderen Seite bist du zu Besuch. Einzelne Løkkabewohner sehen gern so wenig wie möglich Besucher bei *uns*, aber Zugezogene wie ich können sich solchen Lokalpatriotismus nicht leisten.

In dem Teil der Torggate, der eine Art nach Norden verlegtes Paris darstellt, chaotisch, verdreckt, mit Kebabkiosken und Verkehr, der wegen der vielen Gemüselieferungen an Händler aus der Türkei und Vietnam nur langsam vom Fleck kommt, fängt mein Bündelgehirn an, sich mit anderen Themen als Prügel zu befassen. Hier wird zwar Handel getrieben, aber das wirklich große Geld, ob nun versteuert oder nicht, wechselt nicht hier den Besitzer, in einem asiatischen Schmuckgeschäft oder einem schmuddeligen griechischen Restaurant.

Die Welt heilt, beeinflusst. Ich bin ein Stück von Joakim Rolls Glasturm und seinem pfiffigen Aktienhandel entfernt. Andererseits ist es nicht sehr weit bis zum Loff-Hauptquartier am Grønlandsleiret. Leben und Werk. Bilder und Bildermacher. Wenn Ingeborg Dahl ihre seltsamen Theorien mir und der Polizeiführung vorgetragen hat, dann vielleicht auch anderen?

Ein Bild namens PAN und ein Junge namens Per Anders Nilsen. Auch er hat vermutlich *Angehörige*, die eine Loff-Aktivistin oder ein zusammengeschlagenes Weibsstück aufsuchen können. Wie Ingeborg Dahl es auch hatte. Das Salz der Erde ist auf jeden Fall einen Besuch wert.

Etwas in der kleinen Diele hat sich verändert. Die Kommode mit der groß geblümten Tischdecke ist dieselbe, die kleinen Souvenirs, die im Rahmen der Küchentür hängen, ebenso ein Porzellanesel, ein Ministrohhut mit einer getrockneten Blume, eine sittsame griechische Götterszene auf einem Teller. Das Salzteigkind an der Toilettentür sitzt noch immer auf seinem Töpfchen.

Aber alle Mäntel sind verschwunden. Vielleicht haben die meisten davon Ingeborg und besuchenden Loff-Leuten gehört. Und es riecht überwältigend nach Putzmittel, Salmiak, Chlor und Seife.

Trauer ist nicht leicht für das Salz der Erde. Die Arbeitsflächen in Søren Dahls kleiner Küche funkeln reklameblank, die Vorhänge sind noch feucht an den Stellen, die das frisch geputzte Fenster berühren. Er hat sie aufgehängt, noch ehe sie getrocknet waren, wie meine Mutter das früher, als wir noch in Grefsen wohnten, auch gemacht hat; das ist vielleicht eine Generationengewohnheit, die mit ihnen sterben wird. Ein kleiner quadratischer Läufer liegt schräg über dem Küchentisch, zwei Katzen aus Porzellan – eine für Salz, eine für Pfeffer – stehen auf dem dem Fenster nächstliegenden Teil der Tischdecke.

Søren Dahl hat die Tischdecke gebügelt und die Katzen darauf gestellt. Und jetzt gibt es nicht mehr zu tun. Er wird sich etwas ausdenken, das weiß ich, etwas Kleines vielleicht, einen Nagel, der eingeschlagen, eine Pflanze, die umgetopft werden muss, morgen, vielleicht, im Keller, im Hinterhof, und diese Dinge werden die Minuten vergehen lassen, die Stunden, die Tage, und das wird sein Leben retten. Aber im Moment ist alles getan. Vielleicht war es schwerer, als er erwartet hatte, aber trotzdem ist es zu schnell gegangen.

Sie kümmern sich rührend um ihn, sagt er, die Nachbarn und die Leute von Loff. Viele haben angerufen. Mehr, als er erwartet hatte, tatsächlich. Auch Zeitungen, aber mit denen will er lieber nicht reden. Abgesehen von einem reizenden Mann von der Klatschzeitung Se&Hør, den kennt er schon von früher her; er hat Søren und Ingeborg fotografiert, genau hier, in der Küche, tatsächlich. Das ist einige Jahre her.

Auch Briefe und Karten hat er bekommen. Ob ich die sehen möchte? Ich gehe mit ihm ins Wohnzimmer, wo noch immer die beiden Schreibtische von Loff dominieren; er hat Briefe und Karten ordentlich auf dem Couchtisch bei der Sitzgruppe unter dem riesigen Porträt von Helena aufgestapelt. Einige Faltkarten hat er aufgestellt, wie man das mit Weihnachts- und Geburtstagskarten macht.

Seine Brillengläser sind gewachsen und noch größer geworden, sein mageres Eichhörnchengesicht verschwindet dahinter, und seine tief liegenden Augen zwinkern und zwinkern. Wie er so zusammengesunken unter dem Foto seiner Enkelin auf dem Sofa sitzt, wirkt er kleiner als sie und farblos. Alles hier drinnen ist hell, der hohe Herbsthimmel draußen hält das Zimmer in einem glasklaren, kühlen Tag fest, der ewig dauern zu können scheint: So wird es sein, hoch und leer und absolut abgeklärt. Hier wird nichts mehr passieren, bis auch er in einer blauen, reinen Stunde stirbt.

Und vorläufig protestiert er nicht einmal.

Er weiß nicht, was er damit machen soll, sagt er und zeigt mit seiner schmalen Hand auf die Bürolandschaft, in der er wohnt. Aber er kann jetzt noch nicht daran denken, tatsächlich. Und Loff hat ja auch noch mitzureden.

Die Polizei ist bei ihm gewesen, auch die war freundlich. Er weiß nicht, wann die Beerdigung stattfinden wird, aber sie scheint wichtig für ihn zu sein. Rituale, Ordnung.

Wir unterhalten uns leise, und während wir den obligatorischen Kaffee trinken, erwähne ich PAN. Das fällt mir nicht leicht.

»Ingeborg hatte vielleicht Kontakt mit seinen Angehörigen«, sage ich.

Das schon. Mit der Mutter, glaubt er. Die Polizei hat natürlich Ingeborgs Adressbuch beschlagnahmt, aber er springt auf und holt seine eigene Telefonliste. Bestätigung. Tat.

Die Liste ist von der altmodischen Art, die sich an der gewünschten Stelle aufschlägt, wenn man einen kleinen Griff an den Seiten hochschiebt und beim richtigen Buchstaben innehält. N für Nilsen.

»Hier steht es«, sagt er und schiebt mir das kleine Teil zu. *Frau Nilsen.* Das hat er mit Bleistift notiert, damit Name und Telefonnummer zum gegebenen Zeitpunkt ausradiert werden können. Ich trage Namen und Nummer in mein eigenes kleines Buch ein, in dem es bisher noch keine *Frau* gegeben hat, und mir fehlt außerdem die ganz besondere Buchstabenführung derer, die zwar Schönschrift gelernt, in ihrem Leben aber nicht viel geschrieben haben. Außerdem zittern mir noch nicht die Hände.

Die Haustürklingel geht und wir fahren beide zusammen, als ob nur Gespenster hier noch Eintritt verlangen könnten.

»Das ist sicher Anlaug«, sagt er. »Sie hat ein paar Kisten im Keller stehen, die sie holen will, tatsächlich. Würdest du mir vielleicht beim Tragen helfen?«

Ehe wir die Tür hinter uns geschlossen haben, hat Anlaug noch zweimal auf den Klingelknopf drücken können, einmal kurz und einmal LANG. Er läuft vor mir über die Treppe, vorbei an der Tür zum Hinterhof und die steile Kellertreppe hinunter. Sein Kellerraum ist sehr ordentlich, eine Hobelbank und eine alte Kücheneinrichtung, die als Arbeitstisch dient; zwei lange Neonröhren beleuchten sein ordentlich aufgehängtes Werkzeug. Die Pappkartons stehen mitten auf dem Boden, es sind fünf, und wir nehmen zuerst jeweils einen. Sie sind schwer und voll gestopft mit Papieren, mit Anlaugs paranoiden Kopien.

Vielleicht ist es genauso schrecklich, wie es mir vorkommt, dass er gerade jetzt damit behelligt werden soll, aber vielleicht ist jede einzelne Aufgabe, die ihm aufgetragen wird, auch ein Geschenk. Außerdem sollte ich mich nicht über Leute aufregen, die ihre Arbeit älteren Männern überlassen, stelle ich fest. Ich kann meinen Karton nicht einmal bis zur Treppe bringen, ehe meine zerschlagenen Schultern mich dazu zwingen, ihn wieder hinzustellen.

»Das macht nichts«, sagt Søren Dahl natürlich. Immerhin halte ich die Türen für ihn auf.

Anlaug steht vor der Haustür auf der Straße, wie immer in ihre schmutzfarbenen Batikgewänder gehüllt. Ihr Gesicht verzieht sich, als sie mich entdeckt. Aber vielleicht irre ich mich auch. Vielleicht war es schon vorher verzerrt. Hinter ihr, auf der anderen Straßenseite, steht ein großer Minibus von der

Sorte, die *Dreammachine* genannt wird, und sieht aus, als gehöre er mitten in einen Albtraum über Gruppenvergewaltigungen.

»WAS WILL DIE HIER?«, fragt Anlaug, wie immer bei meinem Anblick.

»Was ist passiert?«, frage ich.

»Darauf kannst DU scheißen«, sagt Anlaug, ein wenig unsicher.

»Also«, sagt Søren und zwinkert, »Igi hat nur mal vorbeigeschaut, und da dachte ich … sie hält die Tür für mich auf, tatsächlich. – Aber meine Liebe«, fügt er dann hinzu, »hast du dich verletzt?«

Anlaug grunzt. »Unfall«, murmelt sie. »Gefallen.«

Sehr tief gefallen offenbar. Die ganze Treppe hinuntergefallen und gegen den Türrahmen geknallt und über die Fußleiste gestolpert und die Kommode gestreift und auf die Kaminkante aufgeschlagen, heissa, Anlaug ist nicht gefallen. Irgendwer hat sie geschlagen. Und anders als mein Hinterhofmann hat er ihr Gesicht nicht geschont.

Ich habe ihr Gesicht schon einmal so gesehen, vor zwei Jahren ungefähr, unmittelbar vor ihrem Ausscheiden aus der Therapie. Auch damals war sie äußerst unglücklich gefallen. Und unter anderem deshalb hätten wir sie gern behalten. Aber Anlaug ist ein erwachsener Mensch und sie war nicht zwangseingewiesen worden.

»Unfall«, sage ich nüchtern. »Sieh an. Also bringen wir den Karton ins Auto.«

»Das kann ich SELBER«, sagt Anlaug.

»Schön«, sage ich. »Dann können Søren und ich einen neuen holen.« Ich habe die Straße schon halb überquert, als sie hinter mir hergewatschelt kommt, mit diesem zusätzlichen Gewicht zu ihrem schweren Körper. Sie holt mich erst ein, als ich die Hintertüren der Dreammachine geöffnet habe.

Und sie ist, trotz ihrer vielen Stürze und ihrer Mitleid erregenden Verteidigung aus verbalen Trompetenstößen und leiblichem Fett, auch ein *Trottel*. Sie hat den Eimer im Auto stehen lassen, neben einem kleinen Pappkarton, daneben liegen die in Plastikfolien gewickelten Pinsel.

»Bist du wieder mit ihm zusammen?«, frage ich freundlich.

»Bin ich NICHT, verdammt«, mault Anlaug. »Ihm« ist der Typ, der Anlaug zum ersten schlimmen Sturz veranlasst hatte. »Ihm« ist auch der Vater des Kindes, das sie nicht bekommen hat, ziemlich sicher, weil ich ihr zu einer Abtreibung geraten hatte. PSYCHOLOGIN HEITMANN TÖTET KINDER, denke ich.

»Ist das sein Wagen?«, frage ich.

»NEIN«, sagt Anlaug.

»Wem gehört er dann?«, frage ich.

»Darauf kannst DU scheißen.«

Möglicherweise hat sie einen anderen mit langen Treppen und einer Dreammachine kennen gelernt. Es dauert bisweilen, aber die meisten von uns stellen irgendwann fest, dass die Menschen, in die wir uns Hals über Kopf verknallen, erstaunliche Ähnlichkeit miteinander aufweisen. Andererseits war »ihm«, an dessen Namen ich mich nicht erinnern kann, Anlaugs Erster, und in der ganzen Abteilung mochte niemand ihren Beteuerungen, sie habe mit ihm Schluss gemacht, so richtig Glauben schenken.

Wir können durchaus annehmen, dass sie auch zwischendurch ihre kleinen Stürze erlebt hat.

»Bereust du die Abtreibung?«, frage ich.

Søren bringt einen weiteren Pappkarton und verschwindet eichhörnchenschnell, um einen neuen zu holen.

»DU hast doch ein Kind«, sagt sie. »Bereust DU, dass du sie bekommen hast?«

»Nein«, sage ich. »Ich bin sehr froh darüber. Weißt du, es war nicht so gemeint, dass DU überhaupt kein Kind bekommen solltest, ich meinte nur, dass damals nicht der richtige Moment war.«

»Meine Mutter hat MICH bekommen«, sagt Anlaug. »Und niemand weiß, ob das der richtige Moment war.«

Anlaug ist schon in ihrer Kindheit häufiger gefallen.

Søren bringt noch einen Karton, stellt ihn vor uns auf den Boden und läuft wieder über die Straße.

»Ich weiß ja, dass ich dir wehgetan habe«, sage ich. »Und das tut mir Leid. Wenn du dich damals unter Druck gesetzt gefühlt hast und es selber gar nicht wolltest, dann bitte ich um Entschuldigung.«

»Das ist verdammt LEICHT zu sagen.«

Das ist es. Es ist banal und dumm. Aber es ist auch notwendig. Noch die hoffnungslosesten Bitten um Verzeihung, wenn sie nur aufrichtig sind, haben weitaus größere Wirkung auf die, die gebeten werden, als auf die, die bitten. Nur anfangs sieht es umgekehrt aus.

»Diese Malerei …«, fange ich an.

»DU kannst ganz einfach die FRESSE halten«, fällt Anlaug mir ins Wort. »Du hast doch keine AHNUNG, wovon du redest, also halt lieber deine SCHEISSKLAPPE!«

Sie schnappt sich den Karton und schiebt ihn seitwärts ins Auto, wo er umkippt und sich ein Strom von A 4-Bögen über den Boden auf die Straße ergießt.

»WAS WEISST DU DENN SCHON ZUM TEUFEL!«, brüllt Anlaug und bückt sich ungeschickt, um die Blätter aufzusammeln. »Kommst her und MISCHST DICH EIN! KEIN MENSCH will dich hier haben. Ingeborg hat GELEBT, bis du hier aufgekreuzt bist.«

Heitmann = Tod, denke ich.

»Anlaug«, sage ich.

»Aber LOFF hört nicht auf, KAPIERST DU, auch wenn INGEBORG nicht mehr da ist. Jetzt BESTIMME ICH!«

Sie schleudert eine Hand voll Papiere in den Laderaum und knallt mit den schweren Türen. Dann versetzt sie mir einen Stoß gegen die Brust und marschiert zum Fahrersitz, quetscht sich mit einiger Mühe hinters Lenkrad und lässt mit einem BRÜLLEN den Motor an.

Ich stehe vor dem Seitenfenster und fuchtele mit den Armen; es ist dunkel, rauchfarben, wenn ich die Augen zusammenkneife, kann ich hinter dem Glas ihren schweren Körper ahnen. Die Traummaschine beschleunigt ihr Tempo und hinterlässt eine kleine Staubwolke aus flatternden Blättern.

Søren steht im Schatten auf der anderen Straßenseite und hält den letzten Pappkarton in der Hand. Ich sammele die restlichen Blätter auf. Diese Reaktion kann so vieles bedeuten. Sie kann zum Beispiel bedeuten, dass meine Bitte um Entschuldigung zu wirken beginnt.

Søren zieht sich zurück, ohne darauf zu warten, bis ich alle Kopien aufgeklaubt habe.

Während ich durchblättere, um nachzusehen, ob die Seitenzahlen stimmen, dringt das eine oder andere Wort in mein Bewusstsein. Und das nicht, weil ich so genau hinschaue. Sondern, weil einige Sätze unterstrichen sind.

Die Katze erkenne ich. Die, die sie noch lange nach ihrem Tod aufbewahrt hatte, und mit der sie ihm solche Angst gemacht hat, dass er nachts nicht mehr schlafen konnte. Die vertrocknete Katze, steif und eingeschrumpft, deren kahle Kiefer ihm ins Gesicht grinsten. Ihr Gestank. Auf dieser Welt kann es nur eine einzige solche Höllenkatze geben, und als ich weiterlese, finde ich auch die Bürste und den Riemen, mit dem sie ihn in einem Schafstall angebunden hat.

Unten auf den Seiten steht eine Referenznummer, neben der Seitenzahl, aber sie sagt mir nichts, da die erste Seite fehlt. 574/2 steht auf dem einen Blatt, 474/3 auf dem nächsten.

Seltsam, denke ich. Wenn Ingeborg Dahl die Biografie nicht gelesen hat – und wie hätte sie sie lesen sollen –, dann kann sie diese Informationen nur von Aske selber erhalten haben. Oder von einem ausnahmsweise einmal mitteilsamen Sjur. Der mir in der Nacht ihres Verschwindens hier auf dem Grønlandsleiret begegnet ist. Unterwegs zu ihr? Um über eine stillgelegte Fabrik oder über einen Bruder zu sprechen?

Søren Dahl ist von Natur aus hilfsbereit, aber das übrige Archiv will er mir nicht zeigen. Das ist HEILIG, nehme ich an. Und außerdem ist nicht er derjenige, der darüber zu BESTIMMEN hat.

Ich, die ohnehin KEINE AHNUNG hat, muss mich mit *Frau Nilsen* begnügen.

23

Für die, die Prügel irgendeiner Art einstecken mussten, ist die Welt ziemlich anstrengend, wenn sie voller Zweifel daran schnuppern. Nach den Trainingsphasen: ausruhen. Hundert Meter laufen, dreihundert gehen. Anlaug ist anstrengend wie ein Hundertmeterlauf, und außerdem merke ich mir alle kräftigen Männer, die ich in den Seitenstraßen von Grønland und auf dem Rückweg zum Markvei sehe. Ich sehe sie, weil ich verletzlich bin, was sie betrifft, und außerdem erschöpft.

Vor dem Tor, mit dem Wagenschlüssel in der Hand, spüre ich das, was schärfer brennt als meine zerschlagenen Muskeln. *Die Pisse.* Er hat mich bepisst, weil er das konnte.

Es ist ein hoher blauer Herbsttag, und solche Tage mögen moderne Trolle nicht, aber ich fürchte mich trotzdem vor ihnen, als ich hier unterwegs bin. Natürlich laufe ich nicht davon. Natürlich habe auch ich, wie Aske, mir in diesem Leben ein Versteck zugelegt. Ich habe es jedoch seit über fünfzehn Jahren nicht mehr in Anspruch genommen.

Ich halte vor Karstens pompöser Garagentür im Charlotte Andersens vei; sie weist ebenso viele sinnreiche Intarsien auf wie Otto-Troels-Jacobsens Renaissanceschrank, ist aber blanker und funkelt viel mehr. Dennoch haben beide vermutlich die Gemeinsamkeit, dass sie den Wert betonen, der sich hinter ihnen befindet.

Mutters Küche ist leer und sauber, der neue Herd mit den provenzalischen Fliesen steht in der Ecke unter seiner Kupferhaube. Ich stelle meine Tasche auf den Küchentisch, der solide und quasi-antik ist und von einem *rasend tüchtigen* Schreiner in Lom stammt.

Das Telefon befindet sich schon längst nicht mehr im Flur, in diesem wie in anderen Häusern. Als ich hier noch gewohnt habe, saß ich an einem zierlichen Tischchen, zusammengekrümmt auf etwas namens »Telefonhocker«, und wählte auf der Drehscheibe die nötigen Nummern. Beschnupperte die Welt. Ließ mich, vermutlich, von ihr heilen.

Jetzt steht das Telefon in Karstens Bibliothek, wo er seltsame Fachbücher über die Dominanz der Alphamännchen und über Golf liest. Ich brauche mich trotzdem nicht in einen seiner Chesterfieldsessel zu setzen, das Telefon ist schnurlos und funktioniert auch an einem imitierten Bauerntisch in der Küche. Neben der Tasche liegen mein kleiner Kalender und das Manuskript von Askes Biografie.

Ingeborg Dahls Zugang zu Askes Kindheitsgeschichte muss nicht über ihn oder seinen Bruder gelaufen sein. Schließlich hat die Biografie auch eine Autorin. Eine scharfsinnige Kunstkritikerin, der soeben der Auftrag entzogen worden ist.

Zuerst jedoch rufe ich *Frau Nilsen* an. Die Angehörige des Jungen, der PAN genannt wurde.

Sie ist nicht zu Hause, wohnt nicht mehr dort. Im Gegensatz zu einer gewissen Edel Amundsen.

»Ist sie schon vor langer Zeit umgezogen?«, frage ich.

»Sie ist nicht umgezogen«, sagt Edel Amundsen. »Sie hat Selbstmord begangen.«

Das kommt rasch und hart und mit einem metallischen Unterton von Trotz.

»Tut mir Leid«, sage ich. »Das wusste ich nicht.«

»Nicht hier im Haus«, fügt sie hinzu. »Sie hat sich oben im Wald an einem Baum erhängt. Vor zwei Jahren.«

»Sie wissen nicht zufällig«, sage ich, »wo ich andere von Per Anders Nilsens ... Verwandten finden kann?«

Sie überlegt einige Sekunden.

»Sie sind nicht zufällig von diesem ... nicht Verliererverein, sondern ...«

»Loff?«

»Genauso, ja.«

»Nicht direkt«, sage ich.

»Also. Im Grunde ist es nicht schwer, Verwandte von PAN zu finden. Ich zum Beispiel bin seine Schwester. Sind Sie Journalistin?«

»Nein«, sage ich. »Psychologin.«

»Ah ja. Und Sie sind *nicht direkt* von Loff. Tut mir Leid, ich glaube nicht, dass ich Ihnen etwas zu sagen habe.«

Peng.

Edel Amundsen ist nicht nur wütend, sondern auch rasch. Sie hat entweder das Haus verlassen oder den Stecker herausgezogen, als ich wieder anrufe. Sie ist jedoch leicht aufzuspüren, ein Name und eine Telefonnummer bringen mir mithilfe der Telefonauskunft auch ihre Adresse. Falls ich auf ihrer Treppe stehe, denke ich, morgen zum Beispiel, kann ich doch zur Not einen Fuß in den Türspalt stecken, ehe sie die Tür zuknallt.

Ehe ich meine Telefonrunde fortsetze, plündere ich Mutters und Karstens Kühlschrank. Ich habe die Wahl zwischen Litago-Jogurt und Karstens Gorgonzola. Der Gorgonzola siegt.

Wofür sich ziemlich sicher auch die Kunstkritikerin entscheiden würde. Askes Biografin ist vielleicht ebenfalls wütend, schließlich hat sie eben erst einen prestigeträchtigen Auftrag verloren, aber am Telefon hört sie sich vor allem spöttisch an. Nein, sie hat mit keiner *Ingeborg Dahl* gesprochen, weder über Askes Kindheit noch über etwas anderes.

»Welche Quellen benutzt du denn?«, frage ich.

»Danach kannst du deinen Mann fragen«, sagt sie. »Die stehen natürlich im Manuskript.«

Anschließend liefert sie eine längere Tirade über *Vertragsbruch* und Urheberrecht, und während ich nicht sonderlich aufmerksam zuhöre, blättere ich in den ersten Manuskriptseiten. Es gibt ein Inhaltsverzeichnis, nach dem Kapitel »Elternhaus«, folgt eines mit der pompösen Überschrift »Entscheidende Erfahrungen in Amsterdam«.

»Ich wollte eigentlich wissen«, falle ich ihr ins Wort, »wer die Quelle zu seiner Kindheitsgeschichte war.«

»Aske natürlich. Wer denn sonst?«

»Und du weißt ganz sicher«, sage ich, »dass du mit niemandem über den Inhalt dieses Kapitels gesprochen hast?«

»*Ich* breche keine Verträge«, sagt sie mit spitzer Stimme. »Anders als ...«

Und jetzt kommt wieder das Urheberrecht.

Ich blättere zu den »Entscheidenden Erfahrungen in Amsterdam« weiter. Es gibt sie nicht. Will heißen, das Kapitel gibt es nicht. Die Paginierung läuft ungebrochen weiter, also können weder Benny noch ich es verschusselt haben.

»Sonst noch Fragen?«, will plötzlich die Kunstkritikerin wissen. »Ich bin nämlich ziemlich beschäftigt.«

»Noch eine Kleinigkeit«, sage ich. »Das Manuskript liegt hier vor mir, und es scheint ein Kapitel zu fehlen.«

»Das spielt doch jetzt keine Rolle mehr«, sagt sie. »Es fehlen sogar mehrere Kapitel. Wir wollten noch eine Serie von Interviews machen, aber dieser Dilettant ...«

»Weißt du, wovon diese Kapitel handeln sollten? ›Entscheidende Erfahrungen in Amsterdam‹, zum Beispiel?«

»Keine Ahnung«, sagt sie. »Aber eins kann ich dir sagen, dass sie weder für mich noch für die norwegische Kunst sonderlich wichtig sind. Aske ist eine total *belanglose* Figur.«

PENG. Wenn sie den Hörer auch nicht wirklich auf die Gabel knallt, so ist es doch zumindest bildlich so zu verstehen. Und mit Bildern arbeitet sie ja die ganze Zeit.

Keine Dummheiten machen, hat Benny vor der Abfahrt gesagt. Er hat meinen Körper nicht gesehen, deshalb weiß er nicht, dass es schon passiert ist. Heute habe ich vielleicht nicht viel Dummes gemacht, aber auch nicht viel Wichtiges. Keine *entscheidenden Erfahrungen*, also. Ich stelle die Tasche auf die Treppe zum ersten Stock und wandere langsam durch die großen Zimmer im Erdgeschoss. Und sehne mich nach meinem Vater, das weiß ich, obwohl ich hier nie mit ihm zusammengewohnt habe.

Aber gerade deshalb ist dieses Haus natürlich der Rahmen für eine jahrelange Teeniesehnsucht, was nicht zuletzt Karsten zu spüren bekam. Ich war eine schlechte Stieftochter, und bin das wahrscheinlich noch, so skeptisch, wie ich mich seiner Garagentür und seinen Chesterfieldsesseln gegenüber verhalte.

Entscheidende Erfahrungen. Man sollte doch meinen, Aske habe seine in seinem Elternhaus gemacht, aber das Elternhaus verlassen wir ja, auf unterschiedliche Weise. Askes »Daheim«, wie mir jetzt einfällt, ist in Bennys Fotomappe zu sehen, sein letzter, überflüssiger Auftrag bei Håkon Middelthon. Sein »Daheim« ist flammend rot und düster, das kleine Haus ist umgeben von einem wilden, aufgewühlten Himmel und einem schweren Hang. Auf der linken Bildhälfte zieht sich ein einzelner, wütender Pinselstrich, die Linie, die der »goldene Schnitt« genannt wird und dem, was sich dort befindet, optisch und bildlich Gewicht geben soll.

Middelthons anderes Aske-Bild erklärt immerhin, warum er zugeben musste, dass Francis Bacon ein »tüchtiger Maler« war. Das brutal deformierte Gesicht wäre ohne die gröbere Pinselführung fast ein Bacon-Pastiche. »Porträt von Rune Skjalgson« hat Benny mit seiner zierlichen Schrift auf dem gelben Zettelchen notiert, das auf dem Foto klebt. »50 × 83 cm, Öl auf Leinwand, 1969.«

Ich habe ihn gekannt, sagt eine Stimme in mir. Die Kunstkritikerin bahnt sich vor mir her einen Weg in TroJas Ausstellungsräume und nickt einem Mann in Trachtenjacke zu. *Wir sind zusammen zur See gefahren.* Das heißt noch nicht, dass man deshalb auch zusammen in Amsterdam an Land geht, aber unvorstellbar ist es nicht. Und er heißt auf jeden Fall Rune Skjalgson. Steht nicht in der pompösen »Quellenliste« der Biografie, aber im Telefonbuch.

Entscheidende Erfahrungen klingt gar nicht so blöd, aber noch einen übellaunigen Anruf kann ich nicht ertragen. Die Quellen kann ich auch von Angesicht zu Angesicht überprüfen.

Es wäre ja noch schöner, wenn der Mann, der mich durch den Türspalt hindurch anschaut, Ähnlichkeit mit Askes Porträt hätte; seine Nase sitzt, wie die meisten Nasen, an Ort und Stelle, und seine Haut ist vernünftigerweise weder tiefrosa noch giftgrün. Außerdem ist er, wofür das Porträt aber nichts kann, wesentlich älter als zur Zeit von dessen Entstehung.

Rune Skjalgson trägt denselben, hübsch gestrickten Trachtenjanker, dazu graue Terylenehosen und ein angegrautes T-Shirt. Auch seine Haare sind grau, nach hinten gekämmt und feucht. Er schaut mich durch seinen Türspalt aus ruhigen, leicht zusammengekniffenen Augen an, lässt mich aber mit meinem dünnen, verlogenen Alibi passieren.

»Mein Mann und ich«, sage ich, denn ich nehme an, dass Leute in Skjalgsons Alter das gerne hören, »mein Mann und ich möchten ein Bild kaufen, ein Porträt von Aske. Oder genauer gesagt von *Ihnen*, je nachdem, wie man es sieht.« Ob es stimme, frage ich, kunstkäuferinnenfreundlich, dass er derselbe Rune Skjalgson sei?

Er nickt.

»Ich würde gern etwas über das Bild erfahren. Wann es gemalt worden ist und wo …«

Es ist einfacher, als ich erwartet habe. Obwohl ich das doch wissen müsste. Wenn ich nicht gerade lüge, bin ich in der Bekenntnisbranche tätig, und auch dort herrscht kein Mangel an Menschen, die reden wollen. Unverbindlich und vielleicht auch vertraulich. Das eine setzt das andere voraus, hier wie in meinen Räumen.

Seine Räume sind eng. Kleine, niedrige Verschläge, deren groß gemusterte Tapeten ihm Platz stehlen; vielleicht lässt er die Fenster in dem Versuch offen stehen, die Zimmer zu erweitern. Er hat sehr nüchtern möbliert, in einem altmodischen, aber gut erhaltenen Stil der Sechzigerjahre, der eher an eine museale Rekonstruktion erinnert denn an ein Zuhause. Keins der Möbel jedoch könnte einem hippen Sechzigerjahre-Freak ein Keuchen entringen, dazu sind sie nicht schrill genug.

Er bietet mir einen der beiden kleinen Sessel mit grünem Bezug und stark abgeschrägten, schmalen Armlehnen aus geflammter Birke an. Er selber bleibt ein wenig unschlüssig stehen.

»Wir sind uns flüchtig begegnet, bei Askes Ausstellung«, sage ich und schaue zu ihm hoch.

»Ach«, sagt er. »Daran kann ich mich nicht erinnern.«

»Das ist ja auch kein Wunder«, sage ich. »Wir waren dort ja nicht gerade allein. Ich hatte einen Hund bei mir.«

An den kann er sich erinnern, Rita vergisst man nicht so leicht.

Skjalgson umgibt sich mit der neutralen, büroähnlichen Variante der Sechzigerjahre. Einem bleichen kleinen Couchtisch und einem braunen Aschenbecher. Die absolut anonyme Landschaftsmalerei an der Wand passt genau zu den Topfblumen auf der Fensterbank. Es könnte sich um ein ordentliches, tödlich langweiliges Hotelzimmer von der Sorte handeln, in der es keinen Fernseher, wohl aber in einer Schublade eine Bibel gibt. Falls solche Zimmer noch existieren. Falls nicht dieses Zimmer die letzte Erinnerung daran ist.

Rune Skjalgson holt eine Thermoskanne und zwei kleine Porzellantassen; er zieht die Hose über seinen Knien zurecht, ehe er sich setzt. Gibt es noch Leute, die das machen?, denke ich und versuche mir Karsten oder Troels-Jacobsen vorzustellen. Karsten macht es, wenn er in die Hocke geht, um mit Ida zu spielen, sonst nicht. Troels-Jacobsen macht es sicher routinemäßig. Skjalgson ist nur zwanzig Jahre älter als ich, so alt wie Aske, ungefähr. Vielleicht führt er eine Bewegung durch, die derzeit ausstirbt, zumindest bei Menschen, die, wie er, keine großen Werte besitzen, für die sie sich antiquarische Gewohnheiten zulegen könnten.

»Das war in Amsterdam«, sagt er. »In unserer wilden Jugend. Er hat es in einem kleinen Zimmer gemalt, unten beim Hafen.«

Als Künstlermythos ist das natürlich perfekt, absolut, denke ich, *mein Mann und ich* werden begeistert davon sein.

»Ich habe den Eindruck«, sage ich, »dass Aske die Zeit in

Amsterdam als gewissermaßen *entscheidend* für sein Leben betrachtet. Dass er dort wichtige Erfahrungen gemacht hat.«

»Ach.«

»Was könnten das für Erfahrungen gewesen sein, was meinen Sie?«

»Tja, wohl der Suff oder die Nutten. Oder die Entdeckung, dass er *hässlich* malen kann. Die See kann es nicht gewesen sein, denn da war er nicht gerade ein Erfolg.«

Das kommt gelassen und zuverlässig, und es klingt sehr fremd im Verhältnis zu diesem bleichen, pedantisch sauberen Zimmer. Rune Skjalgson nippt an seinem Kaffee und wischt sich danach sorgfältig die Lippen ab.

»Sie sind zusammen zur See gefahren?«, frage ich.

»Wir sind gewissermaßen zusammen an Land gesetzt worden. Aske hatte sich auf der Überfahrt unmöglich gemacht, und deshalb lungerten wir herum und warteten auf eine neue Heuer. Haben gesoffen und herumgesumpft, wie man das so macht.«

»Auf welche Weise hatte er sich unmöglich gemacht«, frage ich.

»Er war so spöttisch und hat alle gegen sich aufgebracht. Und wenn wir an Land waren, hat er gesoffen wie blöd. Das taten natürlich auch alle anderen, aber … ja, er war jung, wissen Sie, und vertrug keinen Schnaps.«

»Sie können nicht viel älter gewesen sein«, sage ich lächelnd, wir reden über die wilde Jugend, was Jahre später ungefährlich ist.

»Ich war vielleicht zwei Jahre älter und es war nicht meine erste Fahrt. Aber ich habe auch nicht gesoffen. Nicht so wie er. Und das ist ein Unterschied.«

»Und wie hat Aske gesoffen?«

Seine große Faust hebt eine dünne, zerbrechliche Porzellantasse hoch. Seine Haare liegen auf seemanns- und sozialhilfeweise in Kammstreifen über seinem Schädel. Doch sein Blick ist sauber und ruhig.

»Aske hat so schrecklich getrunken, wissen Sie. Obwohl er

so jung war. Und dann wurde er streitsüchtig. Hat geredet und fantasiert. Hinterher hat ihm das sicher Leid getan.«

Jetzt schaut er einige Minuten lang aus dem Fenster, sein Blick geht ins Leere. Falls er etwas sieht, dann nicht das Dach der Esso-Tankstelle gegenüber.

»Auf jeden Fall fanden wir ein Zimmer. Ich glaube sogar, eine Art Nutte hatte uns das besorgt. Und da hat er das Bild gemalt. Wir haben sehr darüber gelacht. Er hat auch die Nutten gemalt, darauf war er ganz scharf, aber die Bilder haben ihm alle nicht gefallen.«

»Warum sind Sie bei ihm geblieben«, frage ich. »Ich meine, wenn er sich unmöglich gemacht hatte, dann mussten Sie doch nicht...«

»Er hat mir wahrscheinlich Leid getan. Es war seine erste Fahrt, und er wurde schon in Amsterdam gefeuert.«

Ich lache, und das gefällt Skjalgson gar nicht.

»Das war kein Witz. Außerdem war ich irgendwie für ihn verantwortlich. Ich hatte ihn gewissermaßen zum Anmustern überredet.«

»Ach. Kannten Sie ihn denn schon vorher?«, frage ich.

»Das ist vielleicht zu viel gesagt. Wir haben im Sommer vor meiner ersten Fahrt zusammen gearbeitet. Oben bei TroJa. Er hat schon damals gezeichnet, nicht bei der Schicht, natürlich, sonst aber wohl. Ist herumgelaufen und hat die Schlote gezeichnet. Und das hat ihm ja keine Freunde eingebracht.«

Ich habe auch bei TroJa gearbeitet, vor langer Zeit, in einem Sommer, hat Aske bei seiner Ausstellung gesagt. In jenem Sommer?

»Haben Sie auch seinen Bruder gekannt?«, frage ich.

»Na ja, ich wusste, wer das war. Schleimer. So einer, der beim Vorarbeiter gekrochen ist, Sie wissen schon. Er war brutal. Gemein.«

»Der Vorarbeiter?«

»Nein. Sjur, der Bruder. Er hat Typen dafür bezahlt, dass sie Jungs zusammengeschlagen haben, die kleiner waren als er, er war zu feige, um das selbst zu tun. Sie lagen im Wald oben beim

Fluss auf der Lauer, wir gingen zum Baden dahin, wissen Sie, nach Frysja. Und dann lagen die Typen da und machten sich über andere her.«

»Hat er sie auch dafür bezahlt, seinen Bruder zu verprügeln?«

»Sicher. Dafür besonders.«

»Hat er auch noch etwas anderes getan?«, frage ich.

»Er hat gearbeitet, wie wir alle.«

Er stößt ein kleines trockenes Lachen aus. Es hört sich fast an wie ein Husten. Es klingt nicht so, als lache Rune Skjalgson häufiger.

»Neulich, bei der Ausstellungseröffnung«, sage ich, »hat Aske einen ziemlich harten Vorwurf erhoben. Ich weiß nicht, ob Sie sich daran erinnern?«

»Nicht so genau«, sagt Skjalgson.

»Nein. Er hat gesagt, sein Bruder habe zugesehen, wie er von einigen Kollegen vergewaltigt worden sei.«

»Davon habe ich nie etwas gehört«, sagt er. »Aber es würde mich nicht wundern. Da waren reichlich grobe Typen und dieser Sjur war ja schließlich ein Schwein.«

Er fährt sich einige Male mit den Handflächen über die Knie, wie um sie abzutrocknen.

»Aske hat im Suff ziemlich viel Unsinn geredet. Und ich mochte das nicht unbedingt hören, deshalb habe ich es rasch wieder vergessen.«

Skjalgson verstummt und starrt seine Kaffeetasse an.

»Er war schrecklich wütend auf seinen Bruder, wissen Sie. Hat ihn fast gehasst. Ich dachte so ungefähr, *wenn die Krippe leer ist, beißen sich die Pferde*. Aber es kann auch andere Gründe gehabt haben.«

»Was meinen Sie mit Krippe?«, frage ich.

»Ihre Mutter war ziemlich verrückt«, sagt er, und blickt mich aus seinen ruhigen Augen an.

»Haben Sie die auch gekannt?«, frage ich.

»Nein. Aber er hat über sie geredet, und das nur im Suff. Und ich dachte, dass er von ihr weglief. Aber es kann ja auch der Bruder gewesen sein.«

»Hat er Ihnen viel über seine Kindheit erzählt?«, frage ich.

»Nicht sehr viel und nur selten. Aber genug. Als er da in diesem Kämmerchen im Amsterdamer Hafen stand und Nutten gemalt hat, habe ich gedacht, dass er seine Mutter malt. Ihm brach dabei der kalte Schweiß aus, wissen Sie, und er hat sie so hässlich gemacht, wie er konnte, aber trotzdem waren sie ihm nie hässlich genug.«

»Aber Sie sind hässlich genug geworden?«, frage ich.

Ein kurzes Husten malt zwei rote Flecken auf seine Wangen.

»Das muss wohl so sein. Er war ziemlich zufrieden mit diesem Bild.«

Das Fenster zur Esso-Tankstelle steht noch immer halb offen. Draußen schlägt eine Taube mit den Flügeln, verpasst aber die Öffnung und jagt aufwärts, dem hohen, kühlen Himmel entgegen.

»Haben Sie sonst noch Fragen?«, möchte er wissen.

O ja, denke ich. Noch viel mehr. Mehr und mehr und fast nie genug.

»Ich habe eine Art Verabredung, wissen Sie«, sagt er.

»Ach so«, sage ich und erhebe mich. »Kennen Sie die Kunstkritikerin, die das Buch über Aske schreibt?«

»Die etwas Schnippische? Sie war einmal hier und wollte Hilfe bei ihrem Buch. Nur ein bisschen, allerdings. Aske hatte vergessen, wo unser Zimmer damals lag.«

»Aber Sie wussten das noch?«

»Sicher.«

Wir beide füllen den Raum aus, jetzt, wo wir zu zweit aufrecht in seinem Wohnzimmerchen stehen. Nein, er fährt nicht mehr zur See, sagt er. Er hat ab und zu kleine Jobs, und ich habe den Eindruck, dass die Abstände dazwischen sehr groß sind.

»Treffen Sie ihn manchmal«, frage ich, »Aske, meine ich?«

Jetzt lacht er.

»Das kommt vor«, sagt er. »In dieser Stadt kann man sich eigentlich nicht aus dem Weg gehen. – Ist es berühmt?«, fragt er, als ich mir in der Diele die Jacke anziehe.

»Was?«

»Das Bild von mir?«

»Ich weiß nicht so recht«, sage ich. »Es ist ja ein ziemlich frühes Porträt.«

»Aber es kostet doch trotzdem einiges?«

»Sicher«, sage ich. »Das schon. Vermutlich zu viel für meinen Mann und mich.«

»Wie schade«, sagt Skjalgson. »Wenn es Ihnen gefällt, meine ich.«

»Sie haben es für mich auf jeden Fall lebendig gemacht«, sage ich. »Nur müssen wir eben auch daran denken. An den Preis.«

Und als ich die Treppe hinuntergehe, muss ich einfach daran denken, dass das Porträt möglicherweise mehr wert ist als die Stütze, die er wohl für den Rest seines Lebens kassieren wird, und dass es, egal, wie es beurteilt wird, länger leben wird als er, sodass sein Name vielleicht mit dem Porträt enger verbunden sein wird als mit seinem eigenen Leben.

In der Stadt ist eine Armada vor Anker gegangen. Nachdem ich den früheren Seemann Rune Skjalgson verlassen habe, komme ich an mehreren Schiffen vorbei. Ihr schlanker Bug streckt sich siegessicher der Zukunft entgegen, ihr Rumpf funkelt in formvollendeter Eleganz, hier ein sanfter Bogen, dort eine kühne Linie: Lange nach dem Tod der Seefahrernation Norwegen haben sich diese Fahrzeuge aus Glas und sehr teuren Steinen zwischen die hässlichen Betonklötze der Hauptstadt geschoben und dort Anker geworfen.

Sie machen die Stadt schöner, wie sich das für Reichtum gehört. Jetzt, in der Dämmerung, sind die Finanz- und Machtgebäude der Stadt von fast schmerzlicher Schönheit, spiegeln die Goldreflexe des Sonnenuntergangs über dem Fjord wider, nehmen himmlisches Tiefblau und Türkis in Besitz. Wie viele von ihnen solche maritimen Assoziationen hervorrufen, kann ich nicht genau sagen. Vielleicht sorgt die Erinnerung an den Ursprung unseres Reichtums dafür, an das Gold vom Meeresboden, vielleicht ist es eine sanfte Erinnerung daran, dass sie fliehen können, den Anker lichten und ein anderes Steuerklima anpeilen, wenn ihnen dieser Hafen nicht bekommt.

Glasturm in London, Puff in Amsterdam. Es gibt so viele Arten von Flucht, und meine, geschunden und bescheiden, führt mich nur nach Vindern.

24

Ich mache viel zu viel Licht in den großen Zimmern im Charlotte Andersens vei, durchfurche das Erdgeschoss kreuz und quer und drehe alle Schalter an, die ich finden kann, aber das führt nur dazu, dass die Dämmerung draußen sich nachtschwarz an die Fensterscheiben klebt und absolute Dunkelheit produziert, wo es vorher nur sentimentale Blautöne gab. Ich könnte natürlich die Vorhänge vorziehen, Mutters bunte Fluten von Vorhängen würden jegliche Erinnerung an Nacht austilgen, wenn ich ihnen die Möglichkeit dazu gäbe.

Aber dann könnte ich nicht sehen, ob draußen jemand steht.

Ich hatte vergessen, wie wehrlos ein Haus in einem Garten uns vorkommen kann, wenn wir lange genug mit Nachbarn über und unter und neben uns gelebt haben. Wie wehrlos und einsam. Hier gibt es einen riesigen Keller. Einen Dachboden über dem ersten Stock. Und einen Boden, der knackt, und Bäume mit Zweigen, die der Wind bewegen und über die Hausmauer streichen lassen kann.

Und einen schmerzenden Körper. Hier gibt es eine tiefe Badewanne, in der ich diesen wehen Leib versenken kann, und die kindische Angst vor der Dunkelheit lässt sich mit einfachen Tricks verjagen, an die ich mich aus meinen einsamen Kindheitssommern hier noch erinnern kann.

Die Türen zwischen den Zimmern stehen sperrangelweit offen. Der Fernseher läuft auf vagem Plapperniveau. Das CD-Gerät ist um einiges lauter. Einen Einbrecher werde ich also nicht hören können. Aber wir können ja schließlich nicht alles haben.

Mutters und Karstens Badezimmer ist, wie die städtische Architektur, seit der letzten Renovierung sehr maritim geworden; es gibt kleine Segelboote auf den Handtüchern und Messingbeschläge an den seltsamsten Stellen. Die Segelboote gibt es auch auf Jomfruland, das weiß ich, Ida liegt jetzt schon unter ihren lustigen Kinderausgaben, Benny wird sicher, wenn er zu Bett gegangen ist, unter einer mit Ankern und maskulin aussehendem Tauwerk bedruckten Bettdecke schlummern.

So eine Badewanne aber haben sie nicht, obwohl die Felsen in ihrer Nachbarschaft sanft umschwappt werden. Mutters großartig tiefe Badewanne ist außerdem umgeben von großzügigen, ein wenig vulgären Flaschen, denen ich eine Unmenge Schaum entlocken kann. Und sie ist mehr als lang genug, um darin zerschundene Glieder auszustrecken.

Ich nehme Karstens Schnurloses mit ins Badezimmer und weiß, dass es schon längst Schlafenszeit ist. Ich habe bereits zweimal mit Ida gesprochen und soll a) Vertrauen zu anderen Angehörigen haben und b) nicht anrufen, wenn die Rituale noch laufen. Auf Jomfruland werden indes die Felsen leider nicht sanft umschwappt, dort gibt es im Herbst wahnwitzige Brecher in Form von KRISE.

Benny hat vergessen, das Mausetier einzupacken. Ich habe die vage Hoffnung, dass sie trotzdem schläft, da schließlich ihr Vater auf Jomfruland ans Telefon geht. Aber nein. Karsten und *Oma* bestehen darauf, sie gemeinsam ins Bett zu bringen, und sind schon lange damit beschäftigt. Ein Mausetier ist schließlich nicht so leicht zu ersetzen.

Aber er hat einen genialen Vorschlag zur Problemlösung. Ich höre ihm zu, das muss man mir lassen.

»Ist das nicht ein wenig übertrieben?«, frage ich, ungeheuer ruhig.

»Das ist Omas Idee«, sagt Benny.

»Wessen Idee, hast du gesagt?«

»Die deiner Mutter.«

»Sie meint wirklich und wahrhaftig, du solltest nach Kragerø fahren und dort auf den Zug warten, dessen freundlicher

Zugbegleiter dir das ihm von mir anvertraute Mausetier aushändigen wird? Heute Abend?«

»Mmm.«

»Habt ihr schon gegessen?«

»Nur Ida. Wir anderen haben vor allem, du weißt schon, *gesucht.*«

»Ihr habt nicht einmal den heiligen Trank zu euch genommen?«

»Ich bin doch kein Vollidiot«, sagt Benny. »Natürlich haben sie getrunken.«

»Und du nicht?«

»Nein. Wir haben Zähne geputzt und überhaupt.«

»Beeil dich«, sage ich. »Kipp zwei Glas Wein, dann könnt ihr alle nicht mehr fahren.«

Es hilft nichts, wie sich eine halbe Stunde später herausstellt, als ich Benny noch einmal anrufe, um seinen Alkoholgehalt zu überprüfen. Karsten hat versprochen, dass das Mausetier zur Stelle sein wird, wenn sie aufwacht, und Kinder dürfen nicht belogen werden, das hat er gehört. Ob die Erwachsenen nun den heiligen Trank zu sich genommen haben oder nicht.

Nun bin ich ja nicht im Markvei und nicht die Fotografen sind schuld daran, dass ich den Torweg dort meide. Ich will es eben so. Ich bin erwachsen und kann mich genau umsehen, bevor ich hineingehe. Erst nach rechts. Dann nach links und wieder nach rechts. Notwendige Überlebensrituale.

Der neue Totenkopf grinst mir von der Mauer neben dem Torweg im Markvei entgegen. Er hat getropft, schwere, schleimige Ränder haben eine Schneckenspur auf die Wand gemalt; sie sind blank und würden mich vermutlich anstecken, wenn ich sie berührte. Der Schädel ist anatomisch gesehen kein Meisterwerk und es hat sicher kaum eine Minute gedauert, ihn hinzuschmieren, aber trotzdem ist er effektiv, und wie: Die raue Unterlage, die groben Striche, die weißen Ränder darunter betonen den primitiven Eindruck noch, den er vermittelt. Die Experimente von einem Jahrhundert Malerei haben immerhin gezeigt, dass Angst der Kern der meisten primitiven Eindrücke ist. Die Eindrücke der Ausübenden und der Aufnehmenden gleichermaßen.

Denn es ist klar, ich sitze ziemlich erstarrt im Wagen und bin dieser Botschaft ausgeliefert.

Ach, es hilft sicher, dass der Markvei abgesehen von den parkenden Autos verödet ist; leere dunkle Panzer sind sie, hinterlassen von verirrten oder toten, monströsen Weichtieren, leere Panzer unter dem schwankenden Licht der Laternen, die an dünnen Drähten zwischen den Fassaden baumeln. Die Dunkelheit hilft. Meine Einsamkeit hilft.

Andererseits ist es offenbar ein Gruß von Anlaug. Aufdringlich, primitiv. Aber nicht sonderlich gefährlich. Ein Wal in Pumps, Igi, ist nicht dasselbe wie Männer mit Hasskappen.

Auf dem Bürgersteig mache ich es wie Ida, schaue erst nach links, dann nach rechts, und dann entdecke ich es.

Es steht weiter oben in der Straße, und es muss nicht dasselbe Auto sein, aber es hat auf jeden Fall Ähnlichkeit mit diesen überdimensionalen Missgeburten, die sich *Dreammachine* nennen und von denen Anlaug früher an diesem Tag eine gefahren hat. Eine Gigantin von Maschine, immer dunkel lackiert, immer mit undurchsichtigen Fenstern und Platz genug für mindestens zehn biertrinkende Schweine. Die Träume, die es in dieser mobilen Festung gibt, sind von der Sorte, über die wir lieber nichts wissen wollen, sie haben Ähnlichkeit mit einer ambulanten Vergewaltigungsfabrik, und ich hasse solche Wagen, egal, wann ich sie sehe, selbst dann, wenn sie nur einen Wal mit Pumps und Pinsel enthalten.

Schnell und wütend gehe ich darauf zu.

Ehe ich ihn erreicht habe, geschehen zwei Dinge fast gleichzeitig. Ein Paar biegt von der Bergverksgate her in den Markvei ein und die Traummaschine erwacht. Das klingt in der leeren Straße wie eine Explosion, die langen Felder mit den Rücklichtern fletschen ihre roten Zähne und der tonnenschwere Metallrumpf fährt auf die Straße und hält in ziemlichem Tempo auf Øvre Foss und die Kreuzung mit der Sannergate zu.

Das Paar dreht sich halb um und schaut hinterher.

»Idioten«, sagt der junge Mann.

Und sie muss es ja wirklich nicht gewesen sein. Und der Wagen muss nicht wegen dieses Paares verschwunden sein.

Dennoch halte ich mich einige Meter hinter ihnen, als ich zum Tor gehe, und beobachte sie beim Aufschließen aus den Augenwinkeln. Sie haben nicht einmal einen Blick für den Totenschädel. Anlaug ist nicht die Einzige in der Stadt, die Wände bemalt.

Das Mausetier ist wie erwartet in Idas Bett zwischen Bettgestell und Matratze eingequetscht. Es riecht nach Kinderschlaf und das erweckt in mir eine Art Übermut. Oder vielleicht liegt es daran, dass ich, wenn auch ein wenig ängstlich, durch mein eigenes Tor gegangen bin.

Das Mausetier sitzt vor mir auf dem Schreibtisch, als ich das Telefonbuch aufschlage und Sjur Askes Adresse in Maridalen finde. Ich will, denke ich, einen Blick auf Askes Elternhaus werfen. Vielleicht sogar seinem Bruder die eine oder andere Frage nach Martin Andersens wirklicher Rolle beim Fall von TroJa oder nach den längst vergangenen Ereignissen in dem Gebäude stellen, das immer noch sein Zuhause ist. Und wenn ich mich unsicher fühle, brauche ich ja nicht einmal aus dem Auto auszusteigen.

Durch das Tor. Ausschau halten. Erst nach links. Dann nach rechts.

Niemand da. Aber so ist es eben mit frisch gestrichenen Flächen, es ist unmöglich, die Hände davon zu lassen. Der Totenkopf ist nicht ansteckend. Sehr schnell trocknende Farbe, also, bei der kühlen Herbstluft. Oder vielleicht hat Anlaug, falls es denn ihre Traummaschine war, schon lange vor dem Tor gewartet.

Mein vom Auto oder was auch immer hervorgerufener Übermut hält auch noch an, nachdem ich den Hauptbahnhof aufgesucht und das Mausetier einem belustigten Schaffner mit eigenen Kindern und KRISENkenntnissen übergeben habe. Ein Mausetier. Und ein Wal in Pumps. Die Welt außerhalb meiner Autotür kommt mir nicht so bedrohlich vor.

Außerdem hat das Fahren in der Dunkelheit etwas Beruhigendes. Ich habe die Stadt hinter mir gelassen und die Einfamilienhäuser bei Brekke passiert, und fahre jetzt durch den dichten Tannenwald am See Maridalsvannet, als ich es spüre. Das nächtliche Flüstern, diese ganz besondere Dunkelheit, die einsame Autos umgibt und ebenfalls Übermut schenkt.

Die ganze Nacht, durch diese Dunkelheit, flüstern die Räder milde auf dem Asphalt, die ganze Nacht kannst du weiterfahren, ohne Angst haben zu müssen. Ohne irgendwann aufgeben zu müssen, du kannst einfach weiterfahren, zwischen diesen Tannen dahingleiten, zwischen diesen gezackten, endlosen Schatten, ohne etwas, das dich aufhält, du kannst diese Nacht vollenden, bis du alles spürst, was sie enthält. Nicht anhalten, flüstert es, lass dich von nichts anhalten, wenn du erst die Nacht erreicht hast. Bleib hier.

Es ist verlockend, die Art von Verlockung, der Traummaschinen aller Art nicht widerstehen können.

Sjur Askes kleiner Hof liegt angeblich an den sanften Hängen hinter der Kirchenruine; ich biege auf den Rastplatz ab, um den Zettel mit seiner Hausnummer und den Straßenatlas hervorzukramen. Der Motor summt zwischen den Tannen, aber ich habe das Leselicht noch nicht eingeschaltet, als zwei grelle Autoscheinwerfer hinter mir aus der Dunkelheit brechen. Fernlicht, betätigt von einer Person, die nicht bereit ist, abzublenden, und deshalb wende ich mein Gesicht ab, weil ich nicht geblendet werden will. Das Auto jagt in einem für diese schmale Straße unverantwortlich hohen Tempo vorüber.

Ich erkenne es jedoch, als ich den Blick hebe. Das glaube ich zumindest. Ich sehe das Heck eines schmalen, goldlackierten Jaguars und außer Bella fahren nicht viele dieses Modell.

Sie fährt natürlich auch weiterhin sehr viel schneller als ich, und deshalb verfolge ich bis auf weiteres nur die beiden roten Hecklichter. Rechts von mir sehe ich ab und zu für einen Moment den See, ein Hof liegt einmal auf den lang gedehnten Feldern, Bellas Auto verschwindet in einer der scharfen Kurven kurz vor Ende des Sees.

Es taucht unter dem blauen Licht einer Straßenlaterne wieder auf, es hat sein Tempo gedrosselt, und als es auf einen Kiesweg abbiegt, sehe ich alles zum ersten Mal deutlich. Nicht die Fahrerin, natürlich, aber es ist wirklich ein schlanker, haiähnlicher Jaguar, und goldlackiert ist er auch.

Auch auf dem Kiesweg gestattet er sich ein überraschend hohes Tempo, aber es wäre auch eine Überraschung, wenn Bella sich von aufwirbelnden Kieselsteinen stoppen ließe.

Ich fahre am Kiesweg vorbei und einen kleinen Hang hoch, auf dem die Bäume dicht genug stehen, um meinen Wagen zu verstecken. Bella ist eine Bekannte. Sie ist sogar eine Art Freundin, obwohl ich sie möglicherweise noch weniger kenne als sie das Aktiengesetz. Zum Ausgleich steht sie Aske vermutlich näher als irgendein anderer Mensch. Hilft ihm bei allem, hat Benny gesagt, von der Steuererklärung bis zu den kleinen Drogenstrafen. Natürlich war, mit oder ohne Kenntnis des Aktiengesetzes, Martin Andersen vor seinem Tod von großem Nutzen für sie.

Und sie pflegt, so viel ich weiß, nicht gerade Kontakt mit *Arbeitern*. Und mit Kleinbauern auch nicht.

Das ist Grund genug, um ein Auto zu verlassen, Grund genug, um die Straße auf dem dunklen Stück zwischen zwei Laternen zu überqueren, um der schmalen Spur zwischen Wald und Acker zu dem einsam gelegenen Haus zu folgen.

Ich gehe still und im Schutz der Nacht dahin. Normalerweise versteckt sich ja niemand in der Dunkelheit, wenn wir nicht gerade jemanden verfolgt haben.

Links neben dem Haus steht ein niedriges Gebäude, zu klein für eine moderne Scheune, größer als ein normaler Schuppen. Vielleicht war es früher ein Stall, der auch Heu für einige Tiere

Platz bot. *Die Katze*, denke ich, obwohl nichts an diesem Hof an Askes Bild erinnert. Das Wohnhaus ist höher, dahinter ragt kein steiler Hang auf, und auf Askes Bildern gibt es keinen Stall. Aber natürlich gibt es etwas, das künstlerische Freiheit heißt, und in diesem Moment, als ich mich vorsichtig im Schutze der Dunkelheit diesen Gebäuden nähere, kommt auch sie mir ein wenig beängstigend vor.

Es riecht nach feuchter Erde und verfaulendem Gras, und scharf und bitter wie nach Kräutern. Zwischen den beiden Häusern liegt ein blauschwarzes Feld, bewachsen von Büschen, und wenn ich wirklich die Frau, die eine Art Freundin ist, belauern will, muss ich offenbar ziemlich dicht an sie heran.

Hinter die verfilzten Sträucher, also. Geschützt vor dem goldenen Licht aus dem Erdgeschoss des Hauses und dem der nackten Birne über der Haustür.

Auf dem Hof stehen zwei Autos, bleich und grünlich im kalten Schein der Hoflampe. Das eine ist Bellas achtlos geparkter Goldhai, das andere Sjur Askes alter Golf, der in jeder Hinsicht besser in diese heruntergekommene Umgebung passt als Bellas Wagen.

Die drei Meter hohen Türen zum Wirtschaftsgebäude werden vom Licht des Wohnhauses gerade noch gestreift; es ist dunkel und düster, das ganze Gebäude, vor allem für eine, die wie ich einfach an die *Katze* denken muss.

Zuerst höre ich ihre Stimmen, und ich starre das Wohnhaus an, als sie auf die Treppe treten. Der eine wird zunächst von den Büschen versteckt, aber die Besitzerin des Sportwagens schreitet mit, wie üblich, hoch erhobenem Haupt auf den Hof, und ich sollte mich nicht vor einer Katze fürchten, sondern vor einem Hund. Bella hat Rita mitgebracht.

Ich habe keine Ahnung von Windrichtungen und von der Einwirkung jugendlichen Haschgenusses auf den hündischen Geruchssinn, aber als Demütigung betrachtet wäre diese gar nicht schlecht: von Rita angenagt zu werden, während ich mich in einem Gebüsch verstecke.

Zum Glück bleibt mir das erspart. Bella stopft Rita in den Goldhai und das Tier schnuppert nicht einmal in meine Richtung.

»Da drinnen?«, fragt Bella und hebt einen tigerstreifigen Arm in Richtung Wirtschaftsgebäude. »Da drinnen bewahrst du deine Schätze auf? Wie *interessant*.«

Bella in Kampfstimmung, höre ich, Bella außerdem ein wenig aus der Fassung gebracht. Der Mann, der ihr folgt, trägt verschlissene Jeans und einen dicken Troyer, hat die Hände tief in den Hosentaschen vergraben und geht langbeinig und ruhig in seinen Gummistiefeln hinter ihr her. Es ist Sjur Aske, den Bella, so viel ich weiß, aber ich weiß offenbar nicht sehr viel, zuletzt gesehen hat, als er gegen ihre Ausstellung demonstrierte.

Sjur Aske zieht die schweren Türen auf, ohne dass Bella Miene machte, ihm zu helfen. Sie nutzt die Wartezeit, um eine ihrer Mentholzigaretten anzuzünden, steht fröstelnd und dünn gekleidet da und bohrt immer wieder eine Stiefelspitze in den Kies. Das wirkt arrogant und soll zumindest die demütigende Tatsache überspielen, dass sie friert.

»Ich kann dir eine Jacke leihen«, sagt Sjur Aske.

»Danke, nein«, sagt Bella in ihrem feinsten Westend-Tonfall.

Er verschwindet in der Dunkelheit, wühlt dort einen Moment herum und schaltet dann eine Taschenlampe ein. Die zeichnet einen schrägen, gelbweißen Streifen, der von seiner Hand bis zum Fußboden reicht.

»Himmel«, sagt Bella, »bei dieser Funzel soll ich etwas sehen?«

»Ach«, sagt er. »Ich glaube, die gibt genug Licht für den ersten Eindruck. Aber wir können sie ja auch ins Haus bringen, wenn dir das lieber ist.«

»Nein, vielen Dank«, sagt Bella und geht hinter ihm her. »Bringen wir's hinter uns.«

Das Licht flackert über den Boden, aber sie stehen im Weg, ihre Körper malen im Lampenlicht seltsame zersplitterte Muster und verschwinden dann aus meinem Blickfeld, gehen nach links; zerfetzte Lichtstreifen dringen ab und zu bis zu mir vor, keiner stark genug, um mir einen Eindruck vom Raum zu vermitteln.

Sie reden weiter, nicht viel; kurze, dumpfe Sätze, die zum Gemurmel werden, mischen sich mit anderen Geräuschen, etwas scheppert, etwas anderes wird über den Boden geschleift. Dann machen die Geräusche Pause und alles ist still. Wieder kann ich die Blätter um mich herum rascheln hören, nehme Geräusche wahr, die mein Bewusstsein bisher ausgegrenzt hat. Danach höre ich ein leises Klopfen, das vielleicht wieder von Bellas ungeduldiger Stiefelspitze stammt.

Und dann sind ihre ungeduldigen Absätze eindeutig auf dem Weg aus dem Gebäude heraus. Sjur Askes Lampenlicht folgt ihr, noch immer auf den Boden gerichtet, wirklich rücksichtsvoll. Bellas schlanke Tigerbeine wandern in einer Lichtflut auf die Türöffnung zu.

Dann schaltet Sjur die Lampe aus und hängt sie an die Wand. Ich brauche einige Sekunden, um mehr wahrzunehmen als vage Schatten, aber zum Ausgleich kann ich hören, was sie sagt.

»Du hast ja deutlich erklärt, was für dich Sache ist«, sagt sie. »Aber das ist in erster Linie dein Problem, oder nicht? Im Grunde brauche *ich* mir darüber keine Gedanken zu machen.«

»Das meinst du doch nicht im Ernst«, sagt Sjur Aske ruhig und zieht eine schwere Tür ins Schloss.

»Sie war deine Mutter«, sagt Bella. »Nicht meine.«

»Darum geht es nicht. Das hat keine Bedeutung.«

»Nicht? Wie herzlos, kann ich da nur sagen. Und ich dachte, dein Bruder wäre der verlorene Sohn gewesen.«

»Er hat damit nichts zu tun.« Sjur Askes Stimme klingt einen Hauch mehr angespannt.

»Bist du dir da sicher?«, fragt Bella. »Und ich dachte, gerade er …«

»Du kannst dir diesen kessen Ton sparen«, fällt Sjur Aske ihr ins Wort. »Du hast es gesehen. Vielleicht solltest du es überschlafen. Vielleicht solltest du dich mit Leuten beraten, die sich besser auskennen, und dann kommen wir auf die Sache zurück.«

»Eins musst du ganz klar sehen«, sagt Bella. »Wenn ich mich mit Leuten *beraten* will, die *Ahnung* haben, dann rede ich bei Gott laut und deutlich mit mir selber. Und bisher hat sich das wahrlich bezahlt gemacht. Aber Himmel, Mann, natürlich kommen wir auf die Sache *zurück,* deswegen brauchst du dir keine Sorgen zu machen.«

Das ist ein ziemlich flotter Abgang, sogar vom Blickwinkel eines mit Zweigen bedeckten Verstecks aus betrachtet, und er wird nicht schlechter durch das Tigergebrüll, das sie dem Motor entlockt, als der Wagen über den Kiesweg tobt.

Wann können wir ganz sicher sein, dass jemand schläft? Wenn alle Lampen im Haus gelöscht sind, wenn ein Mansardenfenster einen Spalt breit offen steht und nur das Streifen des Windes durch trockenes Gras zu hören ist, das Rascheln der Blätter in der Nähe oder in der Ferne, wenn die *Ferne* die Hausecke ist, wenn das Rascheln vom Wind stammt oder einem kleinen Tier?

Wenn unser Körper vor Kälte erstarrt ist. Dann wissen wir es. Dann wissen wir es nicht, dann sind wir durchaus nicht sicher, ob jemand schläft, aber dann ist es uns ziemlich egal. Ich kann immer noch weglaufen, denken wir dann, wenn er nicht schläft, kann ich noch immer ungeheuer schnell laufen, mit diesen steifen Gliedern, über den Kiesweg, über die Felder. Ich habe doch ein Auto, zum Henker.

Das krankhaft grüne Licht über dem Schuppen ist mir zu nichts nutze, so weit wie möglich muss ich ihm aus dem Weg gehen. Dem Mond dagegen kann ich nicht ausweichen; normalerweise bewundere ich auf blödsinnige Stadtweise die Tatsache, dass er eine Landschaft beleuchtet, wenn wir uns nur weit genug von Verkehrsmaschinen und Straßen und den riesigen Fensterflächen der Kaufhäuser entfernen.

Jetzt bewundere ich das nicht, ich verfluche es ein wenig, obwohl ich vor allem versuche, mein kurzes Gedächtnis bis in meine Hirnrinde auszudehnen, wo es vielleicht noch Reste von dem gibt, was Katzen können, und von dem fantasievolle Evolutionsforscher meinen, mein Körper könne sich daran erinnern, weil meine Ahnen es auch konnten. Sich lautlos durch die Schatten zu bewegen, wo immer welche zu finden sind, den Fuß so behutsam auf Zweige zu setzen, dass sie nicht brechen, dass Blätter nicht rascheln.

So geht das nicht. Es donnert und dröhnt, ich schnaufe wie ein sterbender Wal, mein Herz dröhnt wie eine Trommel, ich breche Zweige, ich stolpere über Grasbüschel, ich bin ein Fund für jeden modernen Komponisten auf der Jagd nach authentischem Klangmaterial, und das Werk könnte »Hysterie« oder »Angst« heißen.

Ich werfe außerdem Schatten, flackernde, flimmernde oder erstarrte, wenn ich still stehe und nur von meinen Atemzügen und meinem hallenden Herzen umgeben bin. Der Schatten zeigt meinen Kopf, meine Schultern, meinen leicht vorgebeugten Oberkörper. Aber kein goldenes Licht wird im Haus angezündet, kein Ruf erreicht mich von dort.

Bei der Doppeltür zum Wirtschaftsgebäude bin ich kein Schatten, dort stehe ich voll und ganz und bleichgrün im Blickfeld der Fenster des Wohnhauses, nicht jedoch dessen, das einen Spaltbreit offen steht.

Ich trete in die absolute Dunkelheit hinter den geschlossenen Türen, und hier riecht es nach Staub und Spiritus und trockenem Gras. Nicht nach Auspuffgasen, nicht nach Benzin. Das, weiß ich, ist Punkt X, Situation Null, der entscheidende Augenblick, und ich habe ihm keinen Gedanken gewidmet. Ich taste. Rutsche seitlich an der Tür entlang nach rechts, lasse meine Hände weitergleiten und fummele an der Wand herum. An den Pfosten, über die Fliesen, und natürlich stoße ich dagegen. Eine Klangexplosion ergießt sich über den Boden, Welten stoßen aufeinander, zwei Tonnen Licht knallen auf eine Unterlage, die aus Eisen sein muss, so klingt zumindest der Widerhall, und ziemlich sicher, denke ich, als ich auf alle viere sinke und über den Boden krieche, ist sie beim Sturz zerbrochen.

Mein Körper ist vermutlich komplett eingestaubt, als ich sie finde, eingestaubt und erschöpft. Ich schalte einfach ein. Blitz und Scheinwerferlicht, Lichtbomben und Laserstrahlen, lange v-förmige Scheiben des Raumes werden vor meinen Augen ausgeschnitten, und ich ahme versuchsweise den Besitzer der Lampe nach, ich richte sie auf den Boden, aber unmöglich können seine Hände so sehr gezittert haben wie meine.

Ganz ruhig, er kann dich ja schließlich nicht umbringen, denke ich. Von allen idiotischen Behauptungen, die meine Gedanken in mein Bewusstsein durchdringen lassen, verdient diese den ersten Preis, da ihr mit absoluter Notwendigkeit eine Frage folgen muss: Was weißt *du* denn darüber? Woher weißt du, ob er das nicht sogar sehr gut kann?

Irgendwo in mir weint ein kleines Mädchen los, blöd und kindisch, es gibt Dinge, an die sie nicht denken, Fragen, die sie nicht hören will. Das kleine Mädchen registriert, dass es hier nicht gerade viel Unheimliches gibt; gut, sagt sie zu sich, spitze. Das wolltest du doch wissen, oder? Können wir jetzt gehen?

Hier gibt es wirklich nicht viel. Einen Holzstapel an der Rückwand, einige Regale aus groben, ungehobelten Brettern, die Farbeimer und Werkzeug enthalten. Eine verrostete Tonne. Holzkästen von der Sorte, die früher einmal Milch- oder Bierflaschen enthalten haben. Einen Hauklotz und einen Sägebock.

Kein alter Schafstall, keine Taureste an der Wand. Obwohl ich die auch entfernt hätte, wenn ich auch nur eine Ahnung von ihrer früheren Verwendung gehabt hätte.

Bella und Sjur Aske sind aus meinem Blickfeld hinter der Doppeltür nach links verschwunden. Dort stehen zwei alte Bücherregale von der Sorte, die eine Rückwand haben und aus Holz sind: schwer und klobig und im Haus bestimmt durch praktischere Teile von IKEA ersetzt.

Hier steht außerdem ein schwerer, scheußlicher Couchtisch aus den Fünfzigerjahren, von der Sorte, die Gebrauchtwarenhändlern Albträume bereitet; er ist niedrig, graubraun und hat vier plumpe Löwenfüße. Die Tischplatte ist bedeckt mit auseinander gefalteten Zeitungen, und darauf stehen drei kleine Pappschachteln. Von hier kommt er, dieser Geruch, der Ähnlichkeit mit Spiritus hat, aber unendlich verführerischer ist. Sollte ich jemals zur Snifferin werden, dann wäre das mein Stoff. Terpentin. Der kleine Stich Harz, die runden, hinreißenden Düfte von Pinie und pflanzlichen Ölen. Nur pures Benzin riecht noch narkotischer.

Die kleinen Schachteln enthalten Farbtuben, und zwar jede Menge, aufgerollt und steinhart, mit verschossenen Etiketten und gelben, klebrigen Leinölresten zwischen den Farbflecken. »Neapelgelb«, steht auf einer Tube. »Titanweiß.« »Pariserblau.« »Noir d'Ivoire.«

Es ist rührend und sehr überraschend, dass Sjur Aske die Hilfsmittel seines Bruders aus dessen künstlerischer Anfangszeit aufbewahrt hat.

Die beiden Bücherregale stehen Rücken an Rücken einen guten halben Meter voneinander entfernt, und etwas befindet sich zwischen ihnen. Aufgespannte Leinwand, zumeist ziemlich klein, etwa 80 × 60 Zentimeter, einige jedoch viel größer. Ich ziehe sie hervor und mustere eine nach der anderen im Licht der Taschenlampe.

Ein Junge mit offenem Hemdkragen, der auf einer Fensterbank sitzt. Eine sommerliche Wiese, in den gedämpften Farben des Abendlichts. Eine Frau mit tiefem Dekolleté und rot geflecktem Gesicht. Mehrere dramatische Gebirgslandschaften.

Das alles ist sorgfältig und ungeheuer pedantisch in einer Art impressionistischem Stil ausgeführt und künstlerisch völlig uninteressant.

Jugendarbeiten, denke ich. Frühes, feierliches Selbststudium eines jungen Mannes, der in der Welt vorankommen will, der jedoch noch nicht weiß, wie er das bewerkstelligen soll. Das denke ich, bis ich mir die Signatur auf einer Landschaft genauer ansehe, richtig fesch und verschnörkelt und kalligrafiert ist die, gemalt mit der Sorgfalt des kenntnisreichen Amateurs.

»Merete Aske«, steht da. »1958«. Und alle Leinwände weisen dieselbe Signatur auf, manchmal nur »M. Aske« oder »M. A.« auf den kleinsten.

Das muss die mit den tastenden Händen gewesen sein. Die mit den schrecklichen Bestrafungen, mit Haarbürste und Gürtel und dem wilden, irrsinnigen Lachen. Die, die tagelang in einem dunklen Zimmer gelegen hat, um dann halb nackt und singend aufzutauchen, wenn er aus der Schule kam. Die mit der *Katze.*

Und die mit den steifen, sorgfältig ausgepinselten Landschaften. Mit diesen geduldigen, sehr konzentrierten Pigmentstrichen. Also hat er etwas von ihr geerbt, denke ich, über Hass und Angst hinaus.

Aber was interessiert das Bella? Was kann Bella hier gesehen haben, das für sie wichtig ist, das sie so wütend gemacht hat?

25

Ida hat dem Mausetier natürlich kein besonderes Interesse entgegengebracht, schließlich ist Morgen, und Karsten ist, das kann ich Benny anhören, ein wenig verletzt. Er hatte sich wohl nach seiner Rettungsaktion wilden Jubel erwartet.

»Wie verletzt«, frage ich, »Eine-Runde-zu-den-Felsen-schlendern-Verletzt oder Holz-hacken-Verletzt?«

»Schlendern«, sagt Benny.

»Dann ist es nicht gefährlich, erst wenn er Holz hackt, musst du mit etwas Langweiligem und *Erzieherischem* rechnen.«

Über den Felsen hängt eine kühle Sonne, sagt er, und kleine Eiskrusten bedecken die Pfützen, und Ida und er werden sie bald zerbrechen. Keine wahnwitzigen Brecher. Und auch keine LÖWEN.

Aber Ida muss eine Serie von Morgenerlebnissen berichten, und alle handeln sie von dummen Kinderdingen, von *Oma* und *Buch* und dem alles andere in den Schatten stellenden Plan, dass sie und Karsten *Angeln* gehen werden. Mich überkommt eine plötzliche und heftige Sehnsucht nach ihr, als ich da im Charlotte Andersens vei am Küchentisch sitze, und weil sie solche Dinge nur mäßig interessieren, vertraue ich mich stattdessen ihrem Vater an.

»Du bist uns hier herzlich willkommen«, sagt er.

»Das weiß ich. Wie geht es Mutter?«

»Großartig. Sie und ich wollen eine Bouillabaisse kochen.« Provenzalisch, weiß ich, wie die Fliesen am Herd.

»Wusstest du, dass Bella Sjur Aske kennt?«, frage ich.

»Nein. Tut sie das?«

»Ich habe sie gestern zusammen gesehen«, sage ich. »Ganz zufällig.«

»Ach«, sagt er. »Taten sind noch immer nicht dumm?«

»Genau.«

Aber Benny ist auch nicht dumm.

Wie mir kommt auch ihm die Kombination Bella plus Sjur Aske seltsam vor. Vielleicht, schlage ich vor, hat beim Überfall auf TroJa nicht nur Martin Andersen Otto Troels-Jacobsen im Stich gelassen?

Rent-a-Demo, denke ich.

»Na ja, sie sahen nicht gerade aus wie ein Herz und eine Seele, Sjur und Bella, meine ich.«

»Und damit bist du jetzt beschäftigt?«

»Heute will ich die Schwester eines gewissen PAN besuchen«, sage ich. »Der ist auch verschwunden.«

»Seltsame Freizeitinteressen.«

Sagt er, der in seiner Freizeit Kleider trägt, die nicht mir gehören könnten, sondern meiner Mutter.

Die Tannen sind so hoch, dass ich ihre Wipfel nicht sehen kann, und die Zweige sehen aus wie gezackte Pfeile, wie sie da schwarz und schwer vom Stamm herabhängen. Zehn Jahre, nachdem Aske seine Tannen auf das PAN-Bild gemalt hat, haben sie vielleicht so ausgesehen, mit vertrocknetem, sterbendem Reisig über dem Boden, während die scharf schräg hängenden Zweige darüber vom andauernden Leben weiter oben erzählen. Diese Bäume sterben von unten her ab. Sie entzweigen sich selbst und wachsen schnurgerade, weil sie so dicht nebeneinander stehen, dass das Licht sie nur von oben her erreichen kann.

Hønefoss und der endlos lange Sperillen liegen hinter mir und ich fahre mehrere Kilometer durch Äcker oberhalb von Nes in Ådal. Irgendwo hier ist Per Anders Nilsen vor vielen Jahren verschwunden.

Das Mysterium, das sich in den langen, parallelen Ziellinien zwischen den Bäumen versteckt, ist nicht das der Variationen, sondern das der Einheit, der Gleichheit. Hinter einer Reihe von Tannen gibt es nur eine weitere Reihe von Tannen, ein trockenes, undurchdringliches Flechtwerk aus Zweigen, abgestorben in genau derselben Höhe, an die hundert Meter oberhalb der Straße. Hinter diesen Bäumen verbergen sich keine Märchen, keine verschlungenen Pfade, sondern nur weitere Bäume von derselben Sorte; ein rhythmischer und vorhersagbarer, aber langsamer Tod.

In solchen Wäldern gehen wir nicht spazieren, sie sind dazu geschaffen, mit Autos durchfahren zu werden, geschaffen für das leise, murrende Motorengeräusch, betäubend, wie die Wärme hier drinnen, wie die kundigen, winzigen Bewegungen mit einer Hand, einem Fuß, einer Gangschaltung. Ich wiederhole meine Bewegungen, draußen wiederholt sich der Wald, hier gibt es nur eine dösige, bedeutungslose Eintönigkeit, ein Baum sieht aus wie der andere, ein Leben wie das andere, ein Tod wie der andere.

Nur die Häuser sind Rätsel, wenn sie auftauchen und verschwinden; warum hier, warum nicht anderswo, warum dieses und kein anderes Leben? Ich glaube immer, wenn ich durch solche Wälder fahre, dass ich denen, die ihre Opfer willkürlich und nicht persönlich wählen, näher komme als sonst. Diesen Baum oder jenen? Diesen Menschen oder jenen?

Die Tannen sind seit Per Anders Nilsens Verschwinden gewachsen und lassen sicher noch weniger Sonnenlicht auf den Boden durch. Zum Ausgleich ist es scharf und stechend, wenn es mich an den Stellen trifft, wo der Wald sich öffnet und der Fluss zu sehen ist.

Das Haus liegt ein Stück außerhalb des Zentrums von Bagn, gleich unter dem steilen Hammer, an dem das Elektrizitätswerk sich anklammert. Es ist erst vor kurzem weiß gestrichen worden und um den ersten Stock zieht sich eine lange Galerie mit einem dichten, laubgesägten Geländer. Großzügige Vorhänge mit Volants und Bändern in Kontrastfarben rahmen das Fenster ein, Herbstblumen in Töpfen und Betten färben den Garten. Unter einem Apfelbaum steht eine kleine Vogelbadewanne, bei der zwei Steinkinder sich unter einem steinernen Regenschirm aneinander schmiegen. Sie scheinen sich ein wenig zu langweilen. »Amundsen« steht in einem Kreis aus Wiesenblumen auf dem Briefkasten.

Vielleicht gibt es im Haus noch Spuren von ihm, ein Regal, das er an der Kellerwand angebracht, einen Aufkleber, den er an die Innenseite einer Schranktür geklebt hat, und der sich nicht abkratzen lässt. Niemand verschwindet ganz und gar.

Die Frau, die Wiesenblumen auf Briefkästen malt, öffnet die Tür, nachdem ich geklingelt habe. Ich nehme jedenfalls an, dass sie es ist, denn sie trägt eine blaue Schürze mit Wiesenblumenmuster. Edel Amundsen ist eine schmächtige Frau, sicher zehn Zentimeter kleiner als ich, und sie hat den geraden Rücken, der sich einstellt, wenn wir nur noch vom Trotz aufrecht gehalten werden. Ein Bruder, der einfach verschwindet, und eine Mutter, die sich erhängt, sind gute Gründe zum Trotzigwerden. Außerdem ist es bewunderungswürdig, solche Schläge mit geradem Rücken zu tragen.

»Ich hatte gestern angerufen«, sage ich.

»Ach, die Psychologin.«

Unverhohlene Verachtung in der Stimme.

»Hat sie Sie geschickt?«, fragt sie. »Die Frau von diesem Verein, wie heißt der noch gleich?«

»Loff.«

»Sie wollte wiederkommen, und da dachte ich, vielleicht …«

»Sie sprechen von Ingeborg Dahl«, sage ich. »Nicht wahr?«

»Ja, so heißt sie wohl«, sagt Edel Amundsen. »Aber es fällt mir schwer, sie mir anders als Helenas Mutter zu denken.«

Ist es möglich, dass diese Frau noch nichts von ihrem Tod weiß?

»Ich war gestern vielleicht ein wenig heftig«, sagt sie. »Kommen Sie doch einen Moment herein.«

Da steht sie mit ihrem geraden Rücken und mustert mich sorgfältig, während ich in der kleinen Diele meine Schuhe abstreife. Alle müssen das, sagt sie, niemand wird in Straßenschuhen ins Haus gelassen. Ich lehne die angebotenen Pantoffeln dankend ab.

Im Wohnzimmer setzt Edel Amundsen sich auf die Kante ihres altmodischen Sofas und presst die Knie aneinander, wie Frauen aus unserer Generation das sonst nur tun, wenn sie Röcke tragen. Vielleicht hätte ich die Pantoffeln doch annehmen sollen, der Boden ist kalt und die Temperatur im Wohnzimmer übersteigt kaum 18 Grad. Edel Amundsen folgt meinem Blick zum Kiefernholzboden.

»Grüne Seife«, sagt sie. »Kein Lack. Wir haben auch die Wand neu getäfelt und Ökoanstrich verwendet. Es ist unglaublich, mit wie viel Gift in ihren Häusern viele Leute sich abfinden.«

Noch immer dieser gerade Rücken, dieses Gesicht, das vom Trotz sauber geschrubbt worden zu sein scheint. Jetzt nehme ich auch ihren seltsamen Geruch wahr; er stammt von der Teerseife, mit der sie sich die Haare wäscht, und vermutlich von der giftlosen Farbe. Ich hatte im Haus mehr Kunstgewerbe erwartet, aber auch hier haben meine städtischen Vorurteile mich betrogen. Das Wohnzimmer ist nüchtern, sparsam und wie zufällig möbliert. Hier gibt es, wie ich annehme, Hinterlassenschaften der verstorbenen Mutter und einen Sessel, der vielleicht einem Herrn Amundsen gehört.

Tischdecken und Kissen stammen wohl von ihr, so wiesenblumengeschmückt, wie sie sind. Etwas, das einem männlichen Teenager gefallen könnte, ist nirgendwo zu sehen.

»Sie hat sich also selber nicht hergetraut«, sagt sie.

»Ingeborg Dahl?«, frage ich. Sie nickt.

»Sie hat mich wirklich nicht geschickt«, sage ich.

»Es ist nicht so, dass ich kein Verständnis für sie hätte«, fällt sie mir ins Wort. »Ich war vielleicht – ein wenig grob. Aber ich hatte ihre vielen Weihnachtsgrüße und ihre Mitteilungen satt. Diesen Kitsch, der nur notdürftig verdecken kann, dass … Sie wissen schon. Geld. Solidaritätsgemeinschaft. Rundschreiben. Nachrichten worüber? Andere *Opfer und Angehörige*?«

»Ich komme nicht ganz mit«, sage ich, und schiebe die Mitteilung von Ingeborg Dahls Tod noch einmal auf. Das ist natürlich gemein, denn ich weiß jetzt, was in diesem Zimmer fehlt und was Edel Amundsen den Glauben ermöglicht, sie lebe. Hier gibt es keinen Fernseher.

»Diese Frau hat meine Mutter in den Tod getrieben«, sagt Edel Amundsen tonlos. »Das meine ich noch immer, aber ich hatte natürlich nicht das Recht, es ihr ins Gesicht zu sagen. Es war brutal von mir, und es tut mir Leid.«

»Hatte Ingeborg Dahl regelmäßig Kontakt zu Ihrer Mutter?«, frage ich.

»O ja. Sie war ungeheuer eifrig. Eine Zeit lang hat es meiner Mutter vielleicht sogar gut getan, so hatte sie doch einen Menschen, mit dem sie reden konnte, nicht wahr, eine, die ihr zuhören mochte. Aber dann hat sie ihr einen Floh ins Ohr gesetzt. Ihre Theorien sind ja nicht gerade beruhigend, oder?«

»Was waren das denn für Theorien?«

Sie hört mir jetzt nicht mehr zu.

»Ich begreife nicht ganz«, sagt sie, und legt die Hände in ihren Schoß, »dass Sie in Ihrer Branche das auch noch unterstützen können. Diese Frau kam her und verleitete meine Mutter zu den grauenhaftesten Fantasien. Aber egal. Ihrer Branche habe ich ohnehin noch nie sonderliche Achtung entgegengebracht.«

»Warum nicht?«

»Ihr kommt den wirklichen Bedürfnissen der Menschen nicht entgegen«, sagt sie überzeugt. »Ihren religiösen, spirituellen Bedürfnissen.«

»Nein«, sage ich. »Da haben Sie Recht. Religiöse Bedürfnisse werden von uns nur sehr selten befriedigt. Diese Theorien von Ingeborg Dahl, worum ging es da?«

»Kennen Sie die nicht? Sie hat sich eingeredet, ihre Tochter und mein Bruder seien Opfer eines – wie heißt das noch, eines Massenmörders.«

»Eines Serienmörders«, sage ich, und denke an den fehlenden Fernseher. Wie viele Menschen gibt es wohl, die diesen Unterschied noch nicht begriffen haben? Und was haben wir anderen davon, ihn zu kennen? Aber ihr ist das ohnehin egal.

»Und dabei hätte meine Mutter akzeptieren müssen, dass PAN gegangen ist«, sagt Edel Amundsen. »Dass er eine Entscheidung getroffen hatte, eine brutale zwar, aber seine eigene.«

Das kann schon sein. Vielleicht war es so. Obwohl auch diese mögliche Wahrheit mit ziemlicher Sicherheit zu Fantasien führen könnte, die, wenn nicht grauenhaft, so doch *brutal* sind. Das ist ein Wort, das Edel Amundsen offenbar gefällt, sie hat es schon zweimal benutzt.

»Und Sie meinen also, diese Fantasien hätten Ihre Mutter in den Selbstmord getrieben?«

»Ja.«

Vom Fenster her fällt Licht über ihr halbes Gesicht, es sieht mehlweiß und matt aus.

»Warum ist er weggegangen, was meinen Sie?«

»Das war seine Art«, sagt sie. »Er musste es tun. Niemand darf andere daran hindern, ihrer Berufung zu folgen. Er hat sich auf seinen Roller gesetzt und ist losgefahren, und das war's.«

»Gab es einen direkten Grund für sein Verschwinden?«, frage ich.

»Ach, sicher«, sagt sie. »Wenn man sich für Belanglosigkeiten interessiert. Unser Stiefvater war gerade ausgezogen und PAN hing viel mehr an ihm als ich. Außerdem war die Scheidung eine ziemliche Belastung. Wir dachten eine Zeit lang, er würde dort auftauchen, bei unserem Stiefvater. Sogar meine Mutter glaubte das. Er war ja nicht zum ersten Mal verschwunden. Aber das alles ist nicht wichtig. Wichtig ist die Entscheidung.«

Ich interessiere mich für Belanglosigkeiten. Ich finde sie wichtig. Aber natürlich sind sie nicht unbedingt so stark wie Überzeugungen.

»Aber es hat noch andere gegeben, die nicht an diese Entscheidung glauben wollten, nicht wahr?«, frage ich. »Außer Ingeborg Dahl.«

»Sie meinen Polizei und Presse? Sicher, die kamen in regelmäßigen Abständen her, die Journalisten in der Regel zuerst. Und auch das war für Mutter nicht gut. Aber man kann lernen, mit ihnen zu leben. Das ist möglich.«

Das Letzte kommt mit einer Nachsicht, die aufs Feinste mit Verbitterung gewürzt ist. Die Nachsicht gilt mir, dem Stadthuhn, das bestimmt in journalistischem Gefasel badet. Die Verbitterung gehört nur ihr allein.

»Sie sehen nicht fern?«, frage ich.

»Und lese keine Zeitungen.«

»Die erfüllen die wirklichen Bedürfnisse nicht?«

»Nein.«

Aber sie hat ein Radio, wie sie nun verrät; damit hört sie den Sender für klassische Musik, manchmal lässt sie es laufen, wenn sie ihre Patienten massiert. Eine Überzeugung, ein halb therapeutisches Gewerbe, ein Haus, dem nach und nach das Gift entzogen worden ist. Es gibt viele Entscheidungen, manche davon sind vielleicht brutal.

»Sie wissen nicht, ob PAN vielleicht zu jemand anderem gefahren sein kann?«

»Nein«, sagt sie. »Er hatte kaum Bekannte, die nicht hier im Ort wohnten. Abgesehen von unserem Stiefvater eben.«

Ihr Gesicht liegt jetzt im Schatten, aber sie beobachtet mich mit klarem Blick.

»Kennen Sie einen gewissen Aske?«, frage ich jetzt. »Den Künstler?«

»Nein«, sagt sie. »Den kenne ich nicht.«

Dann setzt sie sich gerade.

»Aber danach hat sie mich auch gefragt«, fügt sie hinzu.

»Ja?«

Sie holt Atem und schaut einige Sekunden lang aus dem Fenster, vielleicht auf die beiden gelangweilten Steinkinder.

»Deshalb sind Sie gekommen«, sagt sie, mehr an sich selber gerichtet als an mich. »Natürlich. Ich hatte deshalb ein schlechtes Gewissen, verstehen Sie? Ich habe sie belogen. Aber ich hatte es fast vergessen, als sie mich gefragt hat. Nicht, dass das eine Entschuldigung wäre.«

Jetzt wendet sie sich wieder mir zu und lächelt leicht.

»Wir könnten wohl eher sagen, dass ich mich vor einer unangenehmen Erinnerung geschützt habe. Und das ist ja nicht richtig.«

Natürlich ist das richtig. Aber nicht immer und nicht für alle. Diese Frau, die das Wort »brutal« mag, hat noch eine Entscheidung getroffen, und diese ist, wie sie sagen würde, ihre eigene. Und meine, da ich hier bin. In Letzterem wäre sie nicht meiner Meinung, nehme ich an, aber das spielt keine Rolle. Ich bin hier zum Dealen, zu einer leicht schmuddeligen Tätigkeit, und wenn sie durch meinen Besuch ihr Gewissen läutern kann, dann sind wir vielleicht quitt. Das ist in Ordnung. Überall flattern Rechnungen jeder Art umher, auch bei mir.

»Ist er sehr berühmt?«, fragt sie.

»Das könnten wir wohl so sagen. Ungefähr so berühmt, wie ein bildender Künstler hier zu Lande werden kann.«

»Das war er damals noch nicht«, sagt sie. »Und außerdem ... aber dazu komme ich noch. Wie gesagt, die Beziehung zwischen meiner Mutter und meinem Stiefvater verlief ziemlich stürmisch, und das hat mich und PAN beeinflusst, wenn auch auf unterschiedliche Weise. Ich war zwei Jahre älter als er und, tja, so eine Art Spätentwicklerin. Und ich habe mich in ihren Konflikten mehr engagiert. PAN ist einfach weggefahren.«

Obwohl sie ziemlich langsam spricht, hat sie diese Art Kontrolle über ihre Wörter, die verrät, dass die zu einem schon früher aufgesagten Monolog gehören. Zu einem einstudierten Text.

»Ich war so böse auf beide, vor allem auf meine Mutter«, sagt sie jetzt. »Und ich habe wohl nach einer Möglichkeit gesucht, um sie zu bestrafen. Eine Freundin von mir erzählte von diesem Ort, von seiner Hütte. Es war sicher vor allem Prahlerei, aber da sollte die Post abgehen. Schnaps und Sex und so. Er hat sie nackt gemalt, sagte sie, oder fast nackt. Und hat dafür bezahlt.«

Jetzt bin ich sehr froh darüber, dass sie mich nicht ansieht. Nicht, weil mein Gesicht schockiert über eine Runde Aktmalerei aussehen könnte, sondern wegen der Sache mit der Hütte. Askes Hütte. Hier, irgendwo in den Wäldern, in denen PAN verschwunden ist.

Ich muss unbedingt an etwas anderes denken als an diese Information, um mein ungeheures Interesse nicht zu verraten. An Aktmalerei, zum Beispiel.

Heiß genug, sage ich mir, waghalsig und wild und rebellisch genug für Teeniekichern und erwachende Triebe. Aske hatte hier eine Hütte, Aske hatte hier eine Hütte.

»Also bin ich hingegangen. Abends spät, als die beiden sich gerade stritten. In den Wald, und ich habe gefragt, ob er mich malen wollte. Ich hatte wohl einiges getrunken. Es war nicht ganz unschuldig, verstehen Sie? *Ich* bin zu ihm gegangen, *ich* habe mich ausgezogen. Und ich bemerkte ja, dass er viel betrunkener war als ich und außerdem grauenhaft aussah.«

Junge Mädchen und muskulöse Pferde. Wälder und Seen und tiefe Finsternis zwischen den Bäumen.

»Aber natürlich hatte ich Angst«, sagt sie jetzt. »Es war gar nicht so toll, diese verdreckte Hütte, und dass ich mich ausziehen musste, während er lachend zuschaute. Und natürlich hat er mich angefasst. Seine Hände waren ziemlich kalt, das weiß ich noch. Sehr viel mehr ist nicht passiert. Er zeichnete. Und trank. Ich trank auch etwas, nicht sehr viel. Er redete die ganze Zeit und ich musste verschiedene Posen einnehmen. Und dann hatte ich es satt und fragte, ob das alles sei, was er könne, rumstehen und zeichnen.«

Sie schaut ihre Hände an. Das Licht vom Fenster erreicht nur ihren leicht gebeugten Nacken.

»Darauf ging er nach draußen, er wollte erst pissen, sagte er. Und als er fort war, sah ich mir seine Zeichnungen an. Das war bloß Chaos, verwirrte Striche, nichts, was mit mir Ähnlichkeit gehabt hätte. Und da bin ich weggelaufen.«

»Und das war zu der Zeit, als PAN verschwunden ist?«, frage ich.

»Einige Wochen früher. Ich habe versucht, es zu vergessen. Ich habe nie darüber gesprochen.«

»Und mehr ist nicht passiert?«, frage ich vorsichtig.

»Nein«, sagt sie entschieden.

»Sind Sie sich da ganz sicher? Sie haben sich die Zeichnungen angesehen und sind weggelaufen? Durch dieselbe Tür wie er?«

»Er stand draußen«, sagt sie. »Und hielt mich fest. Und ich hatte Angst und war wütend und sagte, seine Zeichnungen sähen einfach unmöglich aus. Er hat gelacht. Du bist kein Künstler, habe ich gerufen. Oder etwas Ähnliches. Da hast du ganz Recht, sagte er. Und dann bin ich losgestürzt.«

»Ist er Ihnen gefolgt?«

»Nur auf die Treppe hinaus. Aber darum geht es nicht, es geht darum, dass das die Wahrheit ist. Es war nicht der Aske, über den Ingeborg Dahl so viel herumgequengelt hat. Es war sein Bruder.«

»Woher wissen Sie das?«, frage ich sehr leise.

»Das hat er gesagt. Und dann diese Zeichnungen. Die waren einfach erbärmlich.«

Damit ist mein Deal abgeschlossen, signalisiert sie, indem sie aufspringt und vor mir her in die Diele geht.

»Würden Sie ihn wieder erkennen?«, frage ich.

»Ich glaube nicht. Es war dunkel und ich war angetrunken. Und es ist doch lange her.«

Ich ziehe die Kopie von »Daheim« hervor.

»Ist das die Hütte?«, frage ich.

»Kann schon sein. Aber sie ist schlecht gezeichnet.«

»So schlecht wie die Skizzen von Ihnen?«

»Das weiß ich nicht. Das war nur Gekrakel.«

»Wenn ich Ihnen einige Fotos schicke«, sage ich, »überlegen Sie dann, ob Sie den Mann aus der Hütte wieder erkennen?«

»Ich weiß nicht, habe ich doch gesagt.«

»Würden Sie sich die Fotos wenigstens ansehen?«

Verhandlungen. Kleingedrucktes. Ich bekomme meinen Deal und eine umständliche Wegbeschreibung zur Hütte. Ich weiß nicht, ob ich mehr Gift mitnehme, als ich sie verlasse; im Auto addiere ich dann jedenfalls gewissenhaft. Die Behauptung einer Identität, von einem betrunkenen, unangenehmen Mann in einer nächtlichen Hütte aufgestellt. Und die Einschätzung künstlerischen Wertes von einer Frau, die sich für Wiesenblumenmuster begeistert.

Das ist nicht viel. Aber es ist etwas. Bescheidene Ambitionen. Aske oder sein Bruder waren in der Hütte, als PAN verschwunden ist. Und nicht nur Mädchen fühlen sich von Wäldern und Seen und der tiefen Finsternis zwischen den Bäumen auf seltsame Weise angezogen.

26

Das Satteldach mit den bemoosten Ziegeln liegt tief über dem einstöckigen Haus, hinter den Fenstern sind blassbraune Vorhänge vorgezogen, einer hängt schräg und ist eingerissen. Dass jemand hinter dem angefaulten Lattenzaun Gras gemäht hat, muss Monate oder Jahre her sein.

An einigen Stellen haben dünne Birken Wurzeln geschlagen, auf der Westseite des Hauses bilden sie ein blattloses Gestrüpp.

Aber die kleine Glasveranda ist dieselbe, obwohl zwei Scheiben zerbrochen und durch stockfleckige Pappe ersetzt worden sind. Der steile Hang im Osten des Hauses ist derselbe, der gewundene, halb überwucherte Kiesweg, der zum Haus führt, ebenso. Hier lodern keine Höllenflammen über den Himmel, aber trotzdem ist es viel wahrscheinlicher, dass dieses Haus als Modell für Askes »Daheim« gedient hat, als dass es der kleine Hof in Maridalen gewesen sein könnte.

Ich gehe den von Gras überwucherten Kiesweg zum Haus hoch, vorbei an der rostigen Tonne unter der Regenrinne, die Querwand entlang, in der ein Fenster dunkel vor dem staubigen Vorhang liegt, eine leere Halbliterflasche Cola lehnt am Fensterrahmen.

Auf dem Hof faulen zwei dunkle Bretter vor sich hin, unter dem Dachvorsprung stehen einige alte Farbeimer aufeinander. Es hat sicher keinen Zweck, aber ich klopfe trotzdem an die Glasscheibe in der Tür. Ich warte nicht so lange, wie ich es tun würde, wenn ich glaubte, dass jemand im Haus sein könnte, ich halte mir zum Schutz vor dem schwindenden Licht die Hand über die Augen und lehne die Stirn ans Glas. Eine geschlossene Tür. Eine Glühbirne unter einem altersbleichen Baumwollschirm, auf meiner rechten Seite einige schwere, dunkle Kleidungsstücke an einer Hakenreihe in der Ecke, es ist so dunkel, dass ich sie nicht richtig sehen kann.

Die Tür ist abgeschlossen.

Jemand sieht mich an. Nicht vom Hausinneren her. Sondern von den dicht wachsenden Bäumen hinter mir. Das ist Unsinn und Kinderkram, das weiß ich. Das hier ist einsame Frau im Wald, Kind in der Nacht, uralte Rückenmarksreflexe und Reptilienfurcht in unbekannter Umgebung. Also drehe ich mich langsam um und schaue. Niemand ist zu sehen. Zwischen den Bäumen steht keine erschreckende Gestalt. Obwohl die Schatten dort tief genug sind, schwarz genug, und es hilft mir so wenig, das zu sehen, wovor ich mich fürchte.

Denn ich sehe ja nicht sehr viel. Zweige, die der Wind ein wenig schüttelt. Schatten, die sich ganz wenig bewegen. Ein Stamm, der hoch und nackt gen Himmel strebt. Aber ich gehe langsam. Ich laufe nicht. Ich bleibe an der Hausecke stehen und stelle fest, dass die Tonne Rostlöcher hat und leckt. Wie lange, denke ich, muss ein Birkenspross seine Ruhe haben, bis er mir bis zur Taille reicht?

Zwei Jahre? Fünf? Ich habe keine Ahnung, sagt mein inneres Kind im Wald – und es ist mir auch scheißegal. Dann gehe ich schneller, vorbei an dem eingebrochenen Zaun und um die Kurve, wo der Weg von den dichten Baumreihen fast verschlungen wird.

Er steht unter den Tannen und nur sein Gesicht sorgt dafür, dass ich ihn entdecke, milchweiß, sanftblau leuchtet es unter den schräg hängenden Zweigen. Natürlich fahre ich zusammen, schrecke dumm und weiblich und einsam hoch.

»Verzeihung«, sagt er. »Ich wollte Ihnen keine Angst machen. Nur kommt hier so selten jemand vorbei.«

Was er anhat? Etwas Dunkles. Geflecktes. Tarnfarbenes, offenbar, wie *Männer,* die allein im Wald unterwegs sind, das eben tragen.

»Ich war oben bei der Hütte«, sage ich. »Der Aske-Hütte.« Das soll kess und kompetent wirken, tut es aber nicht.

»Der Aske-Hütte?«, fragt er.

»Ich weiß nicht, wie sie genannt wird, aber ist es nicht seine?«

»Dieses eingestürzte Loch? Das hat keinen Namen, glaube ich.«

Er bewegt sich. Macht ein paar Schritte auf den Weg zu, sodass ich ihn besser sehen kann. Er hat einen Bart und trägt eine Mütze. Und das auf seinem Rücken muss ein Gewehr sein.

»Ist das da unten auf der Straße Ihr Auto?«, fragt er.

»Ja«, sage ich und ziehe das Mobiltelefon aus der Tasche. Nur, um das getan zu haben, gewissermaßen.

»Ich nehme auf dem Heimweg immer diesen Weg«, sagt er. »Aber mir begegnet fast nie jemand.«

»Und die Hütte wird nicht genutzt?«, frage ich.

»Das weiß ich nicht so recht. Manchmal sieht es aus, als sei jemand dort gewesen. Niedergetretenes Gras. Aber sie kümmern sich nicht gut darum, finden Sie nicht? Vielleicht kommen manchmal irgendwelche Jugendliche her und … Sie wissen schon, feiern.«

»Die Tür ist abgeschlossen«, sage ich.

»Dann sind es vielleicht doch die Besitzer. Mich geht das ja nichts an.«

In der Raststätte bei Nes esse ich einen tristen Rotbarsch, und doch, unten auf Jomfruland ist eine *fabelhafte* Bouillabaisse vorbereitet worden, und inzwischen ist die Zeit für einen Drink herangerückt. Ida behauptet, einen Fisch SELBER gefangen zu haben.

»Komm her«, sagt Benny.

»Nicht heute Abend«, sage ich.

Fünf Stunden Fahrt reichen für einen Tag, aber ansonsten hat er nicht Unrecht. Morgen, denke ich, schaue ich bei der kompetenten Hauptkommissarin Kielland vorbei und erzähle ihr, dass zumindest einer der Männer, die bei Martin Andersens

Tod bei TroJa anwesend waren, beim Verschwinden PANs mit feuchten Händen und Skizzen im Wald beschäftigt war.

Und dann kann ich die wahnwitzige Brandung auf Jomfruland aufsuchen.

Es dämmert schon, als ich am Sperillen vorbeifahre, und die Reste des Sonnenuntergangs malen goldene Streifen auf die Wasseroberfläche. Noch ehe ich die Mautstation bei Sollihøgda erreicht habe, ist es dunkel.

Auch vor den Fenstern im Charlotte Andersens vei gibt es Zweige, schwarze, gezackte Zweige. Sie erinnern mich dermaßen an die Bäume auf dem Bild »PAN«, dass ich Mutters Vorhangflut schließe. Nichts sehen. Das CD-Gerät einschalten. Nichts hören. Oder nur das, was im Haus hell und offen ist.

Und während ich die »Räuberbraut« in Karstens Schnurloses singe, komme ich mir zwar blöd vor, aber ich vergesse dabei die Zweige. Das Mausetier liegt zusammen mit seiner Besitzerin auf Jomfruland unter der Segelbootdecke, eine Räuberbraut ist da nicht nötig, aber es ist nett, sie zu hören. Notwendige Rituale.

Während ich die Blumen gieße, um die ich mich hier schließlich kümmern muss, plane ich meinen kleinen Bericht für die Kompetente.

Die Ältesten zuerst: Otto Troels-Jacobsen hatte allen Grund, sich verraten zu fühlen, nicht nur von seiner Tochter, sondern auch von Martin Andersen, der in seiner Begeisterung für Risikosport Roll die Unterstützung der *Frogner-Fotzen* besorgte.

Außerdem wurde Troels-Jacobsen von dem Sjur Aske unterstützt, der nicht nur an dem Abend, an dem Ingeborg Dahl verschwunden ist, auf dem Grønlandsleiret unterwegs war, sondern der sich auch in der Villa Troels auskennt, dem Ort, an dem sie tot aufgefunden wurde. Sjur Askes Loyalität ist vielleicht zweifelhaft, aber irgendetwas läuft zwischen ihm und Bella und er bezahlt gerne Leute dafür, dass sie andere zusammenschlagen. Möglicherweise hat er seine eigenen Gründe, Ingeborg Dahls Interesse an der Herkunft seines Bruders – und damit seiner eigenen – nicht zu mögen.

Beide Brüder waren nicht nur bei TroJa anwesend, einer von ihnen hat außerdem schlechte Skizzen gezeichnet, in einer Hütte in der Nähe des Ortes, an dem PAN verschwunden ist. Aske hat natürlich ein Bild namens PAN und eine *Hommage à Helena gemalt.* Und er hat ohne Vorwarnung eine Biografie gestoppt, in der seine schreckliche Kindheit beschrieben wird. Außerdem war Ingeborg Dahl, ehe sie erwürgt wurde, davon überzeugt, dass Aske der Mörder ihrer Tochter sei. Und das kann sie ja auch anderen als mir erzählt haben.

Es ist nicht fertig, es ergibt noch keinen Sinn, aber es ist etwas. Genug zumindest, denke ich und lasse mich in einen von Karstens Chesterfields sinken, um berechtigten Zweifel an Jhaveds Schuld aufkommen zu lassen. Es ist *etwas.* Bescheidene Ambitionen.

Wenn da nicht sein ursprüngliches Geständnis wäre. Und das Video.

Bei dem Video kann, wie sich herausstellt, als ich auf dem Weg ins Badezimmer bin, Edevart Riels geschämige Freundin helfen.

Das heißt, ich bin nicht sicher, ob sie es ist, denn die Frauenstimme, die aus meinem Mobiltelefon dringt, ist alles anders als geschämig. Das ist nicht Lill, die rasierte Computerexpertin aus Riels Wohnung, das ist ihr Alter Ego. Sie ist *Domina,* fällt mir jetzt ein, sicher nennt sie sich *Frau Tödin* oder ähnlich, und auch Frau Tödin hat mit mir einen Deal. Ob ich das noch weiß?

Aber sicher. *Ruf mich an,* habe ich zu dem gesagt, das in diesem Moment Lill war, ruf mich an, wenn du das Video oder seine Spur findest. Und jetzt ruft sie an.

Frau Tödin ist von den Go-go-Jungs oder dem Gossentourismus oder was die Adresse go.jungs nun zu bieten hatte, weitergekommen und wir reden jetzt *live,* sagt sie. Wir sprechen aus dem Cyberraum, wir sprechen über Fleisch und Blut, hier und jetzt, take it or leave ist, gutes altmodisches *real life, real time.*

»Du meinst«, sage ich. »Du meinst ganz einfach… einen Menschen?«

»Yes«, sagt sie. »Right on.«

»Das ist unglaublich«, sage ich.

»Nicht wahr?«

»Und diesen Menschen kann man so einfach treffen?«

»Wenn man die richtigen Beziehungen hat«, sagt Frau Tödin.

»Hat man die?«

»An und für sich.«

»Und das bedeutet?«

»Dass ich sie habe«, sagt sie mit einem Hauch von Triumph in der Stimme.

»Ah. Die Frage ist also, ob ich dich habe.«

»Ganz richtig.«

»Und die Antwort lautet?«

»Dass sich das vermutlich arrangieren lässt.«

Ich weiß nicht so recht, was es für Frau Tödin bedeutet, dass ich, nachdem irgendetwas arrangiert worden ist, sie *habe,* aber andererseits will ich mich auch nicht zu sehr in Details festbeißen.

»Der Deal war«, sage ich trotzdem, »dass ich es der Polizei gebe.«

»Du hast keine anderen Interessen an dem Video, oder?«, fragt sie.

Nein. Nein, das habe ich natürlich nicht. Nicht einmal dann, wenn es sich als unwiderlegbarer Beweis für die Schuld meines Patienten Jhaved erweisen sollte.

27

Hoch und niedrig. Nacht und Tag. In den fast leeren Nachtstraßen der Innenstadt gedeiht eine seltsame Ironie. Tagsüber wird hier in ungeheuer nüchternen und ungeheuer kostbaren Lokalen Kunst ausgestellt: An- und Verkauf irgendeiner Art, von intellektueller Theorie weitgehend losgerissene *Körperkunst*. Hoch und niedrig. Die Kunst, die sich so eifrig und in der Hoffnung, frei oder rebellisch zu werden, mit dem Niedrigen, Kaputten verbündet hat, hat der Erhöhung niemals entgehen können: Die Bilder mögen so aufrührerisch oder schmuddelig sein, wie sie wollen, sie enden doch an den blendend weißen Wänden von bewusst spartanischen und alles andere als vulgären Galerien wie dieser.

Wer eine wertvolle Ware besitzt, braucht damit nicht zu protzen. Nutten zu malen ist schon lange nicht mehr modern, aber es sind andere niedrige und *wilde* Dinge gefunden worden. Und die Gemalten haben auf jeden Fall besser überlebt als die ganz einfach Geschminkten. Und so richtig gefährlich, verglichen mit der nächtlichen Arbeit in diesen Straßen, ist das in den Galerien Ausgestellte nun auch nicht.

Aske hat Nutten gemalt, fällt mir ein, als ich langsam weiterfahre, hat Nutten auf fast peinlich romantische Weise gemalt, in einem *Mansardenzimmer,* Gott steh mir bei, im Amsterdamer Hafenviertel. Auch das ist lange her, und wenn er gefährlich ist, dann ist das wohl kaum seinen Bildern oder irgendwelchen Nutten zu verdanken.

Ich cruise, wie Freier das tun, aber nicht auf der Jagd nach einer verwendbaren Frau, ich suche den Eingang zu etwas, das *Down Under* heißt, das aber seine Aktivitäten nicht durch Neon oder stilechtes Messing herausschreit. Genauer gesagt, ich suche nach der geschämigen Lill in ihrer weniger geschämigen Rolle als Domina, die angeblich vor dem Lokal steht. Blöd, denke ich, blöd, dass ich nicht weiß, wie Frau Tödin aussieht, denn deshalb muss ich alle Nutten genau in Augenschein nehmen, wie es die Kollegen in den anderen Autos auch tun.

So kommen ja die meisten Freier, im Auto. Nur sehr wenige Männer schlendern durch die Straßen, einen überhole ich bei der Skippergate; er trägt eine dunkle Windjacke und zieht den Kopf ein, aber ich erkenne ihn trotzdem, Rune Skjalgson, den Seemann, der in Amsterdam Mansardenzimmer und Suff mit Aske geteilt hat. Manche werden offenbar nie fertig mit Nutten und dunklen, fast menschenleeren Straßen. Er scheint zu frieren.

Hoch und niedrig. Das *Down Under* befindet sich, wie ich feststelle, nicht in einem Keller, sondern in einem Dachgeschoss. Frau Tödin hat mir von einem Torweg in einer stillen Nebenstraße oberhalb des Bankplass her zugewunken, hat gewartet, während ich einen Parkplatz suchte, und mich dann in einen Hinterhof und in einen riesigen Warenaufzug geleitet.

»Das ist vielleicht nicht ganz ungefährlich«, sagt Frau Tödin, als wir den Fahrstuhl verlassen und einen riesigen, schwarz angestrichenen Dachboden betreten. Es ist schwer, sich vorzustellen, dass irgendetwas ungefährlich sein könnte, wenn ich ihre Kleidung betrachte, zum Beispiel. Und das tue ich. Betrachte sie mit schrägem, vagem Blick, mit aller Oslo-West-Erziehung, die mir noch immer in den Knochen steckt. Huch, ein Neger. Nicht anstarren. Ach, ein Suffkopp. Pfui, du, nicht glotzen. Seit damals habe ich natürlich ziemlich viel geglotzt, es baut nicht gerade dein Selbstgefühl auf, wenn nicht einmal deine Psychologin ertragen kann, dir beim Weinen zuzusehen.

Gegenüber Frau Tödins Fantasiencollage falle ich in eine präprofessionelle Verlegenheit von der Sorte zurück, die sich als Weltgewandtheit tarnt. Brüste, die aus dem BH hängen? Nichts Menschliches ist mir fremd. An den Brustwarzen befestigte Kettchen? Meine Güte, ich bin doch nicht von gestern. Ein Peitschchen im Gürtel? Tja, das ist doch ein – hübsches Requisit.

Es liegt natürlich an meiner Unwissenheit, und für einen Moment bedaure ich, Benny nicht um eine Einführung in Sitte und Brauch der Leder- und Lackszene gebeten zu haben, ehe ich hergekommen bin, denn ich weiß nicht, ob Frau Tödin die Feld-, Wald- und Wiesen-SM darstellt oder ob sie ein Weihnachtsbaum ist, behängt mit allem, was die sexuellen Fiktionen nur hergeben. Die hohen Stiefel sehen danach aus, aber werden dazu häufiger Sporen getragen?

Es soll Leute geben, die auf Regenmäntel oder Windeln abfahren. Bei Frau Tödin scheint das nicht der Fall zu sein, ansonsten aber hat sie fast alles zu bieten. Den einen oder anderen Militäreffekt – ist die Medaille wirklich an ihrer nackten Brust befestigt oder kann ich hoffen, dass es nur so aussieht? Netzstrümpfe bis weit über die Hüften, ein Hundehalsband mit Stacheln, einen weit ausgeschnittenen Body aus schwarzem Lack, mit den erwähnten Löchern für die Brüste.

Frau Tödin mustert mich ohne die geringste Verlegenheit, als wir vor der Garderobe Schlange stehen, und ich bin plötzlich dankbar dafür, dass sie keine alles verdeckende Gesichtsmaske trägt. Ich glaube, es würde mir doch schwer fallen, mit einer zu reden, die zuerst den Reißverschluss vor ihrem Mund öffnen muss.

»Ich muss zugeben, dass du immerhin einen Versuch gemacht hast«, sagt sie trocken.

Ich trage eine kurze Lederjacke, einen engen Pullover und schmale Hosen.

»Es ist wenigstens schwarz«, sage ich. »Wenn es auch sonst nicht viel hermacht. Ich habe zuletzt in den Achtzigerjahren eine Lederhose getragen, und besonders eng war die auch nicht.«

»Das meine ich doch«, sagt sie. »Ein Versuch, ein nicht sonderlich gelungener Versuch, aber immerhin ein Versuch.«

»Danke«, sage ich. »Nur so zur Information, wo würdest du dich einreihen? Was deine Ausrüstung angeht, meine ich.«

»Auf einer Skala von eins bis zehn?«

»Zum Beispiel.«

»Sieh selber«, schlägt sie vor.

Und das tue ich, während wir am Tresen auf unsere Getränke warten. Wie es sich gehört, ist es hier ziemlich dunkel, und die Musik besteht, wie es sich gehört, ausschließlich aus digitalen Peitschenhieben. Vom Tanzboden her fegt blauweißes Licht über uns hinweg; ansonsten ist die Beleuchtung gerade spärlich genug, um das nötige, halb getarnte Glotzen zu ermöglichen.

Hierher kommen Touristen und Touristinnen, wie ich. Dazu ziemlich viele in auffallender Kleidung, zum Beispiel mit Netzoberteil über schwarzem BH.

»Wochenend-Sadomasos«, teilt Frau Tödin mit. Sie, davon gehe ich aus, macht es rund um die Uhr.

Die Profis sind natürlich sorgfältig gepierct, der langgliedrige Typ in Netzanzug ohne Unterhose gehört offenbar zu ihnen. Die mit schwerem Leder überzogenen Männer sind in der Mehrheit, und unter ihnen kann ich die Spreu nicht so leicht vom Weizen, die Profis nicht von den Amateuren trennen. Nackte Männeroberkörper sind gewissermaßen obligatorisch, ob sie nun Ketten zwischen Brustwarzen und Nabel gespannt haben oder nicht, und deshalb beschließe ich, dass, abgesehen von der Beschaffenheit des Suspensoriums, die Tätowierung den Ausschlag gibt.

Vollständig tätowierte Brustkasten mit zierlichen Schlingen, die sich zu einem auf den Unterleib gerichteten Pfeil verengen, sind ziemlich profihaft, nehme ich an, was bestimmt auch für vollständig tätowierte Arme gilt. Tätowierte Bänder um den Oberarm können unmöglich mitzählen, da der Kronprinz bald der Einzige in seiner Generation sein wird, der keine aufweisen kann.

Es gibt außer denen von Frau Tödin auch noch andere lose hängende Brüste, aber nicht sehr viele, und sie ist fast die einzige Sporenträgerin. Alles in allem hebt sie sich von der schnöden Menge ab.

»Acht!«, rufe ich ihr ins Ohr. »Und ein klarer Zehner, wenn du nur in der Damensparte antrittst.« Daraufhin gönnt sie mir ein zufriedenes Schnaufen.

Eine schmaläugige magere Frau drängt sich zwischen uns, um Kontakt zum Barmann aufzunehmen. Sie kann kaum über zwanzig sein und hat im Gesicht eine chaotische Mischung von Pickeln und Silberkügelchen. Ihr Gesicht ist geradezu damit gesprenkelt, und alle kämpfen um den Platz: hier ein entzündeter roter Punkt, dort eine Silberkugel. Da sie außerdem Sommersprossen und die dazugehörige blasse Haut hat, sieht ihr Gesicht aus wie ein überreicher Sahnekuchen mit bunten Zuckerstreuseln.

»Was ist jetzt mit real life, real time?«, brülle ich Frau Tödin an.

»Ich hab ihn noch nicht entdeckt!«, brüllt sie zurück und lehnt ihren frisch rasierten Kopf an die junge Frau zwischen uns.

»Hast du Simon heute Abend schon gesehen?«, fragt sie die Zuckerstreusel.

»Nein«, sagt die andere gleichgültig. »Aber das Video. Das war ziemlich schlaff. Ich meine, abgesehen davon, dass der eine gestorben ist, wobei man ja nie weiß, ob das wirklich echt ist, gab es nur ein bisschen müdes Brustgestreichel, und wer soll darauf schon abfahren?«

»Wo hast du es denn gesehen?«, frage ich.

Die Zuckerstreusel sehen mich an. Ihre Augen sind die beiden blauen Punkte.

»Drei *shots*«, sagt sie.

Ich blicke sie verständnislos an, dann erinnere ich mich an den chronischen Geldmangel ihrer Altersgruppe.

»Drei *shots*«, wiederholt Frau Tödin an den Barmann gewandt und wird sofort bedient, obwohl sie noch gar nicht an der Reihe ist. Auf dem Weg zum Tisch des Kuchenstreusels wird mir klar, dass ich die mit Abstand beste Fremdenführerin des Abends vor mir habe. Frau Tödin bewegt sich gewichtig und nicht gerade elegant zwischen den Massen, aber sie strahlt eine unbestreitbare körperliche Autorität aus, die weder ihr runder, straff geschnürter Bauch noch die erhobenen, mit Ketten behängten, nackten Brüste schmälern können.

Als ich mich in Frau Tödins Kielwasser langsam vorwärts bewege, befinde ich mich hinter einer Art Königin, die ihr ehrerbietiges Volk gewichtig und freundlich grüßt; ihr wird Platz gemacht, sie wird entzückt oder leicht verängstigt auf die Wange geküsst, Frau Tödin nimmt alles mit Gelassenheit hin. Sie dominiert, wie sich das für eine Domina gehört.

Zwei der *shots* sind für die ungeschickt rasierten Freundinnen des Kuchenstreusels gedacht und verschwinden sofort. Frau Tödin seufzt, hebt einen stacheligen Arm und lässt von einem in einen Sarong gekleideten Untertan noch weitere holen.

»Hast du das Video bei Simon gesehen?«, frage ich die Kuchenstreusel.

»Ja«, sagt die, und schnappt sich den Tabak der einen Freundin.

»Aber der ist total durchgedreht, ist also nur gut, dass er es los ist. Er fühlt sich verfolgt und ist gestresst und nervig. Ich meine, was bringt es schon, etwas zu haben, von dem wir paranoid und blöd werden? Was?«

»Und wie ist er es losgeworden?«

Die Kuchenstreusel sehen mich an, als hätten sie gerade bei mir einen Gehirnschaden entdeckt.

»Das hat er natürlich verkauft.«

»Es geht also um Geld?«, frage ich.

Vor ihrem inneren Auge sehen die Kuchenstreusel, wie das Creutzfeldt-Jakob-Syndrom in Windeseile mein Gehirn zerfrisst.

»Worum sollte es denn sonst gehen? Um Sex jedenfalls nicht. Das Video ist doch schlaff, hab ich das nicht gesagt? Ein ganz normales *Teeservice* ist aufregend im Vergleich dazu.«

»Und jetzt«, sage ich, während ich mir diese interessante

Einschätzung von Steingut und Porzellan einpräge, »jetzt hat dieser Simon es nicht mehr?«

»Nein«, sagt sie. »Aber er ist trotzdem total durchgedreht. Er bildet sich aus irgendeinem Grund ein, dass er es der Polizei hätte bringen sollen, und jetzt glaubt er, dass die hinter jeder Ecke auf ihn warten. Zu viel Acid, ist doch klar, und nichts zum Landen, verstehst du?«

Abgesehen von Kritik der samstäglichen Unterhaltungssendungen im Fernsehen finde ich nichts so tödlich langweilig wie eingehende Gespräche über die unterschiedlichen Arten von Medikamentenmissbrauch, ob nun legal oder illegal, und deshalb wechsle ich schnell das Thema.

»Wenn Simon es also nicht mehr hat«, sage ich, »wer hat es dann?«

Auf diese Frage lächeln die Kuchenstreusel säuerlich. Sie kann es doch unmöglich sein, denke ich, und sehe zu meiner Erleichterung, dass der junge Mann im Sarong jede Menge Shots anschleppt. Ich will diesem Teenie gern einen Schwips bescheren, wo sie doch freiwillig hergekommen ist und ich keine schlimmeren Pläne mit ihr habe als sexuelle Abweisung, wenn das nötig werden sollte.

»Vielen Dank«, sage ich zum Sarongmann, und gebe ihm Geld. »Das ist wirklich nett von dir.«

»Aber meine Liebe«, sagt er, und reicht mir höflich die Hand. »Kjell«, fügt er hinzu. »Oder auch Thea. Ich habe den Prozess noch nicht vollendet, weißt du, und ich finde es richtig, ganz offen damit umzugehen.«

»Sicher«, sage ich.

»Jetzt stehen nur noch zwei Operationen aus.«

»Wie schön. Viel Glück!«

Kjell oder Thea lächelt breit und verschwindet.

Die Kuchenstreusel schauen mit ihren blauen Augen durch mich hindurch.

»Was muss man hinblättern«, frage ich, »für das Video?«

»Um es zu kaufen oder zu sehen?«, fragen die Kuchenstreusel zerstreut.

»Ich hab es ja schon gratis gesehen, andere haben bezahlt, es gibt immer irgendwelche Trottel, die ausgenommen werden können. Und es war ja ohnehin ein Betriebsunfall, zu viel E und zu wenig …«

Die ökonomisch unglückliche Medikamentenmischung verschwindet zu meiner Freude in einem besonders heftigen Dröhnen auf der Tanzfläche.

»Um es zu kaufen!«, rufe ich. »Zum Beispiel.«

»Du kannst ja Simon fragen«, sagen die Kuchenstreusel und schauen weiterhin durch mich durch. »Aber er hat wohl ein mieses Geschäft gemacht. Er steht da hinten.«

Frau Tödin hat unseren Simon nun auch entdeckt und nickt mit gerunzelter Stirn zu ein paar Männern vor einer Säule neben der Tanzfläche hinüber.

»Wer davon ist Simon«, frage ich und denke, wenn sie jetzt sagt, der im schwarzen Leder, dann kriegt sie keinen Shot mehr.

Keiner der vier Männer trägt etwas anderes als schwarzes Leder.

»Der mit dem Suspi«, sagt sie. Ich sehe mir die Männer genauer an.

»Red kein Blech, die tragen doch allesamt Suspis«, sage ich.

»Dann eben der Fetteste. Der, der mit den Armen fuchtelt.«

Frau Tödin verhandelt für mich. Ich weiß nicht, mit welchen seltsamen Interessen sie mich versieht, sexuell oder anderweitig, aber nach einer Weile winkt sie gnädig mit ihrem mit Stacheln besetzten Arm, dem Königinnenarm, der das Zepter halten würde, wenn sie ihr Peitschchen nicht vorzöge. Mir wird eine Audienz bei der Königin und ihrem Ritter Simon gewährt.

Simon grüßt mit feuchter Hand. Er hat einen seltsam ungelenkigen Körper mit langen, dünnen Beinen unter einem Oberkörper, der fehldimensioniert wirkt, nicht nur, weil er so breit ist, sondern auch wegen seiner Länge. Er sieht ein wenig aus wie Zeichnungen, wie Kinder sie gemeinsam herstellen: eins zeichnet den Kopf und faltet das Papier so, dass das Nächste nichts sehen kann, das zeichnet dann den Rumpf und ein drittes die Beine. Simon sieht aus, als habe er einen halben Rumpf zu viel.

Frau Tödin hat, als Kennerin ausgefallener Interessen, mich ganz einfach mit meinen vorgestellt. Simons Gesicht und sein Dreitageschädel glänzen vor Schweiß, seine Wangen – ebenfalls mit Salz-und-Pfeffer-Dreitagehaar versehen – erröten unter seiner exaltierten Erregung. Er stottert ein wenig. Er fährt sich mehrere Male mit der Hand über den Schädel. Es ist noch nicht gesagt, wie mir aufgeht, dass seine und meine Sonderinteressen einander entsprechen.

»Wichtig ist«, sagt er, »dass die Presse es nicht erwischt hat.«

»Wieso das?«, frage ich.

»Aber das kannst du dir doch denken, die kreisen gerade wie die Geier, klar?«

Nervös verlagert er sein Körpergewicht von einem Bein aufs andere und tritt vor mir auf der Stelle herum.

»Gerade so was *lieben* die, das weißt du doch. Uns als eine Bande von Irren darzustellen, die sich gegenseitig in Stücke hacken, um zum Orgasmus zu kommen. Und da dieses Teil also auf Irrwege geraten war, fand ich es besser, es so schnell wie möglich aus dem Verkehr zu ziehen.«

»Ehe die Presse es erwischt?«

»Ja. Sie waren doch da, die Spuren, nicht wahr, im Net, es war nur eine Frage der Zeit, bis die Presse sie auch entdeckt hätte. Aber in dieser Beziehung habe ich etwas mehr, etwas mehr, etwas mehr … sagen wir, Hintergrundinformationen als die Köter aus der Akersgate. Also habe ich sie geschlagen.«

Vielleicht präsentiert er mir eine etwas zurechtgestutzte Version der Wahrheit, zumindest, was seine Motive betrifft. Aber die schneeweißen Motive sind eine Seltenheit, und ihr Gegensatz ist nicht notwendigerweise nachtschwarz, sondern nur ein wenig fleckig.

Simon tritt von einem Fuß auf den anderen. Simon schwitzt und streicht sich über den Schädel. Frau Tödin reicht ihm ein Halbliterglas voll Wasser und er trinkt wie ein Wüstenwanderer. Zwei dünne, glitzernde Bäche fließen von seinen Mundwinkeln über sein Kinn und weiter über seinen Hals, als er sich setzt.

»Wo hast du es gefunden?«, frage ich.

»Wenn du einen Namen willst, den kriegst du nicht«, sagt er und verreibt das restliche Wasser in seinem Gesicht.

»Ich brauche keine Namen«, sage ich.

»Auf der Ausstellung waren ziemlich viele Menschen«, sagt er. »Das weißt du ja.«

»Ja, das war ziemlich chaotisch.«

»Sagen wir also einfach, dass einer von ihnen, einer der zahlreichen Gäste, es mitgenommen hat.«

»Das liegt ja auf der Hand. Aber warum?«

»Was weiß ich? Vielleicht als Andenken.«

»Oder um Geld damit zu verdienen?«

»Oder aus eher persönlichen Gründen.«

»Das heißt, du hast es billig bekommen, oder? Es ist ein bisschen komisch, egal, wer es gewesen sein mag, der Betreffende muss ziemlich schnell kapiert haben, dass das Video wichtig ist. Und da es wichtig ist, weiß ich auch, dass man sehr gut aufgepasst haben muss, um die verschiedenen Aufnahmen auf den Bildschirmen voneinander zu unterscheiden und dann noch den Produzententisch ausfindig zu machen.«

Simon beugt sich zu mir vor, sein Gesicht ist rot und feucht.

»Okay, okay«, sagt er. »Einer von denen, die da gearbeitet haben, stand ganz dicht dabei, das ist uns doch beiden klar.«

»Und der Polizei auch«, sage ich. »Und der Presse.«

»Sicher, sicher. Das ist doch gerade das Problem, nicht wahr?«

»Und ein weiteres Problem ist, dass du nicht sehr viel dafür bezahlt hast?«

Er nickt ganz knapp.

»Das bedeutet, dass du nicht sicher bist, ob der Verkäufer die Klappe halten wird?«

Simon fährt sich heftig über die Stirn.

»Darum geht es nicht«, sagt er. »Es geht darum, dass ... dass es wieder auftaucht. Dass man sich sozusagen nur an der Kinoschlange anzustellen braucht, um es sehen zu können. Das ist doch schwachsinnig.«

»Du meinst, es ist riskant?«

»Natürlich ist es riskant. Hier sind kleine Jungs, die es gesehen haben, und was lernen sie dabei? Was?«

Er hat darüber nachgedacht. Er hat seine Verteidigungsrede vorbereitet. Es ist keine schlechte Rhetorik, vor allem, weil sie ziemlich sicher teilweise wahr ist.

»Sie wissen nicht, wie sie damit umgehen sollen«, sagt er. »Die Jungs. Im Net wimmelt es nur so von Stoff über alle möglichen sexuellen Finessen, verstehst du, von Kicks, aber sie haben nicht genug Erfahrung. Bei manchen Dingen sind einfach Kenntnisse angesagt, klar? Bei Dingen, die man ohne diese Kenntnisse niemals tun sollte.«

Er schwitzt schrecklich. Er hat Tränen in den Augen. Ich glaube ihm. Ich glaube, dass er die jungen Leute gern vor fatalen sexuellen Fehlgriffen schützen will. Aber er streut mir Sand in die Augen und das brennt nicht sehr, lässt mich nicht in Tränen ausbrechen.

»Warum hast du das Video dann weiterverkauft? Du hättest es anonym der Polizei zuspielen können«, sage ich kalt, jungfrauenhaft, und habe dabei sein gesamtes verschwitztes Gewissen im Rücken. »Falls es dir Sorgen macht, was die Presse damit anstellen könnte.«

Den letzten Satz bereue ich, sowie ich ihn gesagt habe, denn seine Antwort kenne ich schon.

»Aber das wäre doch dasselbe gewesen«, sagt er, und ist ein wenig erleichtert, wie ein Angeklagter, dem eine Frage gestellt wird, auf die er antworten kann. »Liest du keine Zeitungen? Spätestens vierundzwanzig Stunden nach dem Eintreffen bei der Polizei würde irgendein Fernsehsender auf unerklärliche Weise eine Kopie erhalten haben.«

»Du hättest es verbrennen können«, sage ich tonlos. »Es im Garten vergraben oder auf dem Dachboden verstecken. Wenn es darum geht, junge Leute vor solchen gefährlichen Gewohnheiten zu schützen.«

Das ist gemein. Es ist immer gemein, die schwachen Punkte anzugreifen, ob es sich nun um rhetorische oder um emotionelle handelt. Hier ist beides der Fall, was nicht ungewöhnlich ist. Er bricht in der Mitte zusammen. Das heißt, das tut er nicht, aber ein Zucken jagt durch seinen langen Oberkörper, der um Gnade bittet, das sehe ich, während er sich vorbeugt und sich am leeren Wasserglas zu schaffen macht. Frau Tödin lässt neues Wasser bringen.

»Ist schon gut«, sage ich. »Ist mir scheißegal, wie viel der Verkauf dir eingebracht hat, aber ich muss wissen, an wen du es verscheuert hast.«

Er hält sich an dem kleinen Regal fest, in dem die Gläser stehen.

»Nicht alles geht um Geld«, sagt er. Simon holt tief Luft und ich denke an Dinge, bei denen es nicht um Geld geht. Wissen. Dienste. Und es ist ja nicht so, dass uns die Worte dafür fehlen, unsere kleine Krämerkultur besitzt massenhaft Worte. Gegenseitige Interessen, so nennen wir das. Abmachungen zum Besten aller. Vertrauliche Informationen, sagen wir, Vertrauen und Verständnis zwischen den beteiligten Seiten. Natürlich hat er Recht. Das und nicht Geld ist es, *that makes the world go round.*

Simon macht es einfach.

»Diese Person«, sagt er, »weiß allerlei über mich, das ...«

»Das er doch bitte für sich behalten soll«, schlage ich vor.

»Ja.«

»Zum Ausgleich hat er das Video bekommen.«

»Ja. Ich hatte angenommen ... ich meine, ich weiß doch, wer er ist, und dass er ... ausgefallene Interessen hat, und deshalb ...«

»Deshalb bist du davon ausgegangen, dass er es nur für seinen eigenen Verbrauch haben will.«

Er nickt.

»Offenbar hat er dein Vertrauen missbraucht«, sage ich, und nickte zu Kuchenstreusel und ihren Freundinnen hinüber. »Es besteht also kein Grund zu übertriebener Loyalität.«

Er braucht noch einen halben Liter Wasser.

»Ich dachte, er würde heute Abend hier sein«, sagt Simon, als er seinen Wassereimer geleert hat. »Sonst kommt er immer. Ich dachte … verstehst du, ich habe ein wenig Geld zusammengekratzt, und … glaubst du, wenn wir zusammen hingehen – du kannst ja reden, meine ich, wenn wir beide … und ich habe etwas Geld. Ja?«

»Schon möglich«, sage ich. »Wir können es ja versuchen.«

Und das, das weiß ich, ist heuchlerischer als meine kleine Lederjacke und die schwarzen Klamotten. Ich gehöre, so wie ich hier stehe, ebenfalls zum Handelsstand, und da wir keine Papiere unterschreiben, ist unser gemeinsames Verständnis, unser gegenseitiges Vertrauen, ziemlich unverbindlich.

Er geht vor mir her zum Ausgang und zum Fahrstuhl. Königin Tödin, drei Schritte vor ihm, geleitet uns schwer und verantwortungsbewusst durch Leder und Netzwerk, Lack und Netzwerk, Latex und Netzwerk und das eifrige digitale *swisch swisch SWISCH* aus den Lautsprechern.

Im Fahrstuhlschacht begleiten uns die Geräusche dieses *Down Under,* das sich über uns befindet; als sich die Tür hinter uns schließt und wir auf dem Hinterhof stehen, ist dagegen alles ganz, ganz still.

Aber nicht für lange. Zuerst Scheinwerfer: Sie zerreißen in zwei parallelen Kegeln den Hinterhof, und sie befinden sich im Torweg. Das Geräusch von Schritten, schweren und energischen, dazu etwas, das wie *Schläge* klingt. Die Männer treten ins Licht und bilden gewaltige, träge fallende Schatten, und es ist nicht schwer zu sehen, woher das Geräusch stammt, das an Schläge erinnert. Klatsch. Stille, während der Schläger wieder erhoben wird. Wieder ein Klatschen.

Ich presse mich gegen die Wand und sehe sie kommen. Schwer. Watschelnd. Wild lächelnd. Keiner von ihnen trägt eine Hasskappe. Sie haben es nicht eilig.

Es gibt nur ein vernünftiges Verhalten, wenn etwas, das aussieht wie eine echte pakistanische Mafia, auf uns zukommt, nämlich, die Flucht ergreifen. Simon und ich besitzen dieselben ungeschwächten Instinkte, und da wir uns auf einem geschlossenen Hinterhof befinden, wollen wir wieder ins Haus, hinein, nach oben in die Geborgenheit zwischen reizenden Leuten mit Peitschen. Wie wild drückt Simon auf die Fahrstuhlknöpfe, doch Frau Tödin reißt seine Hand weg.

Sie hat bereits eine Nummer in ihr kleines Mobiltelefon eingegeben und jetzt murmelt sie hinein, mit dem Rücken zu den Angreifern. Es hört sich an wie »komm«.

Ich selber bin ein Bündel an der Wand, laufe zusammengekrümmt und mit den Armen über dem Kopf weiter, genauso verängstigt, wie diese Typen sich das wünschen. Sie finden es ungeheuer amüsant, das kann ich hören. Simon wird schon von zwei von ihnen über den Asphalt geschleift, als die Fahrstuhltüren sich öffnen und eine Horde *Clubmitglieder* herauslassen.

Und nicht irgendwelche Clubmitglieder. Sarongs und Netzbodys bleiben klugerweise drinnen. Die Körper, die jetzt herangewatschelt kommen, sind ebenso umfangreich wie die der Baseballbuben, diese Arme haben ebenso viel Eisen gestemmt, ihre Oberschenkel sind ebenso cowboyrund, nur kleiden sie sich bei einem Zug durch die Gemeinde nicht in Trainingshosen. Der krassere Lederkern des *Down Under* ist herabgestiegen.

Die Baseballschläger fallen mit schwerem Klatschen gegen Hände. Aus Stahl geschmiedete Stacheln funkeln an Armen und Fingern der Lederleute. Zack, sagt der Baseballschläger auf der Hand. Huiii, heult eine neunschwänzige Peitsche.

Ach Gott, denke ich, zum Teufel, erspar uns das. Hier kommt der homo-pakistanische Krieg.

Und das tut er. Kommt langsam, kommt watschelnd und abwartend, kommt mit seinen fragenden, schnarrenden Rufen und seinen gegenseitigen Beleidigungen, wir laufen über diesen Hinterhof, in Richtung von *Schwanzlutscher* und *Kanake,* was jetzt wie klebrige Spuckeklumpen herausgewürgt wird, alles, was wir sonst herunterschlucken, kann durch starre Kiefer gepresst werden, durch die hinter dem Lächeln funkelnden Zähne, denn das, was danach kommt, wird noch schlimmer sein.

Ich will nicht bei einer Auseinandersetzung zwischen Fitnessstudios dabei sein. Ich will nicht wissen, welche Machoausgabe die Gewichte besonders hoch bekommen hat, es ist mir egal, welche Demütigungen den Bizeps besonders anschwellen lassen, wenn *Kanake* mehr Sauerstoff ins Blut bringt als *Schwanzlutscher,* dann scheiße ich darauf, und wenn Leder ein besserer Behälter für männliche Geschlechtshormone ist als Anabolikahosen, dann ist mir das restlos schnurz.

Aber Jhaveds Bruder grinst breit. Falls er mich in meinem eigenen Hinterhof zusammengeschlagen hat, dann versucht er jetzt, die verlorene Ehre seines Bruders an Wesen zu rächen, die noch erbärmlicher sind als Therapeutinnen, an Homos nämlich.

Mir bleibt nichts anderes übrig, als mir die Augen zuzuhalten und damit zu verschwinden. So einfach geht das jedoch bei Erwachsenen nicht, auch wenn der homo-pakistanische Krieg nicht für kleine Mädchen von Geschlecht oder Herkunft bestimmt ist. Frau Tödin gehört nicht zu den kleinen Mädchen, sie hat sich schon mit einer Testosteronbombe in schwarzem Leder gegen einen Bullen aus Tøyen und Islamabad verschwistert. Ich selber presse mich an die Mauer, und wenn ich kreischen könnte wie ein echter Transi, dann würde ich es tun.

Obwohl es auch ohne mich Geräusche genug gibt. Dumpfe, ekelhafte, weiche. Und scharfe, schrille. Bewegungen auch, den erhobenen Schläger, den gemeinen Eiertritt, die Faust, die sich keine Ruhe gönnt, sondern mit Kraft und einem Funkenregen fällt, der in den Reflexen des Schlagrings wiedergegeben wird.

Vor der Fahrstuhltür herrscht jetzt ein hysterisches Gewimmel, ein verflochtenes Netz aus Gliedern, aus Männern, die stolz für ihre Ehre und allerlei Identitäten kämpfen.

Vor den Scheinwerfern im Torweg ist derweil alles leer. Simon kommt über den Asphalt auf mich zugekrochen, ehrlos auch er. Ich nicke zum Torweg hinüber.

»Spinnst du«, flüstert er. »Da steht ein Auto. Der Weg ist versperrt.«

»Willst du lieber hier bleiben?«, frage ich.

Er ist weiterhin äußerst widerwillig, doch wird er weitergeschleppt von etwas, gegen das er sich fast nicht wehren kann, von einer autoritären Frau. Von einem kriechenden und von Schiss verzerrten Exemplar dieser Art zwar, aber trotzdem. Er hat einen Tritt in den Bauch abbekommen und kann keinen Unterschied wahrnehmen.

»Komm«, sage ich und ziehe ihn mit mir. Leder- und Bolikahosen sind anderweitig beschäftigt.

Wir haben die Passage jetzt erreicht, wandern in das blendende Licht hinein, und richtig, es stammt von einem Wagen, der den ganzen Durchlass versperrt, da er alle Türen geöffnet hat. Es ist unmöglich, sich an der Wand entlangzudrücken.

Andererseits kann der Mann hinter dem Lenkrad uns nicht erreichen, paradoxerweise ist er durch die offenen Türen eingesperrt.

»Lauf«, sage ich zu Simon. »Spring, zum Teufel.«

Aber elegant wird das nicht. Simon landet zwar auf der Motorhaube und kriecht über Windschutzscheibe und Wagendach, ohne dass der Fahrer mehr tun könnte, als vom Fahrersitz zu rutschen. Aber mich bekommt er zu fassen. Er hält mich an einem Bein fest, während ich über sein Wagendach rutsche, und ich trete so lange, bis er loslässt.

Das passiert sehr schnell. Als ich mich über den Wagen gekämpft habe und ungeschickt und schmerzhaft dahinter auf dem Boden gelandet bin, drehe ich mich um und sehe den Grund. Er ist gerade dabei, die Türen auf der linken Seite zuzuknallen, um meine Verfolgung aufzunehmen.

Es war leicht, ihn zum Loslassen zu bewegen, denn er ist ein älterer Mann. Er trägt diesen frisch gewaschenen, weißen, schlafanzugähnlichen Dress, den ich mir immer gewünscht habe, und ich nehme an, dass er Jhaveds Vater ist. Fahrer, wenn auch nicht mehr, für die, die die verlorene Ehre wiederherstellen.

Es ist nicht schwer, ihm davonzulaufen, weder für Simon noch für mich.

Aber wir verlangsamen unser Tempo, als wir die Sirenen hören. Nicht weil wir uns sicher fühlen, sondern weil wir nicht wollen, dass die Streifenwagen bei uns anhalten. Gelassen schlendern wir Hand in Hand an ihnen vorbei; Simon sieht zwar nicht aus wie einer, der Frauen bevorzugt, aber so genau weiß man das heute ja nie.

An der schweren Mauer des Museums für zeitgenössische Kunst sinkt er in sich zusammen und ringt um Atem.

»Warum zum Teufel hast du mich da reingezogen?«, fragt er.

»Wir haben eine Abmachung«, sage ich.

Einen Deal. Wir gehören zum Handelsstand, sind zwar ein wenig atemlos, aber dennoch vollwertige Mitglieder unserer Kaste.

28

Simon braucht erst ein paar Zigaretten und eine Menge Gerede, ehe ich das kinderfreundliche rauchfreie Auto anlassen kann.

»Es ist so lange her«, sagt er, »dass wir dermaßen zusammengeschlagen worden sind. Vor ein paar Jahren haben die Faschos sich damit amüsiert.«

Andere Zeiten, andere Sitten, denke ich.

»Diese Typen eben«, sage ich, »hatten es nicht auf Homos allgemein abgesehen. Die hatten ihren besonderen Grund.«

»Ach«, sagt er. »Und der wäre?«

»Das ist nicht ganz leicht zu erklären«, sage ich.

»Als ob es einen Unterschied machte«, sagt Simon. »Dass sie glauben, einen Grund zu haben.«

Und da hat er Recht. Er beruhigt sich mit Gerede, während ich auf den leeren Platz zwischen der alten Loge und dem Tor zum Militärgelände bei Akershus starre.

Dann rutsche ich auf dem Sitz hin und her und jammere ein wenig.

»Was ist los?«, fragt er.

»Alte Sportverletzung«, sage ich. »Ist wohl wieder aufgebrochen.«

Vor nicht langer Zeit hatte ich auf meinem eigenen Hinterhof Besuch von jemandem, der vielleicht Jhaveds Bruder war, und das spüre ich.

Simon ist bereit, den Deal abzuschließen.

Der mit den ausgefallenen Interessen betreibt in einem Hinterhof in Sinsen eine kleine Net-Firma, *Free Space,* heißt sie mit dem übertriebenen Optimismus, der den Sprachgebrauch in diesem Bereich prägt; da er in seinem Büro wohnt, hat er vermutlich weder viel Freiheit noch viel Raum. Aber das neben den Klingeln festgeschraubte Schild macht etwas her, zusammen mit anderen Schildern, auf denen ebenso fesche Namen uns freundlich und aufgesetzt potent anlächeln.

Ist *SignIn DSign* ein visuelles Abenteuerchen oder verbirgt sich auch dahinter ein Einpersonenbetrieb mit Schlafsofa, ist *Up Trading* unterwegs zum Himmel oder träumen sie nur davon? Am besten gefällt mir die allumfassende Tristesse von *Hansen Kompetenz.*

Simon schellt. Drückt lange und ausdauernd auf den Knopf, aber nichts passiert.

»Na«, murmelt Simon. »Schuss in den Ofen. War ja auch nicht anders zu erwarten.«

»Mach noch einen Versuch«, sage ich. »Hinter einem Fenster oben im Haus brennt Licht. Vielleicht schläft er.«

Simon schaut hoch.

»Ich hab keine Ahnung, ob das sein Fenster ist«, sagt er. »Tut mir Leid. Ich war nur einmal hier – und das unter etwas besonderen Umständen.«

»Du hast dich nicht besonders dafür interessiert, warum du da warst«, sage ich, und in diesem Moment heult das Türschloss einen Moment lang auf. Ich bin nicht schnell genug. Simon ist nicht schnell genug, obwohl wir beide die Hand nach der Türklinke ausstrecken. Zu spät. Die Tür ist so zu wie zuvor.

Simon drückt auf den Knopf. Ich ziehe an der Klinke. Wir hatten eine Chance von einer Sekunde, und die bekommen wir kein zweites Mal.

»Aber das ist doch bescheuert«, sagt Simon. »Er ist oben. Er drückt auf den Öffner. Warum zum Teufel macht er das nicht noch einmal?«

Vielleicht kann er nicht, denke ich, vielleicht will er, kann aber nicht. Ich drücke der Reihe nach auf alle Knöpfe, spiele darauf wie auf einer blöden Harmonika. Hansen Kompetenz, darauf drücke ich jetzt, richtig flehend, und dann leuchtet die Klingel neben dem Schild auf.

»Jaa?«, fragt Hansen oder Kompetenz.

»Wach- und Schließgesellschaft«, erkläre ich mit autoritärer Stimme. »Kompetenzabteilung. Wir kommen wegen des Lärms im Stock über Ihnen.«

»Ach«, sagt Hansen oder Kompetenz. »Ich habe nichts gehört.«

»Nein? Die im Stock über Ihnen dagegen wohl.«

Und wir laufen, das tun wir, Simon und ich, drei Stock hoch durch ein Treppenhaus, das unter dem Angriff unserer Füße betongewaltig hallt.

Hansenkompetenz steht in seiner Bürotür und starrt uns verwirrt an.

»Noch einen Stock«, keucht Simon. »Das glaube ich wenigstens.« Hansen oder Kompetenz nickt.

Sie haben Stahltüren in diesem Haus, rot lackiert und breit; Simon hämmert gegen die, auf der in Augenhöhe ein Plastikstreifen mit der Aufschrift *Free Space* klebt.

Ist drinnen etwas zu hören? Zwischen Simons Fausthieben und dem Echo, das diese in dem Betonrohr werfen, in dem wir uns aufhalten, lässt sich das nicht entscheiden. Hansenkompetenz bleibt auf dem Treppenabsatz unter uns stehen, er schaut mit großen Augen der Wach- und Schließgesellschaftskompetenz in türhämmernder Praxis zu und hält einen kleinen Pappbecher in der Hand.

»Ich bin's, Simon!«, brüllt Simon. »Ich tu dir doch nichts, zum Teufel, das musst du doch wissen? SIMON!«

Hansen nippt an seinem Kaffee. Jedem seine Kompetenz.

Dunk, sagt es hinter der Tür. Das ist kein Echo. Sondern ein Geräusch von innen.

»Simon, hörst du?«, ruft Simon wieder, als sei sein Name ein Mantra mit beruhigender Wirkung. Vielleicht wirkt es ja.

Kratzgeräusche. Etwas, bei dem es sich vielleicht um ein Stöhnen handelt. Und die Tür öffnet sich, wenn auch nur für einige Zentimeter, und einen halben Meter über dem Boden starrt ein Auge zu uns hoch.

»Es ist nicht gefährlich«, flüstert Simon, »ich bin's bloß, zusammen mit einer Freundin.«

Und dabei schiebt er richtig kompetent den Fuß in den Türspalt. Simon hat schon häufiger ängstliche Leute besucht.

»Er ist drinnen«, piepst es vom Boden her. »O Himmel. Geh weg. Mach, dass du wegkommst.«

Simon geht in die Hocke und öffnet den Türspalt noch weiter. Ich kann nur die Schultern des anderen sehen, sie ziehen sich krampfhaft zusammen.

»Ihr seid nicht von der Wach- und Schließgesellschaft«, stellt Hansen Kompetenz trocken hinter mir fest. »Ihr kennt doch diesen Pornoheini.«

»Nein«, sage ich. »Wir kommen nicht von der Wach- und Schließgesellschaft. Wir kommen vom Ü-b-e-r-d-o-s-i-s-t-e-a-m«, forme ich mit den Lippen.

»Aha«, sagt Hansen und trinkt einen Schluck von seinem Kaffee.

»Vielleicht brauchen wir gleich auch Kaffee«, sage ich.

Hansen zieht sich interessiert zurück.

Simon öffnet die Tür vollständig und macht Platz für mich.

»Das ist Igi«, sagt er gelassen zu dem kleinen Menschenbündel zwischen uns. »Sie ist in Ordnung.«

Er ist sehr dünn und grauhaarig, nicht wegen seines Alters. Er hat sich wohl nur die Haare gefärbt, damit sie zu seinen sicher schweineteuren Nylonhosen passen, die knistern, als er sich an den Türrahmen presst.

Die Angst dagegen ist offenbar echt und außerdem ansteckend. Wild starrt er die geschlossene Tür am Ende des kleinen Flurs an und ich muss Gewalt anwenden, um ihm die Hände vom Gesicht zu ziehen. Er hat sich schon einige tiefe, wütende Kratzer in die Wangen gefetzt, und über seine hervorquellende Halsschlagader zieht sich ein widerlicher rötlicher Strich.

»Geh!«, heult er noch einmal. »Mach, dass du wegkommst!«

Die Pupillen in seinen aufgeregten Augen sind sehr klein, und er ist in kalten Schweiß gebadet. Aber er liegt durchaus nicht im Koma, und deshalb ist das Überdosisteam noch nicht gefragt. Ich erhebe mich und gehe zwei Schritte auf die verschlossene Tür zu. Eine Decke würde ihm sicher gut tun. Er ist barfuß und trägt am Oberkörper nur ein eng sitzendes Unterhemd. Vielleicht rufen Angst oder Paranoia dieses krampfhafte Zittern hervor, aber durch Frieren wird es ja nicht besser.

Jetzt schreit er wieder.

»Nein! Hast du nicht gehört? Er ist da drinnen! Verstehst du? Du darfst da nicht rein!«

Als er aufhört, um sich zu schlagen, und sich in Simons Umarmung ein wenig beruhigt, ziehen wir ihn vorsichtig ins Treppenhaus. Hansen Kompetenz reicht mir mit weit ausgestrecktem Arm einen Pappbecher, so, als ob ich die Tollwut hätte. Aber ach … seine lebhaften Augen beobachten uns voller Interesse.

»Sie können jetzt wieder an die Arbeit gehen«, sage ich. »Haben Sie vielen Dank.«

»Wir unterstützen SOS-Kinderdörfer«, sagt Hansen. »Das ist doch sicher auch so eine Art Rotes Kreuz.«

»Ja«, sage ich. »Ganz toll.«

Das wimmernde Bündel heißt Paul. Er redet jetzt ein wenig, aber nur unzusammenhängend und verworren.

»Das hier war er«, sagt er und zeigt auf seinen Hals. »Verstehst du? Ist er jetzt weg?«

»Ja«, sagt Simon und während ich die wenigen Schritte auf die schwarz lackierte Tür zugehe, hoffe ich, dass er Recht hat, dass er nie dort gewesen ist und deshalb auch jetzt nicht dort sein kann. Aber ich halte für einen Moment den Atem an, ehe ich die Tür aufschiebe; Angst, und sei sie auch rauschbedingt, ist immer ansteckend.

Drinnen flackert ein kleines, viereckiges, blau flammendes Feuer, ansonsten ist das Zimmer in absolute Finsternis gehüllt. Mein lang gestreckter Schatten fällt über den Schreibtisch und den flimmernden Bildschirm, das Licht aus der Türöffnung, die mich umgibt, zeigt mir einen Stuhl, der umgekippt auf dem Boden liegt, einen niedrigen Couchtisch, auf dem eine Plastikflasche Cola ausläuft und Tischplatte und Fußboden dunkel färbt.

Irgendwo in der Dunkelheit kratzt etwas, hinten, dort, wo es vage schimmert und vielleicht ein Fenster mit vorgezogenen, halb durchleuchteten Vorhängen ist.

»Neijein!«, heult Paul panisch hinter mir auf dem Flur. Sein Geschrei hallt durch das Treppenhaus. »Du darfst da nicht rein!«

Ich bleibe stehen, während sein Schrei verhallt. Horche in die Dunkelheit hinein, mein Blick hängt an der Fensterscheibe, die öde und bürohaft quadratisch langsam vor meinen Augen hervortritt. Vielleicht bewegen die Vorhänge sich ein wenig? Vielleicht habe ich mich noch nicht an die Dunkelheit gewöhnt, vielleicht hat er eine Katze, zum Beispiel, oder einen Hund. Meine Hände tasten, erst nach rechts, dann über die linke Seite der Tür. Ein Lichtschalter. Klick, klick, unter meinen eifrigen Fingern. Klick, klick, klick. Aber kein Licht.

Er mag kein Deckenlicht, denke ich, aber eine Schreibtischlampe hat er. Mutige Schritte durch das Zimmer, ich taste um den leuchtenden Schirm herum. Hinter mir, auf dem Flur, wimmert Paul. Und vielleicht sind es meine Finger, die irgendwo vor mir dieses trockene kleine Geräusch verursachen.

»FUCK OF THE CENTURY«, steht auf dem Bildschirm. Wie bescheiden, denke ich, warum nicht des Jahrtausends? So kess werde ich, nur, weil meine Finger einen runden und freundlichen kleinen Schalter finden, darauf drücken und es Licht wird, es wird Licht und bei den Vorhängen bricht die Hölle los.

»Das ist ER!«, brüllt Paul draußen auf dem Flur. Und die Vorhänge flattern scheußlich, wellen und beulen sich im bescheidenen Lampenlicht aus. Ich ziehe mich ziemlich unkess zurück und atme angestrengt. Hier drinnen ist etwas passiert. Das ist viel mehr ein Büro als ein Wohnraum, und nicht nur Stuhl und Colaflasche sind umgekippt, ein schwarz lackiertes Regal hat seinen Inhalt aus Ordnern und Archivmappen auf den Boden gespuckt, die Sofakissen sind brutal zur Seite gefegt worden, als sei jemand über sie hinweggekrochen oder -gerannt. Eine Pizzaschachtel liegt offen da, ihre klebrigen Dreiecke sind auf dem Couchtisch verschmiert.

Die Reste eines Kampfes. Oder einer einsamen, wilden Paranoia.

Wenn das, was sich hinter den Vorhängen befindet, mich angreifen wollte, hätte es das schon getan. Langsam und intensiv vor mich hin starrend durchquere ich das Zimmer.

Als ich die Hand ausstrecke, um den Stoff zu berühren, schießt mir plötzlich etwas ins Gesicht, der Vorhang hüllt meinen Kopf ein, etwas stößt gegen meine Brust, kratzt an meiner Hand, hackt nach meinen Augen.

Es ist eine Taube. Sie zwinkert mir mit einem schwarzen Perlenauge zu und sträubt panisch ihr Gefieder. Das Fenster steht halb offen, und dieser offenbar zu Tode erschrockene Vogel kann unseren vom Horrortrip gebeutelten Paul nicht in diese unschöne Hysterie versetzt haben. Ich hebe einen Arm hoch, über das Tier hinweg, und schiebe das Fenster auf. Das mache ich nicht, weil ich ihr keine Angst einjagen möchte, sondern weil ich Tauben ebenso sehr verabscheue, wie ich Möwen verabscheue. Das ist irrational, da dieser Vogel ein sehr viel kleineres Tier als zum Beispiel eine Katze ist und sicher viel weniger dazu neigt, Menschen anzugreifen.

Es geht um die Unreinheit, denke ich und schicke der Taube alles, was ich vielleicht an mentaler Kraft besitze, *geh weg,* teile ich wie Paul mit, *mach, dass du wegkommst.* Unreinheit, nach völkerkundlicher Definition: Fehlplatzierung. Du gehörst in die Luft, teile ich dem Vogel mit, und mir juckt es am ganzen Leib, wenn du nicht dort bleibst.

Ich krümme hinter dem Vorhang meine Hand, um den vor Angst erstarrten Vogel in sein Element zu schieben, als ich es entdecke. Knapp einen Meter unterhalb des Fensters ragt das Dach einer Werkstatt oder eines Lagers vor, und es ist ein ganz normales Dach. Abgesehen von den zerbrochenen Dachziegeln unter dem Fenster.

Die Taube flattert wild, als meine Hand sie berührt, und dann hebt sie sich schwerfällig in die Luft, findet ihr eigentliches Territorium und fliegt über das Dach, über die zerbrochenen Dachziegel am Giebel.

Die können natürlich schon lange so aussehen. Aber die feuchten Fußabdrücke, die der Regen jetzt verwischt, müssen ziemlich neu sein.

Paul starrt den Bildschirm an. Ich habe die Sofakissen einigermaßen ordentlich hingelegt, habe die Pizzastücke in die Schachtel gepackt und sie, wie eine faule Haushaltshilfe, neben die Tür gelegt, habe den Stuhl aufgestellt und die Colalache aufgewischt.

»Er war da«, flüstert Paul und zeigt mit zitternden Fingern auf den Bildschirm. Niemand arbeitet lange im Gesundheitswesen, ohne chemische Stoffe restlos satt zu bekommen. Paul ist high und abgestürzt und vor allem vergiftet, er surft auf keiner süßen, freundlichen E-Welle, sondern irgendwo an ihrem Rand, obwohl er nicht verraten will, was er eingeworfen hat.

Es gibt eine Chatline für Leute mit ausgefallenen Interessen. Vielleicht hat Paul versucht, dort das Video zu verkaufen, aber darüber will er um keinen Preis reden.

»Das hat nichts damit zu tun«, sagt er. Trotzdem durchwühle ich ziemlich gnadenlos das Zimmer, was ihm nur ein Grinsen entlockt.

Auch, als ich die Dateien in seinem Computer durchsehe, schmunzelt er nur.

»Bye, bye baby«, summt er. »Die gibt sich aber Mühe, was?«

Aber es ist nicht vorhanden. Nicht in seiner miesen Videosammlung – heftiger, erektionsfixierter *stud*-Porno – und nicht in seinen öden Dateien. Da finde ich nur Geschäftsbriefe und die eine oder andere spermatriefende Erzählung. Einige Fotos. Einen flimmernden Strom asiatischer Männerkörper. Keinen violetten Mord.

Ich klicke mich zu Pauls Ausgangspunkt zurück, dem Chatkanal, der ein wenig unelegant den Fick des Jahrhunderts verheißt.

»Aber war er denn nicht auf das Video scharf?«, fragt Simon, der Kaffee-und-Wolldecke-Mann, der jetzt gelassen und breitbrüstig neben dem verfrorenen Paul auf dem Sofa sitzt. Angeblich haben sie zusammen ihre *ausgefallenen Interessen* gepflegt, diese beiden, fällt mir ein, aber im Moment sehen sie aus, als habe es sich dabei um Briefmarken oder Kuscheltiere gehandelt.

»Dohoch«, murmelt Paul. »Vielleicht.«

»Ihr habt also darüber geredet?«, fragt Simon vorsichtig. »Im Kanal?«

»Er wollte wissen, ob ich es gesehen hätte.«

»Und du hast Ja gesagt?«

»Ich glaube schon.«

»Und danach?«, fragt Simon. »Dann habt ihr privat weitergemacht? Über eure eigenen Adressen?«

Paul windet sich unter seiner Wolldecke.

»Na ja«, murmelt er.

»Was«, fragt Simon, »hast du im offenen Kanal deine Adresse genannt?«

»Mmm. Ich war doch *high,* klar?«

Simon mustert mich mit resigniertem Blick. Das ist nicht Netiquette, und außerdem verdammt bescheuert.

»Aber das bedeutet doch …«, beginnt Simon.

»Sicher«, sagt Paul. »Ich weiß, ich weiß. Ist noch Pizza da, was meinst du?«

Ich bringe ihm die Schachtel, und er schluckt die kalten Stücke wie ein Kalb seine Milch. Simon schaut missbilligend zu. Ich bin ziemlich zufrieden. Wer isst, überlebt.

»Aber das bedeutet doch, dass du nicht weißt, wer hier war«, sagt Simon. »Da draußen kann doch jeder auf der Lauer gelegen haben, ohne etwas zu sagen.«

»Ist doch spannend«, sagt Paul zwischen zwei Bissen, wie um sich zu entschuldigen.

»O verdammt«, sagt Simon.

»Wie ist das eigentlich?« frage ich. »Gebt ihr euch Namen? Du weißt schon, *Stallion* oder *Fuckmaster* oder so?«

Paul verschluckt sich vor Lachen an seinem Pizzastück.

»Na ja, das kommt vor, verheißungsvolle Namen, Dinge, auf die man abfährt.«

»Und hast du etwas angeboten?«

»Nur ganz normalen Kram«, sagt Paul ein wenig ausweichend.

»Ich scheiß drauf, was das war«, sage ich. »Mich interessieren die Wörter. Deine Ausdrücke. Wie hast du ihn genannt?«

»Tier«, sagt Paul.

»›Tier‹ oder ›Hallo, Tier‹ oder wie?«

»The Beast«, sagt Paul.

Ich drehe mich zum Bildschirm um.

»Und du?«

»›White Trash‹«, sagt Paul.

»White Trast an The Beast«, lese ich beim Tippen. »Wo steckst du denn bloß? Ich war noch nicht fertig, du vielleicht?«

Ich bin ein wenig geschockt über meine pornografische Fantasie, aber ich kehre den anderen den Rücken zu und kann ungesehen erröten.

»Was machst du denn da?«, fragt Simon.

»Ich weiß nicht so recht«, sage ich. »Aber es kann erst mal da stehen bleiben.«

Aber nicht sehr lange.

»RETURN OF THE BEAST«, steht auf dem Bildschirm, »ich komme wieder, mein Junge, da kannst du ganz, ganz sicher sein.«

Paul keucht auf.

»Können wir uns irgendwo treffen«, schreibe ich. »Bei dir, zum Beispiel?«

»ICH FINDE DICH«, schreibt das Tier. »JEDERZEIT, ÜBERALL.«

»Wo bist du jetzt?«, frage ich.

Keine Antwort.

»White Trash sucht The Beast«, schreibe ich. »Ich will dich.«

Keine Antwort.

»White Trash hat den Film gefunden«, schreibe ich. »Willst du ihn zusammen mit mir ansehen?«

Keine Antwort.

»Er ist nach Hause gegangen, mein Mädel«, flimmert es über den Bildschirm, »aber hier sind noch andere, mindestens ebenso muntere Typen. Ich zum Beispiel. Ich mag ...«

»Wir gehen«, sage ich und drehe mich um. »Wie ist das, kann Paul ein paar Tage bei dir wohnen?«

»Jaaa«, murmelt Simon. »Hier kann er ja nicht bleiben.« Paul schmiegt sich an seinen Brustkasten.

»Schön«, sage ich. »Dann also los.«

Und ich sehe zu, wie Paul das Nötigste zusammenpackt, ordentlich und vorsichtig wie ein Schuljunge. Einen kleinen Rucksack, Unterhosen, Unterhemden, die ausgebeulte Kulturtasche eines modernen jungen Mannes. Außerdem ein Mobiltelefon, nach dem ich schon verstohlen Ausschau gehalten hatte, und das Paul problemlos findet; so zugedröhnt ist er eben doch nicht. Er beugt sich graziös und muskulös über das Sofa und nimmt es von der leinenbezogenen Rücklehne.

Es ruht gelassen und entspannt in seiner Hand, als ich es ihm wegnehme. Paul ist ein gutgläubiger Bursche. Wenn sich nur ein maskuliner Teddy in der Nähe befindet, dann fühlt er sich sicher, sogar beim abnehmenden Rausch.

»Was machst du?«, fragt er verärgert.

»Ich rufe die Zeitansage an«, sage ich und drücke auf den Wiederholungsknopf. Die von Paul zuletzt gewählte Nummer leuchtet grün und digital im Display auf und ich lasse es klingeln, obwohl ich ziemlich sicher bin, sie erkannt zu haben.

»Hallo«, sagt die Stimme auf dem Band, *»hier ist Askes Atelier. Ich bin gerade nicht im Haus, aber hinterlassen Sie nach dem Pfeifton eine Nachricht.«*

Auch das tun unsere mechanischen Geräte für uns, sie erzählen aller Welt, wann unsere Räume leer sind und sich wehrlos schänden lassen müssen.

»Nur noch eins«, sage ich, nachdem ich das Telefon ausgeschaltet habe, ohne eine Nachricht zu hinterlassen. »Simon gibt dir kein Bett, solange du uns nicht zeigst, wo du das Video gelassen hast.«

Simon blickt mich verständnislos an. Paul runzelt besorgt die Stirn.

»Das ist ein Deal, Jungs«, sage ich. »Mehr nicht.«

Ich fahre nicht allein zu Askes Atelier.

29

»Man muss im Leben einfach ein Versteck haben«, hat Aske gesagt, und wenn das hier seins ist, dann hat er es sorgfältig ausgesucht. Das Autoland auf Ensjø ist nicht gerade ein Ort, den wir mit Kunstproduktion verbinden, und außerdem ist es ein unwirtlicher Teil der Stadt, sogar tagsüber, und jetzt ist es Nacht und träges, windloses Regenwetter. Die Werkstätten und Garagen liegen dunkel da, dicke Ketten hängen schwer in den Toren, hier und da hinter den hohen Zäunen laufen Wachhunde über die riesigen Parkplätze, die verwirrende Menge von Schuppen, Nebenstraßen und halb baufälligen Werkstätten erschwert die Orientierung. Paul führt uns mehrere Male in die Irre.

»Ich war doch nur einmal hier«, schmollt er. »Ich fühle mich hier nicht wohl.«

Wer tut das schon, abgesehen von Chrom-und-Kunstleder-Pervos?

»Finde den Weg, Engel«, murmele ich.

Die wirklich großen Firmen haben breite, mehrere Dutzend Meter lange Schilder über ihren Fassaden, Schilder aus Glas oder schnödem knallbuntem Blech, aber auch diese Schilder sind jetzt fast alle dunkel, außerhalb der Geschäftszeiten sind hier keine potenziellen Kunden unterwegs, es gibt keinen Grund, etwas zu erleuchten, was doch niemand sieht, auch die Ausstellungslokale liegen im Halbdunkel; die großen blanken Werte drinnen werden beschützt von Alarmanlagen und nachts nur von Wächtern und deren Hunden besucht.

Hier muss es tausende von Autos geben. Die Neuen hinter den hohen Zäunen, zusammen mit den freilaufenden Hunden oder den fest angestellten Wächtern mit ihren Thermosflaschen und ihren Taschenlampenrunden. Die Gebrauchtwagen werden vielleicht nicht ebenso sorgfältig bewacht, zumindest nicht die, die sich hinter den grün überwucherten Mauern in der Gasse befinden, die Paul endlich als die richtige erklärt.

Hier steht keine *Dreammachine* zwischen dem fünf Stock hohen Büro- und Lagerhaus und dem niedrigen, ziemlich baufälligen Holzgebäude. »Knuts Gebraucht und Gut«, steht in wackeligen Letrasetbuchstaben auf einer Furnierplatte mit Feuchtigkeitsschäden über dem verschlossenen Tor, vor dem wir achtlos den Wagen abstellen.

Wir gehen durch die schmale Passage zwischen einem hohen, verrottenden Zaun und einem verdunkelten Steinhaus, wo der Regen metallisch auf das Blechdach trommelt. Es riecht nach Pilzen, wie im Wald und ganz und gar fehl am Platze, der Pissegestank dagegen ist hier schon richtiger, wenn auch weniger angenehm. Paul schleicht widerwillig fünfzig Meter hinter uns her; er hat die schmalen Schultern hochgezogen und murmelt vor sich hin, ein leiser Strom von Verwünschungen trifft die Nacht, den Regen und den Rausch.

Seine überdimensionalen Turnschuhe schlappen bei jedem seiner jugendlich trägen Schritte, es klingt vor dem Hintergrund des gleichmäßigen Trommelns auf dem Dach weich und traurig und wehrlos. Du musst dir die Schnürsenkel zubinden, möchte ich zu ihm sagen, und du musst dich besser anziehen, ehe du hinaus in den Regen gehst. Simon legt mir die Hand auf die Schulter.

»Er kommt schon«, flüstert er. »Ganz ruhig.«

Als der Knall und die ekelhaften tierischen Kratzgeräusche mich auf dem Asphalt erstarren lassen, schließt sich seine Faust um meinen Arm, steinhart, panisch, schmerzhaft. Einen halben Meter rechts von meinem Gesicht neigen sich die Bretter des regennassen Zauns nach innen, sie schwanken unter dem Gewicht des Tieres, das sich dagegenwirft. Einen Moment lang bin ich davon fasziniert, von den nachgebenden grünschwarzen Brettern und der Kraft dahinter, dieser gewaltigen, betäubenden Kraft, die in der Kehle des Hundes wütet und seine Krallen das Holz zerfetzen lässt. Es klingt wie Blut, wenn Blut ein Geräusch wäre, es klingt wie zerbrechende Knochen und zerrissenes Fleisch, wenn das knurren könnte.

Simon hat mich vom Zaun weggerissen, noch ehe ich etwas anderes wahrnehme als dieses entsetzliche Gebrüll des Tierschlundes, hier schreien auch noch andere, ich zum Beispiel, und Simon, aber wir geben nur grobe, verängstigte Laute von uns, während Paul *heult*. Heult und davonstürzt.

»Das ist ein *Köter!*«, ruft Simon. Als wäre das ein Trost. Als könnte das auf ein vom Rausch empfindliches Gemüt einen Eindruck machen. Als wären Regen und Dunkelheit und Pissgeruch nicht mehr als genug, um aus einem eingesperrten, sabbernden Köter den besten Fluchtgrund aller Zeiten zu machen, wenn man ohnehin nichts anderes will als weglaufen. Paul ist schon an der Ecke, ehe wir auch nur registriert haben, was hier läuft.

Und dann laufen auch wir, ich und Simon, er in seinen eng sitzenden, hautengen Plateausohlenstiefeln, ich in spitzen, glattsohligen Boots. Und die Jugend ist vielleicht berauscht und schlechter Laune, aber vor allem hat sie Angst und trägt Turnschuhe und sieht vielleicht eine Chance zu entkommen. Simon erreicht vor mir die Ecke und spurtet über den kleinen Platz zwischen Steinhaus und bleichgelbem Bürogebäude, verschwindet in einer Gasse und hinterlässt das parodistische Dröhnen seiner viel zu hohen Absätze.

In der Gasse rutsche ich auf dem feuchten Asphalt aus und lande auf einer zerschundenen Hüfte. Ich vergeude Zeit für Flüche und die eine oder andere Schmerzensträne, und dann verliere ich die beiden, humpele schwerfällig an den Wänden entlang und plane einen baldigen Rückzug zum Auto.

Vor mir liegt ein leerer Hofplatz. Irgendwo aus der Ferne erreicht mich das Geräusch gedämpfter Schritte, und dann scheint eine schwere Tür ins Schloss zu fallen. Danach ist alles still. Der verrückte Köter bringt einen letzten Stakkato-Gruß, dann verstummt er und lässt den Regen zäh und gleichmäßig und allgegenwärtig das Klangbild allein bestreiten. Meine Atemzüge sind natürlich noch vorhanden, keuchend und rau. Aber ich kann keine fliehenden SM-Knaben mehr hören.

Es gibt hier, wie im Märchen, drei Türen. Die sind allesamt grau, zerkratzt und mit Metall beschlagen. Über der einen leuchtet eine trübe Birne. Ich versuche mein Glück bei der ersten, sie ist verschlossen. Die andere öffnet sich zu einem Parkhaus.

Ich war noch nie hier, sage ich mir. Es sieht nicht so aus wie die Räume, die ich durchquert habe, um die Schmerzmaschine zu erreichen. Es ist nicht einmal ein Parkhaus, sage ich mir, es ist eine Art Lager. Das war es im Traum auch, erinnert mich mein unsolidarisches Gehirn. Ich bleibe stocksteif in der Türöffnung stehen.

Hier gibt es eine Belüftungsanlage, die schweratmig und monoton keucht. Eine Reihe von nackten Glühbirnen hängt von der Decke, nur einen guten Meter über den höchsten Kartonstapeln. Hinter den Kartons herrscht tiefe Finsternis. Vor ihnen liegt der ölfleckige Betonboden und die breite Öffnung zu dem Raum, in dem die Autos stehen, es gibt nur drei davon, aber hier ist alles grau und dunkel und staubig, und niemand läuft. Die Lüftungsanlage stöhnt, gedämpft und hypnotisch.

Ich war noch nie hier, aber ich kann nicht einen Meter weitergehen, ich kann nicht feststellen, ob es noch andere Ausgänge gibt, Räume oder Hinterhöfe hinter dem, wo Turnschuhe und Plateaustiefel auf den Boden knallen. Ich kann das nicht entscheiden. Das übernimmt mein Körper.

Er zieht sich rückwärts durch die Öffnung und ich weiß, dass ich diesem Raum nicht den Rücken kehren kann. Ich weiß außerdem noch mehr. Ich habe nicht das geringste Interesse daran, die dritte Tür zu öffnen. Von mir aus können Simon und Paul sich dahinter umarmen, Leckerbissen verzehren oder spannende pornografische Erfahrungen austauschen, ich habe jetzt nur noch ein Ziel: das Auto zu erreichen. Oder, weniger amibitös: diesen Hinterhof zu verlassen.

Die dritte Tür ist offen. Er steht als Silhouette da, von hinten angeleuchtet durch starke, neonweiße Röhren. Er hat einen langen und starken Arm, und jetzt erreicht er mich, während ich wie gelähmt bin. Krachend fällt die Metalltür hinter uns ins Schloss.

Vor mir liegt das Atelier.

»Ich bin im Moment nicht da«, hat seine Stimme in Pauls Mobiltelefon gesagt. Jetzt ist er jedoch da, ebenso wie ich.

Das Atelier sieht aus wie ein Labor. Oder vielleicht, sagt mir mein unsolidarisches Gehirn, wie ein richtig hygienischer Schlachthof. Das starke Licht. Die weißen Fliesen. Die Ausgussbecken. Hier gibt es keine Spur von farbbefleckten Eimern mit trockenen Pinseln, der Boden ist ebenso sorgfältig gefliest wie die Wände und zeigt nicht die interessanten Spritzer, die andere Atelierböden bedecken. Aber er hat ja auch schon lange nicht mehr gemalt.

Elektronik dagegen ist ausreichend vorhanden, Bildschirme und Kameras und Leitungen, die sich durch den ganzen Raum ziehen und mit schwarzem Klebeband an ihren Unterlagen befestigt sind. Seine Werkzeugsammlung sehe ich mir nicht näher an. Sie bedeckt eine Längswand, ist blank und funkelnd und ordentlich aufgereiht. Das Einzige, was hier nicht weiß oder schwarz ist, sind die elektrischen Sägen. Sie sind grün lackiert wie die meisten Tischlermaschinen, aber ohne Spuren von Sägespänen. Auch sie sehe ich mir nicht so genau an.

»Willkommen«, nuschelt Aske, und mir geht auf, dass er berauscht ist. Ich behandle keine Drogensüchtigen. Ich weiß nicht viel über sie, abgesehen davon, dass sie unberechenbar sind.

Er ist blass, natürlich, und dünn und unrasiert.

»Draußen sind noch zwei Freunde«, sage ich. »Die warten auf mich.«

»Ach ja? Sollten wir sie hereinbitten, was meinst du? Je mehr, desto besser, oder was? Aber eigentlich, *eigentlich* finde ich, dass du reichst.«

Er knickt ein wie eine Holzpuppe, beugt seinen Oberkörper hart und abrupt über seinen Bauch und dann lacht oder hustet er, oder beides, in ihm kratzt und fetzt und gurgelt und faucht es. Nur selten ist es ein Trost, dass der Mann, mit dem wir allein sind, stark berauscht ist, obwohl es auch sein Gutes hat.

Er wird sich auf Dauer nicht konzentrieren können, denke ich, so sehr er das auch versucht, er wird irgendwann in sich selber verschwinden; ich muss dafür sorgen, dass er sich warm redet, ihn reden lassen, wie das ja alle immer wollen, über sich selber und sich selber und sich selber reden, bis die Welt nur aus diesem einen *Ich* besteht, das nie ein Ende findet.

»Willst du es nicht sehen«, fragt er, »wo du doch den weiten Weg gekommen bist?«

Er beugt sich über seinen langen Arbeitstisch und zieht einen Stapel riesige, dünne Plastikbögen hervor. Sie sind steif und rascheln, als er sie auf den Leuchttisch legt. Ich bin nicht umsonst mit einem Fotografen verheiratet, ich weiß genau, was ich da vor mir habe, fotografische Negative in Großformat. Röntgenbilder, sehe ich, als er das Unterlicht einschaltet, Aufnahmen eines menschlichen Torsos, Rückgrat und Knochen zeichnen sich scharf und weiß ab. Es ist das Innere eines Menschen, vielleicht Askes, vielleicht ist es ein geliehener Körper, der eines Bekannten oder Fremden, der jetzt bald zu Kunst werden wird.

»Das da«, sagt er und zeigt auf etwas unter den Rippen, auf das, was er *Klumpen* nennt.

»Bist du das?«, frage ich.

»Das ist doch interessant«, sagt er. »Bin ich das, kann es ich werden? Was meint die Psychologin? Wir könnten auf jeden Fall etwas daraus machen. Findest du nicht? Ist es nicht auf irgendeine Weise auch schön?«

Klick, sagt es kurz und klar und definitiv, als er das Unterlicht ausschaltet.

Er lehnt sich schwer gegen den Ausguss, stützt sich mit langem, dünnem Knochenarm auf die Unterlage.

»Aber ich enttäusche dich«, sagt er. »Du willst etwas ganz,

ganz anderes sehen. Action gewissermaßen. Das können wir auch bieten.« Auf dem Weg zum Videogerät fährt seine Hand liebevoll über die Wand, an der das blank geschliffene Werkzeug hängt. Vielleicht soll das für mich ein Zeichen sein, vielleicht stützt er sich auch nur auf. Ehe er seine elegante Sammlung elektronischer Apparate erreicht hat, fährt er herum, starrt mich an und lacht.

Wenn auch das ein Zeichen sein soll, eine Mitteilung, dann kann ich sie problemlos deuten. Trotz des Rausches ist er sehr beweglich.

Über den Bildschirm rollt jetzt das, was Paul und Simon und ich gesehen haben, die gelbgrünen flimmernden Bilder mit ihren eher weinroten als schwarzen Schatten. Die Hand auf dem Brustkasten. Die geschlossenen Augen, die geöffneten Lippen. Der um den Hals gespannte Riemen. Die Tätowierung. Das Gesicht, das nicht mehr nur gelbweiß ist, sondern auch weinrot und geschwollen und seltsam schlaff.

Noch einmal. Hand. Gesicht. Riemen. Und noch einmal. Sicher habe ich es gesehen. Habe genug gesehen, für meine Neugier und meine Niederlage, habe so viel gesehen, dass es auch für eine kühle, kompetente Hauptkommissarin reichen wird.

Er betätigt die Fernbedienung und das Bild stirbt. In der anderen Hand, das sehe ich jetzt, ruht eins seiner vielen Messer.

»Du hast es doch auch gesehen, nicht wahr?«

Aber sicher. Der Schnitt. Das eine kleine Feld, als die Kamera nicht langsam und kontinuierlich über den Körper wandert, sondern springt. Die Mikrosekunden, die einen Bruch vor dem geschwollenen Gesicht markieren. Einen Schnitt. Fast unsichtbar, aber zweifellos vorhanden. In dem, was kleiner als ein Augenblick ist, können sich Ozeane von Zeit verstecken, Minuten auf jeden Fall, vielleicht Stunden.

»Es war doch nicht dein kleiner Freund, oder? Ich habe seinen Namen vergessen.«

»Jhaved.«

»Ist das ein befriedigendes Gefühl?«

»Nicht so sehr«, sage ich. »Im Moment jedenfalls nicht.«

Das hört er nicht, glaube ich.

»Es war also nicht Jhaved«, sagt er mit seiner rostigen Stimme. »Sondern ein anderer. Du kennst doch Jung, nehme ich an? Der Schatten. Der Andere.«

»Ja«, sage ich. »Ich kenne seine Theorien.«

»Weißt du, welcher Satz von ihm mir am allerbesten gefällt?«

»Nein.«

»*Das Abgewiesene kehrt nie zurück.* Nicht dein kleiner Junge hat das alles getan. Sondern ein anderer. Einer, der weiser und schrecklicher ist. Und abgewiesen.«

»Wovon redest du? Von deinen Bildern oder ...«

»Oder«, fällt er mir ins Wort. »Das ist nicht so leicht zu unterscheiden, oder? Das, was wir getan haben, und was uns gehört, nur das Schöne und Lobenswerte, für das die anderen sich begeistern, oder auch das, was uns nachts quält und nur auftaucht, wenn wir krank und müde und elend sind? War ich das denn auch?«

Er hält ein Messer in der Hand, und sie umgeben mich von allen Seiten, Messer und Äxte und Hämmer, und außerdem jede Menge sorgfältig aufgehängtes Werkzeug, dessen Verwendungszweck ich nicht kenne, das aber, wenn ich es in meinem Bewusstsein ruhen lasse, wilde Fantasien über raffinierte Foltern auslöst. Ich blocke ihren Anblick ab, so gut ich kann, ich mache kleine, intensive Atemübungen, zwinge mich, mich an lose Brocken künstlerischen Lobes zu erinnern, die diesem Skelett von Menschen zuteil geworden sind.

Hinter ihm an der Wand hängt etwas, das aussieht wie eine Zange, bei der an beiden Seiten Leitungen befestigt sind; was macht er damit, jagt es mir durchs Gehirn, und diese kleinen, ekelhaften Ahlen, diese überdimensionalen Nadeln, was hat er damit vor?

Abblocken. Einatmen. Aske redet über sich selber. Das ist gut. Das ist richtig. Das ist das einzige Heimspiel, mit dem ich hier rechnen kann.

»Sie hat gelogen«, murmelt er. »Das weißt du doch? Da hatte sie diese schöne, echte Moral, aber sie hat nur gejuxt. Du hast vielleicht auch darüber eine Theorie, was man macht, wenn das, was man liebt, Jux ist?«

Das ist Mama, denke ich. Immer geht es um Mama oder Papa, wenn von wirklich ernsthaftem Jux die Rede ist. Aske streckt einen Knochenarm aus und nimmt eine der kräftigen, zwanzig Zentimeter langen Nadeln von der Wand.

»Mit der kannst du Markreste aus einem Knochen kratzen«, sagt er. »Wenn nicht alles ausgekocht worden ist. Dann wird Leim daraus. Die Art Leim, die die Nazis hergestellt haben, aber hier ist natürlich nur die Rede von Tieren. Ich klebe die unterschiedlichen Teile damit aneinander. Ich finde es immer besser, wenn der Leim vom kleinsten Tier stammt, das wirkt richtiger. Eine Variante nur, eine andere Zusammensetzung des Körpers als die frühere. Wie eine Mutation.«

Er holt Atem, schwer und keuchend.

»Aber es ist ja trotzdem gelogen. Jux.«

Eine Knochenhand an der knisternden Fläche störrischen, unbändigen Bartwuchses an der Wange.

»Ich wollte eigentlich nicht juxen«, sagt er. »Aber das war doch sehr naiv. Es ist nicht möglich, ist dir das schon einmal aufgefallen? Es gibt immer Jux, ob wir das nun wollen oder nicht. Du findest das sicher in Ordnung so, es ist ja dein Job.«

Betäuben, denke ich. Soll er sich mit Gerede betäuben. Obwohl ich weiß, dass es auch Menschen gibt, die sich auf diese Weise aufregen. Das weiß ich. Und blocke ab. Atme ein.

Dann starrt er mich an, steif und ausdauernd. Er hat sich jetzt von der Elektronik zurückgezogen und lehnt an dem großen Glasgefäß an der Wand. Das ist knapp einen Meter hoch, gefüllt mit einer gelblichen Flüssigkeit und hat ein wenig Ähnlichkeit mit Edevarts Aquarium.

»Sterben ist schrecklich«, sagt er. »Du hast ja keine Ahnung, wie widerlich es ist. Sie riechen das Blut, habe ich gehört, die Tiere, die in den Schlachthof gebracht werden, wo ich Knochen kaufe. Und dann geraten sie in Panik, als wüssten sie, was ihnen bevorsteht. Ich habe sie gesehen. Es sieht einfach grauenhaft aus.«

Ich atme. Sehr bewusst und vielleicht vergeblich. Blocke ab. Sperre alles aus, außer seiner Messerhand und meinem eigenen Atem.

»Es gibt natürlich bessere Methoden, irgendwo in Texas gibt es eine gigantische Schlachtanlage, eine echte Todesfabrik, wo für die Tiere ein Labyrinthsystem angelegt worden ist, sodass sie nicht merken, wohin sie unterwegs sind. Die Blickfelder werden unterbrochen, der Horizont ist verkürzt, außerdem verschwindet der Blutgeruch und die Tiere entwickeln keine störenden Adrenalinmengen in den Muskeln und geraten nicht in unerwünschte Panik. Weil sie nicht sehen. Weißt du, wer diese Anlage konstruiert hat?«

»Nein«, sage ich.

»Eine Autistin«, sagt er. »Interessant, nicht? Die normalsten menschlichen Gefühle sind ihr fremd. Aber es klappt. Besseres Fleisch, weniger Stress. Mehr Leim, könnte ich mir vorstellen.«

Kurzes Lachen. Und danach der Sprung, der des Rausches und der des möglicherweise wild assoziierenden Gehirns.

»Das ist auch eine Art Jux«, sagt er.

Wieder schlägt sein Husten in Lachen um; er lässt das Gefäß los und krümmt sich für einen Moment, ehe er sich aufrichtet und den Hals reckt, seinen steifen Nacken nach hinten zwingt, wie bei einer seiner eigenen, erbarmungslos überwältigten Figuren. Was ihm jetzt entströmt, ist sicher Gesang, ein tiefes gleichmäßiges und mit Einzeltönen angereichertes Summen.

»Goin' to meet my maker«, summt er. *»Goin' to meet my man.«*

Die Messerhand hält den Metallschrank rechts von ihm fest.

Ich will meinen Kopf in seinen Bauch rammen, ihn in den Weichteilen treffen und mit einem Knie auf seinen Schritt zielen.

»Au«, sagt er, und legt Hand und Messer vor seinen Unterleib. Jung wäre begeistert gewesen, von der feinen Synchronizität, mein Gedanke und sein Ausdruck, wir anderen können das Zusammentreffen der Assoziationen mit dieser Atmosphäre von Schlachthof und Gefangenschaft erklären. Aber mir bricht dabei der kalte Schweiß aus, und ich glaube, das weiß er. Jetzt glaube ich, dass er es riecht. Dass er meine Angst riecht, mein Adrenalin, das Muskeln und Gewebe und Drüsen infiziert.

Und theatralisch ist es auch. Die Hand vor dem Unterleib und die elegante Art, in der er diesen hebt. Theatralisch und kokett und deshalb so ungeheuer beängstigend. Reden, denke ich. Ich registriere, wie meine innere Quasselstrippe Anlauf nimmt, um sich ins Gefecht zu stürzen, aber sie kann ich jetzt nicht brauchen. Was ich erreichen will, ist seine Faselmaschine, die Ströme notwendiger Botschaft und persönlicher Mitteilung und stark gefühlsgeladener Überzeugungen, die er besitzt.

Ich will es haben, psalmodiere ich in Gedanken, verbissen und mit pornografischer Präzision. *Gib es mir. Weiter, weiter, weiter.*

»Niemand kann behaupten, ich hätte mein Handwerk nicht im Griff«, sagt er. »Ich beherrsche jeden Apparat hier aus dem Effeff, kann alles genauer zusammenfügen als die besten Schreiner in der Stadt, ich koche jeden Knochen sauberer als irgendein Schlachter das tut. Und trotzdem werde ich als Scharlatan bezeichnet. Als wäre ich derjenige, der juxt!«

Er lässt seinen schlaksigen Leib an der einen stahlblanken Seite des Schrankes hinuntergleiten. *Reden,* denke ich, *ist er nicht ziemlich wehrlos, wie er da so sitzt?*

Dann hebt er seine abgemagerte Hand an den Mund. Die zwanzig Zentimeter lange Messerklinge funkelt.

»Du hast keine Ahnung, wie widerlich das Sterben ist.«

Nein, ich habe keine Ahnung, aber ich weiß, dass ich jetzt schon stinke, harsch und bloßstellend und verräterisch.

»Ich hatte gedacht, ich könnte mich davon befreien«, sagt er. »Von ihren vielen Lügen, als ich zur See gegangen bin. Du weißt schon. Das Meer wäscht alles Üble vom Menschen ab. Metaphorisch. Gewaltig. Maskuliner Sieg. So was glaubt man doch.«

Seine Stimme klingt jetzt hoch und schrill. Er schwitzt noch mehr als ich.

»Du hast es ja gesehen«, knurrt er. Mit der Hand, die nicht das Messer hält, wühlt er in seiner eleganten Schultertasche und zieht eine kleine Flasche Schnaps hervor. Ich starre die Flasche an, während er trinkt, lange und hingebungsvoll. Mehr, denke ich, wäre mehr gut oder das Gegenteil?

»Du hast den Schnitt gesehen«, murmelt er. »Du weißt, was der Schatten tut. Das Abgewiesene kehrt zurück. Habe ich ihm hier keinen Platz eingeräumt, bei den vielen Knochen? Es ist die ganze Zeit hier, aber es ist trotzdem nie genug. Es ist unersättlich, genau wie sie. Einmal hat sie gesagt, sie tue alles für Papa und für uns, damit wir Geld genug hätten. Aber das war gelogen.«

Er steht wieder auf, steht unsicher vor der Bank, das lange Messer baumelt schlaff an seiner rechten Hand.

»Er ist zu uns gekommen, weißt du, Otto mit dem blanken Schädel. Rot und schweißnass. Und natürlich, Papa war zu blöd, um das zu durchschauen, aber es dauerte nur ein paar Tage in der Fabrik, dann war klar, dass der Trottel nicht gebraucht wurde. Vorarbeiter, du meine Güte! Ein stumpfsinniger Trottel im Overall. Er hat den Boden gefegt, wenn ihm überhaupt so viel Verantwortung übertragen wurde. Woher kam also der Lohn?«

»Von den Bildern«, flüstere ich.

»Den Fälschungen«, sagt er. »Das war Ottos Idee, er hielt sie für eine so tüchtige Malerin. Für ein Talent. Und dann kam er, jede Woche, mehrmals pro Woche, und ging mit ihr in die Scheune. Und ich fand ihn toll, verstehst du? Ich fand ihn tausendmal toller als meinen Vater. Und dann fing ich auch an zu malen.«

Gibt es hier auch eine Lüftungsanlage, oder verursacht der Regen diese vagen, stoßweisen, seufzenden Geräusche? *Schau ihn an*, denke ich, *das muss er haben*.

»Das ist das einzig Unerträgliche«, sagt er. »Die Erniedrigung der Eltern. Sie ist viel schlimmer als deine eigene. Aus deiner eigenen erwachst du zu irgendeinem Zeitpunkt, oder du verdrängst sie. Aber ihre. Seine. Weißt du das? Du könntest deswegen morden, schlagen und stechen und bohren.«

Jetzt, denke ich, *jetzt ist er unkonzentriert und zerstreut.*

Aber das ist er nicht. Aske steht gebückt und schlaksig da und das lange Messer baumelt an seiner Hand. »Ich war es nicht«, murmelt er. »Es war der Schatten. Ich stehle einfach nur, genau wie sie. Ich bin nicht besser als sie, ich verdiene nur mehr. Aber ich stehle ebenfalls. Kopiere und pfusche.«

Es ist ein brüchiges und erschreckendes Lachen, aber ich höre nicht zu, obwohl sich mein Blick starr auf diesen Mann richtet, der eine Serie seltsamer, abrupter Zuckungen durchmacht. Es gibt noch etwas außer uns, ein fernes, halb hörbares Dröhnen, das in unregelmäßigen Abständen erfolgt. Es steht nicht fest, ob es wirklich vorhanden ist, aber mein Sinnesapparat ist jetzt hysterisch und aufgekratzt, deshalb höre ich es, höre jeden langsamen, ersehnten Schlag hinter den Mauern, außerhalb unserer Reichweite, ich höre alles und hoffe, dass es wirklich vorhanden ist.

Reden.

»Deine Mutter«, flüstere ich. *Gib es mir.*

»Wenn sie Kunst gefälscht hat«, sagt er, »sollte ich nicht dasselbe mit Leben machen können?«

Es gibt etwas außerhalb dieses Raumes. Die Geräusche draußen, das, was nicht Wind oder Regen ist, es ist vorhanden und hat seinen eigenen Rhythmus. Aske richtet sich auf und stützt sich auf die Tischplatte. Ich richte meinen Blick auf die lange, blanke Messerklinge.

Er hebt den Arm und die Klinge zeichnet einen weiten Halbkreis durch die Luft, ehe er sie auf die Zinkplatte fallen lässt. Das Messer vibriert für einen Moment auf der Unterlage und er scheint sich von dem kleinen, spröden Klirren, das dabei zu hören ist, begeistern zu lassen.

»Pling«, sagt er und kommt auf mich zu. »Bist du sicher, dass du keinen Schluck haben willst?«

Ich habe mich zu sehr auf das Messer konzentriert, zu sehr

auf das Messer und das breite, freundliche Lächeln, das sich jetzt über sein Gesicht zieht, ich achte nicht auf die Flasche in seiner anderen Hand, und als ich sie für einen funkelnden Moment sehe, ehe sie mich trifft, ist es zu spät. Auch er hat die Schritte gehört, und als ich in die Dunkelheit falle, gellen sie in dem Raum, der vielleicht nur aus meinem Gehirn besteht.

30

Ich bin blind. Ich bin blind und habe keine Stimme, nicht einmal einen Mund. Vielleicht gibt es irgendwo in diesem Raum einen Körper, aber mit mir hat der nichts zu tun. Er kann unmöglich mir gehören.

Es gibt ein helles Oval. Schattenhaft, als sei es nicht richtig eingestellt oder mit weicher Kohle gezeichnet. Abgründe, die Augen sind, vielleicht. Darunter tiefe Hohlräume. Ein Totenkopf. Ein Gesicht.

Und eine Stimme, die körperlos in dieser unendlichen Finsternis wogt.

»Jetzt fahren wir nach Hause«, sagt sie. Das klingt ziemlich beruhigend, nur tut etwas, ein Körper, irgendwo, ganz entsetzlich weh.

Irgendwo in der Finsternis eine kleine rote Kugel. Sie brennt. In ihrer Nähe gibt es vielleicht mich, gibt es zumindest Teile von mir, obwohl ich nicht entscheiden kann, ob sie zusammenhängen oder voneinander losgerissen in der allumfassenden Dunkelheit treiben.

Etwas liegt über meinem Mund, eine zusätzliche Hautschicht, etwas Strammes, das ihn festhält. Über dem Mund meine blinden Augen und der anhaltende Schmerz. Er ist zu groß, um sich nur in meinem Kopf zu befinden. Vielleicht hat mein Kopf sich geöffnet und es gibt keinen Unterschied mehr zwischen der äußeren und der inneren Finsternis, vielleicht wogen dieselben düsteren Wellen in mir und um mich herum.

Ich darf mich nicht bewegen, das weiß ich. Es gibt Geräusche draußen in der Finsternis, die bedeuten, dass ich mich nicht bewegen darf. Tue ich das denn nicht? Vielleicht ist es die Erinnerung an Geräusche, vielleicht ist es die ganze Zeit nur dieses laute Rauschen in meinen Ohren. Ich kann solche Entscheidungen nicht treffen, ich will das alles nicht wissen.

Aus der Dunkelheit scheinen Schreie zu strömen, dieses gedehnte, heulende Geräusch, das vielleicht von einem Menschen stammt, vielleicht auch von einem Tier oder einer Maschine. *Huiiii*, zischt es, *huiiii, huiiii*. Etwas pocht, etwas, das nicht mein Herz ist. Und dann trägt die Angst mich fort, lässt mich noch tiefer in die atemlose Dunkelheit fallen. Solche Schreie können wir nicht ertragen, dann ist es besser, zu stürzen oder zu sterben.

Meine Zunge klebt am Gaumen, als ich wieder zum Vorschein komme. Die Dunkelheit ist noch ebenso kompakt, ebenso erstickend, und der Schmerz wandert durch meinen Körper, schießt seine Strahlen aus unterschiedlichen Richtungen auf diese Fragmente, aus denen ich bestehe. Ich erinnere mich an Schläge und Schreie und Askes Gesicht, aber die Erinnerungen vermischen sich mit dem Traum von der Schmerzmaschine und mit dem Rauschen des Blutes in meinen Ohren. Irgendwann hat es Schritte gegeben. Vielleicht fiel eine Tür ins Schloss. Möglicherweise ist das alles lange her.

Alles ist still. Hinter meinen Herzschlägen und den schweren Atemzügen durch meine Nase gibt es keine Geräusche. Ich habe das Gefühl, in schwarzer, schwerer Baumwolle begraben zu sein. Ob dahinter jemand wartet?

Später, als ich lange in Stille und Finsternis gewartet habe, durchbreche ich sie. Mein Körper tut das, nicht ich. Er ist dumm und weit weg und handelt auf eigene Faust, von Schmerzen geplagt, wie er ist. Er windet sich und taumelt gegen eine Wand, die nachgibt, eine Tür, die sich zu einem zersplitternden, sonnengeblendeten Weiß auftut.

Ich liege in Embryohaltung auf dem Fliesenboden, vor dem großen Metallschrank, aus dem ich herausgekullert bin. Meine Augen triefen und in ihre weichen Öffnungen scheinen Ahlen gebohrt zu werden.

Denn das hier sehe ich nicht. Ich kann es nicht sehen. Es stammt von meinem Baumwollgehirn, von den zerrissenen Fragmenten düsterer Träume in mir; es hat nichts damit zu tun, neonbestrahlt und blendend weiß und glasklar vor meinen Augen ausgestellt zu sein, die kein Licht ertragen, die überlaufen und brennen und das Glasklare segensreich undeutlich machen. Obwohl es mich zur Tat aufruft, meinen Körper dazu verurteilt, wieder zum festen, kleinen Ball zu werden, mich dazu verurteilt, mich auf dem Boden zusammenzukrümmen und Gesicht und Augen und was dazugehört in meinem weichen Schoß zu begraben, beschützt von meinen ohnmächtigen Händen.

So kann ich es ansehen, als ich in eine Ecke gekrochen bin; durch gespreizte Finger, ich kann wie ein verängstigtes Kind durch das Gitter der Finger sehen, und auch das nur in von Panik erfüllten kurzen Momenten. Das Glasgefäß flimmert, aber es liegt daran, dass ich dermaßen zerfließe, nicht nur aus den Augen, sondern auch in bitteren Stößen aus dem Mund, den meine Finger, klauenhaft, tastend, wild, von der zusätzlichen Hautschicht befreit haben, dem Klebeband. Ich sehe und sehe nicht, sehe und will nicht sehen.

Die Flüssigkeit im Glasgefäß ist jetzt rosa, und Schlingen aus tieferem Rot ziehen sich hindurch, dünne Strahlen, die sich um den dort treibenden Körper winden. Er steht ein wenig schräg im Wasser, wird unten gehalten von dem Bleigewicht, das auf dem Boden des Glasgefäßes ruht und mit einer Nabelschur von Seil um seine Mitte mit ihm verbunden ist. Das Seil spannt sich, als wolle der Körper die Oberfläche erreichen. Als wolle er Atem holen, als habe er einen Mund zum Atmen. Und nicht nur diese entsetzliche Schnittfläche, die gegen die Glasdecke drückt.

Ich habe sie schon hunderte Male gesehen, solche misshandelten Zwergenkörper, es gibt sie in allen Kunstsammlungen der Welt; sie sind gelbweiß, wo dieser leicht rötlich ist, und ihre Marmoroberfläche ist zu einer feinen, glatten Hautähnlichkeit poliert worden. Diesen Körper hat niemand poliert. Das war auch nicht nötig, da weder Kunst noch Können diese Oberfläche hautähnlicher aussehen lassen könnten, als es ohnehin der Fall ist. Hier gibt es also nur diese Stich- oder Schnitt- oder Sägewunde, an den vielen Stellen, an denen die roten Schlingen zu Tage treten.

Das hier wird als Torso bezeichnet. Als Auszug eines Körpers, als verdichtete Essenz, als Grundform eines Leibes, ohne überflüssige, bewegliche Teile, ohne Beine, ohne Arme, ohne Kopf. Und in mir heult es wie tausend Sägeblätter, während die dünnen Blutsäulen im Gefäß nach oben streben und verwischt werden, wenn sie sich mit der Flüssigkeit vermischen. Irgendwann, bald vielleicht, wird die Farbe um den ganzen Körper dieselbe sein und sich hinter einer gleichmäßigen rosa Haut befinden, die das Glas zu färben scheint.

Es handelt sich um einen Männerkörper. Bleich, behaart. Es ist nicht Simon, denke ich. Paul? Und wieder strömt es aus meinem Mund, zähflüssig und ruckhaft.

Aber hier kann ich doch nicht suchen, kann ich nicht über den Boden kriechen, um nachzusehen, ob ich noch mehr finde, was mit diesem Ding im Gefäß Ähnlichkeit hat. Ich kann nur in eine Richtung krabbeln, unbeholfen und mit triefendem Mund und laufenden Augen. So kann ich kriechen, auf die Tür zu, wie ein kleines, wimmerndes Tier. Auf die grau lackierte Metalltür zum Gang und zum Lager zu, das aussieht wie der Raum, in der die Schmerzmaschine aufgebaut war.

Mithilfe der Zinkausgüsse rappele ich mich zum Stehen auf und krümme mich davor zusammen, während ich etwas von dem abwische, was aus meinen Gesichtsöffnungen fließt. Ein schmaler rostroter Streifen zieht sich am Ausgussrand entlang, und ich erbreche mich noch einmal. Um nichts in der Welt bin ich bereit, meinen Blick der rostroten Spur bis zum Sägeblatt folgen zu lassen.

Ich schlinge wie ein Kind die Arme um den Kopf, während ich auf die Tür zutaumele. Hinter mir, im Glaskasten, liegt nur ein Körper, keine zwei wie in der Schmerzmaschine. Der andere, der Zwillingskörper, der dazu gehört wie ein Schatten, ist ungebunden wie meiner, ist noch von der Maschine getrennt. Irgendwo, außerhalb dieses Raumes.

Aber nicht auf dem Flur. Nicht auf dem kleinen, feuchten Hof, der blau und still und eiskalt ist und vor meinen Augen in wilden, expressionistischen Winkeln flimmert. Natürlich laufe ich los, ich weiß es nur nicht. Und ziemlich sicher finden deshalb meine Beine, losgerissen und befreit von meinem Bewusstsein, ihren Weg, trotz des entsetzlichen Keuchens des Hundes. Meine Beine weichen den schrägen, mörderischen Winkeln aus, weichen den Eisschatten aus, sie führen mich, finden den Himmel, finden das Auto, regennass und blank im Morgendunst.

Dahinter steht ein schmales, goldlackiertes Unterwasserwesen, ein goldener Haikörper aus Metall, mit einem Leoparden an seiner Seite.

»Himmel«, sagt Bella. »Igi, hast du dir in die Hose gemacht?«

Das ist möglich. Das ist sogar wahrscheinlich, aber das kann ich ihr nicht sagen. Ich kann ihr überhaupt nichts sagen. Ich nehme an, dass ich hinter mich zeige, und außerdem zittere ich.

»Und ich dachte, wer hier verrückt geworden ist, das wäre Aske«, sagt Bella. »Heißt das, du hast es *gesehen*? Das Meisterwerk, gewissermaßen?«

Ich starre sie an. Starre und schnappe wie ein kranker Fisch nach Luft, das *Meisterwerk*, denke ich und muss mich mit den Händen auf das Autodach stützen. Auf der anderen Seite des goldenen Körpers öffnet das Amphibium eine schlanke Flosse und ein Männerkörper aalt sich aus der Autotür. Über der Goldfläche des Daches begegne ich Sjur Askes missbilligendem Blick. Er ist unrasiert und der Hemdkragen schaut aus seiner Jacke.

»Das ist ja nicht gerade eine *Vernissage*«, sagt Bella. »Und der Zeitpunkt ist immerhin originell, wir hatten noch nicht geschlafen. Wir hatten Champagner und haben darin *herumgerührt*, meine Liebe. Gerührt und gerührt.«

»Bella, wovon redest du?«, würge ich hervor. Sjur Aske grunzt.

»Von seiner E-Mail, natürlich. Bist du nicht auch deshalb gekommen? ›Das Meisterwerk ist fertig‹, hat er geschrieben, dieser aufgeblasene Wicht. ›Seht es euch an.‹ Diese Nachricht tickte so gegen fünf über meinen Bildschirm, *Darling*, und wenn es im Net nicht ein heftiges Bild ganz ohne künstlerischen Wert gegeben hätte, das ich dem Brüderchen hier zeigen wollte, dann hätte ich die Mail wohl erst viel später entdeckt.«

»Halt die Fresse«, faucht Sjur Aske. »Die Frau fällt doch gleich in Ohnmacht.«

»Jetzt fahren wir nach Hause«, nuschele ich und danach weiß ich nicht mehr so recht. Danach würge ich über Bellas Gold, glaube ich, und finde mich in den Armen des Mannes wieder, der einst Per Anders Nilsens Schwester als Kräusellinien gezeichnet hat.

»›Das letzte Meisterwerk‹«, murmelt er. »Das hat er geschrieben. Das *letzte*.«

»Jetzt fahren wir nach Hause«, nuschele ich.

»Sind Sie sicher, dass er das gesagt hat?«

Nein, das bin ich natürlich nicht. Ich bin überhaupt in keiner Hinsicht sicher, über mein Kinn ziehen sich trockene Spuren von etwas, das Speichel gewesen ist, ich rede unzusammenhängend und habe widerliche Flecken vorn auf der Jacke; es ist nicht meine Schuld, dass meine Haare zusammenkleben, aber so kommt es mir vor. Ich befinde mich überhaupt in Patientinnenposition, und deshalb juckt es mich am ganzen Leib.

Hauptkommissarin Kielland dagegen sieht kühl und empathisch aus, wie sie da in ihrem Büro in der Vormittagssonne sitzt: Ihr frisch gebügelter Rock ist so sauber wie ihr Gesicht, ihre Stimme so klar wie ihre Augen, ihre Haare glänzen so hell wie ihre Schuhe. Das bieten wir, das weiß ich, allen, die unsere feinen Kompetenzzentren aufsuchen; diese erhabene, vage Freundlichkeit begegnet Suffköppen und Frauenschlägern und grauen Mäusen, die nicht wagen, allein den Bus zu nehmen. Kein Wunder, dass sie uns verabscheuen.

»Sie waren also in diesem SM-Lokal. Zusammen mit … Freunden?«

Ein vages, nicht empathisches Lächeln, vielleicht, oder höre ich einfach nur das Echo meiner eigenen, ausgesucht beruhigenden Therapeutinnenstimme? *Und warum kannst du nicht den Bus nehmen, Gerd, kannst du uns mehr darüber sagen?*

Gerd kann etwas sagen, wenn auch nicht sonderlich elegant formuliert. Patientin Gerd bekennt, holprig und sprunghaft, und registriert jede Andeutung von Missbilligung oder Überraschung bei der kühlen Frau, die da vor ihr sitzt, Patientin Gerd legt ihren Fall mit größter Erleichterung in die offenbar viel kompetenteren Hände, die sich ihr bildlich und auch wirklich entgegenstrecken.

»Das ist schön«, sagt meine Therapeutin. »Jetzt brauchen Sie nicht mehr daran zu denken.«

Ich hoffe, dass ich niemals etwas dermaßen Blödsinniges gesagt habe, und obwohl ich weiß, dass ich auf Grund meiner unterlegenen Position gierig nach dieser Gelegenheit greife, mein verlorenes Selbstbewusstsein wiederherzustellen, tue ich es trotzdem. Blöde Nuss, denke ich so richtig jämmerlich.

Aber erst als sie mit glockenreiner Stimme ihr übliches Therapeutinnenprivileg geltend gemacht hat – *ich glaube, das wär's dann für heute* –, fällt mir ihr kleiner therapeutischer Anfängerinnenfehler auf. Hauptkommissarin Kielland ist wütend. Nicht sehr wütend, aber doch so sehr, dass ich diese Wut an ihrer leichten Kopfbewegung erkenne, die ihre Haare noch heller glänzen lässt, als sie mich zur Tür bringt, so sehr, dass ich einen Stoß verspüre, als sie mir die Hand auf den Arm legt.

»Offenbar hattet ihr Recht«, sagt sie. »Sie und Ingeborg Dahl. Er begnügt sich offenbar nicht damit, abscheuliche Bilder zu produzieren, dieser Kerl.«

Das ist ein blöder Triumph, peinlich und ungeheuerlich. Möglicherweise bin ich aber dennoch mies genug drauf, um ihn auszuspielen. Die Selbstverachtung hüllt mich ein, das spüre ich, wie das nach Demütigungen aller Art immer der Fall ist.

Ich will nach Jomfruland, zu den wahnwitzigen Brechern und zur Heilung durch Kinderhände. Ich will Trost und Rekonvaleszenz und Spaziergänge über therapeutische Felsen und Strände, ich will meine mütterliche Kompetenz entwickeln und Trauerarbeit leisten und den Erschütterungsprozess durchmachen und auf den Zusammenhang zwischen *Leben* und *Werk* pfeifen, zwischen Bildern und Bildermacher, zwischen dem Leben und dem, der es genommen hat. Wann hat es denn schon einen Zusammenhang gegeben, außer in dunklen Nächten, außer in einzelnen Augenblicken mit Kinderhänden in unmittelbarer Nähe.

Der Glashimmel wölbt sich wieder über der Stadt, er leuchtet, zusammen mit Straßenlaternen und Fassaden, er leuchtet richtig kühl, wie sich das für intelligente Dinge gehört, für das, was erdacht und kein Zufall ist, oder was zumindest so aussieht, wenn es Morgen ist und Herbst und selbst die Schatten so klar aussehen wie Wasser. Wie es vielleicht vor allem dann passiert, wenn wir selber nur Dreck mit uns herumschleppen und absolut nicht rational handeln können, sondern unsere neu gekauften Kleider mitnehmen und die Morgenwäsche in einem öffentlichen Bad vornehmen müssen, weil wir das in unserer eigenen Wohnung und in unserem Elternhaus einfach nicht über uns bringen. *Jetzt gehen wir nicht nach Hause.*

Jetzt gehen wir nicht nach Hause, weil etwas, das mit Leben und Werk zu tun hat, wenn auch mit gelbgrünem, triefendem Satanswerk, uns davon abhält. Vielleicht läuft er dort draußen in irgendeinem kobaltblauen, vom Regen gereinigten Schatten, vielleicht sitzt er zusammengekrümmt vor einem verrottenden Zaun und wartet auf einen Grund, um wie ein Köter loszuknurren. Vielleicht. Das ist das Problem der kühlen und kompetenten Hauptkommissarin, und es besteht kein Grund zu der Annahme, dass die Lösung ihr größere Probleme machen wird als die kenntnisreiche Unterscheidung zwischen café au lait und caffè latte.

Ich selber kann meinen Dreck zur Läuterung durch Wasser und später zur familiären und ankerbestreuten Fürsorge mitnehmen. Mein Oberschenkel vibriert. Das liegt nicht an einem wehen, vor Angst verspannten Muskel, obwohl ich davon genug habe, es ist die avancierte Ausgabe eines Babyfons. Ida hat schon einige Male ins Mobiltelefon geplappert, und ich gehe davon aus, dass sie noch mehr Muscheln gefunden hat, von denen sie nach Bennys Ansicht ihrer Streunerin von Mutter erzählen muss.

Es ist nicht Ida. Ich sitze sicher im heiligen Familienwagen vor einer Ampel unterhalb des Bislett-Bades, und das Display zeigt eine mir unbekannte Nummer. Das ist das Zeichen des Tieres, denke ich, das ist er. Das ist er, der läuft oder wartet, und er weiß, wer ich bin und wie er mich erreichen kann. Ich habe eine Zentralverriegelung und ich habe sie auch schon betätigt. Und ich bin außerdem eine wunderbare Gesprächspartnerin, oder nicht, für Wütende und Wilde und Bedürftige.

»Ich dachte, das müsste Sie interessieren«, sagt Edel Amundsen mir ins Ohr. »Wir hatten doch über diese Hütte gesprochen.«

»Ja«, sage ich wie betäubt.

»Nicht, dass das wirklich wichtig wäre, aber unser Gespräch hat natürlich dafür gesorgt, dass ich mehr über das alles nachgedacht habe, über PANs Abreise und überhaupt.«

Herrgott, denke ich, wie halte ich das im Alltag aus, diese umständlichen Umwege?

»Ich bin gerade ziemlich beschäftigt«, sage ich deshalb therapiegerecht und wie nach Rezept.

»Ach? Ich dachte, das interessiert Sie? Ich wollte nur sagen, dass ich dort vorbeigeschaut habe, gewissermaßen, um meine Erinnerungen noch einmal zu durchleben, mich meiner eigenen Erniedrigung zu stellen, wenn Sie so wollen.«

Erschießt sie, denke ich, als ich im Hegdehaugsvei Grün bekomme, lasst diesen giftfreien Menschen um Himmels willen in Salmonellen und altem Asbeststaub ertrinken. In der Josefines gate kann ich keinen freien Parkplatz finden, ich werde möglicherweise ohne jeglichen Schutz einige hundert Meter zu Fuß gehen müssen, habe ich nicht schon genug Probleme, ohne auch noch mit Edel Amundsens privater Dämonenaustreibung belästigt werden zu müssen?

»Das war stark, das kann ich Ihnen sagen«, verkündet Edel Amundsen.

Du warst *blau*, denke ich, blau und jung und doof. *Stark*, denke ich, zum Teufel, versuch du mal, in der Nähe vom Bislett-Bad einen raubtierfreien Parkplatz zu finden, dann weißt du, was *stark* ist. Und dann fällt mir PAN ein. Der vielleicht nicht nur ein Bild und ein Junge ist, der zwischen den Bäumen mit seinem Motorroller sehr weit gefahren ist.

»Da wohnt jemand«, sagt seine Schwester. »In der Hütte.«

Er, denke ich. Zwischen Tannen und Kobaltschatten und den wütenden Nächten. *Knochen*, denke ich, und Schlieren und Gewebe und dunkle, rote Muskeln. Ich starte die zweite Runde auf dem Verteilerkreis von Bislett.

»Eine riesige Frau«, sagt Edel Amundsen. »Sehr aggressiv. Sie hat mich regelrecht vom Hof gejagt und hinter mir hergeschrien. Es war ziemlich unangenehm.«

»Wann war das?«, frage ich.

»Gerade vorhin«, antwortet Edel Amundsen.

»War sie allein?«, frage ich, ohne recht zu wissen, warum.

»Es sah so aus. Aber ich weiß es nicht. Unten auf der Straße stand ein riesiger Wagen, wissen Sie, so einer, der kein Lieferwagen ist und dunkle Fenster hat.«

Dreammachine.

Søren Dahl weiß nicht, wo Anlaug sich aufhält, aber er hat immerhin ihre Mobilnummer. Doch ich erreiche nur die geschäftsmäßige Stimme, die mitteilt, sie sei ein Antwortdienst der Telenor. Ich hinterlasse eine Nachricht, ohne so recht zu wissen, warum. Danach rufe ich Bella an, die vielleicht noch immer mit Sjur Aske zusammen ist. Es wäre großartig, fabelhaft, wunderbar, wenn Askes Bruder oder Bella selber erzählen könnten, ja, Aske hat einmal ganz zufällig die Hütte einem Wal in Pumps geliehen und wäre seither, und jetzt schon gar nicht, nie wieder auf die Idee gekommen, dorthin zu fahren.

Bella hat Migräne und die Bullen vor dem Haus. Mir selber bleiben sie erspart, da Aske eindeutig nicht weiß, wo das Ferienhaus meines Stiefvaters liegt, weshalb er mich dort nicht finden kann.

»Die sind knusprig, mein Herzchen«, sagt sie. »Aber ich bin nicht *in the mood*. Vergeudung von richtig heftigen Uniformen, Igi, das ist natürlich eine Sünde und Schande, but what can a girl *do*? Nicht viel, im Moment jedenfalls nicht.«

Vielleicht schafft Bella es erst, geschmacklos zu sein, wenn sie wirklich entrüstet ist.

»Weißt du, wo Sjur steckt?«, frage ich.

»Das geht dich ja wohl überhaupt nichts an, aber er ist hier. Im Moment kannst du nicht mit ihm sprechen, er ist nämlich mit Rita unter die Dusche gegangen.«

»Wart ihr die ganze Nacht zusammen?«, frage ich.

Da lacht sie, heiser und bellahaft und traurig.

»Ich bin noch immer damit beschäftigt, Igi«, sagt sie. »Die ganze Nacht hindurch.«

»Frag ihn«, sage ich, »ob Aske Zugang zu einer Hütte bei Bagn hat.«

»Aber das weiß ich doch«, sagt Bella. »Die hat er geerbt, als Sjur das Elternhaus bekam.«

»Vermietet er die manchmal?«, fragte ich mit dünner Stimme.

»Kann ich mir nicht vorstellen«, sagt Bella. »Das ist doch nur noch eine Bruchbude. Er fährt nie hin, so viel ich weiß. Glaubst du, er könnte dort sein?«

Anlaugs Mutter ist ebenso umfangreich wie Anlaug selber, aber sie kann nur flüstern und nicht wie ihre Tochter Trompetenstöße von sich geben. Sie steht schweißnass und verlegen in Holmlia in der Tür und hat offenbar Angst vor Autoritäten, sogar so jämmerlichen Exemplaren wie mir. Was ich mir sofort zu Nutze mache.

Psychologin, sage ich. Eigenes Bestes, sage ich. In letzter Zeit nicht zu Hause und kein Rückruf, sage ich. Ein Sozialamt hier und eine gebrochene Abmachung dort sind genug, mehr als genug, und schon lässt diese große, teigige Frau mich in Anlaugs allerheiligsten, ganz und gar privaten Raum. Ihr Mädchenzimmer. Wenn der große Bruder dich nicht sieht, dann behalten große Schwestern der therapeutischen Art dich jedenfalls mit Leichtigkeit im Auge.

Ich registriere ein Pferdeplakat und einen überraschend gut bestückten Schminktisch, aber es geht mir nicht um seelische Ausdrücke von Form und Raum, nicht einmal um Anlaugs, ich suche harte Tatsachen und deshalb die Pappkartons von Loff. Das Archiv verfügt über ein einfaches Nummernsystem, und obwohl ich die Zahlen nicht mehr genau weiß – war das nun 457 oder 754 –, so gibt es nicht mehr viele Kombinationen und Mitglieder. *Opfer und Angehörige.* Diese im Prinzip allumfassende Selbstbeschreibung trifft auf eine sehr begrenzte Anzahl von Menschen zu, wenn dafür ein Mitgliedsbeitrag gezahlt werden muss.

Ich finde die Öffnung, das Loch, das wir in unserer Branche so eifrig suchen, den entlarvenden Mangel. Das Loch ist das mit der *Katze*, an die ich mich aus Askes Biografie und von den flatternden Blättern auf dem Asphalt vor Søren Dahls Tür am Grønlandsleiret noch erinnere. Auf den Seiten vor und hinter der fehlenden gibt es den Rest der halb therapeutisch beschriebenen und diagnostisch unvollkommenen Lebensgeschichte eines Loff-Mitglieds, das keine Flammenbilder und Knochenskulpturen aus einem alten, verfaulten, wilden Schmerz hergestellt hat.

Sjur Aske hat Recht damit, dass diese ungeheuerliche Kindheit nicht seinem Bruder gehört hat, aber fiktiv ist sie deshalb noch lange nicht. Es ist die Kindheit einer anderen, ist ein Diebstahl, der durchaus Ähnlichkeit mit den Fälschungen der Frau hat, die ihre Bilder mit M. Aske signierte.

Vorzeitige Rente bewilligt, steht im Krankenbericht in der Rubrik »Beruf«, *ab und zu Arbeit in einem Fotoladen.* Eine Reihe von Aufenthalten in verschiedenen therapeutischen Einrichtungen ist sorgfältig aufgeführt, zusammen mit drei Verurteilungen wegen Gewaltanwendung. Irgendwer, ich vermute, Ingeborg Dahl, hat unter Adresse und Telefonnummer mit der Hand eine E-Mail-Adresse geschrieben.

Als ich anrufen will, gerate ich abermals an die Auskunftsstimme.

Auf Jomfruland ist das anders. Dort meldet sich Ida, und darüber freue ich mich, vor ihr kann ich alles Mögliche besser geheimhalten als vor Benny. Vierjährigen brauchen wir nicht sehr viel zu verheimlichen, und es geht ganz leicht, wenn sie so drauflosplaudern wie Ida jetzt, über die winzigen Fischbabys, die in den tiefen Pfützen auf den Felsen herumschwimmen und seltsam und ungeheuer faszinierend sind.

Sie findet mich blöd, weil ich nicht sofort komme, aber nicht so schrecklich blöd. Als meine Botin will sie jedoch nicht fungieren. Der nächststehende Erwachsene ist Karsten und er besitzt nicht sehr viel mehr Einfühlungsvermögen als eine Vierjährige, deshalb nimmt er die Nachricht, dass ich *noch nicht* komme, äußerst gelassen entgegen. Obwohl er mich wohl auch für blöd hält.

Aber jetzt fahren wir nicht nach Jomfruland. Jetzt fahren wir endlich *heim*.

31

Während die Dämmerung sich senkt, treffe ich abermals auf die Anrufbeantworterstimme, wie schon mehrere Male auf dem Weg hierher. Dicht an meinem Ohr, als ich zwischen den gezackten Tannen stehe, tief in den Schatten, die nicht kobaltklar sind, sondern schwarz und dunkel und kalt. Erst später höre ich das kurze, atemlose Keuchen, das ich mit Lachen übersetzen muss.

Ehe ich die gezackten Tannen erreicht habe, hat Hauptkommissarin Kielland ihren Apparat bereits in Gang gesetzt, deshalb bin ich durchaus nicht allein im Wald.

Es gibt Schatten, die sich zwischen den Bäumen behutsam bewegen. Männer mit dunklen Kleidern, die im Gebüsch Ziellinien und Zugänge suchen. Etwas knackt, Funkgeräte und Orientierung und routinierte Konzentration auf einen festen Punkt. Der Punkt ist die Hütte, die Aske »Daheim« getauft hat, der Punkt ist das Leben, in dem es die *Katze* und einen Jungen namens PAN und ein Mädchen vor einem hohen, vom Himmel umgebenen Wohnblock gibt. Labiler kann ein Umdrehungspunkt wohl kaum werden.

Die Hütte liegt in satteldächiger Finsternis da und ihre Türen sind für uns ebenso verschlossen und unzugänglich wie die Geheimnisse, die dieses Leben enthält. Die Traummaschine steht zwar unten auf der Straße, aber das werden wir nicht deuten, der Punkt, um den wir uns sammeln, kann trotzdem absolut leer sein, die Besitzerin der Erinnerungen an Katze und Helena und PAN kann zwischen Schatten und Bäumen

Zuflucht gesucht haben oder schon längst weit, weit weg sein. Denn wir suchen ein waidwundes Tier, und waidwunde Tiere neigen dazu, sich zu verkriechen. Die Vorstellung davon, was in diesem Fall wohl in der Hütte hinterlassen worden ist, findet sich im zierlichen Nachtprofil der Hauptkommissarin, im hektischen Flüstern des Apparates, in meiner um das Telefon geballten Faust.

Falls Anlaug in der Hütte ist, weiß sie, dass wir den Wald besetzt haben, denn das hat die Hauptkommissarin per Megafon mitgeteilt.

Sie klingt angespannt und ein wenig albern, ihre dünne Mädchenstimme in der Dunkelheit unter den Bäumen, verzerrt von der primitiven Psychologie. *Wie man in den Wald hineinruft.* Bekommt man keine Antwort. In der Stille danach gibt es nur das ferne Knistern der Funkgeräte und einen kleinen Wind in den Baumwipfeln, die auf die ersten, frisch eingeschalteten Sterne zeigen.

Aber bei meinem nächsten Anruf antwortet nicht die Stimme der Telefongesellschaft.

»HAUT AB HIER!«, brüllt die Frauenstimme mir ins Ohr.

»Anlaug, hier ist Igi«, sage ich.

»Stell dir vor, das hab ich auch schon KAPIERT. Du hast hier NICHTS ZU SUCHEN.«

»Bist du allein in der Hütte?«, frage ich.

Und jetzt stößt sie dieses Geräusch aus, bei dem es sich um Lachen handeln muss. Um Kichern vielleicht. Zufrieden und aufgeregt.

»Bist du allein?«, frage ich noch einmal.

»DARAUF KANNST DU DOCH SCHEISSEN«, sagt sie.

»Das tu ich aber nicht.«

»Du hast nicht das RECHT, mich so zu BELÄSTIGEN!«, dröhnt Anlaug.

Sie ist kindisch, natürlich, und außerdem offenbar und mit gutem Grund zutiefst verängstigt. Im Haus gebe es jede Menge WAFFEN, sagt sie, daran fehle es wirklich nicht. Als ich sie bitte, herauszukommen, schweigt sie lange.

»Ich KANN NICHT«, sagt sie dann. »Das entscheide nicht ICH.«

Nein, denke ich. Das entscheidet der Schatten. Das entscheiden die Erinnerungen an den Motorroller und den Wohnblock und zwei junge Männer auf einem Bett. Nicht du.

Die monotonen Pieptöne, die erzählen, dass sie das Telefon ausgeschaltet hat, sind zuerst traurig und dann einsam und mechanisch erschreckend. *Tüüt,* ertönt es unter den Tannen, *tüüt, tüüt,* unter den Säuglingssternen.

Die Hauptkommissarin setzt eine Frist, eine fein abgestimmte; Zeit genug zum Verschnaufen und zum Entscheiden, aber nicht genug für wilde, rebellische, ungeheuerliche Taten, falls Anlaug nicht allein in der Hütte und nicht die Einzige ist, die Grund hat, sich im Wald zu fürchten. So denkt eine mit einem Megafon und einer dünnen, metallischen Stimme zwischen den Abendbäumen: Das Stück Zeit, das zugewiesen wird, darf nicht so groß sein, dass jemand darin sterben kann.

Aber wie lange brauchen wir eigentlich, um einen Menschen zu töten? Einige Sekunden, oder Jahre und Jahre und Jahre? Auch unter Tannen und Sternen kann die Zeit zu einem Knoten erstarren oder sich wie eine gekrümmte Oberfläche ausdehnen; die Minuten, die vergehen, nachdem das Megafon seine Herrrschaftsansprüche verkündet hat, dauern ein Leben. Helenas. PANs. Anlaugs. Das der Katze.

In dieser Stille bewegen sich die Schattenmenschen. Folgen den Ziellinien, nehmen strategisch wichtige Sträucher ein, erlangen logische Vorteile im Schatten von Tannenstämmen, heben und senken Visiere und infrarote Zielfernrohre für die Nacht.

Ich erzähle das am Telefon. Vertraue der Automatenstimme die Verhandlungskarten an, die auf diese Weise im Terrain und in der Nacht ausgelegt werden, teile mit der Neutralität einer Maklerin mit, was es an Kleingedrucktem und allgemeinen Geschäftsbedingungen gibt. »Also«, sage ich mit maklerinnenhafter Freundlichkeit, »wir haben nichts zu verbergen. Wir haben nur einen Deal.«

Denn ist es nicht kalt dort drinnen, ist es nicht Nacht und sehr einsam und beängstigend, ist es auf die Dauer nicht anstrengend, so allein zu sein, mit dem gewaltigen Druck, den alle Arten von Umgebung unablässig produzieren, falls sie nicht nur aus Bäumen und Sternen bestehen? Ich rede von Methoden und Plänen und Systemen und Vorhersagbarkeit und ich weiß, dass es so klingt, als fürchteten wir hier draußen uns vor nichts, sondern könnten uns auf der Welt orientieren, zwischen ihren verflochtenen Zweigen und Schattenklüften. Nur meine Fingerknöchel verraten mich, blauweiß und streng sitzen sie an dieser Faust, die meine ist und die das kleine dumme Telefondings umklammert.

Sie wird vom Licht in Empfang genommen werden, wie ich sehe, und das nur zu ihrer Orientierung, damit sie weiß, wohin sie geht, sie werden sie nicht blenden. Es werden Männer dort sein, sehe ich, aber erst, wenn sie das Wäldchen erreicht hat, niemand wird sich aufdrängen.

Das kann ich sagen, weil ich von den Schatten und den Männern zwischen den Bäumen und ihrer Feuerkraft erzählt habe.

Und dann haben wir unsere Abmachung.

Als sie kommt, ist sie ein träger, watschelnder Schatten an der Hausecke. Sie wartet, wie wir das abgemacht haben, während die Lichter aufleuchten. Über das von Nässe schwere, glitschige Gras des Hofplatzes wird eine Lichtschneise geschlagen, der folgt sie, mit schwerem Körper, noch gewaltiger als kriechender, beweglicher Schlagschatten.

Sie spuckt nach mir, als sie uns erreicht hat. Danach wird sie in eine Wolldecke gehüllt und zwischen die Bäume geleitet, von Menschen, die sich routiniert in der Dunkelheit bewegen. Bis zu der Straße, wo die Traummaschine steht.

Und danach müssen wir ein Leben retten. Das Leben, das noch vorhanden ist, dort drinnen zwischen den Wänden, umgeben von den Waffen, die den Schattenmännern gehören, und von seinen eigenen. Wir werden ihn mit unserer aufdringlichen, dichten Anwesenheit am Leben erhalten, ihn durch eine drahtlose Nabelschnur nähren, und damit das Gleichgewicht erhalten, denn wir sind Affen von der Sorte, die hört und sieht und spricht.

Als er Anlaug freigelassen hat, hat er eine der Waffen abgegeben, die die Schattenmänner am Eindringen hindern. Aber nur eine von ihnen. Und wir wissen nicht, da er nicht sagt, auf wen er die anderen richten will, auf die Schatten in oder vor dem Haus.

Also verhalten wir uns still. Denn wir sollen ein Leben retten.

Das hat nichts Elegantes. Das ist nicht im Geringsten befriedigend. Es besteht nur aus getarntem Puls und dem nüchternen Mama-Tonfall, der dazugehört, wenn es Nacht und dunkel ist. Aus Beherrschung und dem Feinen, das Vorhersagbarkeit genannt wird. Aus Systemen, Methoden, Plänen. Hier sind wir, so können wir es machen, wenn du willst.

Du kannst es dir überlegen, alles wird gut gehen. *Nichts ist so gefährlich wie du glaubst.* Abgesehen, natürlich, von dir. Abgesehen, natürlich, von den Erinnerungen an den Motorroller und den hohen, unter dem Himmel schwankenden Block und zwei Männer auf einem Bett.

Daran soll er lieber nicht denken, und deshalb rede ich. Er soll *nicht,* wir können *nur* daran denken.

Er ist zur See gefahren, das weiß ich, und hat ein Mansardenzimmer und eine Nutte mit dem Mann geteilt, aus dem später Aske werden sollte. Außerdem muss er, auf irgendeine Weise und zu unterschiedlichen Zeitpunkten, auch etwas anderes mit Aske geteilt haben: genug von seinen Erinnerungen daran, was er mit PAN und Helena gemacht hat, damit Aske Bilder daraus machen konnte. Wie ist das passiert? Hörten sie sich diese Erinnerungen an wie Fantasien, Geschichten, die Askes empfängliches Gemüt inspirieren konnten, die er aber nicht ganz ernst zu nehmen brauchte?

Es gibt ein Porträt von ihm, das nicht die geringste Ähnlichkeit mit ihm hat, oder vielleicht eben doch, so bis über jegliche Menschlichkeit hinaus entstellt, wie es ist. Es ist mehr wert als alles, was er je besessen hat, und bestimmt mehr als der gewaltige Apparat, der ihn jetzt umgibt, aber nicht mehr, sollten wir meinen, als das Leben, das aufzugeben er jetzt droht.

Der kommende Tag ist der Trick, was Selbstmörder angeht. Nicht die Hoffnung auf eine wirklich verbesserte Lage, sondern der geschäftsmäßige Aufschub einer Entscheidung. Wenn morgen alles noch immer genauso schrecklich ist, dann kannst du es doch immer noch tun. Oder übermorgen.

Er weiß jedoch so ungefähr, was »morgen« bedeutet. Zelle. Verhör. Menschen, die ihm ganz ganz dicht auf den Leib rücken.

Das Einzige, was ich Rune Skjalgson anbieten kann, ist Schlaf. Der jedoch zu den wirklichen Luxusartikeln im Leben gehört. Langer Schlaf. Tief. Fast dasselbe wie der Tod.

An den sollte er lieber nicht denken. Wir können es aber nicht lassen.

In Amsterdam, das weiß ich noch, hat Aske gelernt, *hässlich* zu malen. Damals hatte Rune Skjalgson noch keinen Mord begangen, aber er hatte eine Geschichte hinter sich, die ihn dazu befähigte.

Eine Geschichte, die so *hässlich* war, dass Aske seine Fälscherin von Mutter strafen konnte, indem er sie als seine eigene ausgab. Was für eine seltsame Handlung, was für eine lässige Handlung. Als ob wir mit dem Leben spielen könnten. Das eine ist ebenso gleichgültig wie das andere, oder vielleicht ebenso anwendbar.

Kopien und Originale. Bilder und Bildermacher. Leben und Menschen, die Leben nehmen.

Zu irgendeinem Zeitpunkt wird er seine Waffen abfeuern, eine wilde, wütende Serie von Explosionen. Auch sie wird ein Ende haben und eine große Stille wird folgen, wie auf alle Explosionen. In dieser Stille stehen wir unter den Bäumen und sind ebenso leidenschaftslos wie sie. Er kann jetzt durchaus tot sein, denke ich, und möglicherweise gibt es einen Menschen, der ihn vermissen wird, möglicherweise wird Anlaug, die mich anspuckt und mich hasst, weil ich ihr ein Kind zum Spielen verweigert habe, ihn vermissen, wenn sie erfährt, was er getan hat. *Opfer und Angehörige.*

Ich bin kein Baum, und deshalb liegt kein Zittern in meiner Mädchenstimme, als ich seinen Namen ins Telefon flüstere, in die Stille hier draußen und die, die drinnen herrscht. Als ich in den Wald flüstere. Und keine Antwort erhalte.

Systeme. Methoden. Die Schatten bewegen sich, drängen sich auf, wie Umgebungen, wenn sie nicht nur aus Sternen und Bäumen bestehen. Sie gehen in die Stille hinein, die Männer, die Ziellinien und tote Todeswinkel kennen, sie kriechen zusammen unter dunklen Fenstern, drücken sich schmal und schwarz an Häuserecken, laufen zusammengekrümmt durch das feuchte, klebrige Gras.

Und dann wird er Folgendes mitteilen: Es habe keinen Sinn, sagt er, Tränengas einzusetzen, er besitze eine Schutzmaske.

Und natürlich liegt noch eine ganz besondere Versuchung in der Tatsache, dass er weiß, jemand hört ihm zu. Jemand, der ihm nichts *tun* kann, ihm aber zuhören muss.

Er spricht über die Hütte, die Aske ihm überlassen hat, weil er ihm das einfach schuldig war.

»Wir waren einmal zusammen hier«, sagt er. »Einige Wochen, dann ist Aske weitergefahren.«

PAN, denke ich, ein Motorroller zwischen den Tannen, Kringel auf einem Skizzenblock, gezeichnet von keinem Aske-Bruder, sondern von Skjalgson. Helena erwähnt er nicht, und ich, die hergekommen ist, um Leben zu retten, dränge nicht weiter.

Aber er spricht über ihre Mutter. »Auch sie hat auf mich gehört.«

Ingeborg Dahl und diese Organisation, die ihm in jeder Hinsicht so gut gepasst haben muss. *Opfer und Angehörige.* Es muss ungeheuer verlockend gewesen sein, sich ihr zu nähern, da sie sich doch so sehr für das interessierte, was sein *Werk* war, und dass es das war, wusste nur er. Und dass er ein ungeheuer würdiges Opfer war, muss ja über jeden Zweifel erhaben gewesen sein, als sie seine Kindheit sorgfältig für ihr Archiv notierte.

»Sie trauerte«, sagt er. »Wie sich das für Mütter gehört.«

Das hat er also betrachtet, Ingeborg Dahls Trauer um Helena. Ich finde es unerträglich, mir das wirklich vorzustellen, unter gezackten Zweigen oder anderswo. Vielleicht, denke ich, ist es ihm damals auch lohnend erschienen, sie im Auge zu behalten, diese Mutter, die solche Verbindungslinien zog zwischen Bild und Bildermacher.

»Aber sie hat genervt«, sagt er. »«Sie hat angerufen und genervt. Diese schwachsinnige Anlaug hatte damit geprotzt, dass ich Aske kenne, und deshalb wollte die Alte mit mir über ihre Theorien reden, über ihn und seine Bilder. Das gefiel mir nicht. Was? Das, was sie sich mit ihrem Kleinhirn überlegt hatte, was die Bilder bedeuteten und wer sie gemacht hatte. Blöd von ihr.«

Das war an dem Abend, an dem sie gestorben ist, denke ich, an dem Abend, an dem ich sie besucht und von ihren *Theorien* über Aske erfahren habe.

Er erinnert mich an die Waffen, die in der Hütte lagern. »Ja«, sage ich. »Daran denke ich, die ganze Zeit.«

»Sie wollten ein Buch machen«, flüstert er. »Über Aske. Wer konnte wissen, was darin stehen würde? Alles Mögliche konnte darin stehen. Und als ich zu seiner Ausstellung kam, konnte er mich nicht *brauchen*, während alle möglichen Idioten mit Werkzeug durch die Gegend liefen, von dem sie keine Ahnung hatten. Und sie machten auch noch andere Dinge, wenn man genauer hinschaute.«

In einer Fabrikruine. Auf einem Bett. Machten andere Dinge, die für einen, der im Schatten stand und zusah und wusste, wie man einen anderen Menschen erwürgt, ein seltsamer Anblick gewesen sein müssen. Martin Andersens kleiner Tod: Jhaved. Der große Tod: Skjalgson. Der Schnitt im Video, zwischen einer Hand und einem Gesicht, zwischen dem Tod als prickelnder Fiktion und als Wirklichkeit. Für den Schnitt war nicht mehr nötig als Skjalgsons kurze Erfahrungen aus dem Fotoladen, das, was auf den Schnitt folgte, erforderte seine ganze Geschichte. Und Martin Andersens Leben.

Und dann war Aske nicht mehr der Einzige, der Bilder zeigte.

Es muss so einfach gewesen sein, das Video zu den anderen zu legen, die vorgeführt werden sollten. So einfach. Und so schrecklich erregend.

Jetzt jammert er, weint nicht. Es wird ein Zeitpunkt kommen, das weiß ich, an dem es als bedeutsames Ereignis gelten wird, dass dieser Mann weint, falls er es jemals tun wird. Es wird registriert und kommentiert und analysiert werden. Möglicherweise halten wir ihn deshalb am Leben, aus der Hoffnung heraus, dass er eines Tages weinen wird, wenn wir unter den Tannen hier auch nicht wissen, was wir mit seinen Tränen anfangen sollen, wir denken ja nicht einmal an sie.

Wir lassen ihn jammern.

Er ist jetzt unterwegs in seine Kindheit und sein Bericht wird unklar. Aber wenn er nicht redet, prahlt er auch nicht.

Hat wohl das Buch, überlege ich, und die Vorstellung, was vielleicht darin stehen könnte, alles ausgelöst, oder die Abweisung durch Aske und eine zufällige Gelegenheit, die Wut an anderen auszulassen? So, wie diese gewaltige Wut auch früher zufälligen Auslauf gefunden hatte: PAN, Helena. Junge mit Motorroller, Mädchen vor Hochhaus.

Ingeborg Dahl war nicht zufällig, sondern gefährlich. Und das war möglicherweise auch Aske, als er das Video gesehen hatte und *wusste*. Rune Skjalgson in der Innenstadt, nicht auf Jagd nach einer Nutte, sondern nach dem Video.

Rune Skjalgson, nicht in der Hütte, sondern in der Kindheit. Das Morgengrauen ist noch weit, als er ein Ende macht. Ihm sei so kalt, sagt er. Er wolle lieber nicht mehr hier bleiben.

Er saß an der Wand, höre ich später, unbeweglich und mit leerem Blick. Er war nicht da, höre ich, sondern weit, weit weg. Und er brauchte beim Aufstehen Hilfe.

Obwohl er mir ein kleines Geständnis spendiert, als ich den anderen in dieses Zimmer folge, das nach Fäule und Schnaps und der Art von Schweiß stinkt, die durch Angst hervorgerufen wird.

»Er wollte es«, flüstert er. »Verstehst du? Er wollte sein *Selbstporträt* vor seinem Tod haben.«

Es gibt nichts Obszöneres als Worte.

»Er wollte es«, sagt er noch einmal, damit ich es nicht vergesse, damit er versuchen kann, es zu glauben.

Ach ja, denke ich. Und sie wollte sicher auch etwas, Helena wollte vor ihrem Tod auch etwas. Sie wollen immer etwas, Jungs, die auf Motorrollern über Landstraßen fahren, die auf ihren Betten lieben. Sie wollen etwas, immer. Sie fordern etwas, ehe sie sterben. Aber du bist es nie.

Er sitzt hinten im Auto unter einer Wolldecke und friert; Blaulicht, dröhnende Motoren, die Hauptkommissarin redet in ihr Mobiltelefon. Wir haben ein Leben gerettet und jetzt fahren wir heim.

32

Ida sitzt ganz still in der Paradiesbucht am Wasser. Dort gibt es feuchten Sand und Tang, Muscheln und glatt poliertes Treibholz und alle Arten von Dreck, in den sie auf interessante Weise die Finger stecken kann. Bis auf weiteres ist das ein ernsthaftes Forschungsprojekt, dicke Fingerchen untersuchen allerlei faszinierende Vertiefungen und Löcher und Maserungen. Es wird gebaut. Es wird gekostet, ein wenig, jetzt ziemlich zaghaft.

Vielleicht weiß sie, dass eingegriffen wird, wenn sie zu heftig loslegt, sie wird sich nicht ganz und gar mit Sand bedecken, sie wird nicht allzu viel Tang verspeisen. Ein wenig, aber nicht viel, auf keinen Fall alles. Sie hat probiert und ziemlich sicher aus ihren Erfahrungen gelernt.

Ein wenig ist auch interessant. So, wie sie hier ist, hat sie auch nicht auf alles Appetit. Alles ist der ganze Felsen, der glasblaue, hohe Himmel, der seidenglänzende Fjord, die Möwen, die sich auf den seltsamen, weichen Sonnenreflexen wiegen. Ich werde eingreifen, denke ich, wenn du Lust bekommst, es zu verschlucken, alles zusammen, und die wirst du kriegen. Die wirst du noch für lange Zeit immer wieder kriegen.

Ein wenig ist interessant, aber nicht genug. Ein wenig führt zu den schönen, schmerzlichen Träumen von mehr. Ida wird diese Träume auch haben, wenn sie in genau der Entfernung sitzt, die umsichtige Eltern ihren Kinden erlauben sollen. Um an der Welt zu schnuppern. Um keine öden Erwachsenengespräche hören zu müssen, aber zu wissen, wenn sie ruft, kommen wir.

»Himmel«, sagt Bella. »Ihr ahnt ja gar nicht, wie irrwitzig das ist.«

»Doch«, sagt Benny. »Das ahnen wir. Sie stehen von hier bis zum Mond Schlange. Busladungen aus Askim, Rentnerbanden aus Molde, Bibliothekarinnen aus Lillehammer.«

»Die sind verrückt«, sagt Bella und schlingt ihre Hände um die Mentholzigarette. »Ich meine, wir können von deinen *fucking* Plakaten gar nicht genug drucken, obwohl darauf doch bloß ein paar leicht deprimierte *Knochen* zu sehen sind.«

»Knochen in Todesangst«, sagt Benny. »Ich möchte doch behaupten, dass diese Knochen an Todesangst leiden. Es sind gut fotografierte, verängstigte Knochen. Und es ist gut gedruckt.«

Sie reden über *Impossible Bodies VIII*, den mit dem schreienden Schädel im Bauch und der jetzt auf schwarzem Glanzpapier und mit dramatischem Oberlicht stilvoll für das TroJa-Kulturzentrum wirbt.

»Aber das Interesse«, sagt Bella. »Das ist hoffnungslos. Und wir reden nicht von Zeitungen, ich nehme die Zeitungen aus, obwohl sie die ganze Zeit hier sind. Ich habe *geistesschwache* Kunststudenten und eine Scheißdoktorarbeit am Hals, verstehst du? Ich meine, und das innerhalb weniger Wochen?«

»Es wird nicht so schnell ein Ende nehmen, also solltest du dich lieber gleich daran gewöhnen«, sagt mein Ehemann. »Was macht eigentlich dein neuer Freund?«

»Der kleine Sjur? Er kann wunderbar mit den alten Damen umgehen, obwohl die nicht mehr das große Problem sind. Ich meine, Scheiße, es besteht doch kein Grund zum Meckern, wenn alles pfeilgerade aufwärts geht, und das wissen sie natürlich auch.«

»Redest du von den Frogner-Fotzen«, frage ich.

»Igi, nicht vor Kindern«, sagt Bella unschuldig. »Sie *lieben* das Zentrum, und ganz unter uns Pastorentöchtern gesagt, der arme Aske hat nie einen genialeren Zug gemacht als sich ermorden zu lassen.«

Die Frogner-Fotzen haben ihren Status geändert, da ein feiner Börsenwind und köstliche Besucherzahlen ihre Freundschaft zu Roll und Bella noch geschürt haben. Vielleicht war es auch eine kleine Hilfe, dass der gute Hausvater Otto Troels-Jacobsen sich auf rührende Weise mit seiner Tochter versöhnt hat. Es ist durchaus möglich, dass ein kurzer Bella-Rapport über den Inhalt von Sjur Askes Scheune dabei behilflich war, eine sorgfältige Untersuchung möglicher Fälschungen in Tro-Jas berühmter Sammlung läge nun wirklich nicht im Interesse von Vater oder Tochter.

»Und was ist mit den gefälschten Bildern, die dein Vater schon längst verkauft hat?«, frage ich.

Das ist möglicherweise noch anstößiger als *Frogner-Fotzen*.

»Get postmodern«, sagt Bella. »*Niemand*, weder Museen noch private Sammler, wollen wirklich wissen, ob sie Fälschungen besitzen. Das führt nur zu Chaos und Preissturz und ruiniert den Markt. Und außerdem, mein Herzchen, was hast du gegen *Kopien*? Die Römer, zum Beispiel, fanden Kopien ebenso toll wie Originale.«

In der Ferne, auf den öligen, glatten Wasserflächen, sehen die Möwen dekorativ aus. Erst wenn sie näher kommen, kann ich sie nicht leiden. Dann spüre ich, wie mein eigenes Unbehagen sich zu einer straffen kleinen Angst um Ida zusammenballt, um ihre Augen, ihren Kopf. Aber die Möwen ruhen hoch über ihr im Luftstrom. Und sie baut. Etwas aus Muscheln und Treibholz, vielleicht soll es irgendjemandem als Daheim dienen. In zwei Tagen oder Wochen wird eine leckende Welle es wegnehmen, das weiß ich, aber das werde ich ihr nicht erzählen.

Irgendwo, nur wenige Kilometer entfernt, im Polizeigebäude auf Grønland, werden Geständnisse abgelegt, strömen die Entsetzlichkeiten aus den Löchern in Rune Skjalgsons Seele. Einige werden unter kühler Schweigepflicht von Hauptkommissarin Kielland an mich weitergereicht werden, einzelne unappetitliche Leckerbissen werden ohne Quellenangabe in der Boulevardpresse landen. Die ruhige Stimme psalmodiert für ihr Publikum, verbreitet sich monoton über die Schrecken der Kindheit, sagt die Hauptkommissarin, und er schwärmt liebevoll von Askes Raub, von Seele und Geschichte und von einem zerstörten Gesicht.

Zwischendurch drängen die wirklichen Geständnisse sich durch, in kleinen, dicht kodierten Packungen, in Haikus, die von seinen eigenen Taten und nicht von denen anderer berichten. Es gibt einige flirrende Augenblicke, in denen er zwei Männer auf einem Bett in der Ruine hinter TroJas Fabrikräumen beobachtet hat, es gibt einen Motorroller zwischen den Tannen und ein spielendes Kind vor einem Hochhaus. Es gibt die Traummaschine, die durch Nachtwälder und Regenstraßen rollt und ihn unverletzlich macht, was er sonst niemals sein kann.

Sein Verteidiger wird sich über Katze und Mutter und die Teile von Askes Biografie verbreiten, die niemals einem anderen gehört haben als Skjalgson. Die Hauptkommissarin und ihr Apparat werden die Codes in mühseliger Kleinarbeit knacken und dennoch das so genannte Mysterium nie aufklären können, die Leidensgeschichte, seine und die der anderen.

Kopien und Originale.

»Glaubst du, er hat es gewusst?«, fragt Bella. »Glaubst du, der *arme Mann* hat gewusst, dass es die ganze Zeit dieses Tier war?«

Der arme Mann ist Aske. Das Tier ist Skjalgson.

»Nein«, sage ich. »Aber er hat es vielleicht schon befürchtet, als Martin Andersen gefunden wurde. Er war so erleichtert über Jhaveds Geständnis und ... dann hat er uns ja nach Ingeborgs Tod besucht. Damals war er sicher kurz davor, es sich selber einzugestehen. Warum hätte er seine Biografie sonst stoppen sollen? Und er hat doch ein Video gesucht, genau wie Skjalgson. Ich glaube nicht, dass Aske sich erlaubt hat, es zu glauben, bevor er es gesehen hatte. Den Schnitt.«

»Ziemlich spät, das muss man wohl meinen dürfen«, sagt Benny. »Für ihn war es ja vorteilhaft, Skjalgsons Geschichten nie für die Wahrheit zu halten. Was waren sie aber dann, spannende Fantasien vielleicht? Die er *brauchen* konnte?«

»Aske war nicht gerade ein Anhänger der üblichen Justiz«, murmelt Bella. »Vielleicht hat der Typ ihm Leid getan. Denkt doch bloß an diese *schreckliche* Kindheit. Aske *hat sich um ihn gekümmert*, hat ihm die Hütte geliehen und so.«

»Das war doch clever von ihm«, sagt Benny. »Red keinen Unsinn, Bella, Aske hätte der Polizei von Skjalgsons seltsamen Fantasien erzählen können, statt Bilder zu malen.«

»Aber er hat mir das Leben gerettet«, sage ich. »Als er mich in den Schrank geschoben hat.«

»Und dich zu Boden geschlagen«, sagt Benny.

»Aber Benny, *Darling*«, sagt Bella, »was hätte er denn machen sollen, als dieses grässliche *Tier* vor der Tür stand? Sei doch nicht so streng mit dem armen Mann.«

»Streng«, schnaubt Benny. »Er hat seine Mutter als Ungeheuer dargestellt, nur weil sie keine edle Künstlerin war, sondern eine miese *Kopistin*.«

Ida baut vertrauensvoll und ohne Furcht vor Möwen oder Wellen weiter. »Roll interessiert sich für Zen-Buddhismus«, sagt Bella ins Leere, »und hat angeblich einen Mönch aufgesucht. Es hat irgendwie mit einem Model zu tun, mit dem er ins Bett geht; sie ist religiös und magersüchtig. – Dieses Ungeheuer«, murmelt sie dann und drückte ihre Zigarette in einer der Muscheln aus, die Ida in ihre Obhut gegeben hat.

»Meinst du das Model?«, frage ich.

»Himmel, nein, ich rede von diesem *Tier*. Stellt euch vor, ich habe ihn da oben gesehen, im Chaos vor der Ausstellung. Er hat wegen des Buches herumgequengelt. Aske wollte ihn wegschicken, das weiß ich noch, ich habe ihn einfach nur für einen aufdringlichen Irren gehalten.«

Das Abgewiesene kehrt immer zurück, denke ich. Wie der Schatten wird er sein, der düstere Begleiter.

Irgendwann, wenn die Hauptkommissarin und ihr Apparat Skjalgsons Codes dechiffriert haben, werden wir vielleicht erfahren, was ihn nach TroJa geführt hat. Ob es die Angst vor dem Buch oder ein über lange Zeit aufgestauter Zorn auf den Mann war, der Skjalgsons Leben verwertet hatte. Oder steckte der Zwang der Zahlen dahinter? Zwölf plus zwölf macht vierundzwanzig, hat Ingeborg Dahl gesagt, zwischen dem Tod ihrer zwölfjährigen Tochter und dem Tod des vierundzwanzigjährigen Martin Andersen lagen zwölf Jahre. Zwölf plus zwölf ist vierundzwanzig und außerdem vollkommen und deshalb vielleicht notwendig.

»Er ist hingegangen, weil er jemanden *töten* wollte«, sagt Bella. »Das hatte er *geplant*.«

»Lass den Quatsch«, sagt Benny. »Aske hat ihn provoziert.« Irgendwann, wenn die Codes dechiffriert sind, wird die Hauptkommissarin erfahren, wie Skjalgson Jhaved und Martin entdeckt und aus Martin Andersens kleinem Tod den großen gemacht hat.

Jhaved verbringt seine Tage auf der Abteilung, ohne Kontakt zu seiner Familie, und langsam wagt er die Erinnerung, dass Martin Andersen erschöpft war, als er ihn verlassen hat, dass er aber noch lebte. Martin wollte die Aufnahme, sagt er, und das stimmt vermutlich. So, wie es ziemlich sicher stimmt, dass er das Video zurückgelassen hat, als er gegangen ist.

»Skjalgson hat es mitgenommen«, sage ich. »Danach. Als er auf die Ausstellung gegangen ist. Und dort hat er es zu den anderen gelegt, die vorgeführt werden sollten.«

»O verdammt«, sagt Bella. »Das ist ja kein Wunder. Da ging doch alles durcheinander. Wenn ich das gewollt hätte, hätte ich einen von Askes *Knochenhaufen* zerlegen können, ohne dass irgendwer reagiert hätte.«

Ida interessiert sich für eine Gruppe von ungeheuer imposanten Achtjährigen, weltgewandt und weise, wie die sind. Sie starrt sie mit hemmungsloser Bewunderung an, wie es sich für eine gehört, die etwas lernen will. Zuerst starren, dann nachäffen. Sich Stücke aus dem Leben der anderen aneignen.

Benny und Bella machen weiter mit ihrer Gesprächstherapie.

»Und dass Aske seine Biografie gestoppt hat«, sagt Benny, »glaubst du, das war, weil ihm Skjalgson *Leid getan* hat?«

Das ist ein wunder Punkt. Bella möchte nämlich eine neue Biografie herausbringen, oder eine alte, egal, was, wenn sie nur *rasch* auf den Markt kommt.

»Er hatte *Angst*«, sagt sie. »Angst davor, was dieser Irre machen würde, wenn er das Buch gelesen hätte. Der ist ja schon total ausgerastet, bloß weil Aske eine erfolgreiche Ausstellung hatte.«

»Ach, Scheiß drauf«, sagt Benny. »Er hatte Angst, andere könnten denken wie Ingeborg Dahl, dass entweder er die beiden Kinder umgebracht hätte oder wüsste, wer der Mörder war.«

»Das *Tier*«, sagt Bella, »hatte es auf Aske *abgesehen*. Zuerst hat er die Ausstellung ruiniert und dann die Eröffnung der Villa Troels. Gott weiß, wann wir die Villa wieder zu *irgendetwas* nutzen können.«

»Es war ja großartig angekündigt«, sagt Benny. »Fesches neues Aske-Event. Und Skjalgson war wohl inzwischen auch auf den Geschmack gekommen, was Ausstellungen angeht. Wollte seine *Werke* zeigen und Aske zugleich eine Höllenangst einjagen.«

Sie werden noch eine ganze Weile so weitermachen. Werden sich aufs Therapeutischste streiten, während die Hauptkommissarin Skjalgsons Codes dechiffriert, langsam und unvollständig. Einmal ist Skjalgson einem Vertrauen begegnet, das so groß war, dass er über sich selber erzählen oder zumindest sehr, sehr starke Andeutungen machen konnte. Dieses Vertrauen stammte von Aske und muss für Skjalgson ein gewaltiges Erlebnis gewesen sein. Die Folgen dieses Vertrauens waren Bilder, genug für Aske, genug möglicherweise bis auf weiteres auch für Skjalgson. Aber nicht auf Dauer, ob das Vertrauen nun ein Ende hatte oder ob er andere Folgen wünschte als nur Bilder.

Es steht nicht fest, dass das, was ihm jetzt begegnet, ihm größere Befriedigung schenken wird. Es steht nicht fest, ob es möglich oder wünschenswert ist, ihn zu befriedigen.

Ida kehrt von den Achtjährigen zurück und will ihr frisch erworbenes Wissen mit mir teilen. Ich verliere den Faden bei Bellas und Bennys Gesprächstherapie. Als ich ihn wieder aufnehme, sind sie zum Gedränge bei TroJa zurückgekehrt.

»Wir haben also diese Fünfzehnjährigen«, sagt Bella. »Die

wissen wollen, wo sein *Körper* steckt. Sie haben in der Zeitung darüber gelesen, wisst ihr, und begreifen nicht, warum er nicht ausgestellt ist.«

Benny schaudert ein wenig.

»Und verdammt«, sagt Bella, »ich meine, ich hab den Mann geliebt, aber ich finde es ja auch ein wenig interessant, wo es nun schon einmal zur Sprache kommt.«

»Was meinst du?«, frage ich.

Bella erhebt sich und ist Leopard am Wasser, gemustert und überlebend. Ida betrachtet die Innenseite einer Muschel. Sie ist blau und weiß und seltsam. Bennys Augen ruhen auf ihr, seine langen Wimpern sind geschminkt, genau wie ihre. Sie haben Schminken gespielt, der erste Schritt, wie ich weiß, auf Bennys Weg *ins Offene*.

»Es war natürlich einfach *disgusting*, du warst doch da, Igi, du weißt doch Bescheid, das mit seinem Körper. Und es war doch ein – wie soll ich sagen – ein *einmaliges Unternehmen*. Ein Happening. Eine Politaktion.«

Das, was in der Muschel war – vielleicht weiß Ida noch, dass ein langer dünner Mann ihr das erzählt hat –, liegt jetzt draußen im Wasser, schwimmt umher, nackt und gesäubert und losgerissen.

»Der Kopf«, sagt Bella. »Das optimale Selbstporträt, nicht wahr? Ihr habt ja keine Ahnung, welche Angebote für seinen Kopf gemacht werden. Der muss doch irgendwo zu finden sein, oder?«